KB101892

조르주 바타유
라스코 혹은 예술의 탄생
마네

LASCAUX OU LA NAISSANCE DE L'ART
MANET
by Georges Bataille

조르주 바타유
라스코 혹은 예술의 탄생
마네

차지연 옮김

wo
rk
ro
om

일러두기

이 책은 조르주 바타유(Georges Bataille)의 『전집(Œuvres complètes)』(파리: 갈리마르 출판사[Éditions Gallimard], 1979) IX에 실린 『라스코 혹은 예술의 탄생 / 마네(Lascaux ou la naissance de l'art / Manet)』를 한국어로 옮긴 것이다. 초판은 『선사시대의 회화: 라스코 혹은 예술의 탄생(La Peinture préhistorique: Lascaux ou la Naissance de l'art)』('회화의 위대한 세기들[Les Grands siècles de la peinture]' 총서, 제네바: 알베르 스키라 예술 출판사[Éditions d'Art Albert Skira], 1955)이다.

도판들은 알베르 스키라 판본들의 도판을 선별해 실었다.

주는 옮긴이가 작성했다.

인명, 지명, 작품명 등의 원어는 대부분 찾아보기에 병기했다.

원문에서 이탤릭체로 강조된 부분은 방점을 찍어 구분했고, 대문자로 강조된 부분은 고딕체로 옮겼다.

원문에는 없지만 문맥상 필요하다고 판단되어 넣은 표현의 경우 대괄호로 구분했다.

차례

작가에 대하여

조르주 바타유(Georges Bataille, 1897–1962)는 프랑스의 사상가이자 소설가였다. 프랑스 남부 오베르주에서 태어난 그는 매독 환자에 맹인이었던 아버지와 조울증 환자였던 어머니의 그늘 아래 한때 성직자가 되기를 꿈꾸기도 했지만 결국 파리 국립 고문서 학교를 택하고, 파리 국립도서관 사서가 된다. 평생 사서로 일한 그는 오를레앙 도서관장으로서 생을 마감했다.

바타유는 매음굴을 전전하며 글을 썼던 에로티슴의 소설가이면서, 소비의 개념에 천착하며 세계를 바라본 인류학자이자 사회학자였다. 니체와 프로이트의 사상에 이어 모스의 증여론와 헤겔 종교철학에 심취했던 바타유는 『도퀴망』, 『아세팔』, 『크리티크』 등 당대 프랑스 사상계를 주도했던 여러 잡지들을 창간하고 운영했던 주체였다.

바타유가 생산한 방대한 글들은 철학, 사회학, 경제학, 미술, 종교, 문학을 아우른다. '성(性)'과 '성(聖)스러움', '작은 죽음'과 '죽음' 등 인간의 삶을 '(비생산적) 소비'의 관점에서 관통하는 개념들은 '비지(非知)'의 상태, 즉 ('주권[主權]', '지고성[至高性]', '지상권[至上權]' 등으로도 옮길 수 있는) '절대권'에 수렴된다.

여러 필명 아래 쓰인 작품들은 서로 느슨히 연결된다. 자전적 에로티슴 소설들 『눈 이야기』, 『태양의 항문』, 『아이』, 『마담 에두아르다』, 『C 신부』, 『하늘의 푸른빛』, 『불가능』, 사후 출간된 『내 어머니』와 『시체』, '무신학대전' 3부작 『내적 체험』, 『죄인』, 『니체에 관하여』, 사상서 『저주의 몫』, 『에로티슴』과 『에로티슴의 역사』와 『에로스의 눈물』, 문학 이론서 『문학과 악』, 미술서 『선사시대의 회화: 라스코 혹은 예술의 탄생』, 『마네』 등이 있다.

이 책에 대하여

이 책은 조르주 바타유가 1955년에 알베르 스키라 출판사에서 출간한 두 권의 책, 『선사시대의 회화: 라스코 혹은 예술의 탄생』과 『마네』를 번역해 함께 엮은 것이다. 바타유는 예술사에 꾸준히 관심을 보였고 미술과 관련해 많은 글들을 발표해왔다. 그가 이끌었거나 참여한 잡지들에 기고했던 글들뿐 아니라, 특히 에로티슴을 주제로 다루는 이론 저작들에서도, 다양한 시대에 걸친 예술 작품들에 대한 그의 독특한 사유가 곳곳에 드러나 있다. 하지만 이처럼 하나의 예술 작품에 대해, 혹은 한 화가의 작품 세계에 대해 집중적으로 논의하는 글이 단행본으로 출판된 것은 예외적으로 이 두 책뿐이다.

번역 원본 텍스트로는 1955년 스키라 판본을 갈리마르 출판사에서 편집해 수록한 조르주 바타유 『전집』 IX의 『라스코 혹은 예술의 탄생』과 『마네』를 택했다. 도판들은 스키라 판본에 실려 있던 것들을 선별해 실었다.

라스코동굴 속 '우물'이라 불리는 장소에서, 바타유는 그곳에 그려진 최초의 인간 형상을 발견함과 동시에 그 옆에 있는 들소 그림에도 주목한다. 그의 묘사에 따르면, 아마도 인간이 던진 창을 맞고 부상당한 것으로 보이는 들소는 "맹렬하게 털을 곧추세우고 꼬리를 빳빳이 세웠는데, 내장이 다리 사이로 육중한 소용돌이를 치며 흘러나오고 있다".

마네의 「올랭피아」가 당대 예술계에 불러일으켰던 파문과 그 의의에 대해 논하던 중, 바타유는 보들레르의 시 「발렌시아의 롤라」 중 한 구절을 인용한다. 그리고 본래 마네가 그린 동명의 작품에 바쳐졌던 이 시구는 사실 「올랭피아」에 더 적합한 표현이었으리라고 언급한다. "장밋빛 검은빛 보석의 뜻밖의 매력…."

　　바타유가 세상에 내놓은 첫 소설이자, 그의 작품들 중 가장 많은 논란을 일으켰고 또한 가장 잘 알려져 있다고 할 수 있는 『눈 이야기』 중 한 대목을 여기에 길이 옮겨와본다. 그는 황소의 뿔에 받혀서 눈알이 뽑힌 채 죽은 투우사와, 그 전에 갓 도살된 황소의 뜨 끈뜨끈한 불알을 자신의 성기에 집어넣고 있는 여자 주인공을 한 장 면 안에 그려내고 있다. "그리하여 점도와 크기가 유사한 두 구체는 동시에 그리고 반대되는 방향으로 움직이면서 느닷없이 활기를 띠 게 되었다. 하나는, 황소의 흰 불알은 관중 속에 벌거벗겨진 시몬의 '장밋빛 검은빛'(따옴표는 작가가 넣은 것이다) 엉덩이 속으로 들어 갔다. 다른 하나는, 인간의 눈은, 내장 무더기가 배 밖으로 쏟아져 나오는 것과 같은 기세로 그라네로의 얼굴 밖으로 쏟아져 나왔다."

　　"장밋빛 검은빛" 에로티슴과, 내장을 쏟아내며 맞이하는 죽 음이 결국 하나임을 외치던 작가의 책이다.

차지연

라스코 혹은 예술의 탄생

나는 이 책을 통해 예술사에 있어, 더 일반적으로는 인류의 역사에 있어 라스코동굴이 점하는 걸출한 지위를 보여주고자 하였다. 선사시대 예술이 우리에게 남겨준 다양한 작품들 중에서도 특히 이 동굴이 고고학자들과 선사시대 역사학자에게 가장 중요한 지위를 지닌다는 점은 분명하다. 하지만 이 동굴은 예술사에 심취한 교양 있는 사람에게도 비교할 수 없으리만치 커다란 의의를 갖는다. 동굴의 그림들은 전례가 없을 정도로 뛰어나게 보존되어 있다. 더구나 현재 생존하는 가장 위대한 어떤 화가의 표현을 빌자면, 이 그림들은 이보다 더 나은 것은 이전에는 하나도 없었다고 말할 수 있을 정도로 유일무이하다. 동굴 벽화들 전체에 대해서가 아니라 오직 라스코에 대해서만 다루는 이유는, 라스코가 모든 이들의 흥미를 불러일으키기 때문이다. 다른 벽화들 역시 물론 경이롭고 감탄스럽기는 하지만, 보존 상태가 훼손된 탓에, 대체로 고고학자와 선사학자나 전문가들이 다뤄야 할 부분이다.

이 책에서 전개한 논의들을 통해 나는 예술 작품이 인류에게 갖는 일반적 의미를 역설했다. 라스코가 예술의 다른 여러 발전 형태들 중 하나에 그치는 것이 아니라 가장 오래된 예술, 즉 예술의 탄생이라는 사실은, 나로 하여금 문제를 제기하게끔 했다. 우리는 이전까지 진정한 예술의 탄생, 즉 인간 존재가 기적적으로 발현되기 시작했다고 여겨지는 시대를 [라스코보다] 더 가까운 과거로 여겨왔다. 우리는 그리스의 기적에 대해 말해왔으며, 인간이 현재의 우리와 완벽하게 유사한 존재의 모습을 띠게 된 것은 그리스 시대부터라고 여겨왔다. 내가 강조하고 싶었던 것은, 엄밀히 말해 역사에서 가장 기적적이고 결정적인 순간은 그리스 시대보다 훨씬 더 뒤로 거슬러 올라간다는 사실이다. 인간이 짐승과 구분된 계기는 기적이라는 눈부신 형태로 사유되어왔다. 그러나 그리스의 기적은 우리가 지금부터 이야기하려는 라스코의 기적에는 미치지 못한다.

이러한 관점에 따라 연구함으로써, 나는 과연 어느 지점에서부터 예술 작품이 인류의 형성과 긴밀하게 연관되기 시작했는지 드러내 보일 수 있게 되었다. 내 생각에, 그 지점을 다른 어디에서보다도 가장 명확하게 보여주는 곳이 바로 라스코동굴이다. 나는 이 사실을 증명하기 위해 종교사의 가장 기본적인 자료들에서 도움을 얻었다. 왜냐하면 종교, 최소한 종교적 태도는 거의 항상 예술과 연관되어 있으며, 특히 종교의 기원과 예술의 기원은 불가분의 관계이기 때문이다.

고고학적 자료들을 다루는 부분에서는, 이미 선사학자들이 정립해놓은 자료들을 그대로 다시 취하는 데 만족했다. 그들의 거대한 작업은 언제나 어마어마한 인내심은 물론, 곧잘 천재성을 요구하기도 한다. 이 지면을 빌려 이 책은 브뢰유 신부*의 훌륭한 저작에 빚지고 있음을 밝혀

---

* 프랑스 선사학자 앙리 브뢰유는 파리 인류고생물학연구소 선사인류학 교수로서 구석기시대 문화 연구에 크게 공헌했다. 콩바렐, 퐁드곰, 알타미라 등 많은 동굴벽화를

야겠다. 브뢰유 신부는 내가 이 책을 집필하기 시작할 당시 도움이 되는 고마운 충고들을 해주었기에 특별히 감사의 말을 전한다. 내가 이 책을 쓸 수 있게 된 것은 라스코에서 브뢰유 신부가 기획한―그리고 지금 글로리 신부가 그 뒤를 이어 결실을 맺고 있는―고고학 연구 덕분이다. 또한 우정 어린 도움을 주었던 하퍼 켈리 씨에게도 감사의 표현을 해야겠다. 마지막으로 바이유 씨가 해준 유용한 충고들에 대해서도 감사의 인사를 전한다.

조사하고 연구 결과를 남겼다. 주저 『벽화 예술 4만 년』(1952)이 있다.

라스코의 기적

예술의 탄생

몽티냐크의 작은 도시에서 2킬로미터 떨어진 베제르 계곡 유역에 위치한 라스코동굴은 가장 아름다운 동굴일 뿐만 아니라 선사시대 동굴들 중 벽화들이 가장 풍부한 동굴이기도 하다. 이는 인간과 예술에 대해 우리가 감각할 수 있는 태초의, 최초의 기호다.

　　후기 구석기시대 이전의 인류는 엄밀히 말해 지금의 인간과 같은 존재라고 말하기 힘들다. 잘 보면 인간과 닮은 구석이 있는 듯도 싶은 정도의 존재가 그 시대 동굴들을 차지하고 살았다. 그 존재는 아무튼 노동을 했고, 돌 다듬는 작업장—선사학에서는 공장이라고 부르는—같은 것도 갖고 있었다. 그가 만든 것은 결코 '예술 작품'은 아니었다. 그 존재는 아마 예술 작품이 무엇인지도 몰랐을 테고, 게다가 그에 대한 욕망을 품지도 않았던 것으로 보인다. 아마 선사학에서 후기 구석기시대라고 명명한 시대의 초반부 무렵부터 있었다고 추정되는 라스코동굴은, 이런 조건들 속에서 완성된 인류의 시작점에 위치한다. 모든 시작은 그 이전의 것을 전제한다. 그런데 어느 지점에서 밤으로부터 낮이 떠오른다. 그리고 라스코로부터 우리에게 도달한 빛줄기는 인류의 여명이다. 우리와 닮았고 분명 우리의 동류라 말할 수 있는 인간이 탄생한 것은 바로 예술 작품을 만들었던 '라스코인(人)'부터였다. 라스코인은 불완전한 인간이었다고 쉽게 말해버릴 수도 있다. 인간을 구성하는 요소들 중 상당 부분을 아직 갖추지 못하고 있었기 때문이다. 하지만 이 요소들은 어쩌면 우리가 흔히 생각하는 만큼 중요하지는 않다. 오히려 라스코 인간이야말로 오늘날에는 더 이상 필요치 않게 된 결정적 미덕, 즉 창조의 미덕을 보여주었다는 점을 강조해야 한다.

우리의 가까운 조상들이 남겨준 [예술적, 문화적] 자산들에 우리가 더 보탠 것은 거의 아무것도 없다. 다시 말해 우리가 조상들보다 더 위대하다는 감정을 정당화해줄 만한 것은 아무것도 없으리라는 말이다. '라스코인'은 무(無)에서 예술의 세계를 창조했으며, 이 세계에서 정신들의 소통이 시작된다. 그리하여 '라스코인'은 자기의 먼 후손인 현재의 인류와도 소통하고 있다. 어제의 발견에 의해, 시간의 끝없는 흐름에도 변질되지 않은 그림들이 현 인류에게까지 도달해, 우리는 지금 그 앞에 서 있다.

무엇과도 비길 데 없는 이 메시지는 우리 내부에서 존재 전체에 대한 감사의 마음을 불러일으킨다. 라스코의 땅 깊숙한 곳에서부터 더 먼 곳을 향한 비전이 우리를 혼란시키고 변모시키고 있다. 이 메시지는 더군다나 인간의 작품이 아닌 듯 기묘한 모양새로 새겨져 있다. 라스코의 동굴 벽면을 따라 일종의 원무(圓舞), 동물들의 행렬 같은 것이 나타나 있다. 하지만 이러한 동물적인 모습 역시 우리를 향한 첫 기호, 눈먼 기호이기는 하나 그럼에도 불구하고 우주 속에 놓인 우리의 현존에 대한 감각적 기호다.

라스코와 예술 작품의 의미

아직 초보적 단계의 인간 무리가 남긴 흔적들은 이 동물들의 원무가 형성되기 이전 시대들에서도 찾아볼 수 있다. 그런데 이 단서들은 우선, 물질적인 흔적들, 우리와 근접한 존재였던 몸의 흔적들이다. 즉, 그 존재들이 남긴 뼈들일 뿐이며, 이런 것들이 우리 앞에 놓여 있다 해도 우리로서는 그 말라비틀어진 형태들밖에는 알아볼 수가 없다. 라스코 이전 수만 년(대략 5만 년 정도) 전에, 두 발로 걷고 산업을 발달시킬 줄 알던 이 동물들이 대지 위에 번식하기 시작했다. 이들이 뼈 화석들 외에 남겨놓은 것이라고는 자기들이 사용하던 도구들뿐이다. 이 도구들이 먼 옛날 사람들의 지능을 증명해주기는 하지만, 이때의 지능은 아직 정교하게 다듬어지지 못한 상태였다. 그들이 사용하던 '돌도끼'나 파편들, 부싯돌 끄트머리 같은 물건들, 혹은 더 나아가 이런 방식으로 도구를 사용해 이어오던 활동들 등등 말이다…. 라스코 이전 시대에서는, 예술이—오직 예술만이—소통을 보장하는 내적인 삶의 반영을 찾아볼 수 없다. 한껏 달아오른 예술은, 그것이 내적인 삶에 대한 불멸의 표현이 될 수는 없을지라도(본래의 벽화들이든, 우리가 복구해낸 그림들이든, 영원히 그대로 남아 있을 수는 없을 테니 말이다), 최소한 그 삶의 끈질긴 존속으로서 남아 있다.

예술에 이처럼 결정적이고 무한한 가치를 부여하는 일이 경솔해보일 수도 있다. 하지만 예술의 이러한 영향력은 예술의 탄생 시점에서 더욱 잘 느껴지지 않겠는가? 이보다 더 명백한 차이는 없다. 즉, 예술의 영향력은 실리적인 활동에 대립해 기호들—유혹하고, 감정에서 비롯되고 또 감정에 호소하는 기호들—의 형상화라는 무익한 활동을 내세운다. 여기서 발생할 수 있는 실리적 관점의 설명들에 대해서는 뒤에서 다시 논의할 것이다. 우리는 먼저 본질적 대립에 주목해야 한다. 표면상의 물질적 근거들이 확실하다는 게 일견 사실이라 할지라도, 객관적 연구는 오히려 가정에 근거해야 하는 법이다…. 하지만 예술 작품을 다루는 경우라면, 일단 토론 따위는 내던져버려야 한다. 라스코에 들어서는 순간, 최초의 인간 화석이나 석기 같은 유물들이 전시되어 있는 박물관의 진열대 앞에서는 가져보지 못했던 어떤 강렬한 느낌이 우리를 옥죈다. 시대를 막론하고 걸작 앞에서 느끼는 것과 똑같은 존재감—환히 타오르고 있는 존재감—말이다. 이 느낌이 어떤 것이든 간에, 인간이 만든 작품의 아름다움이 말을 거는 대상은 우정, 우정의 감미로움이다. 아름다움이야말로 우리가 사랑하는 것이 아니던가? 우정이란, 오직 아름다움만을 그 답으로 삼으면서 끝없이 반복되는 질문이자 열정이 아니던가?

이 대목은 예술 작품(이해타산이 아니라 마음을 건드리는)의 본질을 여느 때보다 더 중대하게 짚어주고 있기에, 라스코와 관련해서는 이 대목을 강조해서 말해두어야 한다. 그 이유는 우선, 라스코가 우리와는 대척점에 존재하기 때문이다.

　이 점을 고백해두자. 첫째로, 라스코가 우리에게 주는 대답은 여전히 불투명하다. 불투명하다는 말은, 그저 반쯤만 이해 가능하다는 뜻이다. 라스코의 대답은 가장 오래된, 최초의 대답이며, 그 대답이 비롯된 시대의 밤은 이제 겨우 새벽의 어스름한 미광들을 거쳐왔을 따름이다. 자기들의 흔적이라고는 파악하기도 어렵고 다른 모든 배경들로부터도 고립된 이 어렴풋한 그림자들만을 남겨놓았던 그 당시 인간들에 대해, 우리는 뭘 얼마나 알고 있는 걸까? 아는 거라곤 거의 없다. 단지 이 그림자들이 아름답다는 것, 오늘날 우리네 미술관에 걸려 있는 가장 아름다운 회화들만큼이나 아름다워 보인다는 것뿐이다. 그런데 미술관에 걸린 회화들의 경우에는 그 작품의 제작년도, 작가의 이름, 주제, 그림의 목적 등이 알려져 있다. 우리는 작품이 그려질 당시의 관습, 그 그림에 연관된 생활 방식들을 파악할 수 있고, 그 작품들의 탄생을 목격했던 시대의 역사를 읽어낼 수도 있다. 라스코의 그림들은 미술관의 작품들과 다르다. 라스코의 그림들을 탄생시킨 세계에 대해 우리는 거의 아는 게 없다. 기껏해야 석기들이나 뼈, 고인돌 등을 통해 그 세계 사람들이 수렵·채집 생활을 했으며, 아직 초보적인 단계의 문명을 이룩했다는 것 정도를 알게 됐을 뿐이다. 심지어 이 벽화들의 연대는, 수만 년이 넘는 부침을 염두에 둔다는 조건에서만 측정될 수 있다! 벽화에 표현된 동물들은 대체로 알아볼 수 있어서, 그 동물들을 그릴 때 어떤 주술적 의도가 있었던 건 아닌지 의심해볼 수도 있다. 그렇지만 역사가 시작되기 수만 년 전에 살았던 존재들의 신앙이나 제의 가운데 그 형상들이 정확히 어떤 지위를 차지하고 있었는지는 알 수 없다. 라스코의 벽화들을 같은 시대 같은 지역의 다른 그림들—또는 다양한 예술 작품들—과 비교해보기도 하지만, 이 다른 그림들 역시 모호하기는 마찬가지다. 실제로 이런 형상들은 그 수가 꽤 많아서, 라스코동굴 하나에만 해도 수백여 점의 그림이 있고, 프랑스와 스페인의 다른 동굴들에도 상당수 있다. 라스코는 가장 오래된 그림들 중 가장 아름답고, 가장 망가지지 않은 것들만을 통째로 우리에게 내놓는다. 그리하여 이처럼 심오하고도 수수께끼 같은 소통이자 하나의 초연한 예술 작품을 우리에게까지 전해줄 힘을 처음으로 지닐 수 있었던 사람들의 삶과 사유에 대해서, 우리는 그 무엇도 이 이상을 알려주지는 못할 거라 말할 수 있다. 라스코의 벽화들은 우리 앞에 기적처럼 나타나며, 강렬하고 내밀한 감정을 소통시킨다. 하지만 그런 만큼 그 벽화들은 불가해하다. 어떤 연구자들은 이 그림들이 탐욕스러운 사냥꾼들이 먹잇감을 죽이기 위해 쓰던 주술이라고 말하기도 한다. 하지만 이 형상들이 우리의 감정을 동요시키는 반면, 사냥꾼들의 탐욕은 우리와 별 상관이 없다. 그리하여 이처럼 무엇과도 비교 불가능한 아름다움과 그 아름다움이 우리 안에서 각성시킨 공감 앞에 우리는 유보되어 있는 것이다.

그리스의 기적과 라스코의 기적

다소 거북함이 동반되기도 하지만 아무튼 라스코에서 발생하는 무척 강렬한 이러한 느낌들은, 위에 말한 바대로 우리를 유보시킨다는 특징과도 관련이 있다. 하지만 이 감정들이 너무 불편해서 모르는 채로 머물러 있으려 해도, 우리의 총체적 주의력은 각성된다. 확신은 설명할 수 없는 어떤 현실, 말하자면 주의력이나 각성을 요청하는 기적적인 현실을 압도해버린다.

　　우리는 지금 전복적인 발견을 목전에 두고 있다. 대략 2만 넌쯤 묵은 그림들이 젊음의 신선함을 간직하고 있는 것이다. 나무뿌리가 뽑혀 생긴 틈 안으로 기어 들어갔던 아이들이 이 그림들을 발견했다. 그보다 조금만 더 늦었어도, 행여 태풍이라도 불었다면, 천일야화의 보물과 같은 이 동굴로 이끄는 길을 발견할 수 없었을 것이다.

　　가장 오래된 예술이 어떤 것인지, 꽤나 많은, 개중

가끔 감탄스럽기도 한 여러 작품들을 보며 미리 배워 알고 있었다 하더라도, 이곳에서 숨 가쁜 경악의 외침을 내지르지 않을 수는 없었으리라. 다른 유적지들에서는 세월이 그 모습을 변질시켜버린 탓에 벽화의 본래 형태를 짐작해내기 힘들기도 하거니와, 라스코의 방문자들을 매료시키는 만큼의 아름다움을 갖추고 있는 곳도 없다. 이 지하 공간의 장엄함은 무엇과도 비교할 수 없다. 놀라우리만치 생생하고 선명한 동물 형상들이 이렇게나 풍부하게 펼쳐져 있는데, 어찌 한순간이나마 신기루 같다는 느낌을, 혹은 가짜 무대배경 같다는 느낌을 받지 않을 수 있겠는가? 하지만 우리가 이를 의심한다 해도, 우리가 눈을 비비며 "이게 가능하다고?"라고 혼잣말을 한다 해도, 인간 고유의 속성인 경탄을 향한 욕망에 오직 진실의 자명함이 화답해주고 있다.

몰상식한 사태이기는 하지만, 그 진실의 자명함에도 불구하고 계속해서 어떤 의심이 남아 있다는 게 현실이다. 그리고 나는 그 의심과 관련해 한마디 해둬야겠다. 진실을 위해서는 나의 증명조차 필요 없다 해도 말이다. 동굴 안에서 두 외국인 관광객이, 마치 종이로 만든 루나파크 유원지에 갔을 때 같은 기분이라고 속닥이는 걸 내가 직접 듣지 않았던가? 오늘날에야 라스코 벽화가 가짜라는 추측은, 그런 추측 따위를 하는 사람의 무지와 고지식함을 드러낼 뿐이라는 사실은 두말할 필요가 없다. 이미 다 알려진 자료들이 있는데 거기다 어떻게 위조된 자료를 아무 오류 없이 끼워 넣어 맞출 수 있었겠는가? 더군다나, 비교를 떠나서, 지리학이나 화학을 비롯해 수천 개 작품들의 보존 여건에 대한 세세한 지식들을 근거로 하는 학술적 비판들의 요구에 누가 그런 대답을 하도록 가만 내버려 두기라도 하겠는가? 확실한 것은, 이 영역에 있어서 가짜를 진품인 것처럼 속이려는 시도는, 아무리 공들여 시도해본들 금방 진실이 밝혀지리라는 점이다. 사정이 이러할진대, 수많은 사소한 디테일들이며 거의 해독도 되지 않는 암각(嚴刻)들이 완벽하게 얽혀 있는 이 동굴은 더 말해 무엇하리?

내가 강조하고자 하는 바는 라스코에서 느끼게 되는 놀라움이다. 이 불가사의한 동굴은 이곳을 찾는 이를 끝없이 깜짝 놀라게 한다. 동굴은 이처럼 기적을 기대하는 마음에 영원히 부응해주리라. 기적은 예술에서나 열정에서나 가장 심오한 삶의 열망이다. 우리는 종종 압도당하고 싶어 하는 이런 욕구를 유치하다고 판단하면서도 다시금 욕구한다. 사랑받을 가치가 있다고 여겨지는 것은, 언제나 우리를 깜짝 놀라게 하는 것, 기대하지 못하던 것, 기대할 수 없었던 것이다. 마치, 우리의 본질이란 역설적으로 우리가 불가능이라고 여겨왔던 것에 도달하고자 하는 향수인 듯 말이다. 이러한 관점에서 볼 때, 라스코에는 가장 보기 드문 여건들이 집결되어 있다. 동굴을 방문할 때 우리가 느끼게 되는 기적이라는 느낌은, 일단 이 동굴을 발견케 했던 어마어마한 행운에 기인한다. 그리고 이 느낌은, 이 벽화가 창조된 그 시대를 살았던 존재들의 눈에 비쳤던 이 형상들이 지니는 미증유적 느낌과 겹쳐진다. 라스코가 세계의 불가사의 중 하나로 자리매김하고 있는 지금, 우리는 시간들의 연속이 쌓아 올린 믿을 수 없을 정도의 풍요로움을 현재적으로 마주하고 있다. 그렇다면 그 최초의 인간들이 가졌던 느낌, 이토록 엄청난 마력을 지닌 벽화들을 그려낸 그들 자신이 가졌던 느낌은 무엇이었을까? 그들이 거기에서 오늘날 우리들이 느끼곤 하는 자부심(어리석으리만치 개인적인 자부심) 비슷한 것을 이끌어냈을 리는 없는 데 말이다. 벽화들의 마력은, 무엇을 생각했든 간에 기대하지 않았던 것이 출현한 데서 비롯된다. 바로 이러한 의미에서 우리는 라스코를 기적이라 말하는 것이다. 인류의 청춘은 라스코에서 처음으로 자신의 풍요로움의 폭을 재단했다. 풍요로움의 폭, 다시 말해 기대하지 않았던 것에 다다를 수 있게 한 그 능력의 폭, 즉 경이로움.

그리스 역시 우리에게 기적이라는 느낌을 주기는 하지만, 그리스에서 발산하는 빛은 낮의 빛이다. 낮의 빛은 느끼기 어렵다. 그러나 번개가 내리칠 때, 빛은 더욱 눈부시다.

라스코인

네안데르탈인에서 라스코인까지

뒤에 자세히 묘사하게 될 테지만, 파리에서 몇 시간 떨어져 있는 공업 도시 변방에 위치한 라스코동굴은 지면 약간 아래쪽을 향한 형태로 있다. 동굴이 찬란하게 보여주고 있는 문명과 우리를 둘러싼 삶의 대조적인 모습은 대단히 충격적이다. 그런데 잊지 말아야 할 점은, 동굴이 증언하고 있는 이 기적은, 인류의 전 역사 중에서도 대단한 예술이 도대체 어떤 것인지 잘 알고 있던 시대의 기적이라는 점이다. 라스코는 바로 이 예술의 가장 풍요로운 예시다. 이 동굴은 '오리냐크기(期)'*의 예술과 문명이 그 개화부터 완성까지 펼쳐져 있는 스펙트럼과 다름없다.

달리 더 적절한 용어가 없는 까닭에 우리로서는 '오리냐크기'라고 명명할 수밖에 없는 이 시기는, 엄밀히 말하자면 인류 탄생 최초의 시기라고 할 수는 없다. 이 시기는 선사학자들이 후기 구석기시대로 지칭하는 시대의 첫 번

---

* 오늘날 연구자들은 후기 구석기시대를 대체로 크게 다음과 같이 나눈다. 오리냐크기(B.C. 3만 8000–B.C. 2만 9000년), 그라베트기(B.C. 2만 9000–B.C. 2만 2000년), 솔뤼트레기(B.C. 2만 2000–B.C. 1만 7000년), 막달레나기(B.C. 1만 7000–B.C. 1만 년). 바타유가 오리냐크기의 의미를 넓은 뜻으로 이해하자고 할 때, 이는 그라베트기를 포함해 일컫는 것을 암시한다고 볼 수 있다.

째 국면일 뿐이다. 이 시대는 여전히 가끔, 덜 정확하고 덜 과학적이긴 하지만 더 아기자기한 용어인 '순록 시대'라고 불리기도 한다. 구석기시대 전체는 일반적으로 전기, 중기, 후기로 나뉜다. 영장류(혹은 몇 안 되는 화석 상태로만 발견된 오스트랄로피테쿠스와 같은 선행 인류)와 구분되는 인간은 구석기시대 초기에 출현했다. 그러나 이때의 인간은 우리와 완전히 동류는 아니었다. 이 시대 것으로 여겨지는 원인(猿人)이나 베이징원인의 유골들은 이미 원숭이와는 확연히 구별된다. 그렇지만 중기 구석기시대 지상에 번성했던 네안데르탈인과 유인원 사이의 차이는 현재 우리들과의 차이만큼 크지 않았다. 네안데르탈인의 지능은 우리와 같거나 심지어 더 우월했고, 이 사실로 인해 이들에게 '인간'이라는 명명이 부여되었다. 네안데르탈인은 그 전 시대 인간보다 자신의 지능을 더욱 잘 활용해서, 돌을 두들겨 깨 다양한 도구를 만들어냈다. 다른 영장류들은 생명이 자기들 중 하나를 버리고 떠나는 순간에 무슨 일이 일어나는지 이해하지 못했지만, 네안데르탈인은 죽음에 대해서도 의식하고 있었다. 네안데르탈인은 진정한 의미에서의 무덤들을 남겼다. 또 이들은 직립보행했으며, 오늘날 우리처럼 직립 자세를 유지할 수 있었다. 그렇긴 하지만 어떤 명령이 떨어졌더라도 그들에게 차렷 자세를 시킬 수는 없었을 것이다. 네안데르탈인의 다리는 약간 휘어서 보행할 때는 발 바깥쪽에 힘을 주어야 했다. 미국의 인류학자인 윌리엄 하우얼스가 말한 바와 같이,

현생인류의 목과 네안데르탈인의 목은 각각 "백조의 목과 투우의 목"에 비유될 수 있을 것이다. 네안데르탈인은 이마가 낮고 안구 위 돌출부 뼈가 두껍게 튀어나와 있다. 그리고 아래턱은 거의 없지만 턱관절은 돌출되어 있었다. 이들의 모습은 오직 뼈들을 통해서만 알 수 있다. 이들이 살아 있었을 때의 모습을 재현해낼 수는 없지만, 하우얼스의 말을 빌리자면 네안데르탈인의 얼굴은 아마도 "오늘날 생존해 있는 어떤 인간의 얼굴보다도 더 짐승 같은" 얼굴이었음에 틀림없다. 네안데르탈인에게도 언어가 있었겠지만, 그 언어는 매우 초보적이었다고 추측하는 편이 논리적이다. 그들의 언어는 단순한 감정을 전달하거나 감탄사 수준의 말 더듬 소리쯤이었을 것이다. 그들은 또한 사물들을 구분할 줄도 알았다. 아무튼 선사학자들이 종종 구석기인이라 부르기도 하는, 별로 매력 없는 외모의 네안데르탈인이라는 존재에게서는 사실상 예술 작품이라 할 만한 것을 찾아볼 수 없다.

라스코인이라 할 수 있는 오리냐크인, 즉 후기 네안데르탈인에 이르면, 인간이 예술 작품을 생산할 능력을 갖추게 되었음을 보여주는 증거들을 실제로 꽤 많이 만나게 되는데, 이는 주목할 만한 사실이다. 예술 작품 생산 능력이 나타난 시점은, 해골의 형태가 완전히 직립한 자세는 물론이고 얼굴 모양까지 현생인류와 유사한 인류가 출현한 때와도 맞닿는다. 이처럼 새로운 인간의 외형은 지금의 우리들이나 마찬가지로 '인간다운' 모습을 하고 있어서, 우리와 똑같이 이마가 높고, 눈 위 돌출부가 없고, 아래턱의 튀어나온 부분도 사라져 있다. 도르도뉴 지방의 레제지 근처에서 발굴된 크로마뇽인의 해골을 보면, 초기 순록 시대를 살았던 이들은 외관상으로 우리와 큰 차이가 없어서, 크로마뇽인한테 우리처럼 옷을 입히고 머리를 손질해놓으면 그가 우리 옆을 바로 지나가도 아마 몰라볼 것이다. 아직 좀 미숙한 상태라는 점만 제외하면 크로마뇽인은 현생인류에 비해 열등한 부분이 하나도 없다. 그러니 이 시대에 제작된 작품들에서 이들이 우리와 매우 밀접하게 닮았을 뿐 아니라 분명 천재적 재능을 지니고 있었다는 증거들이 발견된다고 해서 놀랄 필요 없다. 네안데르탈인은 확실히 오스트레일리아의 가장 오래된 선조들보다도 훨씬 더 먼 과거의 인간이다. 물론, 라스코인도 모든 부분에서 우리와 동류라고 할 수는 없다. 그렇지만 최소한 그 생김새와 천재적 창조력에 대해서만큼은 그렇다고 할 수 있다.

무엇보다도, 라스코인은 인류학자들이 네안데르탈인과 다른 영장류들과 차별을 두는 의미에서 '호모사피엔스'라고 지칭하는 인간이다. 그렇다고 해도 호모사피엔스의 탄생과 예술의 탄생 시점이 일치하는 지에 대한 의문은 남는다. 대부분의 인류학자들이 실제로 호모사피엔스는 라스코 벽화보다 수만 년 정도 앞서 존재해왔다는 가설을 내세우기는 하지만, 그들이 증거라고 하는 것들은 의심스러울뿐더러, 무척 적은 수의 발굴물들에만 의거하고 있다. 그중 가장 비중 있던 것이 지금은 가짜임이 밝혀진 필트다운의 두개골 유해였다. 이 두개골의 윗부분은 실제로 호모사피엔스의 두개골이었지만, (그러나 본래 주장되었던 시기보다 훨씬 나중 시대, 인류로서는 호모사피엔스만이 존재하던 시대의 것이었다) 아랫부분은 화석처럼 위장한 침팬지의 턱이었다! 다른 두 가지 발굴도 그리 설득력은 없다. 최근 한스 바이네르트와 하우얼이 발견한 것도 호모사피엔스의 유적이 아니라 네안데르탈인 유적이다. 나로서는 어쨌든 그들이 모두 틀렸다고 가정해볼 수도 있지만, 그렇다고 전체적인 틀이 완전히 잘못된 것은 아니라고 말해야겠다. 인간이 현재와 같이 완성되기 이전 시대에 지상에는 네안데르탈인과 거의 동종인 인류가 번성해 있었고, 여기에 아마도 초보적인 단계이긴 하나 호모사피엔스와 큰 차이가 없는 인류들이 더해졌을 수도 있다. 엄밀한 의미에서의 호모사피엔스는 그때까지는 출현하지 않았었다. 뜻밖에 더 많은 수가 발견된 그다음 시대의 유적들, 직접적이든 아니든 예술의 발전과 맞닿는 그 유적들에서야 비로소 호모사피엔스의 모습이 드러난다. 그런데 이때의 인간다운 특징은 대체로 그전보다 덜 동질적이어서, '잡종견'처럼 여러 종이 뒤섞여 있는 현생인류의 특징이 이때부터 벌써 감지된다. 남아프리카에서 발견된 해골 단 하나를 제외하면, 네안데르탈인은 마치 난폭하게 몰살이라도 당한 듯 완전히 사라져버렸다. 다른 한편으로 보면, 호모사피엔스가 네안데르탈인의 후손이 아니라고 밝혀진 듯도 하다. 논리적으로 이렇게 가정할 수도 있다. 네안데르탈인과는 다른 인류가 후기 구석기시대 초반에 나타나서, 종의 완성과 번성이라는 두 방향으로 모두 급속한 발전을 이룬 후 거의 흔적도 없이 사라졌으며, 바로 이때 이뤄진 발전이 예술의 탄생과 관련되었을 거라고 말이다. 유럽 밖에서 형성된 이 종은 "아마도 아시아에서" 왔을 것이다. 마지막 빙하기 중 이 새로운 인간들이 유럽으로 대이동한 사건은, 브뢰유 신부의 의견에 따르면 "독특한" 사건이었다. "대이동해온 침입자들에 의해 완전히 파괴당함으로써 구석기인들은 후기 네안데르탈인으로, 아마도 폭력적인 방식으로 대체되었다."

이렇게 해서 우리가 라스코에 '시작'의 가치를 부여하고자 하는 이유가 명확히 도출된다. 단 그것이 표상했던 전체에서 행운이 빚은 창조였던 부분을 따로 떼어 생각해서는 안 될 것이다.

나는 위에서 라스코가 '오리냐크기'의 예술의 완성을 의미한다고 말했다. 하지만 이 표현에는 논란의 여지가 있다. 20세기 초부터 오리냐크는 브뢰유 신부가 정의한 바 있는 일종의 연장이나 도구들을 가리켜왔다. 따라서 이 용어는 후기 구석기시대의 첫 번째 단계를 지칭한다. 프랑스 및 다른 몇몇 지역에서, 오리냐크기의 연장들은 중기 구석기시대 말 네안데르탈인들이 사용하던 무스테리안기* 연장들의 뒤를 잇는 것으로 보였다. 하지만 다니엘 페이로니**의 연구를 통해, 다양한 연장들이 차례로 이어지는 것일 수도 있고 동시대의 것일 수도 있다는 점이 밝혀진 후로, 연구자들은 원칙적으로 서로 다른 두 개의 문명이 서로 구별되는 두 지역에 각각 해당한다는 것을 알게 되었는데, 그중 하나가 오리냐크고 다른 하나는 페리고르다. 그러나 시간 순서를 고려하자면 이 구분은 그렇게 단순하지 않다. 우리는 다음과 같은 순서가 아닐지 검토해보고자 한다. 첫 번째 국면은 페리고르기이고, 그 뒤에 엄밀한 의미에서의, 이른바 표준 오리냐크기가 이어지며, 그다음에 다시 제2페리고르기, 즉 진화 페리고르기가 오는 순서로 말이다. 우리는 이 순서를 「부록」의 연대표에서 각각의 용어들에 대응시켜 보다 명확하게 나타내고자 했다. 라스코 벽화들은 표준 오리냐크기부터 진화 페리고르기까지 걸쳐 있다. 이처럼 사용하기도 불편하고 결국 나중에 반박도 많이 당했던 전문용어가 대부분의 최근 연구에서 널리 사용되고 있는 게 현실이다. 사정이 이렇기는 하나, 숫자로 명기할 수 있는 연대기적 자료들이 없는 마당에 벽화 작품들이 어느 시대의 것인지 지정할 수 있는 이 유일한 기준 체

* 중기 구석기시대의 한 시기를 가리킨다.
** 프랑스의 선사학자 드니 페이로니(1869-1954)는 브뢰유와 함께 콩바렐의 동굴벽화를 조사해 이것이 구석기시대 동굴임을 밝혔고, 퐁드곰의 동굴벽화를 발견했다. 바타유가 착오로 드니를 다니엘로 잘못 쓴 듯하다.

계라도 없었다면 라스코에 대한 논의 자체가 불가능했을 것이다. 아무튼, 사실들의 분석에 바람직한 명확성 확보를 위해, 우리는 브뢰유 신부와 레몽 랑티에가 최근까지 사용하고 있는 용어들을 쓰기로 한다. 우리가 사용할 중기 오리냐크기와 후기 오리냐크기는, 페이로니의 용어에 따르자면, 전자가 표준 오리냐크기, 후자가 진화 페리고르기에 해당한다.

브뢰유 신부는 자신의 저서『벽화 예술 4만 년』에서, 라스코 벽화의 일부는 오리냐크기에 해당하며, 주요 부분은 페리고르기에 속한다고 썼다. 이를 우리는 오리냐크기, 즉 중기와 후기 오리냐크기라고 지칭할 것이다.

우리는 이로써 하나의 새로운 기준 체계를 제공하게 되었고, '라스코인'이라는 이름으로 중기와 후기 오리냐크기를 살았던 인간을 지칭하게 되었다. 우리는 '오리냐크기'라는 명칭을 줄곧 사용하면서 그것이 지시하는 내용을 구체적으로 밝혔다. 그런데 오리냐크기의 중기 국면과 후기 국면이 가리키는 시대에 대한 예외적인 관심은 우리로 하여금 또 다른 용어를 사용하라고 요청한다. 이 새로운 용어는 특히 우리의 관점에서 가장 중요한 시기이자 한 시대의 개화(開花)의 상징이 될 자격을 갖춘 시기를 지시해야 할 것이다. 라스코는 광대한 지역에 걸쳐 발달된 한 문명의 유적 중 가장 기념비적인 명소다. 그런데 이 문명은 아마도 완전한 일관성을 갖추지는 않았을 것이다. 프랑스 남부와 스페인 북서부 지방에 걸친 프랑코 · 칸타브리아 지방에서는 순록 시대 말기까지 예술 작품에서의 일관성이 유지되었음이 확실하다. 반면 유럽 동부 지역에서도 그 나름대로 딱히 두드러진 접촉 없이 오리냐크기 문명을 발전시키고 있었으며, 이 문명 속에서 호모사피엔스는 예술 작품을 생산할 수 있는 능력을 감지했다. 같은 시기 영국, 아프리카, 아시아는 새로운 인류의 발전을 목도하고 있었다. 어쨌든, 그 당시 도르도뉴는 어찌 보면 세계의 중심이었다. 도르도뉴에는 이렇게 탄생하고 있던 문명의 가장 감동적인 흔적들이 가장 많이 남아 있다. 베제르계곡은 아마도 당시 이동 중이던 순록 무리들을 봄철 오베르뉴의 목초지로 이끄는 통로였을 것이다. 순록들을 기다리던 건 무참한 살육뿐이었겠지만, 그럼에도 불구하고 순록들은 매번 여지없이 같은 길을 선택했고, 계곡에 거주하던 인간들에게 매년 풍부한 먹잇감이 되어주었다. 오늘날 순록 무리들은 더위를 피해 극지방에 더 가까운 지역으로 물러나 서식하고 있지만 고집스럽게 습성을 지키는 이 동물들에게는 여전히 똑같은 일이 벌어지고 있다. 캐나다의 순록들은 매번 똑같이 빠지는 함정들이 있음에도 늘 같은 경로를 따라 움직인다. 순록의 이런 습성은 아마 네안데르탈인이 도르도뉴에 번성하던 중기 구석기시대부터도 지상의 인간들에게 유리한 조건이었을 테다. 어쨌든, 구석기시대부터 신석기시대에 이르기까지 사냥꾼들에게 이 고장은 거주하기에 이점이 많은 곳이었음이 사실이다. 필경 인류는 이곳에서, 더 이상 말이 필요 없는 행복감을 느끼며, 최초로 인간다운 삶을 경험하였을 테다.

어쩌면 우리는 뜻밖의 우연한 발견들만을 근거로 이렇게 판단한 것일지도 모른다. 게다가, 우리는 라스코 벽화만큼 장구하게 보존될 수 있는 조건을 갖추지 못했던 다른 벽화들이나 인간의 다른 작품들에 대해서는 전혀 알 수 없다. 겨우 얼마 전에 우리 눈앞에 다다른 무엇이, 우리로 하여금 열띠게, 그러나 동시에 신중하게 논의하도록 촉구하고 있다. 그렇기는 하지만, 아마도, 라스코는 그 존재 자체로 그 시대의 인류가 도달할 수 있던 정점을 나타내고 있음에 틀림없다. 또한 베제르 계곡은, 더욱 강도 높던 인간의 삶이 그 삶 자체에 있어서나 그 영향력 안에 들어온 모든 이들에게 있어서나 비로소 인간다워진 특권적 장소였다. 그리하여 라스코라는 이름은, 짐승과 다름없던 인류가 오늘날 우리들처럼 섬세한 존재로 이행하던 시대의 상징이 된다.

라스코인의 풍요로움

번개의 섬광과도 같은 부서진 빛줄기의 흔적 하나가 불확실한 역사의 흐름 속에 계속해서 마술을 부리고 있다. 정복의 움직임은 다양한 방식으로 반복되며 인류의 정신적 측면을 이끌어왔다. 정복을 향한 움직임은 인류에게 가능성의 문을 열어주었고, 그 전까지는 어렴풋이만 나타나던 무언가 앞에 마침내, 마치 수면 상태에서 각성시키는 듯 인류를 데려다놓았다. 인간의 변화, 침체되어 있던 겨울에서 꽃들이 앞다투어 피어나는 봄으로의 이행의 양상은, 술에 취해가는 모습과 비슷해 보인다. 술에 취할 때면, 갑자기 움직임들에 가속이 붙고, 예상치 못했던 과음에 얼근해지고, 힘이 넘쳐나는 기분이 들기도 하니 말이다. 이제 새로운 삶이 시작된다. 이 새로운 삶이라고 해도 필수 여건으로서의 물질적 문제들은 여전히 급급하고, 삶이란 언제나 위험한 전투다. 그렇지만 이 새로운 삶이 가져온 새로운 가능성들은 마법 같은 환희를 맛보게 했다.

　　우리는 초기의 인류가 비참한 처지에 놓여 있었고, 도취라든가 힘이 넘쳐나는 기분 따위는 알지도 못했을 것이라 믿어왔다. 도취라는 경이적 풍모는 그리스 시대의 몫으로 남겨두곤 했다. 대개 우리는 구석기시대 인간들에게 비천한 외관을 씌워놓은 채 상상해왔다. 아름다움이라고는 없고, 거의 짐승이나 다름없고, 식욕밖에 모르고, 매력적이거나 침착해 보이는 풍모라고는 없이 아무 데나 돌아다니는 짐승들의 속성들을 구석기인들에게 갖다 붙여놨던 것이다. 우리는 그들을 여위고 텁수룩하고 어두운 모습으로 형상화해 놓았고, 우리가 가진 그들의 이미지는, 우리네 도시 주변 어딘지도 모를 막연한 대지에서 저급한 삶을 사는 가엾은 사람들 같았다. 가엾은 사람들에게도 저마다 나름의 위대함이 있었을 텐데, 교과서에 실린 삽화들은 동굴에 살던 인간들에게 이런 종류의 이미지만을 부여하고 있다. 나는 이런 의미에서 코르몽의 거대하고 흉측한 그림*을 다시 보고자 하는데, 예전에 무척 유명했던 이 그림은 빅토르 위고의 시구를 그림으로 표현한 것이었다.

> 짐승 가죽 옷을 입은 그의 아이들과 함께
> 태풍 한가운데 머리는 산발에 얼굴은 창백한 채
> 카인은 여호와 앞에서 달아났다….**

일종의 저주와 같은 감정이 최초의 인간들에 대한 관념에 연결되어 있다. 우리의 사유 저 구석에서부터 거의 기계적으로, 인간이지만 존엄성을 가지지 못한 존재들, 즉 인간답지 않은 계급의 사람들에게는 저주와 타락이라는 벌이 어울린다고 생각되곤 한다. 선사시대의 인간들이 우리들 눈에 잘못을 저지른 존재들로 보였을는지도 모른다. 그들은 인간이면서도 동물과 비슷한 방식으로 살고 있었으니 말이다.

이런 종류의 무의식적 반응을 피하기는 어렵다. 인간에 대한 관념은 우리 내부에서 근본적인 방식으로 짐승에 대한 관념에 대비되기 때문이다. 아무튼, 최초의 인류의 특성에 짐승 같은 잔인성이 섞여 있긴 했었다. 그런데 이때의 잔인성은 동물의 속성이 아니라, 아직 자신의 존

---

* 페르낭 코르몽의 유화 작품 「카인」(1880)을 가리킨다.
** 빅토르 위고의 시집 『세기의 전설』(1859–83)에 수록된 시 「의식」의 첫 구절이다.

엄성을 모르거나 혹은 한 번도 존엄성을 인지해본 적 없는 인간의 속성이다. 둘 중 하나다. 최초의 인간들이 본래 자기들 몫으로 지녔던 존엄성을 곧바로 잃어버렸거나, 혹은 애초부터 존엄성을 지녀본 적 없었거나. 그래서 우리는 인류의 기원에서부터 매번 미천한 모습을 발견하게 되는 것이다.

그렇기는 하나, 미천함이 인간으로 변모 중인 짐승의 속성이었을 수는 없다. 오늘날 미천함이라 불리는 것은 어떤 태도를 가리킨다. 동물은 사람이 아니기에 미천할 수가 없다. 동물과 구별되는 존재로서의 인간은 같은 인간인 우리들 눈에만 미천해 보이거나 말거나 할 수 있는 것이다. 우리들 중에 자신의 존엄성을 모르고 짐승처럼 행동하는 사람을 미천하다고 말하는 것도 사실 자의적이다. 짐승 뼈 위에 쭈그리고 앉아서 이빨이 다 보이도록 입을 쩍 벌리고 고깃덩어리를 게걸스럽게 집어삼키고 있는 최초의 인간들에 대한 음울한 이미지들은 우리 사유의 범주에만 존재하는 것들이다. 이 이미지들은 굳이 말하자면 네안데르탈인들의 이미지와 맞닿는다. 그런데 호모사피엔스와 네안데르탈인 사이에는 근본적인 차이가 존재한다는 점을 잊어서는 안 된다. 우리가 가진 근거들로 판단할 수 있는 한, 네안데르탈인이나 그 선조들이 짐승으로부터 분리된 과정은 점진적이었다. 이 인간들과 짐승을 가르는 경계를 명확하게 규정할 수 없지만, 아무튼 호모사피엔스는 처음부터 우리와 동류였음이 사실이다. 호모사피엔스는 가장 명확한 방식으로 짐승과 구분되었다.

시간상으로는 거의 제일 마지막으로 발견되었지만 (아이들이 거의 잘 눈에 띄지도 않는 입구를 통해 동굴 안으로 들어갔던 것이 1940년의 일이다) 가장 중요한 의미를 지니고 있는 라스코동굴을 포함해 최근 잇달아 발견된 선사시대 유물들은, 구석기인들에 대한 이런 악몽 같은 발상을 거둬들이게 했다. 큰 어려움을 해결해내는 천재적 재능과 행복감의 결과가 이렇게 뚜렷이 나타나기도 드문 일이다. 라스코 벽화보다 더 완벽하고 인간다운 발명품은 없다. 동굴의 바위들이 우리네 삶의 시작을 증언하고 있는 셈이다. 이 위대한 성공을 보면, 그들의 삶이 처음에는 비참했을 것이라는 생각을 떨쳐버리게 된다. 애초에 구석기인들이 고통스러운 상황 속에 놓였을 거라거나 더 나쁜 처지였을 지도 모른다며 궁핍한 삶 따위를 상상했었다는 게 창피할 지경이다. 원초적 힘만이 상상 가능한 유일한 진리라 믿고 사는 우리 주변의 몇몇 상스러운 자들을 대하는 태도와 비슷한 태도로 호모사피엔스를 대해서는 안 된다. 우리는 호모사피엔스라는 이 순박한 존재들이 웃는 법을 알았다는 사실 또한 잊고 있었다. 지금은 우리에게 두려움을 주는 입장에 있지만, 호모사피엔스는 분명 진정으로 웃는 법을 아는 최초의 존재들이었다.

선사학자들이 시작 중이던 이 인간들의 삶에 대해 "과도하게 거칠고 허술하다"고 평가하는 것도 물론 맞는 말이기는 하다. 발견된 뼈들의 평균수명이 증명하듯, 이들의 수명은 오늘날 우리들보다 짧았다. 하지만 생활이 그다지 안전하지 않았다고 해서 꼭 불행했다는 것은 아니다. 이들의 수명은 거의 50년을 넘지 않았고, 여성들의 경우는 더욱 짧았다. 포유류들은 대체로 "성생활이 없어지거나 약해지는 때" 자기 수명을 마감하게 된다. 실제로 남성의 경우 50세경에, 여성의 경우 이보다 조금 더 일찍 그때가 온다. "우리 시대에 나타나는 수명 연장은 문명화에 의해 실현된 발전의 결과일 뿐이다." 라스코인들에게 장수의 가능성은 없었다. 라스코인은 본디 자신들의 생존 조건이 내포하는 궁핍함을 느끼지 못했다. 궁핍이나 비참이라는 관념은 비교하는 행위의 산물이다. 예컨대, 번영 뒤에 궁핍이 뒤따를 때에나 궁핍이 뭔지 알게 되기 마련이고, 혹은, 예상대로라면 무사히 바다를 건넜을 배가 갑자기 태풍을 만났을 때에나 비참함을 느끼기 마련이다. 오늘날에도 여전히, 궁핍이란 한 사람이든 한 가족이든 한 나라 국민에게든 그 자신이 처해 있는 일종의 지속적 상태를 가리키는 것일지도 모른다. 그렇다 해도 궁핍에 처한 사람은 그 상태가 궁핍인지 아닌지를 다른 가능성들과 비교해서 상대적으로 규정하는 법이다. 극단적인 경우를 상상해보자. 어떤 희망도 가질 수 없고 비참함 말고는 자신을 표현할 것이 아무것도 없는 낙담 속에서 존재들이 느끼는 궁핍이 있을 수 있다. 물론 이런 가능성은 예외적이다. 삶은 거의 언제나, 아무리 허약하다고 해도, 그 삶을 가능케 할 조건들을 곁에 두고 있다.

심지어 오늘날에도 우리가 보기에 끔찍한 삶의 방식들 속에서 기쁨을 느끼는 경우들이 존재한다. 티베트 사람들은 창유리도 불도 없이 북극의 추위를 견디면서도 쾌활하고 잘 웃고 관능적 쾌락을 즐긴다. 에스키모들 또한 웬 선교사가 그들이 열던 축제를 금지시키는 바람에 그들만의 즐거움을 빼앗겼다고 신음했는지도 모른다. 그 전까지는 "작은 새들처럼" 노래 부르며 살고 있었는데 말이다….

동물적 삶의 움직임을 그려낸 풍요롭고 한량없는 라스코의 이 벽화들 앞에 서 있는 지금, 이 풍요로운 움직임을 그림으로 품었던 라스코인들이 어찌 가난 때문에 고통받았다고 말할 수 있겠는가? 이들의 삶이 환희의 분출로 채워지지 않았었다면, 어찌 그 삶이 이토록 단단한 힘이 서린 그림으로 표현될 수 있었겠는가? 하지만 우리가 보기에 분명한 것은, 그 삶이 라스코인들을 인간다운 방향으로 움직였다는 것이다. 이러한 동물성의 이미지 역시 인간답다. 동물성이 구현한 삶은 동물성 안에서 아름답게 그려진 것이고, 실제로 아름다웠으며, 그러므로 주권적(主權的)*이었기 때문이다. 이 삶은 우리가 상상할 수 있는

* 주권적(souverain), 주권성(souveraineté). 지고(至高)적/지고성, 절대적/절대성이라고 번역되기도 한다. 바타유 사유의 핵심을 이루는 용어 중 하나로, 봉건시대 군주와 같이, 누구에게도 무엇에도 종속되지 않은 상태, 자기 자신이 전권을 휘두를 수 있는 상태를 가리킨다. 바타유는 특히 현대 인간이 모두 노동과 미래를 위한 기획에 예속되어 있기 때문에 주권적이지 못하다고 비판하며, 예술과 문학, 웃음, 에로티슴 등 그가 '내적 경험' 혹은 '소통'이라고 말하는 것들을 통해 주권성에 닿을 것을 역설한다. 그러나 동시에,

모든 비참함의 저편에 있다.

천재성의 역할

이 그림들이 갖는 의미의 중요성을 떨어뜨릴 수도 있는 부분을 경솔하게 인정해 버려서는 안 된다. 라스코 벽화의 작가들에 대해서는 여느 작품의 작가들을 다룰 때와는 다른 방식으로 설명해야 한다. 오리냐크기 사람들은 틀림없이 티베트 사람들보다 쾌활하지도 잘 웃지도 관능적이지도 않았을 거라는 등의 의심은 왜 하는지 모르겠다. 그들에 대해 거의 알지도 못하면서 말이다. 사실이 그렇다. 그런데 왜 우리의 몫인 심각한 태도를 그들에게 덮어씌우려는 걸까? 물론 인간의 웃음이 어느 특정한 지점에서 시작된 것이긴 할 테다. 네안데르탈인이 웃는 법을 알았는지는 의심스럽지만, 라스코인은 분명히 웃는 법을 알았다. 우리는 고통의 누그러짐에서 웃음이 탄생했으리라는 사실을 잊고 있다. 이 사실을 잊기 위해 학문이라는 심각한 태도가 필요했던 것이다. 우리는 그 시대 인간을, 때로는 비참함 속에서 생존을 위한 필요에 의해 꽉 죄어진 채 살았다고 보기도 하고, 또 때로는 어린아이처럼 여기기도 한다. 우리는 이 시대 인간의 어린아이 같은 모습을 현대

인간이 언제나 주체로서든 대상으로서든 그 자신을 의식하고 있는 한, 그 상태에 도달하기는 불가능하다고 말한다.

의 '원시인'이라는 이미지에 서슴없이 연결시키기도 한다. 이렇듯 다양하게 표현된 이미지들은, 특히 마지막에 말한 이미지 같은 경우 그 자체로 모종의 의의를 지니기는 한다. 하지만 우리는 이제 이런 이미지들에서 차례차례 빠져나와야 한다.

동굴에 그려진 작품들과 어린애들의 연필 낙서를 비교해보는 일도 있었는데, 이는 참 희한한 일이었다…. 우리는 무엇보다도 원시시대를 유년기로 표상하는 방식을 버려야 한다. 구석기시대 인간들은 우리 어린이들처럼 어른들의 보호를 받고 자라는 처지가 아니었다. 이따금 지상에 유기된 그들의 처지를 떠올리자면, 숲에 버려진 채 늑대 젖을 먹고 자랐다는 아이들이 연상되기도 한다. 무척 드문 경우이기는 하지만, 불운에 의해 고독한 짐승 세계에 내던져졌던 아이들은 이로 인한 정신적 박약을 극복하지 못한다. 최초의 인간이 늑대 소년들과 구분되는 지점은, 그 인간은 세대를 거듭한 노력 끝에 자기만의 힘으로 인간다운 세계를 구축해냈다는 점이다.

오리냐크인과 오늘날 공유된 원시인에 대한 이미지를 비교하는 버릇에 대해서는 더욱 논의해야 할 필요가 있다. 이런 유(類)의 비교는 현대 학문이 오스트레일리아나 멜라네시아인의 '선조들'에게 경솔하게 '원시인'이라는 이름을 붙여버릴 때와 비슷한 감정에서 기인한다. 이 지역 원주민들의 물질적 문명의 수준이 진짜 원시인들의 문명 수준과 유사한 것은 사실이다. 실제적으로는 차이들이

있다고는 해도 이들 사이에 공통점이 있음을 부인할 수
는 없다. 오히려, 이런 공통점에서부터 출발하면 일관된
설명을 하기도 더 쉬워진다. 비교할 내용도 많고, 자료들
도 명확해질 테니 말이다. 최초의 인간들 역시 우리가 말
하는 현대의 '원시인'들처럼, 서로 교감을 불러일으키는
마술을 행했을 수도 있고, 탈을 쓰고 춤을 췄을 수도 있
고, 요즘 사회학에서 결론에 자주 쓰는 말로 '원시적 정신
상태'를 지녔을 수도 있다…. 여기에 근본적인 오류가 있
다는 느낌만 없으면, 나도 어느 지점까지는 이런 비교 분
석들을 수용할 수 있다. 타당해 보이는 가설들이 꽤 많기
는 하지만(말 그대로, 가설들이다), 오늘날 미개인들의 모
습을 통해 라스코인의 모습을 표상할 수는 없다. 도리어
반대로, 라스코의 예술은 '야만의' 예술과는 아주 거리가
먼 것이라고 말해야 할 것이다. 라스코는 여러 가지 가능
성을 품은 풍요로운 예술, 예컨대 중국 예술이나 중세 시
대 예술에 오히려 더 가깝다. 다 차치하고라도, 만일 라스
코인이 지금 우리 시대의 폴리네시아인과 유사했다 한들,
라스코인은 가장 불확실하고 가장 복잡한 미래를 짊어지
고 있었다는 점에서 지금 폴리네시아인과는 언뜻 보아도
확연히 다르다.

　　우리와는 너무나도 다른 인간인 라스코인에 대해
상상해보자면, 라스코인을 이끌고 또 그들을 정체 상태에
머무르도록 놔두지 않았던 움직임을 머릿속에 떠올려야
한다. 최소한 이 부분에 있어서 라스코인은 우리와 닮아

있다. 무언가 규정되지 않은 것이 라스코인 내부에 생겨났다. 현대의 원시인은 오랜 성숙 기간을 거쳤음에도 불구하고, 현재 우리들 삶의 수준보다는 태초의 삶에 더 가까운 수준에 머물러 있다. 이제 현대의 원시인늘에게 아무것도 더 만들어내거나 꾸며서 덧붙이지 말고 지금 그대로 살아가라는 새로운 명령마저 떨어진 마당에, 이들은 그나마도 자기들이 외워온 그대로 영원히 살게 될 운명이다. 우리로 말할 것 같으면, 우리는 끝없는 탄생의 시대에 살고 있다. 시대를 이렇게 저렇게 규정지어봐야 별 의미가 없다. 우리가 사는 동안에도 세상은 변하고 바뀐다. 세상은 옛날에도 변하고 바뀌고 있었다. 최소한 순록 시대 초기부터 라스코 벽화가 만개하던 때까지 걸쳐 있는 그 시대에는 확실히 그러했다. 막 피어오르던 벽화에는 일그러진 여명의 빛줄기마저 깃들어 있었는데, 이 빛줄기는 그 뒤에 이어지는 시대에는 다시 나타나지 못할 것이었다. 나는 라스코인들이 이 사실에 대해 명확하고 분석적인 의식—우리는 너무도 자주, 의식이란 늘 명확하고 분석적이어야 한다고 생각하곤 한다—을 갖고 있었다고 말하려는 게 아니다. 내가 말하고자 하는 것은, 라스코인들을 이끌었던 힘과 위대함의 느낌이, 라스코 벽화에 그려진 커다란 소들의 움직임에 불어넣어진 생동감을 통해 느껴진다는 점이다. 벽화를 그린 작가는, 아마도, 자신의 기를 꺾을 만큼 충분히 강하지는 못했던 어떤 전통을 거부해서는 안 됐을 것이다. 작가는 그럼에도, 창조함으로써,

그 관습으로부터 벗어났다. 동굴의 미광 속에서, 성당에서 새어 나오는 것 같은 희미하고 실낱같은 빛에 매달려서, 그는 그 이전까지 존재하던 것을 넘어서버렸다. 그 이전 순간에는 없던 것을 창조해 넘으로써.

놀이의 탄생

세계의 발전 과정에서 눈에 띄는 결정적 사건이 두 가지 있다. 하나는 도구(혹은 노동)의 탄생이고, 다른 하나는 예술(혹은 놀이)의 탄생이다. 도구는 호모파베르에서 시작된 것으로, 호모파베르는 더 이상 동물도 아니지만 그렇다고 완전히 현생인류와 동일하지도 않은 인간을 가리킨다. 예를 들면 네안데르탈인이 호모파베르에 속한다. 예술은 현생인류를 가리키는 호모사피엔스에서부터 시작되었다. 호모사피엔스는 후기 구석기시대 초, 즉 오리냐크기에 이르러서야 출현했다. 그런데 예술의 탄생은 사실 도구가 출현하기 이전의 삶까지 거슬러 올라가야 한다. 예술이 도구들을 소유하고 그것들을 제조하고 조작하면서 습득된 손재주를 전제로 하기 때문이 아니다. 생존에 유용한 활동과 비교해볼 때, 예술은 유용성과는 반대되는 가치를 지닌 활동이다. 말하자면 예술은, 생존에 목적을 둔 세계에 대한 항의다. 하지만 이러한 항의 역시 생존을 위한 세계가 없다면 그 몸체를 갖출 수 없었을 것이다.

예술이라는 것은 우선, 이른바 예술이라는 이름으로 남아 있는 것은 무엇보다도, 놀이다. 반면 도구는 노동의 원칙이다. 라스코(내가 라스코라고 말할 때는 라스코 벽화가 완결된 한 시대를 뜻한다)의 의미를 규정한다는 말은, 노동의 세계에서 놀이의 세계로의 이행을, 동시에 호모파베르에서 호모사피엔스로의 이행을, 물리적인 비유를 사용하자면 초안에서 완성품으로의 이행을 알아보겠다는 말이다.

여기까지 나는 호모파베르에 대해서는 최대한 빨리 언급하고 지나가려고 했다. 호모파베르는 중기 구석기시대 동안 번성했으며 라스코인보다 먼저 출현했다. 그런데 나는 동물에서 인간으로의 이행 과정을 설명하는 도중에 라스코인을 시대 순서상 먼저 배치시켜 버렸었다. 나로서는 라스코를 집중 조명하고 싶고, 또 그럼으로써 이러한 이행의 양상이 어땠는지 제대로 보여주고 싶기에, 이제부터는 구석기시대를 시간순으로 명확하게 설명해야겠다. 노동 그리고 도구의 사용으로 대표되는 구석기시대는 순록시대보다 앞서며, 대략 50만 년 정도에 걸쳐 있었다. 새로이 발굴된, 석기들이 쌓여 있는 유적지들에서 출토된 뗀석기들(몸돌석기와 격지석기들)*은, 이 시대가 남긴 기나긴

---

* 뗀석기는 돌을 깨뜨려서 만든 도구로, 구석기시대 대부분에 걸쳐 사용됐다. 타제석기라고도 한다. 몸돌을 직접 가공한 몸돌석기와 몸돌에서 떼어내어 잔손질을 가한 격지석기로 구분된다. 구석기시대 도구들 중 찍개나 주먹도끼는 몸돌석기에 속하고, 긁개와 밀개, 자르개, 톱날 등은 격지석기에 속한다.

자취를 보여준다. 선사학은 이 유적들을 제작 방식에 따라, 그리고 연대 순서를 지정할 수 있는 근거에 따라 분류해왔다. 그럼에도 불구하고 호모라는 종명이 붙은 존재들이 그 전 시대인 제3기*에도 살고 있었는지는 여전히 의문으로 남아 있다. 아무튼 석기들은 제4기** 이전의 지층에서는 발견된 바가 없다. 연대 추정이 가능한 가장 오래된 화석이 2억 8천만 년 전에 생성됐다는 사실에 비하면, 50만 년쯤이야 아무것도 아니다. 그렇지만 50만 년이라는 시간도 후기 구석기시대 혹은 순록 시대—오리냐크기에서 막달레나기까지—가 이어졌던 몇만 년에 비하면 어마어마한 시간이다. 막달레나기(중석기시대, 신석기시대, 철기시대를 아우르는 선사시대의 맨 끝자락)는 지금 우리가 사는 현재로부터 약 1만 5천 년 정도 떨어져 있다. 역사를 통해 우리가 정보를 얻을 수 있는 것은 한 5천 년 정도에 불과하다.

(아주 거칠게 말해서, 역사가 시작된 것은 5천 년 전이고, 호모사피엔스가 후기 구석기시대에 등장한 것은 5만 년 전이고, 호모파베르가 등장한 것은 50만 년 전이라고 할 수도 있다. 이 중 역사시대가 언제 시작되었는지에 대해, 그 정확한 연대는 아직 가설에 불과하다. 라스코에 대해서도, 인간이 동물 형상으로 동굴을 장식하기 시작한 것은 대략 3만 년 전부터라고 하나, 아직 가설 단계라 유보적으로 말할 수밖에 없다.)

* 제3기는 지질학에서 신생대의 첫 단계를 가리킨다. 6500만 년 전–180만 년 전.
** 제4기는 신생대의 마지막 단계. 180만 년 전–현재.

이런 식의 어림셈이 불완전하기는 해도, 라스코의 의미를 파악하고 싶다면 각 시대의 지속 기간이 지니는 상대적 중요성을 짚고 넘어가야 한다. 오래 정체되어 있었던 듯 보이는 인간의 삶 이전에, 그러니까 최소한 노동과 도구 제작으로 특징지어지던 미완의 형태들 이전에, 이토록 오랜 여명의 시대, 즉 시작의 시대가 있었다는 사실을 잊어서는 안 된다. 50만 년의 겨울 뒤에 찾아온 라스코 시대는 마치 처음 맞은 봄날의 오후와 같은 의미를 지닐 수 있을 것이다. 실제로 당시의 기후도 순록 시대 초기만 제외하면 그 전보다 덜 혹독해졌던 것으로 보인다. 특히 후기 오리냐크기에는 확실히 기후가 온화해졌고, 따라서 이때에 가장 아름다운 벽화들이 많이 그려졌다. 하지만 겨울과 봄의 비유는 논리적으로 맞지 않는다. 여기서 말하는 겨울 이전이라고 해도 힘겹지 않은 계절은 아니었기 때문이다…. 엄밀히 말해서 이 겨울은, 네 번의 긴 빙하기가 이 시기 전체에 걸쳐 이어졌다는 의미에서 쓴 말이다. 이 시기 동안 프랑스의 날씨는 지금의 시베리아와 같았다. 후기 구석기시대가 시작된 것은 네 번째 빙하기인 뷔름 빙하기* 때다. 그런데 후기 구석기시대가 시작된 이후 기후가 온화해졌다. 라스코 벽화에 그려진 동물들은 상대적으로 기후가 온화한 지역에 서식하던 동물들이다. 이 시대의 물질문명, 즉 도구와 노동의 수준은 호

* 네 차례의 빙하기는 귄츠 빙하기, 민델 빙하기, 리스 빙하기, 뷔름 빙하기이다.

모사피엔스 출현 이전과 큰 차이가 나지는 않는다. 하지만 본질적으로 이전의 세계는 전복되었다. 말하자면, 이전 세계에서처럼 생존에만 급급해하지 않게 된 것이다. 어쨌거나 도구들은 더욱 정교해졌고, 이제 평온해진 인간의 활동은 곧장 노동으로만 연결되지는 않게 되었다. 바로 이때부터 예술 활동이 더해졌다. 생존에 유용한 활동만 있던 터에 놀이라는 활동이 더해진 것이다.

이 점을 아무리 강조해도 지나치지 않을 것이다. 순록 시대 초기 이전에는, 아무튼 원칙적으로 인간의 삶이 동물의 삶과 구별되는 지점은 오직 노동뿐이었다. 사실 노동 말고 다른 중요한 인간의 활동들 중 우리가 지금까지 보존해온 것이 없다. 노동이라는 단어가 차분하게 앉아 실용성을 계산하는 행위를 전제한다는 의미에서 볼 때, 사냥은 노동이 아니라 차라리 동물적 활동의 연장이었다. 언뜻 보기에도, 예술(이른바 형상화)이 나타나기 이전 시대에는, 사냥은 무기를 사용한다는 점에서만 오직 인간의 활동에 속했다. 돌을 이용해 노동함으로써 비로소 인간은 절대적으로 동물과 분리된 것이다. 노동을 통해 인간다운 사유를 하게 되었다는 한에서 인간은 동물과 구분되었다. 노동은, 미리 앞서서, 곧 다가올 시간 속에, 아직은 존재하지 않지만 곧 만들어질 어떤 사물[대상]*의 자

---

* 프랑스어의 'objet'는 '주체(sujet)'와 대비되는 '대상'으로서의 의미를 우선 가지면서 사물, 물건, 미술이나 연극에서의 오브제 등의 의미도 지닌다. 이 책에서는 문맥에 따라 '대상', '사물', '물건'으로 번역했다.

리를 잡아놓았고, 노동은 순전히 이런 목적에서 발생하였다. 이때부터 인간의 머릿속에서 사물은 두 가지로 나뉘어 자리 잡게 된다. 한쪽은 현재 있는 것들이고, 다른 한쪽은 미래에 있을 것들이라는 식으로 말이다. 이런 식으로 벌써 둘로 나뉜 국면에 과거의 사물들이 더해져 합을 맞추고, 그리하여 사물들은 인간의 머릿속에서 이쪽 끝에서부터 저쪽 끝까지 죽 늘어서 존재하게 된다. 욕구를 표출하는 짐승의 울부짖음 차원을 넘어서 변별적 기능을 지닌 언어도 이때부터 가능해진다. 사물을 지시하는 언어는, 암묵적으로 그 물건이 만들어진 방식, 즉 그 물건의 원래 상태를 제거하고 도구가 된 이후의 사용법을 보증하는 노동이라는 행위 방식에 연관된다. 그리함으로써 언어는 시간의 흐름 속에 그 사물을 지속적으로 고정시킬 수 있는 것이다. 그러나 사물은, 그것을 발화하는 자로부터 즉각적 감각성을 떼어내버린다. 인간은 이 감각적 부분을 되찾는다. 굳이 자신의 노동을 통해서 해야 한다면, 유용한 작업적 산물을 만들어 냄으로써가 아니라 예술 작품을 창조해 냄으로써 말이다.

죽음에 대한 인식과 금기

그런데 이러한 결정적 결과는 예술의 탄생 이전부터 노동에 내포되어 있던 셈이다. 세대를 거듭하면서 사물들을 만들고 창조하고 지속적으로 도구들을 만들어 사용하던 이 존재들은, 자신들이 죽는다는 사실을 이해했다. 자기들이 만든 도구들은 시간이 흘러도 버티지만 자기들 안의 무언가는 버티지 못한다는 사실을 말이다. 무언가가 버티지 못한다…, 무언가가 그들로부터 빠져나간다…. 시체를 매장하는 풍습이 이 시대에도 있었음을 보면, 죽음에 대해 오랜 옛날부터 이렇게 의식해왔음을 알 수 있다. 유럽과 팔레스타인에는 중기 구석기시대 것으로 추정되는 어른과 아이 무덤이 몇 개 남아 있다. 이 무덤들은 호모사피엔스 출현보다 많이 앞서 있지는 않은데, 여기에서 발굴되는 유골들은 미완성 상태의 네안데르탈인의 것이다. 이처럼 죽음에 대한 대응이 뒤늦게 나타났다는 사실이 다른 인류가 번성하는 시기로의 이행을 알린다고 생각할 수도 있겠다. 하지만 첫째, 호모사피엔스는 네안데르탈인과는 계통적으로 멀리 떨어져 있기 때문에 (호모사피엔스는 네안데르탈인과 동시대에 살았던 다른 방계 인류의 후손인 것으로 보인다) 네안데르탈인에서 연속적으로 이어진 인류가 아니다. 둘째, 시체 매장 풍습이 생기기 이전 시대에 존재했던, 죽음에 대한 좀 더 보편적이고 더 오래된 대응방식은, 대부분 시체의 머리 부분만 매장하는 것이었다. 머리는, 죽음 이후에도 그 몸에 살았던 사람이 누구였는지를 영원히 표상해주는 신체 부위로 여겨졌다. [이 당시 사람들은] 물건들은 변한다 해도 무엇인가는 변하지 않고 영원히 남아 있다고 생각했다. 한 사람이 죽고 나면 그 주변 사람들은, 죽은 자의 머리만은 살아 있을 때의 그 사람으로 여겼다. 원시적 존재들에게 있어 그 머리는 불완전한, 뭔가가 결핍된 사물이었다. 그 머리는 어떤 의미에서, 거기 있던 그 사람이기도 했지만, 그럼에도 불구하고 더이상 그 사람이 아닌 것이었다. 그는 정녕 죽었고, 제작된 사물들을 손으로 조작함으로써 존재 그대로의 영속성에 부여했던 정신이 던지는 질문에, 이제 죽은 자의 머리는 찡그린 표정으로 대답할 뿐이었다. 이런 두개골 유골과 유사한, 언뜻 보기에도 무척 신경을 기울여 보존시켰던 듯한 시체 머리들—이 두개골들은 실제로 중기와 초기 구석기시대의 여러 시기에 걸친 유골들이다—이 발굴된 사실을 고려하면, 우리와 가장 멀리 떨어진 시대의 인류조차도 이미 죽음에 대해 모호한 감정을 가지고 있었음을 추측해볼 수 있다. 이처럼 개화(開花) 이전 오랜 맹아상태의 국면은 이러한 근본적 인식과 이질적이지 않아 보인다. 말하자면, 이때의 존재는 특별한 사물—가깝게 지내던 사람의 머리—앞에 멈춰 서곤 했다. 한편으로는 어제까지도 알았던 그 사람 자체였던 이 사물은, 이제 그 사람은 더 이상 존재하지 않는다는, 그 사람은 죽었다는 사실을 고하고 있었다.

아마도 네안데르탈인은 인간의 삶이 사물의 식별을 내포하는 유용한 활동이라고만 생각했던 듯하다. 이러한 사실로부터, 오랜 시간이 지난 뒤 혹시 이들이 죽음을 식별해 냄으로써 자기들 주변의 한정적이고 서로 구분된 사물들과는 다른 무엇인가를 의식 속에 끌어들였던 것은 아닌지 판단해볼 수 있다. 하지만 죽음은 어떤 부정적인 요소밖에는 가져올 수 없었을—틀림없이 그랬을—것이다. 죽음이란 우리에게 효율적 행위가 아닌 다른 가능성들을 끝없이 열어주는 거대한 균열이기 때문이다. 이때의 가능성들은 "백조 같은 목"을 가진 사람, 즉 오리냐크인에 이르기까지는 개척되지 않았던 듯하다. 그 이전의 인류는 아마 죽음이 불러일으키는 감정을 금기로 인식하는 데 머물렀을 것이다.

라스코의 여명이 흩어버린 어두운 밤에 대해 원칙적으로 할 수 있는 말은 이 정도다. 라스코의 여명에 의미를 부여하기 위해, 나는 우선 여명에 앞선 밤에 대해 말할 수밖에 없었다. 그리고 마침내 낮에 대해 말하기에 앞서, 우선, 겉모습에 따라, 밤의 시대에 규정된 금기 요소를 강조하고자 한다.

내 생각에, 선사시대를 다룰 때 일반적으로 고려되는 부분들에서 누락된 것이 하나 있다. 선사학자들은 엄청난 인내력과 방대한 작업으로 축적하고 또 명민하게 분류한 자료들을 조사한다. 선사학자들은 자신의 연구가 다루고 있는 시대에 살았던 사람들의 생존 여건들을 참작해 이 자료들에 주석을 단다. 하지만 각자 자기 전문 분야에 적합한 한 가지 방법만 따르다 보니, 자료들을 연구하면서도 각자 자기 전공 영역에 들어맞는 부분들에 대해서만 연구하는 데 그친다. 이 연구자들은 자료들을 전체적으로 조망하지 않는 탓에, 동물에서 인간으로의 이행에 대한 질문이라든가 본능적 삶에서 의식으로의 이행이라든가 하는 질문을 제기하지 않는다. 이런 질문은 다른 영역, 정의상 과학이라 하기에는 미심쩍은 학문인 심리학에서 다룬다. 사실 심리학 자체가 아직 애매한 분야이니, 이 질문은 철학자들의 몫으로 남아 있다. 결론적으로, 분명한 것은, 과학자는 그 질문을 배제하게 되어 있다. 그런데 이 질문이 누락되어 있다면 불편하지 않을까? 사회학자들도 자기들 나름대로 민족지학(民族誌學)적 자료들을 깊이 연구하고 있어서, 고대 민족 연구자들이 그들의 면밀한 관찰 내용을 원용하기도 한다. 이 사회학자들의 주장에 따르면, 터부라고—종종 너무나도 괴상망측하게—규정된 것들이 각각 건드리는 특정한 지점들이 있다는 것이다. 그런데 이들은 보편적 사실 하나를 놓치고 있다. 동물과 인간의 차이는, 전체적인 관점에서, 지능적·신체적 특성들에 근거할 뿐 아니라, 인간들에게는 자기들이 지켜야 한다고 믿는 금기들이 존재한다는 점에도 근거한다는 사실 말이다. 만일 동물들이 인간과 명확하게 구분된다면 그 구분은 아마도 이 지점에서 가장 분명할 것이다. 즉, 동물에게는 아무것도 금지된 것이 없다. 자연적 여건이 동물을 제한하기는 하지만, 동물 자신은 어떤 경우에도 스스로를 제한하지 않는다. 그런데 사회학자들—또는 종교 역사학자들—은 기본적으로, 자신들이 보고하고 연구하는 이 수많은 금기들이 각각의 금기들에 해당하는 특정한 설명들에 맡겨질 것이 아니라, 이것들 전체를 아우르는 설명이 필요하다는 점을 놓치고 있다. 금기가 작동할 수 없는 동물적 상태로부터 금기가 인간화된 행위의 근간을 이루고 있는 인간적 상태로의 이행에 대해 전체적 관점에서 문제를 제기해야 하는데 말이다. 다시 말하자면, 사회학자와 종교 역사학자는 매번 개개의 터부들만을 다루는 탓에, 일반적으로, 무엇보다 일단 금기 없이는 인간다운 삶도 없다는 사실은 이야기하지 않고 있다. 더구나 선사학자들은 이런 종류의 질문을 던지지조차 않는다. 그들의 연구 분야에서는, 자기들 눈에 금기로 보일 만한 것이 존재했음을 증명해주는 자료들을 만날 일이 없기 때문이다.

그럼에도 불구하고, 후기 구석기시대 이전부터, 그리고 더 많은 증거들이 발견된 후기 구석기시대에 이르러서는 특히, 시체라든가 조금 더 넓게 말해 인간의 유해에 대해 특별한 주의를 기울였다는 사실만으로도, 죽음에 대한 인간의 행동들이 원시적이고 따라서 근본적이라는 것을 보여주기에 충분하다. 그 기원에서부터 명백히 나타나듯, 죽음을 대하는 행동들에는 공포와 존경의 감정이 내포되어 있다. 공포든 존경이든 아무튼 인간의 유해를 다른 사물들과는 다르게 여기게 하는 어떤 강한 감정이 있었다는 것이다. 일단 이렇게 시체와 다른 물건들 사이에 차이를 뒀다는 사실 자체가, 동물들은 시체에 관심을 보이지 않는다는 점과 대비된다. 시체에 대한 인간의 행동은, 새로운 가치의 현존을 처음으로 느끼게끔 했다. 시체에는, 최소한 시체의 얼굴에는 산 자들을 홀리는 힘이 있었기 때문에, 산 자들은 시체에의 접근을 금지하려 애썼고, 어떤 대상이든 간에 시체 주변에 허가되는 일상적인 왕복을 제한시켰다. 금기를 구성하는 것은 바로 이렇듯 홀리는 힘에 이끌린 제한행위, 존재와 사물들의 움직임에 인간이 부과한 제한행위다. 이처럼 공포에 사로잡힌 감정에 의해 격리되어 보존된 대상들은 신성하다. 인간들이 시체들을 대하는 아주 오래된 태도가 의미하는 바는, 물건들에 대한 다음과 같은 근본적 분류가 시작되었다는 사실이다. 즉, 물건들은 이제 한쪽은 신성하고 금지된 것으로, 다른 한쪽은 세속적이고 제한 없이 접근해서 다룰 수 있는 것으로 나뉘었다. 이러한 분류가 지금까지 인간다움이 무엇인지를 구축해온 움직임들을 지배한다. 우리는 지금 그 움직임들 앞에 서서, 저 먼 시대들에 대해 숙고하고 있다. 라스코는 이 순간들 중 가장 중요한 순간, 인간이 인간다움을 갖춘 인간으로서 마침내 완성된 순간으로 남을 것이다.

금기들의 전체적 결속

우리가 엿보려 한 바와 같이, 라스코의 세계는 무엇보다도 금기에 대한 감정이 지배하는 세계였다. 일단 그 감정을 금기의 관점에서 먼저 알아보지 않고서는 이 세계 안으로 침투해 들어갈 수 없을 것이다.

그런데 이런 틀에서 볼 때, 죽음의 공포와 관련된 금기를 고려하는 데에만 그칠 수도 없을 것이다. 그 흔적들은 지하 공간에 보존되어 있다. 뼈들은 썩지 않고 오래 보존된다. 우리가 뼈들을 발견할 때 그것들은 처음 놓였던 그 위치 그대로에 있는 셈이고, 그리하여 우리는 몇천 세기 전에 살았던 사람들이 이 뼈들을 어떤 태도로 대했는지 알 수 있다. 인간의 다른 행동 방식들에 대해서는 이렇게까지 잘 알 수는 없다. 이 인간들을 동물과 구분 짓는 데 있어 그에 못지않게 중요한 행동 방식들이 있었다손 치더라도 말이다. 인간의 근본적 금기들은 두 가지 그룹으로 형성된다. 첫 번째는 죽음에 연관된 것이고, 두 번째는 생식, 즉 출생에 연관된 것이다. 첫 번째 그룹의 금기들 중, 선사시대에 존재했다고 알려져 있는 금기는 오직 죽은 자의 유해를 건드리지 말라는 금기뿐이다. 그런데 같은 시기에 살인의 금기가 있었는지에 대해서는 우리에게 적극적으로—혹은 소극적으로라도—알려주는 것이 없다. 살인의 금기 역시 보편적이고, 시체를 만지면 안 된다는 금기와 마찬가지로 죽음에 연관된 금기인데 말이다. 두 번째 그룹의 금기들은 더 잡다해서, 근친상간, 여성의 생리 기간과 관련된 규율들, 일반적 관점에서 정숙함과 관련된 금기들, 임신과 잠자리에 관련된 금기들까지 포함한다. 물론 순록 시대 이전까지 거슬러 올라가야 하는 증거 자료들이 우리에게까지 전해져 내려왔을 리는 없다. 순록 시대 이전 시기로 말할 것 같으면, 우리에게 확실하든 불확실하든 직접적이든 간접적이든 간에 뭐라도 정보를 제공해줄 만한, 인간이 그리거나 써서 남긴 형체를 가진 자료가 전무하다. 그렇기는 하지만, 우리는 기본적으로 두 계열의 금기가 보편적으로 존재했었다는 사실에 대해서는 확신할 수 있다. 이것은 역사적 자료들이나 민족학적 관찰들이 대체로 동의하고 있는 지점이다. 나는 이제 여기서 더 나아가서, 이 금기들이 모두 최소한 그 근본에 있어서는, 시체와 관련한 금기들과 마찬가지로 아주 옛날, 즉 순록 시대 이전부터도 존재했다고 주장해보고자 한다. 이를 위해 공식적으로 확인된 증거도 덧붙일 수 있다. (이 반대의 근거, 다시 말해 이런 금기들이 그 시대에는 존재하지 않았음을 증명할 수 있는 사람은 아무도 없을 것이다.) 나는 인간 정신이 비교적 일관적으로 움직여왔다는 사실을 상기해보고자 한다. 단, 모호하고 중립적인 일종의 회의주의적 입장이라면, 죽음에 대한 의식이나 생명 없는 육신에 집중되는 극도의 관심이 필연적으로 노동에서부터 초래됐다는 주장에 반박할는지도 모르겠다. 동물이나 다른 사람들의 접촉으로부터 주검을 차단시키는 금기와 살인 금기의 연관성에 대해서는 체계적으로 의심해봄 직하고 또 의심해봐야 한다. 하지만 여기서 중요한 것은 기본적인 인간의 반응이다. 이는 성 금기들에 대해서도 마찬가지다. 성 금기는 죽음과는 정반대로 출생과 관련 이 있지만 죽음 금기를 보완하는 역할을 한다. 우리로서 는 잠깐이나마 근친상간이나 여성의 월경과 관련된 금기 들의 기원이 저 태곳적까지 거슬러 올라가기는 하는지 파 악이나 할 수 있을까 하는 의문조차 품어볼 수 없다. 우리 가 품는 의문은 최초의 인간들에게 이런 행동 방식이 있 었을지도 모른다는 가능성에 관한 것이지, 애초부터 정해 진 어떤 특정한 금기의 형태들에 관한 것이 아니다. 이 문 제에 대해서 우리는, 그저 이런 행동 방식이, 죽음이 유발 한 행동 방식과 마찬가지로 노동에서 비롯된 불가피한 결 과가 아니었는지 자문해볼 따름이다. 우리가 알아보아야 할 것은, 노동이 창조한 세계, 즉 귄츠 빙하기(제1빙하기) 와 민델 빙하기(제4기에 있던 긴 빙하기 중 제2빙하기) 사 이에 위치한 시기에 시작되었던 노동의 세계에서, 성생활 이 죽음처럼 결국에는 노동과는 전혀 다른 것으로 여겨졌 던 것은 아니었는가 하는 문제다. 노동과도, 그리고 노동 이 인간과 사물들 사이라든가 다양한 인간 존재들 사이에 이끌어 들인 서로 다른 여러 관계들의 규칙적 반복과도 전혀 다른 것으로. 금기들 전체는 대체로 무언가 갑자기 전혀 다른 것으로 예상되는 것 앞에서 흠칫 멈춰 서게 되 는—그리고 불안해하는—반응들을 유발한다. 이 점을 염두에 둘 때, 역사적 · 민족학적 정보들이 우리에게 밝혀주고 있는 내용은, 지금까지 알려진 모든 인류에게 있어 노동의 세계는 성과 죽음의 세계와 대립되며, 인류는 언제나 바로 이 지점에서 지금의 우리와 일치한다는 사실이다. 가장 멀리 떨어진 선사시대의 인류가 우리에게 남긴 흔적들은 매우 한정적이기에, 그들의 삶을 알 수 있도록 빛을 밝혀주는 대목은 오직 이 지점과 관련해서뿐이다. 그런데 이 문제를 다룸에 있어, 고생물학이 하는 일을 우리도 할 수 있지 않을까? 고생물학도 우리가 하려는 작업처럼, 오늘날 우리에게까지 전해져온 유적들, 따로따로 떨어져 있는 편린들에서 출발해 하나의 전체를 재구성해 나가는 학문이니 말이다. 노동에 필수 불가결한 조건인 사태들의 질서를 교란시키는 것, 고정적이고 따로따로 명확히 구분되어 있는 물건들의 세계에 동질적이지 않은 것, 탈주하거나 돌발하는 삶 같은 것들은 즉시 격리되었어야 했으며, 경우에 따라 불길한 것, 성가신 것, 신성한 것으로 여겨졌다. 굳이 말하자면, 성적인 것과 신성한 것 사이에 명확한 구분은 없다. 나아가 우리는 더 기묘한 사실을 이해할 수 있게 된다. 더 먼 곳을 내다볼 수 있는 자라면 이 사실을 깨닫게 될 것이다. 여전히 우리를 지배하고 있는 신성이라는 이 문제적 영역은, 노동에 종속되지 않은 삶이라는 이유로 동물적 삶으로 환원되어 버렸다는 사실을 말이다. 지금 이 책에서 우리를 홀리고 있는 것 역시 바로 이 문제적 영역이 풍기는 마력—라스코동굴의 마력—이다.

금기의 초월: 놀이, 예술, 종교

이 책에서 우리가 염두에 두고 있는 것은 바로 예술의 탄생이다. 라스코는 그 자체만으로도 오늘날 우리에게 가장 매력적인 이미지, 가장 풍요롭고 감동적인 면모들을 보여준다. 그런데 우리는 여기서 다시 한번, 탄생이 지니는 의미와 그 이전의 맹아 상태를 연결지어 생각해봐야 한다.

바로 이 맹아 상태에서 벗어났다는 데 첫 번째 의미가 있다. 비록 우리는 그 뒤 놀이의 의미 반대편에 주술적 의도의 몫을 남겨둬야 하겠지만 말이다. 엄밀히 말하자면 놀이만이 오직 예술로서의 가치를 지니고, 주술적 의도에는 이득의 계산이라는 의미가 있다. 주술적 의도와 예술로서의 놀이 둘 중 무엇이 상대적으로 더 중요했는가에 대해 선사학자들이 논의한 끝에, 최근에는 둘 모두가 작동할 수 있었다고 인정하기로 합의를 보고 있다. 그렇다고 해도 그 학자들의 사고에서 주술적 의도와 그 주술을 통해 얻으려던 이득과 관련한 부분이 더 큰 비중을 차지한 게 아닌지 우려가 된다. 내가 보기에 선사학자들은, 아마 조심한답시고 그런가 본데, 자유로운 창조와 축제의 요소에 대해서는 늘 유보적인 태도로만 말을 하는 경향이 있다. 그 요소야말로 벽화를 그린 인간들에게 있어 어찌 보면 거룩하기도 한 이 이미지들이 표상하려는 내용이었을지도 모르는데도, 학자들이 이를 간과하고 있다는 말이다. 선사학자들은, 발견된 벽화에서 동물들이 대부분 등

63

에 맞은 화살이 꽂힌 모습으로 그려져 있다는 점을 근거로 들며, 주술의 마력이 이끄는 길을 따라가서 사냥감을 만나게 해달라고 기원하는 목적이 있었다는 점을 역설한다. 일종의 물질적 차원의 의도가 분명 존재했으며, 그 의도가 이 벽화들이 풍기는 마력을 통해 추구되었음은 우리 역시 추호의 의심 없이 동의해야 할 것이다. 라스코인의 머릿속에 있던 주술과, 고대사나 민족학을 연구하는 사람들이 생각하는 주술 사이에 유사점이 있음에는 틀림없다. 그렇기는 해도, 이렇듯 효용성을 추구하는 의지로 발현된 행위라는 점에만 너무 많은 의미를 부여하는 관행에는 이의를 제기하는 편이 좋겠다. 어쨌든 모든 제의적 시행의 구체적 목적을 탐색하는 일은, 그것을 시행하고 있는 사람들이 가진 의도들 가운데서만 유효하다는 점을 인정해야 한다. 이때의 의도는 종교적, 감각적(미학적) 현실을 포함한 현실 전체를 아우른다. 어디에서건 예술은 이런 의도를 담은 기원들이 내포하는 것들을 지속적으로 대상으로 삼아왔다. 그 대상이란, 어떤 감각적 현실의 창조이며, 이 창조를 통해 세계는 인간의 존재와 본질에 내재된 욕망, 즉 기적을 바라는 욕망에 화답하는 방향으로 변화된다. 이 대상이 이처럼 보편적으로 집요하게 추구되어왔다는 점을 고려할 때, 예술 작품에서 특정한 의도들의 영향력은 미약할 뿐이라는 사실은 자명하지 않은가? 여기서 벗어난 것을 예술 작품이라고 할 수는 있을까? 아무튼 결과적으로, 그 대상을 위해 우리는 예술 작품 속에 주

어진 요소들 중 동떨어졌거나 좀스러운 것들은 무시해야
한다. 동떨어져 있는 요소는 존속하지 못하지만, 기적에
대한 의지는, 심지어 이미 망각 속에 묻힌 원래의 의도를
무시해버릴 수 있는 이에게마저도 영원히 감지되고 있다.

　　기적처럼 어마어마하게 솟아올려 줄지어 세워놓은
돌들이, 저것들을 세워 올렸던 자들에게 이러저러한 협소
한 의미를 지녔던들, 그리고 그걸 우리가 모른다 한들 결
국 무슨 상관이겠는가? 하지만 그 당시 인간들이 저 돌들
을 통해 기적을 바랐던 것은 사실이다. 이러한 바람이 있
었기에 그들의 의지가 여전히 살아 숨 쉬며 우리들 마음
깊은 곳까지 와닿는 것이다. 라스코의 벽화들이라고 다를
까? 하물며 이 그림들은 선사학에서 사용하는 고전적 해
석 방식으로 환원시켜 보아도 전부 설명되지도 않으니 말
이다. 더 멀리 갈 것도 없이, 라스코동굴 입구에 들어서자
마자 보이는 '일각수(一角獸)'라는 상상의 동물을 나타낸
그림은 무엇을 의미하는가? 우물 안쪽에, 내장을 쏟는 들
소와 그 앞에 죽은 듯 쓰러져 있는 한 사람이 그려진 장면
은 무엇을 의미하는가? 라스코 외의 다른 벽화들 역시, 주
술의 힘을 빌린 단순한 계산적 의도로 환원시켜 설명하기
힘들다. 우리는 왜, 이토록 불투명한 기원들에다가 한 가
지 설명 방법만을 여기저기 들이대야 하는 걸까? 동물들
의 모습을 조각이나 그림으로 모사하는 기예(技藝)만 해
도, 그 기예가 있기 전에는 이용될 수 없었으며, 있기 위
해서는, 처음으로 그 기예를 펼쳤던 사람들이 우연히, 혹

은 그냥 놀다가 그렇게 그리든 조각하든 했을 거라고 생각되는데 말이다. 동물의 울부짖음이나 자세는 한 표면에 그려진 실루엣들에 선을 덧그려서 모사했을 가능성도 있다. 이런 가능성은 손가락으로 파서 자국을 낸 선들에 대한 분석을 거쳐 나온 것이다. 이 선들은 한꺼번에 여러 손가락을 이용해 진흙에 새겨졌거나, 아니면 손가락에 색을 묻혀서 바위에 그려졌다. 다른 동굴, 특히 라봄라트론*에 이런 방식으로 그려지거나 새겨진 흔적들이 남아 있는데, 선사학자들은 이 방식을 '마카로니(macaronis)'**라고 명명했다. 가끔 이 선들은 형체를 갖추기도 한다(「부록」). 바위 표면에 우연히 새겨진 선들은 그 자체로 분석 대상으로서, 분석의 출발점이 되기도 하는데, 가르 지방 콜리아스의 바욜 동굴***에서 발견된 경탄할 만한 그림인 큰 사슴 과(科) 동물 형상의 경우가 바로 그렇다. 이 형상은 아마 이웃해 있는 라봄라트론 동굴에서 마카로니 기법이 사용된 때와 같은 시대에 그려진 것으로 추정된다. 그림은 내벽면의 원래 돌출되어 있던 부분들에서부터 새겨져 있는데, 이 돌출부들은 색으로 살짝 강조되어 있다. 다른 무엇보다도 오직 놀이만이, 이러한 초보적인 그림들을 그리도록 할 수 있었다. 평온한 상태, 효율적인 생활을 바라는

---

* 프랑스 랑그도크루시용 지방 가르에 위치한, 후기 구석기시대 벽화가 남아 있는 동굴.
** 점토질 벽에 손가락으로 암각한 굴곡선.
*** 가르 지방 콜리아스 근처의 후기 구석기시대 동굴로, 이전에 발견된 아르데슈 지방의 선사시대 동굴들과는 달리, 라봄라트론 동굴처럼 암각화보다 벽화가 많다.

의도는, 놀이라는 선물을 이용하는 수밖에 없었다.

　아무튼, 인류학자들이 말하는 호모파베르(노동의 인간)는 놀이가 그를 데려와주었을 이 길에 아직 들어서지 못했다. 그 뒤를 잇는 호모사피엔스(인식의 인간)만이 이 길에 들어섰다. 호모사피엔스는 매우 과감하게 이 길에 들어섰고, 초기 스케치들에서부터 훌륭한 기량―천재성―을 가득 머금은 예술성이 흘러넘치기 시작했다. 호모파베르의 옹색한 세계를 이렇듯 넓게 열어젖힌 자를 우리는 호모사피엔스라 이름한다. 그런데 이러한 명명은 근거가 빈약하다. 최초의 인간들이 살던 시대에 약간이나마 인식능력이 발전됐던 것은, '파베르', 즉 노동으로 인한 것이다. '사피엔스'가 기여한 부분은 역설적으로 인식이 아니라 예술이다. '사피엔스'라는 이름은, 인간과 동물을 구분하는 것이 인식이라고 오늘날보다도 더 절대적으로 믿었던 옛 시대의 표식을 띠고 있다…. 순록 시대 인간, 그중 특히 라스코인에 대해 말할 것 같으면, 우리는 인식이 아니라 미학적 활동―그 본질에 있어 놀이의 한 형태인 활동―에 방점을 찍을 것이고, 이로써 더 합당한 방식으로 이 인류를 그 전의 인류와 구분해낼 수 있다. 하위징아가 만든 멋진 표현인 '호모루덴스'(놀이하는 인간, 특히 예술이라는 감탄할 만한 놀이)가 더 적절한 이름이 될 것이며, 오직 이 이름만이 적절하다. 호모루덴스라는 표현만이 우리가 원하는 만큼 명확하게, 네안데르탈인의 '파베르'에 대응하는 이름이 될 것이다. '파베르'는 그대로 묶여 있다. '파베르'의 도약은 네발짐승 모양새의 둔중함을 끝내 극복하지 못했다. 둔중한 호모파베르는 아직은 유인원에 더 가까웠다. 놀이-인간, 웃고 유혹하는 인간의 멋진 모습(인류 역사에 빈번히 나타나는 추함이나 실패의 면모를 통해 오히려 더욱 부각되기도 하는), 결연하고 주권적인 풍모가 처음 나타난 것은, 인류학이 지금껏 적절한 이름을 붙여주지 못하다가 하위징아가 드디어 만족스런 이름을 붙여준 바로 이 인간, 호모루덴스로부터다. 하위징아가 보여준 것은, 호모루덴스가 단지 인류의 진리에 예술의 위력과 광휘를 가져다준 작품들을 창조해낸 인간에게만 해당하는 말이 아니라, 인류 전체를 가장 정확하게 지시하는 말이라는 사실이다. 아울러 이 이름은, 종속적인 활동을 가리키는 파베르라는 이름에다가 그 자신 이외에는 다른 어떤 목적의 지배도 받지 않는다는 의미를 지닌 놀이라는 요소를 대립시키고 있는 유일한 이름이 아닌가? 아무튼 인간이 자신의 자부심을 그대로 결부시킨 모습으로서의 신체적 용모를 띠게 된 것은, 놀이할 때부터, 그리고 놀이함으로써 놀이에 영속성을 부여하고 예술 작품에 경이로움을 불어넣게 된 때부터다. 물론, 놀이가 진화의 요인이 될 수는 없다. 하지만 둔중한 네안데르탈인이 노동과 연결되고, 민첩한 인간이 예술의 개화에 연결된다는 사실에는 의심의 여지가 없다. 물론, 놀이가 맹아 단계 인류의 고통을 어느 정도라도 덜어준 적이 전혀 없었다고 증명할 만한 근거는 없다. 그러나 맹아 단계의 인류에게는 인간의 의의를 예술의 의의와 연결시켜 주었던 놀이라는 인간 세계를 창조할 만한 힘이 없었다. 놀이는, 그것이 매번 일시적으로나마 서글픈 욕구에 따른 것이었다 하더라도, 우리를 해방시켰고, 우리로 하여금 어떻게든 풍요로움의 경이로운 표출에 다가서도록, 그리고 그럼으로써 각자가 비로소 탄생했음을 느끼도록 했다.

금기와 위반

이제 다시—용어들의 의미가 더 명확해졌다고 믿고—본래의 논지로 돌아가자. 이제 나는 더욱더 단호한 방식으로, 금기를 초월한 결과로서의 놀이의 중요성과 그 현실에 대해 역설하고자 한다.

　나는 금기와 노동의 관계를 부각시켰다. 금기는—가능하다면, 가능한 한—노동으로 조직된 세계를 죽음과 성을 끊임없이 끌어들이는 혼란들로부터 보호함으로써 노동 세계를 유지시킨다. 죽음과 성은 마치 우리가 이제 막 힘겹게 빠져나온 진흙탕처럼 여기고 있는 생명과 자연이 끊임없이 우리 안으로 이끌어들이는 동물성이다. 후기 구석기시대와 순록 시대에 노동은 놀이에 의해 초월되었고, 놀이는 예술 활동이라는 형태를 띠었다. 이 활동도 일단은 노동이지만, 이 노동은 이처럼 놀이의 의미를 지닌다. 놀이를 통해 긴장이 완화됨에 따라 노동이 만들어냈던 금기도 영향을 받았다. 마음속에 일어나는 파문으로서의 금기, 무엇인가에 경악하고 그 앞에 멈춰 서게 되는 순간으로서의 금기가 쉽게 사라질 수는 없었다. 파문과 경악이라는 감정이 계속 남아 있기는 했지만, 놀이가 노동을 초월한 것과 똑같은 방식으로 삶은 이런 감정들을 초월해버렸다. 선사시대에 대해서는 분명한 증거들이 있지도 않고, 찾을 수도 없다. 넘쳐나는 증거들이 있다면 이는 역사나 민족학이 우리에게 알려준 인류에서 비롯된 것이다. 그런데 이 증거들이 명확하게 지시하는바, 금기 앞에서 물러서거나 멈춰 서는 태도에 대한 필연적 반대급부로서 일종의 위반이라는 움직임이 존재했다. 어디에나 축제는 있었고, 축제의 돌발적인 시간 동안에는 일상을 무겁게 짓누르던 규율들이 들어 올려졌다. 축제는 안에서 끓어오르던 냄비의 뚜껑을 들어 올리는 시간이었다. 금기들 모두가 금기로서의 기능을 멈춘 것은 아니었지만, 그중 어느 하나도 완전하게 작동하지는 않았다. 금기들은 원칙적으로만, 그리고 금기가 가졌던 특정한 어느 효과들에 대해서만 기능했다. 축제는 본질적으로 상대적 방임의 시간이었다. 아마 순록 시대에도 역시 이와 비슷한 순간들이 존재했다는 결론을 내려야 할 것이다. 우리는 다시 한번 고생물학이 화석들을 가지고 연구하는 방식을 따라 해야겠다. 그러니까, 단편들의 도움으로 전체를 재구성해야겠다는 말이다.

우리는 이보다 앞선 시대에서 위반이 작동하지 않

았다거나 존재하지조차 않았다는 증거를 댈 수도 없다. 그렇지만 이것만은 알아두자. 내가 위반이라고 말할 때는, 금기가 무력해져서 더 이상 제 기능을 하지 못하는 경우는 해당되지 않는다. 하나의 규칙이 늘 유효한 것은 아니고, 이런 경우 규칙은 존중되지 않을 수도 있다. 금기 앞에서 불안 때문에 마음이 동요되지 않는 사람은 짐승처럼 무심한 사람이다. 이렇게 무심하게 저지르는 위반은, 위반이라기보다는 오히려 법칙에 대한 무지에 기인한 것이며, 이는 금기가 조금씩 느껴지기 시작한 시대, 그래서 아직 금기가 명확하게 강요되지는 않았던 시대의 상황과 비슷하다. 내 생각에, 위반이라는 이름은, 불안을 느끼지 않는다거나 민감성이 부족해서 발생하는 움직임이 아니라, 오히려 정반대로 불안을 느낌에도 불구하고 발생하는 움직임에 붙여주어야 적절하다. 불안은 진정한 위반 내부에 깊숙이 자리한다. 그런데 축제에서의 흥분은 불안을 걷어내고 초월한다. 내가 말하고자 하는 위반은, 종교적 위반, 황홀경의 원천이자 종교의 핵심으로서의 법열(法悅)의 감각과 관련되는 위반이다. 이 위반은 축제와 결합되는데, 축제에서 절정의 순간은 바로 희생제의다. 고대인들은 희생제의 속에서 제물을 바치는 사제의 범죄를 보았다. 이 범죄란, 사제가 참석자들이 불안에 떨며 고요하게 지켜보는 가운데 희생물을 죽임으로써 사제 그 자신도 불안에 사로잡힌 채 합당하게 살인 금기를 어기는 행위를 말한다. 여기서 우리에게 중요한 것은, 그 본질이나 실

71

천에 있어 예술이 이러한 종교적 위반의 순간을 표현한다는 것, 오직 예술만이 이 순간을 충분히 엄숙하게 표현할 수 있다는 것, 그리고 오직 예술만이 그 표현의 유일한 통로라는 것이다. 위반의 상태야말로 욕망을, 더 심오하고 풍요로우며 기적적인 세계에 대한 요구를, 요컨대 신성한 세계에 대한 요구를 지배한다. 지금껏 위반은 비범한 형태들로 표현되어왔다. 시나 음악, 춤, 비극, 그림 등의 형태들이 그러하다. 이러한 예술적 형태들은 그 기원으로서 인류의 모든 시대에 늘 존재해왔던 축제가 아닌 다른 기원을 취하지 않는다. 축제는 종교적이며, 모든 예술적 능력들의 발현에 결합된다. 우리는 축제를 발생시키는 움직임과 무관한 예술이라고는 상상할 수도 없다. 어찌 보면 놀이는 노동의 법칙에 대한 위반이다. 예술, 놀이, 그리고 위반은, 노동의 규칙성을 주재하는 원칙들의 부정이라는 유일한 움직임 속에서 서로 결합된 채로만 존재한다. 노동과 놀이, 금기와 위반, 세속적 시간과 일종의 가벼운 균형 맞추기로서의 축제의 분출을 합치시키는 일에 대한 문제는, 기원적 시대의─고대사회에서도 그랬던 것과 마찬가지로─중대한 관심사였다. 축제 기간에는 끊임없이 모순들이 형성되고, 놀이는 그 자신이 노동의 외양을 취하고, 위반은 금기의 존재를 확인시키며 긍정한다. 우리는 일종의 확신을 가지고 강하게 밀어붙이고자 한다. 위반은 예술이 스스로를 발현시킨 순간에서부터만 존재하는 것이며, 예술의 탄생은 순록 시대에 있어서는 놀이와 축제

72

의 소란과 맞닿는다는 사실을. 동굴 깊숙한 곳의 형상들에서 삶은 빛나며, 삶이란 늘 죽음과 탄생의 놀이 속에서 스스로를 극복하고 완성시킨다.

아무튼 축제는 인간의 모든 수단들을 사용하기 때문에, 그리고 이 수단들이 예술이라는 형태를 취하기 때문에, 원칙적으로 흔적들을 남기게 되어 있다. 사실 우리에게 순록 시대의 흔적들은 남아 있지만, 그 이전 시대의 흔적들은 발견되지 않고 있다. 이 흔적들은 앞서 말했다시피 단편적이다. 그렇기는 하지만 우리가 이것들을 선사학자들과 똑같은 의미로 해석하기로 하자면(선사학자들 역시 동굴벽화가 그려졌을 당시에 축제가 존재했었음은 인정하고 있다), 이 흔적들은 우리가 만든 가설 중 대단히 사실임 직한 측면을 강조할 테고, 그러면 우리는 이 가설에 의존할 수 있게 될 것이다. 게다가 설사 우리가 재구성하고자 하는 당시 현실이 실제와 달랐다 해도 이 가설은 크게 달라지지 않을 것이다. 그리고 만일 어느 날 어떤 새로운 진실이 떠오른다 하더라도, 나는 장담컨대 큰 변경 사항 없이 내가 말한 바를 다시 말할 수 있을 것이다.

위반이 일어나는 실제 현실은 구체적인 정황들과는 무관하다. 만일 우리가 어떤 한 작품에 대해 특정한 설명을 굳이 하려고 든다 치면, 예컨대—이미 그래왔듯이—, 동굴에 새겨진 야수 한 마리는 귀신들을 멀리 내쫓기 위한 의도로 그려진 거라는 식으로 억지를 부릴 수도 있다. 개개의 사태는 늘 어떤 특정한 실천적 의도에서 비롯되고, 이런 종류의 특정한 의도는, 내가 동물에서 인간으로 이행하는 근본적 조건들을 설명하며 파악하고자 했던 일반적 의도에 덧붙여지는 것이다. 이때 그 근본적 조건들이란, 금기가 존재하고 또 금기는 위반에 의해 초월됨을 말한다. 금기와 위반이라는 조건은 우리네 삶에도 남아 있다. 이 조건들에 의해 인간의 삶은 정의되며, 이 조건들이 없는 우리의 삶은 상상할 수조차 없다. 이 사실에 반박해봐야 위반의 정신에 대한 무지를 드러낼 뿐이다. 이런 조건은 태초부터 존재해왔다. 그런데 금기는 필연적으로 위반에 선행한다. 내가 도입한 가설의 몫은 금기에서 위반으로의 이행을 위치시키는 데 그칠 따름이다. 이 가설은, 위반이 일종의 축제적 움직임이라는 자유로운 흐름 속에 스스로를 내맡김으로써 마침내 인간 활동 속에서 종교가 위반에 부여한 탁월한 지위를 갖게 되었다는 사실로부터 설명된다. 이 원칙은 각각의 개별적 작품에서 비롯되는 구체적 해석들과 대립될 수 없다. 말하자면, 하나의 예술 작품, 하나의 희생제의는 축제의 정신에 참여하고, 축제의 정신은 노동 세계, 혹은 노동 세계의 보호를 위해 필요한 금기들의 형식과 토대에서 해방되어 넘쳐흐른다. 각각의 개별적인 예술 작품은 다른 모든 사람들과 공통으로 지니는 기적에 대한 욕망과는 무관한 어떤 의미를 갖고 있기도 하다. 그러나 우리는 우선, 이러한 욕망이 감지되지 않는 예술 작품, 이런 욕망이 약하거나 거의 작동하지 않는 작품은 보잘것없는 작품이라고 말할 수 있다. 마찬가지로 모든 희생제의가 각각 하나의 구체적인 의미—그것이 풍성한 추수가 됐든, 속죄가 됐든, 혹은 다른 논리적 목적이 됐든 간에—를 갖는 것은 사실이다. 그러나 희생제의는 어떠한 방식으로든 금기가 삶의 가능성을 보장해주는 세속적 시간을 초월하는 신성한 순간의 탐색에 응답해왔다.

동굴 묘사

여기, 우리들 탄생의 장소에서…

자기가 속한 시대, 노동이 지배하는 도시에서 탈출해 동굴을 방문하러 온 사람의 눈에도 경이롭지만, 이곳의 웅장함을 지배했던 인간들의 눈에는 더욱 경이로운 모습. 이것이 바로 라스코동굴의 모습이다. 동굴은 시대의 끝까지 거슬러 올라, 우리를 우리네 인간들의 첫 옹알이까지 데려간다.

(그렇지만 여기 우리들 탄생의 장소는, 응당 받았어야 할 기념비적 의미를 부여받지 못하고 있었다. 이에 대해 아마 선사학자들은 아직 모종의 수치심과 죄책감을 느끼고 있을 것이다. 선사학자들은 이곳을 충분히 높이 평가하지 않았지만, 아이들의 발견을 통해 라스코는 그들에게로 되돌아왔다.)

우리로서는 아무튼 이 그림들과 그 작가들을 떼놓고 생각할 수 없다. 더 일반적으로 말하자면, 그 작가들은 이 그림들이 처음으로 경탄케 한 인간들이며, 오늘날 선사학이 있는 힘껏 우리에게 알려주고자 하는 인간들이다. 어찌 부인할 수 있겠는가? 동굴 안에 들어서면, 이렇듯 독특한 분위기 속에서 땅속 깊이까지 들어온 우리는 어쩌면 "잃어버린 시

간을 찾아서" 헤매고 있는 게 아닐까 하는 기분이
든다는 것을. 사실 잃어버린 시간을 찾기란 헛된 짓
이다. 어둠 속으로 사라진 이 과거를 우리로 하여
금 진정한 의미에서 되살 수 있도록 해주는 것은 아
무것도 없다. 이는 인간의 욕망은 단 한 번도 만족
된 적이 없다는 점에서도 또한 헛되다. 욕망이란 언
제나 눈앞에서 달아나는 목표를 추구함인 까닭이다
어찌 됐든 추구해볼 수는 있다. 다만, 그 대상이 무
엇인지 인지하고 있어야 한다. 붙들어놓을 수 없는
한순간이나마 여기 이 죽은 자들이 우리 안에서 되
살아나기를 희망한다면, 그들이 우리에게 남겨준 게
무엇인지는 그리 중요치 않으리라.

큰 방: 황소의 방(grande salle des taureaux)
환상도, 부담도, 조바심도 버리고, 지하의 라스코로 향하
는 계단들을 살펴보자. 이 계단 위에는 우리가, 그리고 아
래에는 먼 존재들, 동물적 삶이 지배했던 밤으로부터 이
제 막 솟아오른 존재들의 흔적이 있다.

계단들은—벽화들을 바깥공기로부터 보호하기 위
해 얼마 전 설치한 청동(靑銅) 문들을 지나—커다란 방
더 길고 넓은 방까지 가닿는다. 그런데 선사시대 인간들
도 동굴의 이쪽 편을 통해 이 방으로 드나들었는지는 확
실치 않다. 그들은 아마도 지금은 사라진 다른 입구로 접
근했을 수도 있다. 브뢰유 신부의 말을 빌자면, "우물 방

78

면으로 봤을 때 오른쪽"에 그 다른 입구가 있었을 수도 있는데, 사실 브뢰유 신부 본인도 "아마도 입구였을 것으로 추정되는, 아무도 그 위치를 모르는" 무엇인가를 보고 말했을 뿐이다. 동굴에 살았던 사람들이 직접 이쪽을 통해 접근했든 아니든 간에, 이 "큰 방"은 그 크기나 화려함, 벽화의 아름다움 등의 측면에서 볼 때 동굴에서 가장 중요한 공간이었다. 오늘날 우리가 큰 방을 중심으로 공간을 구성하는 것과 마찬가지로 말이다. 큰 방은 대략 가로 10미터, 세로 30미터가량의 면적인데, 실상 그 배치와 구도가 무질서하고, 프리즈*가 죽 둘러쳐져 있는 모양새가 둥근 정자(亭子)와 같은 인상을 준다. 이 정자 같은 것이 입구 쪽에서부터 넓게 열려 있었던 것 같다. 방을 보수하거나 개조할 수 있었던 것은 오직 자연적인 우연뿐이었을 테다. 방은 너무나 아름다운 조화를 이루고 있어서, 누구라도 여기에 무언가 수정을 가해 이 조화로운 상태를 더 낫게 만들 만한 방법은 생각지도 못했을 것이다. 벽화가 그려진 방들 중, 이곳만큼 전체적으로 기분 좋게 조화가 이루어진 곳은 없다. 사람들은 라스코를 두고 "선사시대의 시스티나성당"**이라고 부르기도 한다. (이미 예전에 알타미라동굴 벽화가 발견됐을 때도 같은 말을 했었다.) 하지만 내가 보기에 시스티나성당에 그려진 벽화들은, 더

* 띠처럼 된 긴 장식, 이미지들의 연속.
* 교황 식스투스4세가 성모마리아에게 바친, 바티칸궁전에 있는 성당. 미켈란젤로의 벽화로 유명하다.

드라마틱하기는 해도 그 배치나 구도가 상투적이다. 예상치 못했던 데서 오는 진짜배기 매력은 라스코의 몫이다. 큰 방에서 입구와 마주 보는 부분 벽면은 네 마리의 거대한 황소들이 주재하는 동물 그림의 프리즈로 장식되어 있다. 이 놀라운 형상들은—이 중 하나는 그 길이가 5미터를 넘는다—벽면의 한쪽 끝에서 다른 쪽 끝까지 띠처럼 죽 이어져 방의 좌측에서 만난다. 방 가운데 쪽으로는 비교적 구불거림 없이 곧고 긴 회랑이 나 있는데, 이 회랑의 입구 때문에 운동성 있게 펼쳐지던 프리즈가 중간에 끊어지는 일은 없다. 이 프리즈는 빈자리에다가 서로 얽혀 있는 동물 무리들을 모아 채워 그린 모양으로 되어 있다. 프리즈가 펼쳐진 모양은 매우 규칙적이고, 방의 벽면에 그려진 그림 역시 규칙적이다. 비교적 매끄럽고 덧칠이 가능한 표면은 애초부터 흰 방해석(方解石) 석회로 한 층 덮여 있다. 프리즈는 지면 위 손 닿는 높이부터 시작되어 좌우로 조금씩 넓어지는데, 벽화가 그려진 벽면 우측 부분에서 가장 넓은 부위의 폭은 한눈에 겨우 들어올 정도다. (타원형 돔으로 된 천장은 벽면의 매끈한 부분보다 상당히 위까지 올라가 있는데, 그 표면이 호두 속껍질처럼 울퉁불퉁하다.) 벽화가 방을 둘러싸는 모양으로 그려질 수 있도록 벽면이 배치된 덕분에, 벽화들을 이어 프리즈 형태를 만들기가 용이했다. 이렇듯 인간들은 세대를 이어나가며 형상들의 질서를 잡았고, 이 그림들이 전체적으로 하나를 이루게 만들려는 목적이 있던 것은 아니었지만,

본능적으로, 결국 지금처럼 하나의 전체를 구성할 수 있도록 배치했다. 아마도 그들은 각기 다른 연도에 형상들을 그렸을 것이고, 또 당시에는 원래 그려진 것 위에 덧칠하지 못하게 막지도 않았을 테니, 종종 이전에 그려진 부분들 위에 자기 그림을 그린 때도 있었을 게다. 그렇기는 해도, 자기들이 그리기 전에 먼저 있었던 그림들을 훼손하는 일은 거의 드물었고, 그리하여 방 전체의 웅장함이 더해졌다.

이 특별한 방이 그 시대 인간들에게 어떤 모습이었는지 재현해보자면, 어떤 계기로 모았든 간에 일정 수, 아마 꽤 많은 수의 기름 등불—돌을 움푹 패서 그 안에 피운—들이 있었을 거라고 상상해 봐야겠다. 이 기름 등불이 내는 빛의 밝기는 대략 밤에 성당 안에 켜놓는 촛불들의 밝기와 비슷했을 것으로 짐작된다. 나는 또한 현재 동굴 내부 조명이(여러 가지 이유들이 있지만, 특히 램프의 열기가 너무 세면 주변 온도가 지엽적으로 상승할 것을 우려해 불을 상당히 약하게 줄여놓은 상태다) 순록 시대에 제례나 의식이 있을 때 사용하던 조명과 별반 다르지 않았을 거라 생각한다. 하지만 전기 조명의 밝기는 건조한지라, 어찌 보면 생명력이 없는 듯하다. 촛불의 부드럽고 일렁이는 불꽃이 구석기시대의 등불에 더 가깝다.

빽빽하게 세우면 100명 남짓 수용할 수 있을 이 큰 방에서 치렀을 회합들에 대해서는, 솔직히 말해 아무것도 알 수 있는 게 없다. 하지만 벽화가 그려진 동굴들이 애초에 거주용 공간은 아니었고(바깥 대기와 가까운 부분만 가끔 거주용으로 사용되었다), 깊은 어둠에 대한 인간의 천성적인 공포심으로 인해 오히려 사람들을 그 안으로 이끌어 들이는 힘을 지녔다고 가정해볼 수 있다. 공포는 "신성"하며, 어둠은 종교적이다. 동굴의 모습은, 주술적인 힘의 느낌이라든가 접근 금지된 영역으로 침입한다는 느낌을 불러일으키는데, 그 당시에는 바로 이러한 것들이 벽화의 목적이었을 것이다. 이 목적은 이해관계에 부응하기는 하지만, 이는 불안에 찬 현기증을 겪은 뒤에만 닿게 되는 것이다….

동굴들에는 무언가 마음을 움직이는 것, 심장을 쥐락펴락하는 무언가가 간직되어 있다. 동굴들은 그 자연적 본성상, 신성한 의식들을 통해 불안감을 조성하기에 좋은 장소들로 여전히 남아 있다(오늘날 아이티의 흑인들은 부두 의식을 치를 때, 심지어 밤에 치를 때마저도 동굴을 이용한다).

벽화를 그린 자가 의도했던, 이처럼 불안감을 동반한 마력을 조성하는 데에는 다른 여러 사람의 참여나 도움이 필요치도 않았다. 이 시기의 형상들이 그려진(새겨진) 곳은, 주로 사람들이 모여 있기에는 너무 좁은 회랑이거나—라스코에도, "고양이의 작은 방"에 벽화가 있다—, 어떤 때는 사람 하나가 미끄러져 들어가기도 힘들 만큼 좁은 구석들이기도 했다…. 하지만 라스코의 큰 방, 안락하긴 하지만 종교적 공포감이 조성되기도 쉬운 이 방에서는 회합이 있었을 법도 하다. 요컨대 우리가 강조하고자 하는 점은, 소박하긴 하지만 가공할 만한 위엄이 도사리는 이 큰 방, 즉 자기들의 성소(聖所)를 보존하기 위해 벽화를 그린 화가들이 언제나 정성을 들였다는 점이다. 큰 방의 질서를 지배하는 무시무시한 황소들은 이러한 감정을 힘 있게 표현하고 있다.

이후에는, 무엇도 황소들이 지배하는 질서를 흐트러트리지 못했다. 왼쪽 벽면에 달리고 있는 갈색 말들이 가끔 황소 그림을 덮는 듯도 하지만, 그 때문에 오히려 말들이 더 나중에 그려졌다는 것만 확실히 티가 난다. 약간 부푼 검은색 갈기를 가진 한 마리 잘생긴 붉은 말이, 그 콧구멍 끝이 두 번째 황소의 두 뿔 사이에 놓이도록 그려져 있다. 그런데 머리와 허리의 잘록한 부분만 그려져 있고, 나머지 형체는 그려지지 않은 채 첫 번째 황소의 두 뿔 높이 즈음에 멈춰 있다(브뢰유 신부는, 말 그림이 완성되지 않은 이유는 단지 먼저 있던 황소들 위에 덧그려지는 것을 피하기 위함이었을 거라고 결론짓고 있다). 라스코에서 자주 보이는 (큰 방과 중앙 샛길의 경우) 이런 식의 그림 배치는 어쩌면 이와 같은 이유에서라고 설명될 수도 있겠다. 여기에서 여러 요소들은, 벽화들이 이루고 있는 하나의 총체라는 결과를 따르고 있다. 결과란 끝까지 가봐야 나오는 법이고, 이 경우, 결과는 네 마리 황소라는 계산된 구성이 있은 뒤에야 비로소 나왔다….

계산이 있었다고는 해도, 이것을 나중에 예술이 맡

는 역할과 결부시켜서는 안 된다. 게다가 한편으로, 라스코의 화가들이 미리 계획했던 것은 아니지만 아무튼 그들로 하여금 지금의 결과물을 낳게 했던 그 맹목적인 확신 속에서는 무언가 동물적인 부분이 감지된다. 심지어 육중한 붉은색 소 과(科) 동물들—처음에 그려진 것일 수도 있고 사후 다시 그려진 것일 수도 있는데, 중앙 통로의 입구 부분 우측과 좌측에 자리 잡고 있다—은 황소들의 다리와 가슴팍에 겹쳐져 있지만, 전체의 섬세함을 전혀 망치지 않고, 오히려 짐승의 수가 많다는 느낌을 배가시킨다 (분명 이 벽화들은 마치 무한한 풍요라는 꿈에 화답하는 듯하다. 붉은색 동물들은 방에 다채로움을 더한다. 우측의 암소 뒤에는 숫소가 따라붙어 있고, 좌측의 초식동물은 무릎을 구부린 채 죽음을 기다리고 있다). 좌측 벽면에 그려진 사슴들의 가냘픈 우아함이 부분적으로 이 거대한 구성의 무게를 약간 덜어주고 있는데, 이 사슴들은 황소들이 그려지는 동안 그대로 보존되어 있었다. 사슴들 중 단 한 마리만 두 번째 황소 몸체에 반쯤 가려졌다. 이때부터 다른 사슴 하나가 다른 색으로 덧칠된다. 몸통 부분 윤곽선이 흑갈색으로 다시 그어져 있다. 머리와 목 부위, 나무들은 더 짙게 채색된다. 아마도 이런 식으로 이 동물에게 자연적 특성을 부여한 것 같다. 이러한 수정 작업은 벽화 구성 측면에서 놀라울 정도의 다채로움을 불어넣게 되었다.

그즈음, 세 번째 황소를 그린 검은색으로 작은 곰 한

마리도 같이 그려졌었다. 이 곰은 황소 가슴팍 아랫부분으로 덮인다. 곰 머리는 뚜렷하게 나와 있는데, 아마도 윤곽을 나타내기 위해 사용됐던 암벽의 돌출부 때문인 것 같다. 그리고 좀 더 멀리에 곰 등의 윤곽선도 식별되고, 더 아래쪽에 발 하나와 발톱이 함께 튀어나와 있다. 무척 오래 묵은 말 한 마리가 단순하게 선으로만 그려져 있다 (이것이 동굴 최초의 벽화들 중 하나다). 이 말은 방 입구 좌측에 그려진 이름 모를 동물로 덮여 있지만, 완전히 가려지진 않았고, 이후에 덧칠되지 않은 부분들 틈으로 해서 여전히 형체를 알아볼 수 있다. 이후에 덧칠된 색은 새로운 동물 이미지와 같은 색으로 되어 있다.

이 새로운 동물에 대해서는 따로 살펴봐야겠다. 이 그림은 동굴에서 가장 아름다운 그림은 아니지만 가장 기묘한 형상 중 하나임은 확실하다. 사람들은 보통 이 형상을 "일각수(一角獸)"라고 부른다. 그런데 이 특이한 괴물의 이마에서는 평행으로 된 기다란 선들이 두 개 나와 있어서, 중세 시대의 기이한 상상 속 동물, 뿔 하나짜리 유니콘과 똑같지도 않다. 연구자들은 이 동물을, '삼형제 동굴*의 주술사(혹은 신)'와 같은 순록 시대의 다른 상상적 형상들과 연관시키려 했었지만, 그 형상들은 인간과 동물을 혼종시켜놓은 것들이다. 이 특이한 이미지를 이해해 보겠답시고

---

* 프랑스 피레네 중부 아리에주 지방의 몽테스키외아방테스에 위치한, 후기 구석기시대 유적으로 알려진 동굴. 막달레나기 벽화들이 다수 보존되어 있다.

인간이 동물로 변장한 모습이 아닐까 상상하기도 하는데, 쓸데없는 짓이다. 이 오래된 시대의 예술에서는, 인간이 동물 탈을 쓴 모습을 그릴 때면 그것이 인간이라는 지표가(예를 들어, 다리라든가) 의심의 여지없이 드러나곤 했기 때문이다. 라스코의 '일각수'는 인간이든 뭐든 무엇과도 닮은 구석이 전혀 없으며, 이리 보고 저리 봐도 틀림없이 동물이다.

브뢰유 신부는 이렇게 말한다. "몸통의 덩치나 다리 두께를 보면, 일각수는 들소나 코뿔소와 유사하다. 무척 짧은 꼬리로 보아서는 코뿔소 속(屬)에 더 가까운 것 같다. 옆구리는 O자 형태로 타원형의 넓은 자국을 칠해서 나타냈고, 목과 머리는 몸통에 비해 우스꽝스러울 정도로 작다. 콧방울이 네모난 것이 고양이를 연상시킨다. 이마에서부터 붓으로 그린 두 가닥의 긴 줄기 비슷한 것이 앞으로 곧게 뻗어 있는데, 이것을 뿔이라고 하기에는 다른 어떤 동물의 뿔과도 닮지 않았다. 단, 베이츠 양이 언급했던 티베트 영양과 약간 유사하다."

우리가 여기에 덧붙일 수 있는 것이라고는, 일각수는 주술적인 의도와는 아마 상관없었으리라는 점, 그리고 대개 이해관계 성격을 띤다고 여겨지던 이 시대의 자연주의적 예술에서 일각수라는 희한한 동물 형상이 표현하는 바는, 배고픔이나 현실 세계와는 상관없는 꿈과 환상의 일부였으리라는 점이다. 아무튼, 설사 인간이 동물로 변장한 것이라는 가설을 진지하게 검토해본다고 해도, 이 형상은 종교적 상상이 빚어낸 초자연적인 창조물이라고밖에 생각되지 않는다. 사냥꾼이 자기가 쫓고 있는 먹잇감을 속여서 몰기 위해 변장한 것도 아니다. 그런데 그림과 픽션 사이에, 한 사람 혹은 여러 사람들을 변장시켜줄탈이라는 매개적 이미지를 굳이 끌어들일 필요도 없다. 아무튼 이 상상의 형상을 염두에 두기 시작하면, 이 시기동물들의 형상들이 어떻게 그려졌는지 규정해줄 만한 항구적이고 필연적인 규칙을 추적해 나가기가 어려워진다. 동물 형상들이 반드시 만족스러운 사냥에 대한 욕망을 표현하는 것도 아니다. 배고픔이라든가 놀이, 꿈 등의 여러다른 요소들이 동굴의 질서에 미끄러져 들어온 것이라면, 단 한 가지 논리에다가 모든 사태들을 몰아넣는 하나의사유의 무게로부터 우리는 단호하게 벗어나야 하지 않겠는가? 이런 논리는, 본질이 무엇인지 규정되지 않았지만환상에 맡겨진 채 예술의 마력을 상상하게 만드는 부분을성급하게 배제시켜버릴 테니 말이다.

동굴 안으로 들어서서 계단을 내려가면 (지금은 이계단을 안전하게 오르내릴 수 있다) 우리가 처음으로 만나게 되는 형상이 바로 일각수다. 그 앞에 있는 검은말머리 그림은 왼쪽에 따로 떨어져 있고 거의 보이지도 않아서, 전체의 거대한 운동성에 통합되어 있지 않다. '일각수'는, 어쩌면 폭력적일 정도로 방 안 가득 열기를 띠게 했던이 경건한 공동체의 엄연한 한 일원이다. 일각수의 형상은 입구에 들어선 방문객을 소름 돋게 만든다. 바로 이 형상이 눈앞에 나타나는 순간에야말로 저 먼 시대가 제 모습을 드러내며, 이곳의 말 없는 이미지들이 살아 움직이기 시작하기 때문이다. '일각수'는 아마 황소들과 같은 시기에 그려진 것으로서, (브뢰유 신부의 감에 따르자면) 황소들이 중심을 잡고 웅장함을 더하는, 이 끝없이 움직이고 변화하는 구성에 실제로 참여하고 있다. 일각수는 이 구성을 증폭시키고 완성시키며, 기묘함이라는 요소를 첨가해 더욱 풍요롭게 만든다. 일각수가 불러 모은 이미지들은, 일각수를 출발점으로 해서 몰려들어 그려진 것이다. 일각수는 방을 가득 채워 눈앞이 먹먹해질 정도의 충만감을 부여하고 있는 이러한 야생적 존재의 집합, 장엄한 형상들 가운데 위치한다. 그리하여 난해하면 난해할수록, 그리고 다른 모든 것들과 이질적이면 이질적일수록 더욱 신성하게 보이는 야생적 존재의 집합에 정점을 찍는다.

중앙 샛길(diverticule axial)

무질서하게 구성되어 있는—구성에 대한 문제가 고민되었을 리 없다—공간이 안쪽 중앙 방까지 이어진 꼬불꼬불한(꼬불꼬불하기는 하지만 끝이 어딘지는 잘 보인다) 긴 회랑을 따라, 마치 큰 방의 연장처럼 길게 이어져 있다. 회랑은 큰 방을 연장하지만, 벽화들의 순서나 배치를 동시에 고려할 때, 큰 방과는 확실히 구분된다. 이 회랑, 동굴의 현재 입구 쪽으로 열려 있는 제단의 이 기다란 부속 부분은 중앙 샛길이라는 명칭으로 불린다. 이 통로에는,

입구에서 처음 느껴졌던 엄숙함 같은 건 없다(그 대신, 황소들의 거대한 크기나 '일각수'의 당황스러울 정도의 어색함이 주는 느낌과 비교해서 상대적으로 덜 무거운 느낌이다). 심지어 변덕스런 순서 탓인지, 일종의 장난기 섞인 요소마저 나타난다. 이 샛길에서는 큰 방을 지배하는 휘황찬란한 동물 행렬 같은 단일한 움직임이 눈에 띄지는 않는다. 반대로, 여러 움직임들이 거의 온 방향으로 흩어져 있어서, 여기저기로 깡충깡충 뛰는 모양이 오히려 하나의 총체를 이룰 만한 가능성을 뒤엎어놓는다. 암소들은 실제로 가볍게 점프하는 것 같은 괴상망측한 자세로 그려져 있고, 안쪽에는 또 머리를 아래로 한 채 위에서 떨어진 말 한 마리가 희한한 표현 방식으로 그려져 있어서, 벽화들이 사방으로 분산되어 있다는 인상을 더욱 강하게 느끼게 해준다.

이처럼 이 샛길 역시 큰 방 만큼이나 놀랍고 또 경탄할 만한 곳이다. 이 공간은 중간쯤에 오목하게 목이 졸린 모양의 긴 복도 형태로, 끝 쪽을 향해 조금씩 하강하게 되어 있다. 끝부분은 약간 연극적인 방식으로 배치되어 있어서, 위에서 떨어진 말이 등장하는 좁은 무대를 형성하고 있다. 이 '무대'의 우측에는 실제 연극의 무대 뒤처럼 좁은 틈이 있는데, 이 틈은 폭이 훨씬 더 협소하고, 한 번 꺾였다가 다시 확 좁아지면서 동굴의 경계가 여기까지임을 표시해주고 있다.

이 샛길의 천장은 입구에서부터 사방으로 분할된

붉은 암소들 그림으로 채워져 있다. 이 암소들은 천장에 배치되어 있다는 사실도 역설적이고, 이들이 경쾌해 보인다는 사실 역시 역설적이다. 암소들은 마치 놀이하는 것처럼 머리와 머리를 맞대고 있는데, 수직의 벽면에 그려질 수 있는 원 모양이 아니라, 오직 천장에만 그려질 수 있는 형태로, 그림 전체가 분할되어 온 방향으로 갈라진 모양으로 그려져 있다.

이 암소들 중, 전체에서 조금 떨어져 있는(왼쪽에, 정확히 말해 천장이라기보다는 벽에 그려져 있다) 첫 번째 암소만이 제대로 완성된 형체를 갖추고 있다. 기법은 다른 것들하고 똑같지만, 머리가 검은색으로 되어 있고 머리부터 발끝까지 빠진 부분 없이 다 그려져 있다는 점에서 차이가 난다. 이 암소는 다른 암소들과 마찬가지로, 더 오래 전에 그려져서 윤곽선만 남아 있고 표면이 채색되지는 않은 실루엣 위에 덧그려진 것이다(처음 실루엣의 등 윤곽선이 완성된 그림 바깥에 남아 있다). 천장에 있는 다른 암소들은, 머리를 맞대고 있는 한가운데 부분을 중심으로, 몸통은 덜 그려진 채(아마도, 최소한 이들 중 한 마리의 경우는, 그보다 더 전에 근처에 그려진 다른 형상 위에 겹쳐 그리지 않으려고 그랬던 것 같다) 사방으로 뻗어 있다. 머리들은 매우 가늘고, 이마는 곧고 매우 길고, 뿔들은 가느다랗고 약간 정신없이 구부러져 있는데, 이렇게 해서 이 동물들이 일종의 무게감(이 말의 여러 가지 의미에서)을 잃게 된 것 같다. 연구자들은 이 암소들이 앞

90

에 설명한 황소들과는 다른 종인 '보스 론지프론스'* 종이 라는 데 대체로 동의하고 있지만, 여기에 이의가 제기되 고 있다. 큰 방의 황소들은 17세기에 유럽에서 멸종된 '보 스 프리미게니우스'** 종을 그린 것으로 보이는데, 이 종 은 동굴벽화 말고도 역사에 남겨진 그림들을 통해 우리가 잘 알 수 있는 종이다. 이 종의 수컷들은 몸체가 거대했지 만(보통 높이가 2미터 정도였다) 암컷들은 상당히 작았기 때문에 그 크기나 색깔이 중앙 샛길에 그려진 암소들과 일치하는 듯 보인다. 어쨌든 이 암소들은 일단 야생동물 들이었고, 왼쪽에 따로 떨어진 암소를 보면 알 수 있다시 피, 숲에 서식하는 특성이 약간 섞여 있는 동물들이다. 특 히 이 중 한 마리는 몸통이 천장에 빗장처럼 가로놓여 있 는데, 점프하는 동작을 사진으로 찍어놓은 듯 중간에 정 지된 모양새를 하고 있다. 회랑 초입은 그려진 것 없이 비 어 있다. 우측을 보면, 이 암소들이 작은 말들의 행렬 뒤 를 따르고 있음이 눈에 띈다. 우리가 흔히 "중국 말"이라 고 부르는 이 세 마리 말들은, 머리와 등으로만 표시되어 있는 한 마리 붉은사슴*** 뒤에 위치한다. 말들은 붉은사 슴과 반대 방향인 큰 방 쪽으로 향하고 있는데, 이 말들

Bos longifrons. 구체적으로 인정된 종은 아니다. 유럽의 고고학적 발굴 장소에서 나온 작은 뿔을 가진 소를 가리킨다.

* Bos primigenius. 절멸한 야생 혹은 들소. 북미를 제외한 북반구 대부분에 널리 퍼져 있었다. 이 종은 인간의 사냥으로 인해 그 수가 감소되었다. 중부 유럽에서는 맹렬한 사냥에도 불구하고 오랫동안 살아남아 있었으나 17세기에 결국 전멸되고 말았다.

** Cervus elaphus. 레드 디어, 마록(馬鹿)이라고도 불리는 사슴의 종류.

중 특히 두 번째 말은 라스코에 있는 동물들 중 가장 섬세하고 매력적으로 그려진 형상들 중 하나다. 뚜렷하고 반짝거리는 실루엣은 더 짙은 황토색 표시들로 강조되어 있고, 날아드는 화살의 깃도 보인다. (동물 몸에 주로 줄무늬 모양으로 지나가는 화살들은 사냥꾼의 욕망을 표현하고 있는 듯 보인다.) 말들은 모여 있는 형태 때문에 어떤 중국 그림들과 곧잘 비교되곤 했고, 그래서 이 말들에 '중국 말'이라는 이름이 붙여졌다. 하지만 내가 보기에는, 중국인들이 아무리 섬세하게 그린 말이라 해도, 이 두 번째 말이 더 완벽하지 싶다. 검은색 윤곽선이 쳐져 있고, 갈기와 발굽은 검은색, 말 몸통은 황토색으로 채색되어 있는데, 이 빛깔은 그림이 그려진 암벽의 흰색 석회질과 대비를 이루어 더 생동감 있어 보이고, 특히 배 부위 색깔이 아주 섬세하게 표현되어 있다. 큰 방의 검은 말들처럼 이 말들도 프리즈 형태를 갖출 수도 있었을 것 같지만 샛길에서는 다른 방식으로 그려져 있다. 그 이유는 내가 앞서 말했다시피, 이 방의 벽화 구성이 전체적으로 분할적인 까닭이다. 그 와중에서도 구성 원리가 있다면, 서로 어울리지 않는 요소들을 굉장히 교묘하게 모자이크처럼 붙여놓았다는 것이다. 이 요소들은 전체적으로 조화를 이루고 있지만, 서로 다른 요소들의 영향을 거의 받지 않고 절대로 하나의 거대한 움직임을 결정하기 위해 서로 영향을 주고받지 않는다. 내가 강조하고 싶은 것은 이처럼 오직 우연과 맹목적 본능에 따라 배치한 질서에서 풍겨나오는 마력이다. 이 샛길에서는 더 이상 충격받지는 않는다. 여기서는 어떤 연극적인 광경이 펼쳐져서 우리를 깜짝 놀라게 하지도 않는다. 그러나 그 대신, 발산하는 동물의 생경이 별자리처럼 수놓아져 우리 주위를 움직이고 있다.

회랑은 중간에 길이 확 좁아져서 반이 잘려 있다. 이 병목 부분을 지나면 왼쪽에 아주 크고 무척 아름다운 검은 소 한 마리가 혼자 뚝 떨어져 있다. 브뢰유 신부의 말에 따르면 이 검은 소는 동굴에 있는 벽화들 중 가장 나중에 그려진 것(최소한 가장 나중 상태의 것)이라 한다. 그 이유는 이 황소가 더 오래 전에 그려진 다른 벽화들 몇 점을 덮고 있기도 하거니와, 망설임 없이 단번에 그려진 형상도 아니기 때문이다. 이 소를 채색한 검은색은 약간 투명해서, 그 밑에 원래 있었던 그림들이 몇 개 비쳐 보인다. 우선, 굉장히 오래된 것 같은 황소 머리 네 개가 간단하게 흑갈색 선으로만 그려져 있고, 뿔들의 끝은 나중에 그려진 검은 소 위로 지나간다. 코가 곧은 붉은 암소 두 마리도 이 황소 머리들과 같은 기법으로 그려져 있는데, 붉은색이라기보다는 보랏빛이 많이 감도는 색이고, 갈색 윤곽선으로 테두리가 그어져 있다. 지금 남아 있는 검은 소가 덮어버린 그림 중에는, 중앙 큰 방에 있는 거대한 황소들과 같은 시대에 그려진 것으로 보이는 어떤 소의 밑그림도 있다. 마지막 단계에 와서야 이 검은색 밑그림이 황소 몸통 표면으로 덮인 것이다. 검은 소의 형태는 이렇듯 여러 번 수정되고 손질되었다. 이보다 더 혼합적이고 겹

겹이 채워진 그림을 상상하기란 불가능하다. 여기에서 나오는 충만감은 아무리 강조해도 지나침이 없다. 이만큼이나 부드럽고 따뜻한 야생동물의 온기가 현존하는 느낌을 주는 곳은 거의 아무데도 없다. 튼튼한 동물성—비인격적이고 무의식적인—에 깃든 부드러움이, 이처럼 답답할 정도로 정밀한 형상에 의해 환기된다.

조금 먼 곳 우측을 보면, 동굴의 벽화는 두 개의 축을 따르고 있다. 지면과 경계에 야생 당나귀를 포함한 두 개의 짐승 떼가 있는데, 너무 옅은 흑갈색으로 그려져 있어서 동굴의 그림들 대부분과는 달리 뚜렷이 나타나지 않고 희미하다. 이 무리들 위로는, 회랑 안쪽 방향으로 말 한 마리가 맹렬하게 질주하고 있다. 이 두 면은 모서리 하나를 지난 다음에 있는 모퉁이에서 다시 만난다. 이 모서리는 복도의 구석을 에워싸서 복도와 분리시킴으로써 이 구석을 마치 무대처럼 만들어놓는다(이 구석 부분은 같은 방식으로 사면이 다 분리되어 있다. 오른쪽 모서리는 중간에 병목처럼 좁아진 짧은 연장 부분의 경계를 이루는데, 이 병목 부분 덕분에 몸을 아래로 숙이면 조금 더 멀리까지 나갈 수 있다). 모퉁이에서 만난 두 개의 축 위로 두 마리의 말이 포개진다. 연장된 부분에 그려진 들소와 말, 그리고 정체가 불분명한 동물은 아주 가까이서 들여다봐야만 모양이 보일까 말까 하는데, 별로 중요치 않다. 구석에서 보면 두 개의 형상이 있는데, 그 전체적 광경이 회랑에서 앞쪽으로 나아가던 방문객을 깜짝 놀라게 만든다. 문장(紋章)으로 사용될 법하게 생긴, 갈기가 무성한 검은 말의 머리가, 제압하는 듯한 모습으로 두 번째 말의 추락을 내려다보고 있다. 추락하는 말은 머리를 아래로 떨어뜨리고 앞발굽은 하늘을 향해 쳐들어 올린 모양새다. 수수께끼 같은 이 형상은, 아마 원시 부족들도 여전히 사용하고 있는 일종의 사냥법과 관련된 것으로 보인다. 즉, 한 무리의 짐승 떼가 추격당해서 가파른 절벽 같은 곳에 몰리고, 절벽 아래에는 얼빠진 상태의 짐승들이 때때로 수십 마리씩 우왕좌왕한다. 손에루아르에서 발견된 솔뤼트레기의 말 뼈 더미 역시 이런 종류의 대량 학살에서 나온 것인데, 이 사냥 방식은 순록 시대부터 존재했다. 중앙 샛길 바닥에 뒤집혀 있는 말은 사냥 도중 이런 상황에 처했던 것임에 틀림없다. 베제르 계곡에 솟아 있는 절벽들에서는 필시 이러한 아찔한 광경이 종종 연출되었을 것이다.

가운데 병목 부위의 솟아 나온 무대에 대해 더 말하자면, 거대한 들소 머리를 중심으로 한 프리즈 하나가 간단하게 윤곽만 그려져 있는데, 그 기법이 큰 방에 그려진 황소들과 유사하다. 이 프리즈는 작은 말들 열두 마리 정도의 행렬이다(그래서 '작은 말 프리즈'라는 이름이 붙여졌다). 이 동물들은 윤곽선이 모호하고 불분명하게 되어 있다는 점에서, 큰 방 프리즈에서 보이는 것처럼 열을 맞춰 움직이고 있는 동물들과는 차이가 있다. 이런 점으로 인해 이 작은 말들은 더 동물답게 보이고, 모든 종류의 의도로부터, 심지어는 움직임의 단순한 통일성으로부터도 벗어나 있다. 이 동물들은 자유롭고, 졸고 있는 것 같기도 하고 되새김질을 하는 것 같기도 하다. 이들은 자연의 무심함 그 자체가 된다. 가장 오래된 형상들은, 우선 흑갈색으로 꽤 고르게 밑그림이 그려졌다가 나중에 검은색을 덧입혀 뚜렷해졌다. 이 중 네 마리는 거의 검은색인데 좀 더 나중에 그려진 것들로, 전에 그려졌다가 검은색으로 덧칠된 말들 중 한 마리를 오른쪽에서부터 뒤따라가고 있다. 두 번째 말은 아주 작고 털도 보송보송 많고 무척 귀여운데, 아일랜드 조랑말같이 생겼다. 야생 염소 두 마리가 프리즈 좌측 부분에 서로 맞서고 있다. 이 중 하나는 검은색 선으로 그려졌는데, 그 기법이 큰 방의 황소들 중 처음 그려진 것들과 비슷하다. 다른 하나는 더 오래된 듯 보이고, 흑갈색 큰 점선으로 되어 있다. 연속해서 그려진 말들 약간 위에 검은색 암소 한 마리가, 크기는 꽤 크지만 섬세하고 가느다랗게, 점프하는 자세로, 앞다리는 길게 뻗고 뒷다리는 굽히고 꼬리는 움직임에 흔들리고 있는 모양으로 그려져 있다. 이 암소는 어떤 붉은 형상 위에 겹쳐 그려진 것인데, 이 붉은색은 가운데에 얼룩처럼만 남아 있어서 원래 어떤 형태였는지 확인할 수 없다. 이 암소의 점프는 프리즈 구성에 포함되지는 않지만, 뭐라 설명하기는 힘든 방식으로 이럭저럭 프리즈 전체의 분위기를 누그러뜨리는 역할을 한다. 이런 괴이한 특징은, 오히려 아무리 봐도 이 암소와 형상들 전체 사이에 연결 관계가 없다는 데서 기인한다. 브뢰유 신부는 점프하는 암소가 그려진 기법과, 따로 떨어진 곳에서 이 암소와 거의 마주 보고 있는 황소가 그려진 기법이 유사하다고 본다. 이 두 동물은 기술적으로 완벽한 단계(의사 전달적 측면에서라도)에 이른 라스코 예술을 대표한다고 할 수 있다. 암소의 움직임이 이미 닳고 닳은 솜씨로 표현되었음을 고려하면, 이 암소는 동굴에서 인상적인 형상들 중 하나는 아니다. 이 암소는 옆에 있는 황소처럼 존재감도 없고, 큰 방에 있는 황소들 같은 위압감도 없다. 중앙 샛길 입구를 밝히는 '중국 말' 같은 마력을 지니지도 않았다.

파악할 수 없는 기호들

큰 방 여기저기에서 해석하기 어려운 어떤 기호들이 눈에 띈다. 그런데 회랑에는 이런 기호들이 그 수도 훨씬 더 많고 형태도 더 뚜렷하게 잘 보인다(이런 기호들은 우리가 나중에 다룰 '회중석[會衆席]'에도 있다). 가장 충격적인 것은 직사각형 모양의 기호들이다. 이것들은 일종의 창살 무늬로 되어 있고, 어떤 것들은 갈퀴처럼 생겼다…. 이 기호들과 관련해 다양한 주해들이 달리기도 했지만, 이에 대해 우리가 확실히 말할 수 있는 건, 이 기호들에 대한 논의는 아직 종결되지 않았다는 사실뿐이다. 연구자들은 이 창살 무늬들이 사냥에 사용됐던 덫이라고 보았다. 퐁드곰 동굴에 있는 기호들은 부득이하게나마 이 해석의 근거가 되어주고 있다. 이 기호들이 나뭇가지로 만든 오두막집처럼 보일 가능성도 있었다(실제로 레제지에서 멀지 않은 라무스 동굴에는 이렇게 생긴 오두막집 그림이 상당히 많다). '지붕형(形)'이라는 용어는 이런 해석과 관련해 붙여진 것이다. 이 기호들이 가문의 문장처럼 부족을 표시하는 데 사용된 것이라고 생각한 사람들도 있다. 특히 브뢰유 신부는 '회중석'에서 매우 잘 보이는 자리를 차지하고 있는, 여러 가지 색깔의 칸들로 이루어진 바둑판 모양의 직사각형 기호들을 이런 식으로 해석했다. 레몽 보프레는 이러한 다색 직사각형들에 대해 "남로디지아*의 몇몇 오두막에 그려진 것들과 마찬가지로, 짐승 가죽 조각들을 모아 만든 이불이었을지도 모른다"고 말한다(하지만 그 자신이 관찰한 바, 그가 묘사한 아프리카식 장식은 예외적이다). 다른 기호들은 더 단순하지만, 그렇다고 더 쉽게 파악되지는 않는다. 원반이나 점들의 연속으로 되어 있을 때도 있고, 단순하거나 여러 개가 짜임새를 갖춘 선들일 때도 있다. 복합적으로 엮인 선들의 경우(예를 들어 중앙 샛길에서, 검은 황소의 콧방울 앞이나 달리는 말의 앞에 있는 것들), 수풀을 표현한 것이라고 여겨지는 때도 있다.

　　카스티요 동굴(스페인 북서부)**에서도 복잡한 기하

---

* 현재의 짐바브웨에 해당하는 지역.
** 4만 8천 년 전에 벽화가 그려졌다고 알려진 동굴. 특히 붉은 원 안에 손 모양이 그려진 벽화가 유명하다.

학적 모양이거나 점들로 구성된 이런 종류의 기호들이 엄청나게 발견되었는데, 이것들은 분명 그 당시로서는 특정한 의미 파악이 가능한 문양을 구성하고 있었음에 틀림없다. 글쓰기의 초보적 형태와 유사한 사유 표현 방식이었을 거라고 상상해봄 직도 하다. 하지만 카스티요에 있는 기호들 전체가 강한 인상을 주는 만큼, 오히려 신중하게 다룰 필요가 있다. 이 기호들이 암시하는 바가 무엇인지 계속 논의해볼 수야 있겠지만, 결국은, 우리로서는 이것들에 대해 아무것도 알 수 없다고 고백할 수밖에 없을 것이다. 이 머나먼 시대의 흔적들은 파악되지 않는다(그리고, 언제나 파악되지 않은 채 남아 있을 것이다). 우리는 이 사실을 명심해야 한다. 특히, 동굴의 침묵을 깨트리면서 과거의 가장 깊숙한 영역으로 가능한 한 더 멀리 들어서는 때에는 더더욱. 우리는 명심해야 한다. 그리고 지금 말하는 이 느낌을 새겨야 한다. 힘에 부친다고 느낄수록, 우리는 영원히 사라진 세계의 비밀 속으로 더 멀리, 위험을 무릅쓰면서 나아가고 있다는 이 느낌을.

통로(passage), 회중석(nef)과 고양이의 작은 방 (cabinet des félins)

위에 말한 기호들이 가장 눈에 잘 띄는 곳은 '회중석(會衆席)'*이다. 방금 우리는 이 기호들에 대해 말하면서, 바둑

---

* 보통 교회나 성당 등에서 신자들이 앉는 의자 등이 놓여 있는 중앙 공간을 가리킨다. 라스코동굴 연구자들이 동굴 내부 공간들을 지칭하는 용어들을 보면, 대체로 동굴을

판 모양으로 나뉘어 여러 가지 색깔로 색칠되어 있는 직사각형 문양들에 대해 강조했다. 공간 배치상 회중석이라 이름 붙이면 좋을 법한 동굴 이 부분의 문턱만 넘어서면, 이 문양들은 멀리서도 무척 잘 보인다.

회중석은, 큰 방 우측으로 나 있는 꽤 낮은 통로를 따라가면 그 끝에 위치하고 있다. 이곳에는 제대로 그려진 형상들보다는 동물들을 그리거나 암각(巖刻)하던 자국들이 더 많이 남아 있다. 그중 좌측에, 몸집 큰 소 과(科) 동물 두 마리의 다리 아랫부분과 가슴팍은 아직까지 잘 보인다(그 위의 그림들은 훼손되어 아무것도 남아 있지 않다). 회중석과 비슷한 모양이지만 통로 극단부에서 오른쪽으로 연결되는 '후진(後陣)*'까지 포함한 동굴의 이쪽 부분은, 큰 방이나 중앙 통로와는 달리, 암벽이 부서지기 쉬운 석회질로만 되어 있고 방해석으로 덧입혀져 있지 않다. 그래서 이쪽에 그려졌던 그림들은 쉽게 풍화돼버렸다. 이 공간에서는 암벽에 자국을 내기 쉽기 때문에 그림보다 오히려 암각들이 더 많다. 물론 잘 읽히지 않고 엉켜 있기는 하지만. 통로에도 이런 암각들이 몇 개 남아 있다.

　　우리가 회중석이라고 부르는 곳은 통로 끝에서 20미터 정도 떨어진 곳에서부터 시작된다. 이 통로는 천장이 매우 높고 돔 모양으로 되어 있으며, 바닥은 가파른 경

성당 건축 구조와 비교해 파악하고 있음을 알 수 있다.
* 성당이나 교회 등의 후진, 제단 뒤의 반원형 부분을 가리킨다.

사가 져 있는 회랑이다(땅이 기울어져 있어서 선사시대 때부터도 여기를 통해 물이 흘렀다). 경사가 많이 가파른 지라, 최근에 통행로를 보수한 다음에야 방문객들이 안전하게 여기로 내려갈 수 있게 되었다. 동굴의 이 부분이 보여주는, '잡다(雜多)'하면서도 장엄한 면모는, 입구에서부터, 위에서 내려다볼 때부터 이미 놀라움을 선사한다. 여기 그려진 벽화들은 서로서로 확연히 구분되는 네 개의 그룹으로 나뉜다. 그중 세 그룹은 좌측에 연속되어 있는데, 하나는 야생 염소들 중심, 하나는 큰 암소 중심, 그리고 아래쪽에 두 마리 들소 중심으로 된 것이다. 우측에는 사슴 머리들로 된 프리즈가 펼쳐져 있다. 이 중 첫 번째 그룹만 관람객이 서 있는 위치, 즉 입구에서부터 회중석 전체를 굽어보는 위치에 가까이 있다. 그와 비슷한 높이로 옆에 야생 염소 머리들로 이루어진 프리즈가 있는데, 이 프리즈는 더 위쪽 열에 위치해 있다. 안타깝게도 이 머리들은 거의 잘 보이지 않고, 뿔들만 꽤 명확하게 남아 있을 뿐 나머지 그림은 거의 지워졌다. 사라진 이미지들의 흔적을 살펴보자. 야생 염소 머리들 중 넷은 검은색이고 넷은 붉은색이다. 말 두 마리가 또 그만큼 지워진 상태로 야생 염소들 옆에 그려져 있는데, 이 중 한 마리는 벽면에서 튀어나온 부분에 깊이 패서 조각해 머리 모양 주물을 만들어놓은 것처럼 되어 있어서 그나마 잘 보인다. 브뢰유 신부는 이 말을 중앙 샛길에 있는 '중국 말'들과 연결시킨다. 중간 열의 동물들은 비교적 잘 보존되어 있는데, 야생 염소들처럼 벽면의 수직 부분에 그려지거나 조각된 게 아니라, 이 부분이 일종의 갓돌*을 형성하고 있다. 아래쪽 열의 벽화들은 이 갓돌이 튀어나온 아래쪽 푹 꺼진 부분에 그려져 있다. 이 푹 꺼진 부분 중 가장 앞쪽에 프리즈가 하나 있는데, 직사각형으로 된 두 개의 기호 사이에 위치하며, 왼쪽에서부터 오른쪽으로 임신한 암말 한 마리 뒤에 종마(種馬) 한 마리와 또 다른 임신한 암말이 따르는 모양이다. 이 동물들은 머리를 왼쪽으로 향하고 있다. 그 우측에는, 두 번째 암말의 엉덩이를 가리면서 그려진 들소 한 마리가 머리를 반대로 오른쪽으로 향하고 있다. 이 동물들의 윤곽선은 채색된 다음에 암각되었다. 그리고 그림 위에 화살들도 암각되어 있다. 종마와 들소의 옆구리를 화살이 일곱 차례 관통한다. 좀 힘들긴 하지만 되도록 몸을 아래로 낮춰야 중앙 길에서부터 회중석으로 들어오고 있는 중간 열의 형상들이 더 잘 보인다. 이와는 달리, 아래쪽 열의 프리즈 같은 경우는 갓돌로 생긴 구석의 가장 아랫부분을 차지하고 있어서, 아주 가까이서 들여다보지 않으면 거의 보이지도 않는다. 더 아래쪽으로 눈길을 주면 말 두 마리가 보이는데, 이 중 오른쪽을 향하도록 그려진 두 번째 말은 머리를 숙인 채 풀을 뜯어 먹는 중이다.

이 말들은, 큰 방에서 첫 번째 황소의 밑그림과 겹쳐졌다고 언급했던 검은 갈기를 지닌 붉은 말과 닮았다. 이

* 기둥 위에 건너지른 수평 부분.

것들은 또, 이후에 좀 더 멀리 있는 부분에 그려진 큰 암소를 에워싸고 있는 두 번째 그룹의 말들과도 닮았다. 여기서 말한 두 번째 그룹의 말들과 암소는 윤곽이 암각으로 패어 있다. 맨 처음에 이 말들은 회중석의 가운데 난 길 높은 곳 옆에 움푹 들어간 구석에서부터 상당히 길게, 한 20여 마리가 벽면의 한 부분에 이어져 있었다. 구석에 그려진 들소는 그 옆에 있는 말들보다 나중 것이다. 이처럼 동굴의 이 구역은 처음에는 온통 말들로만 채워져 있었던 것으로 보인다. 우리는 지금까지 잔존해 있는 것들만을 가지고 상상력을 동원해서 원래의 다채로운 색깔들이 섞여 있는 말들의 프리즈가 어떤 모양이었는지 재구성해야 한다. 중심에 있는 커다란 검은 암소가 꽤 많은 수의 말들을 뒤덮고 있다. 지금은 너무나 압도적으로 자리 잡고 있는 이 암소의 형상을 잠깐이라도 지워버릴 수만 있다면, 상상 속에서 재구성해본 말들로 된 프리즈의 위용은 경탄할 만한 것이었을 테다.

높은 곳에 떨어져 위치한 커다란 검은 암소는 그 덩치만으로 회중석을 압도한다. 검은 빛깔이 살짝 지워지긴 했지만 그렇다고 덜 뚜렷해진 것도 아니고, 호리호리하면서도 거대하고 웅장한 풍모를 뽐내고 있다. 중앙 샛길의 암소들과 마찬가지로 이 암소도 보스 프리미게니우스 종의 암컷이라고 생각된다. 아무튼, 이 암소는 동굴에 가장 나중에 그려진 형상들 중 하나다. 그 그려진 기법이 검은색 황소나 점프하는 암소와 유사하게 매우 정밀하다. 어쩌면 이 암소는 그 주변을 에워싸고 있는 말 떼를 지워버리려는 의도로 그려졌음을 표시하는 것일 수도 있다. 소를 채색한 검은색이 비교적 투명해서 그 밑에 가려진 말들 몇 개가 여전히 모습을 나타내고 있다. 이 암소 아래에는 세 개의 바둑판무늬로 나뉜 직사각형들이 그려져 있는데, 이 직사각형들의 장식적 효과가 괴상하면서도 장엄한, 일종의 복합적 구성을 완성시킨다.

벽면의 그보다 한참 아래에 따로 떨어져서, 한 그룹이 가운데서부터 폭발하는 모양으로 그려져 있는데, 갈라져서 분산하는 모양만큼이나 그 운동성이 놀랍다. 발기(勃起)한 두 마리 들소가 궁둥이를 서로 겹친 채 각자 반대방향으로 달아나고 있다. 두 마리 모두 짙은 밤색인데, 왼쪽 소의 털 일부는 붉은 숄을 걸친 것처럼 보인다. 내 보기에 이것은 순록 시대에서 가장 격렬한 이미지다. 곧추세운 털들과 텁수룩한 머리, 응축된 엄청난 움직임은, 불안에 동요된, 에로틱하며 맹목적인 동물적 폭력에 견주어 전혀 뒤지지 않는 힘으로 표현되어 있다.

우측에는 붉은사슴 머리 다섯 개가 벽면 돌출부 위쪽에 연이어 그려져 있는데, 마치 사슴 머리들이 강물에서 떠올라 회중석 안쪽을 향해 이동하는 것 같다. 첫인상은 그리 놀라울 것이 없지만, 이 이미지들은 묘한 동물적 부드러움의 여운을 남기며 불교의 윤회 사상을 떠올리게 한다. 마치 이 그림의 화가가, 인간이 아니라 그 자신 한 마리 사슴이 되어, 잠에서 덜 깨 혼란스러운 어느 순간에 이 사슴들을 그린 듯 말이다. 이 사슴 그림들은 그 자체로 몽롱한 인상을 주고, 경계에 대한 느낌을 슬며시 밀어내며 지워버린다. 그리하여 이 이미지들을 관찰하는 시선과 관찰되고 있는 존재들의 현존 사이에 있던 차이는 사라져버린다. 이 형상들은 넓은 선으로 그려져 있다. 처음 네 개의 선들은 검은색이고, 뒤의 선들은 흑갈색이다. 이 형상들은 나중에 그려졌음에 틀림없다. 이것들은 검은색으로 덧칠된 흑갈색 말 한 마리가 있던 자국 위에 포개져 있는데, 이 역시 한때는 이 구역이 온통 말 형상으로만 도배되어 있었다는 사실의 증거다. 사슴 머리 프리즈는 본디 엄청나게 다채로운 동굴벽화들에 다양성을 더한다.

회중석은 좁은 복도에서 끝나는데, 이 복도는 너무 좁아서 뚱뚱한 사람은 미끄러져 들어가기도 힘들다. 복도는 낮고 좁은 길로 이어지는데 여기에서 기어올라 조금 더 멀리 가파르고 미끄러운 경사까지 다시 나아가면 몇 미터 더 위에 '고양이의 작은 방'이 있다. 이 이름은 좁은 길 끝에 있는 작은 자리를 가리키는데, 이곳은 출입구보다 아주 약간 앞서 있고, 동굴이 다시 넓어지는 쪽을 향해 있다. 그리고 넓어지는 쪽은 말 그대로 깊은 구렁이 나오면서 끝난다.

이 '작은 방'에서 흥미로운 점은, 거의 접근도 불가능했을 장소에 형상들이 그려졌다는 사실 자체에서 비롯된다. 이로써 본질적으로 은밀한 공간으로서의 성격이 강조된다. 좌측에는 화살에 찔린 동물들 암각들이 있는데 대

105

체로 고양이 과(科) 동물들이다. 작은 방에서 나오다 보면 우측에 채색됐거나 조각된 작은 말들의 프리즈가, 이웃한 회중석에 있는 두 그룹의 말들을 연장시키는 모양으로 그려져 있다.

후진(abside)과 우물(puits)

통로에서 나오면 회중석 전에 오른쪽으로 작은 방이 하나 보인다. 이 방의 끝은 사분궁륭(四分穹隆)으로 되어 있어, 성당의 후진 부분과 비교될 만하다. 이 방은 동굴에서 가장 흥미로운 방 중 하나지만, 눈에 들어오는 것이라고는 부분적으로 지워진 그림들과 원래 있던 조각 위에 거듭 덧새겨지며 뒤엉켜 있는 수많은 암각들이 뒤죽박죽 섞여 있는 모양뿐이다. 다만, 몇 년에 걸쳐 공들여 작업한 것으로 보이는 도면 하나가 있어서, 이 거대한 혼잡 속에서도 고고학적으로 귀중한 자료들을 제공한다. 이 벽화들과 암각들 전체는 그 자체로 벽면들을 끝없이 세밀하게 채워나갔던 인간들의 엄청난 활동력을 증명한다. 이들은 천장을 가로질러 좌측에서 우측으로, 수차례, 조금이라도 빈 공간이 보이면 그림과 조각으로 채웠다. 아마 삼형제 동굴만 제외한다면, 이 시대를 살았던 인간들의 삶에서 그림이나 조각을 통한 형상화가 지녔던 중요성을 이보다 더 강렬한 하나의 이미지로 구현해내는 일은 불가능할 듯하다. 거대한 벽화들은 창조적 활동이 가장 왕성했던 순간들을 증언한다. 하지만 암각들의 뒤얽힘만이, 실타래처럼 끝도 없이 삶과 뒤섞이는 근심을 표현하고 있다. 관객의 입장에서 전체적으로 봤을 때, 후진에 그려진 형상들의 수준은 실망스럽다. 그래도 무척 잘생긴 사슴이 한 마리 있어서, 그것을 그렸을 사람들의 열정을 보여주기에 충분하다. 그들은 자기들의 작품을 자기들 뒤에 올 수많은 사람들이 계속해서 이어갈 활동의 몫으로 넘겨주었다. 그렇게 그림이 새로이 시작되면, 그 자신들이 한순간 삶에 부여했던 표현들은 뒤죽박죽 그 속에 묻혀버리는 셈이 되었겠지만 말이다. 그렇다고 해도 그들이 이 형상들을 조각할 때는 설사 영원토록 작업을 이어나갔다고 해도 지녔을 만큼의 확신을 지니고 있었다.

'후진'은 우물 입구로 이어진다.

우물은 동굴에서 가장 놀라운 곳 중 하나다. 우물에는 작은 규모의 이미지들 덩어리 하나가 있을 뿐이다. 이 이미지들의 제작 기법은 동굴에 있는 다른 것들보다 더 능란한 수준이라고는 할 수 없지만, 무엇보다 기묘한 느낌만은 어디에도 뒤지지 않는다.

지금은 우물로 내려가기가 용이하다. '후진' 끝에 아래로 깊이 뚫린 구멍이 하나 있어서, 그 안으로 암벽에 고정시킨 쇠사다리를 타고 쑥 내려가기만 하면 된다. 하지만 선사시대에 여기로 내려오려면, 아마도 밧줄을 이용해서 줄타기 곡예를 하듯 내려왔어야 할 것이다. 사실 우물 바닥까지는 내려와볼 필요가 없다. 중간 높이에 좁은 발판이 '후진' 바닥에서부터 4미터 정도 아래에 있는데, 여기에서(좌측으로 움푹 꺼져 있는 부분 위쪽에서) 벽면 하나를 정면으로 볼 수 있다. 이 벽면에는 한쪽에는 코뿔소 한 마리가, 다른 쪽에는 들소 한 마리가 그려져 있다. 이 두 동물 사이에는, 장대 위에 앉아 있는 새 한 마리 윗부분에, 새 모양 머리를 한 남자가 반쯤 쓰러져 누워 있다. 들소는 문자 그대로 맹렬하게 털을 곤추세우고 꼬리를 빳빳이 세웠는데, 내장이 다리 사이로 육중한 소용돌이를 치며 흘러나오고 있다. 이 들소 앞에 우측에서 좌측 방향으로 그려진 투창 하나가 들소가 다친 부위 위쪽을 베고 있다. 새 머리를 한 남자는 벌거벗은 상태고, 성기가 발기되어 있다. 어린애 수준의 데생 기법으로 길게 뻗어 누워 있는 사람을 보여줌으로써, 마치 그가 방금 죽음을 맞이한 듯한 모습을 나타내고 있다. 게다가 남자는 팔도 양쪽으로 벌린 채고 손도 펼친 상태다(손에는 손가락이 네 개씩밖에 없다).

우리는 이 선사시대의 수수께끼가 여러 주석가들의 열정을 불타오르게 했음을 보게 될 것이다(「부록」). 이 수수께끼 같은 그림은, 어쩌면 극적(劇的)인 부분에는 서투른 예술에 극적 요소를 도입시키기는 했지만, 아직 완성된 형태를 갖추지는 못했다. 내가 나중에 잊지 않고 이에 대해 제시된 다양한 가설들에 대해 언급하기는 하겠지만 나 자신으로서는 이 논의에 아무것도 덧붙일 사항이 없다. 수수께끼 같고 극적인 이 장면의 모호함은, 그저 있는 그대로 놔두는 것이 더 좋을 듯하다.

    각도 비틀기 그리고 벽화들의 상대적 연령
우물 안쪽의 들소는 간결하면서도 표현력이 풍부한 방식
으로 나타나 있다. 그 옆에 이웃한 형상들과 마찬가지로,
들소는 여러 가지 색으로 채색된 대신, 검은색의 넓은 선
으로 그려졌다. 이 구역 암벽 색깔이면서 따뜻한 느낌을
주는 색조인 황토색만 사용됨으로써 들소에 역동감이 부
여되었다.
    나는 이 이미지에 서투른 솜씨와 강한 표현력이 혼
합되어 있다는 사실을 강조하고 싶다. 서투른 느낌은 동굴
의 형상들 전체를 아우르는 공통적 특징을 더욱 부각시킨
다. 형상들은 '각도 비틀기' 기법으로 그려져 있다. 즉, 옆
모습을 그릴 때, 아마 스케치를 더 잘하려고 그런 것 같은
데, 특정 부분들을 비틀어서 그려놓은 것이다. 예를 들면
뿔이라든가, 귀나 뿔이라든가(혹은 나무들이라든가). 옆모
습이 그려진 동물들의 경우, 다리나 귀나 뿔들은 정면에서
(혹은 3/4 각도에서) 보이는 모습으로 그려져 있다. 들소
의 다리들은 벌어져 있고, 두 뿔은 서로 겹쳐진 대신에 평
행하게 그려져 있어서 마치 악기 리라(그런데 이 리라도
기울어져 있는 리라다. 들소는 고개를 숙인 공격 자세로
그려져 있다)와 같은 형태를 띠고 있는데, 이는 동물을 우
리 눈앞에 정면으로 놓고 있을 때 보이는 모습과 같다.
    후기 구석기시대는 크게 세 개의 시기, 즉 오리냐크

기, 솔뤼트레기, 막달레나기로 나뉜다. 나는 이미 앞에서
지금 우리가 사용하는 '오리냐크기'라는 용어에서 파생되
는 난점들에 대해 피력한 바 있다. 하지만 이 용어를 넓은
의미에서 살펴보면, 이 시기들 각각의 특징적인 측면들
을 정식화하는 일이 가능해진다. 말하자면, 오리냐크기에
는 통상적으로 각도 비틀기가 나타난다. 솔뤼트레기의 동
굴 예술은 주로 조각 작품이 많고 회화는 적은 편이다. 그
리고 막달레나기에는 대체로 다리와 뿔들을 정면에서 보
고 그린다(단 피레네 남부, 스페인 북부에서는 여전히 각
도 비틀기 기법이 사라지지 않고 남아 있었다). 이런 사실
들을 통해 브뢰유 신부는, 우리가 지금까지 묘사한 형상
들이 모두 각도 비틀기 효과를 통해 표현되었음을 고려
해, 이것들이 중기와 후기 오리냐크기의 작품들이라고 판
단하게 된 것이다. (엄밀히 말하자면, 회중석 아래쪽의 들
소들은 제외해야 한다. 이 들소들은 발은 정면에서 보이
는 대로 그려졌지만 뿔은 하나만 그려져 있기 때문이다.)

알다시피, 이런 식의 고찰에는 이의가 제기될 여지
가 있다. 라스코 벽화들 중 일부는 막달레나기의 것임이
밝혀졌다. 우물 바닥에서 발견된 탄화된 파편들이 기원
전 1만 3500년 전 것이라고 분석 결과가 나온 터라, 브뢰
유 신부의 의견이 반박된 것으로 보이기도 했다. 원칙적
으로 막달레나기는 지금부터 1만 5000년 전에 종결됐다
고 보는 것이 정설이다…. 그런데 현대 과학의 최첨단 기
술인 탄소 연대 측정 분석을 통해 유적들 중 가장 나중에

온 시대의 것들은 연대를 측정할 수 있게 됐지만, 아주 오래된 선사시대의 유물과 관련해서는 이 기술이 아직 완벽한 정확도를 갖추진 못한 것 같다. 라스코의 경이로운 장관을 솔뤼트레기보다도 더 나중에 만들어졌다고 보는 근거들 중에도 유효한 것들이 있기는 하지만, 이에 대해서는 보류하겠다. 아무튼, 이로써 우리는 라스코에서 완성된 인류의 여명을 알아볼 수 있게 되었다. (게다가, 우리가 라스코를 더 나중 연대에 위치시켜야 한다고 해도, 우리가 느끼기에 달라질 거라고는 없다. 이 당시 이루어진 진보는 지금 우리 시대와는 비교도 할 수 없을 만큼 무한정 천천히 진행되었다. 바로 그렇기 때문에 의심이 남는 것이기도 하다. 후기 구석기시대의 시작부터 끝까지 삶의 방식은 거의 바뀌지 않았고, 우리에게까지 전해져온 다양한 국면의 자료들은 대체로 판별해내기가 어렵다.)

인간의 표상

짐승의 위용으로 치장한 인간

이제 우리가 처음 출발했던 지점으로 돌아오자. 어느 날 도르도뉴의 한 마을 근처 숲속에서 천일야화와 같은 이 동굴이 발견되었다. 예상치 못했던, 수수께끼 같은 경이로움. 즉 이 형상들은 이 세계에서 가장 멀리 떨어져 있던 축제들 중 어느 하나의 메아리를 일깨워냈다. 갑자기 빛을 보게 된 이 벽화들은 마치 어제 그려진 것 같은 모습을 지니고 있었다. 무엇과도 비교할 수 없는 마력을 품고 있었으며, 그 무질서한 구성으로부터 야성적이면서도 우아한 삶이 발산하고 있었다.

　　지금 우리와 가장 가까운 그 인류가 처음 탄생했던 머나먼 과거의 존재감을 이만큼이나 생생하게 감각할 수 있게 해주었던 것은 이전까지 아무것도 없었다. 그런데 이처럼 감각적인 외관은, 선사시대 예술을 통틀어 발견되는 하나의 역설적 특성을 보존하고 또 부각시키고 있다. 그러니까, 수천수만 년이 흐른 뒤 이 당시 인간들이 우리들에게까지 남겨준 자기네 인류에 대한 흔적들은 동물들 표상밖에 없다는—거의 그럴 뻔하다는—말이다. 뜻밖의 행복감을 느끼며, 라스코의 인간들은 지금 우리와 닮은 인간들이 존재했었다는 사실을 우리에게까지 감각할 수

113

있게끔 만들어주었다. 그런데 그들은 자기들이 막 떠나온 동물성의 이미지들만을 남김으로써 그리했던 것이다. 마치 잃어버린 동물적 매력에 깃들어 있던 위용으로 자신들을 치장해야 한다는 듯 말이다. 청춘의 열정 같은 힘을 지니고 있는, 인간의 모습이 아닌 형상들이 알려주는 사실은, 이 그림의 작가들이 이것들을 그림으로써 비로소 완전히 인간이 되었다는 사실뿐만이 아니다. 그들은 자기들 자신의 모습이 아니라 동물성을 표현함으로써, 즉 인류를 매혹하는 것이 무엇인지 암시하는 이미지를 그림으로써 비로소 인간이 되었던 것이다.

이 사실을 라스코의 동물 그림들은 반복해서 보여주고 있다—같은 시대의, 다른 동굴들을 장식하고 있는, 이미 알려져 있던 다른 그림들과 마찬가지로. 하지만 라스코의 동물 벽화들이 발견되던 그날, 라스코는 이 역설적인 사실의 폭로를 일종의 피날레처럼 완성시켰다.

우리를 오랫동안 놀라 멈춰 서게 하는 사실은, 동물 앞에서 인간이 스스로를—그러니까 이제 갓 인간다워지고 있던 인간을—지워버리는 일이 우리가 상상할 수 있는 가장 위대한 일이었다는 점이다. 표현된 동물들이 사냥감이나 먹잇감이었다는 사실만으로는 이런 겸손의 의미를 바꾸기에 역부족이다. 순록 시대 인간은, 동물에 대해서는 근사하고 충실한 이미지를 남겼지만, 인간 자신에 대해서는 주로 동물의 탈 뒤에 스스로를 숨기고 있는 선들만을 남겼을 뿐이다. 순록 시대 인간은 거의 묘기 수준의 기교를 사용해 데생을 할 줄 알았지만, 그럼에도 자기 자신의 얼굴에는 소홀했다. 인간의 형체가 그림에 드러나자마자 그 형체를 숨기기 바빴다. 즉, 인간의 몸에 동물의 머리를 씌워버린 것이다. 마치 자기 얼굴이 부끄러워서 그런 것처럼. 그리고 만일 자신의 모습을 나타내고 싶다면, 그러기 위해서는 동시에 타자의 가면을 써야만 했던 것처럼.

이러한 역설, "짐승의 위용으로 치장한 인간"의 역설은, 그 논의의 필요성에 비해 아직 대체로 충분히 강조되고 정식화되지 못한 부분이다. 동물에서 인간으로의 이행은 우선 인간이 동물성을 부정함으로써 이루어졌다. 오늘날 우리는 우리 인간과 동물을 대비시키며 우리와 동물의 차이를 인간의 본질로 삼는다. 우리에게 잔존해 있는 동물성을 불러일으키는 것은 공포의 대상으로 여겨지며, 이런 대상은 금기 앞에서와 유사한 움직임을 유발한다. 하지만 우선 말해두어야 할 것은, 마치 우리 내부에 남아 있는 동물성에 대해 스스로 부끄러워하는 것처럼, 순록 시대 인간들은 자기 자신들에 대해 부끄러워했다는 사실이다. 그들은 자기 모습을 그릴 때면 타자인 동물의 모습을 빌려, 벌거벗은 모습으로, 오늘날 우리 인간들이 무척 정성 들여 감추는 부위를 버젓이 내놓은 모양으로 그려놓았다. 이러한 형상화의 신성한 순간 속에서, 순록 시대 인간들은 인간적 태도(이 태도란 세속적 시간의 태도, 노동의 시간에서 지녀야 할 태도를 말한다)들로부터 몸을 돌려버린 듯하다.

우물 인간

라스코동굴의 우물 인간은, 발견된 인간 존재의 형상들 중 최초의 것들 중 하나이자 가장 의미심장한 것들 중 하나다. 상당히 예외적으로, 이 형상은 그려져 있다(이 시대의 다른 이미지들은 암벽에 돋을새김이나 저부조로 조각되거나, 벽면에 장식된 경우 암각된 것이 많다). 우물 인간의 형상은 검은색 굵은 선으로 그려져 있다. 이 그림은 쉽게 해독되기는 하지만(별다른 이의 없이 해석된다), 기법이 뻣뻣하고 초보적이라는 점은 매우 충격적인데, 왜냐하면 그 옆에 그려진 들소는 대단히 사실주의적으로 (아무튼 어느 쪽으로 봐도 생동감 넘치게) 그려졌기 때문이다. 브뢰유 신부는, 부상당해서 내장을 쏟아내는 들소 앞에 있는 이 남자를 "뒤로 넘어진" 시체라고 본다. 이 "시체"의 성기는 발기되어 있으며, 머리는 매우 작고 "곧은 부리를 가진 새 머리를 닮아" 있다. 이 남자와 들소는 단순히 병치된 것도 아니고 각각 독립적으로 무관하게 그려진 것도 아니다. 대부분의 동굴벽화들의 경우 각각의 형상들이 따로 그려졌는데 말이다. 근처의 코뿔소는 제멋대로 분리되어 있다고 볼 수밖에 없다. 들소와 코뿔소, 남자,

새는 모두 같은 색깔의, 즉 검은색에 광택이 나서 약간 백분(白粉)이 낀 것처럼 보이는 색깔의 선으로 된 그림 위에 끈적끈적하게 덧칠해가며 그려졌다. 지금 우리 앞에 현존하는 장면에 대해, 우리로서는 이런저런 추측이나 해볼 뿐 무엇도 확실히 말할 수 없다. 기껏해야 들소는 다쳤고 남자는 죽었다는 것 말고는. 좀 비스듬하긴 하지만 아무튼 이 남자는 양팔을 벌리고 손을 펼친 채 뻗어 있다. 이 남자 아래에는 역시 마찬가지로 초보적인 기법으로, 그러나 좀 덜 서투르게 그려진 새 한 마리가 있다. 새는, 마치 종탑 위의 닭처럼, 다리가 없고, 가느다란 나무줄기 같은 것 끝에 꽂혀 있다.

이 특이한 장면이 불러일으킨 여러 추측들은 각기 다르기도 하거니와 별로 설득력이 없다. 이에 대해 내가 뒤에서 다시 길게 설명하겠지만(「부록」 중 '우물 장면에 대한 설명'), 지금 내가 강조하고자 하는 바는 이 장면 전체의 뭐라 규정할 수 없는 모호한 특성이다. 즉, 인간의 표상과 짐승의 표상이 너무나 다르다는 사실이다. 들소는 정말 사실적으로 그려져 있어서 지각적 사실주의*라는 명칭이 걸맞을 정도다. 라스코의 다른 대부분의 동물 형상들과 비교해보면, 이 장면에는 더 이상 자연주의적으로, 즉 보이는 대로 충실하게 모방한 그림이 아니라, 형태를 나타내는 대단히 단순하고 식별 가능한 도형들만이 그

* 보통 어린이들의 그림에서처럼, 시선의 방향에 따라 보이는 부분을 그대로 그리는 것이 아니라, 자신이 알고 있는 그 사물의 특색을 살리는 방향에서 표현하는 방법.

려져 있다. 남자 맞은편에 있는 들소는 자연주의적이기도 하지만, 그만큼 도식적이고, 어린이들이 단순화시켜 그리는 그림에 비교될 만큼 극단적으로 서투르게 그려져 있다. 많은 어린이들이 이 남자와 유사한 그림들을 그릴 수는 있겠지만, 그 어린이들 중 누구 한 명이라도, 죽음을 맞이하는 순간의 분노와 감당할 수 없는 위대함을 표출하고 있는 이 들소 그림에서 뿜어져 나오는 생명력과 힘을 표현하지는 못할 게다.

이렇듯 인간과 동물의 표상들의 역설적 대립은 바로 라스코에서 우리 눈앞에 나타났던 것이다.

총체적인 관점에서, 순록 시대의 인간 형상들은 실제로 이런 종류의 근원적 분리에 부응한다. 마치 어떤 체계적 정신에 따라, 인간은 자연주의적 묘사로부터 제외시키고, 동물은 당황스러울 정도로 완성도 있는 자연주의적 기법으로 표현한 듯 말이다.

오리냐크기 인간의 형상들

꽤나 기묘하게도, 같은 시기의 몇 안 되는 인간 형상들—혹은 반인(半人) 형상들—, 다시 말해 넓은 의미로서의 오리냐크기 형상들은, 라스코에 있는 새 머리를 한 인간 '시체'를 연상시키곤 한다. 이 형상들이 그려진 기법은 라스코의 것보다 덜 뻣뻣하기는 하지만 대체적으로 형태가 일

118

정치 않다. 알타미라동굴 천장에 있는 오리냐크인들의 실루엣들에 대해(「부록」), 브뢰유 신부는 탈을 쓴 모양 같다고 말하지만, 별로 뚜렷하지 않다. (분명한 데생이라 그나마 가장 잘 보이는 경우를 본다 할지라도, 이 동물 머리를 허구로 그린 것인지, 아니면 실제로 탈을 쓰고 있는 모양을 그린 것인지는 확인할 수 없다.) 브뢰유 신부는 알타미라동굴의 이 암각들을, "가짜 꼬리를 붙인 원숭이 같은 모습"을 하고 있는 오르노스 델 라 페냐 동굴*에 나타나 있는 인간 형상과 관련짓는다(「부록」). 오르노스의 이 모호한 작품에서는 성기가 발기되어 있는데, 이는 라 페냐 데 칸다모**의 "안짱다리에 굽은 발"을 가진 "흉측한 유인원"도 마찬가지다. 페슈메를 동굴***에는 예외적으로 여성으로 보이는 인물이 나타나 있다. 이 인물의 머리도 새 머리처럼 생겼고, 실루엣은 퇴화된 날개가 달린 것처럼 보인다(「부록」). 로스 카사레스****에 있는 인간 형상들, 혹은 인간 아닌 형상들은 더 나중에 나타난 것이다. 이 형상들은 "가장 암시하는 바가 많은… 장면들의 그룹들…"을 형성하고 있는데, "알타미라와 오르노스에서와 마찬가지로, 인간들은 모두 그로테스크한 얼굴을 하고 있다. 이들은

* B.C. 1만 8000–B.C. 1만 3000년 정도에 그려진 암각과 벽화들이 보존된, 스페인에 위치한 후기 구석기시대 동굴.
** 스페인 아스투리아스의 산 로만에 위치한, 솔뤼트레기의 것으로 추정되는 후기 구석기시대 동굴.
*** 프랑스 남부 카브르레 지방에 위치한, B.C. 2만 년 것으로 추정되는 동굴.
**** 스페인 과달라하라에 위치한 후기 구석기시대 동굴.

물고기나 개구리의 형상과 연결된다"(「부록」). 단, 페시알레 동굴*에서 발견된 뼛조각 하나만 자연주의적 이미지를 보여준다. 이것은 다른 무엇과도 혼종되지 않은, 털이 길게 난 인간의 머리를 나타내고 있다.

이 인물들은 전체적으로 모두 기형적이고, 반은 동물이거나, 혹은 그로테스크하다. 이것들은 별로 공들여 그려지지 않았고, 이것들이 동굴들에 존재한다는 사실에 대해서는 어떠한 결정적 이유도 제시될 수 없다.

막달레나기의 형상들

페슈메를의 새-여자 이미지를 제외하고는, 라스코 벽화와 동시대에 그려진 여성의 형상들은 제각기 다르거니와 똑같은 해석으로 수렴되지도 않는다. 이에 대해 말하기에 앞서, 나는 막달레나기의 인간 형상들을 고찰해보려 한다. 이 시기 형상들은 오리냐크기의 형상들과 비교할 때 본질적으로 큰 차이를 보이지는 않는다. 막달레나기의 예술은, 오랜 중단 기간을 지난 뒤 0에서부터 다시 시작했다는, 우리가 넓은 의미에서의 오리냐크기라고 지칭한 시대의 예술을 재탄생시켰다는 인상을 준다. 막달레나기 예술은, 이미 그 전에 있었던 흔적들이 가리키는 길을 매우

---

* 프랑스 도르도뉴 지방 그롤레자크에 위치한 동굴.

충실히 따라오고 있었기 때문이다. 기법이나 의도들, 함축적인 구상들을 보면, 두 시기 예술 사이에 가해진 변형은 부차적 문제일 뿐이다. 오리냐크기와 마찬가지로 막달레나기에도 동물 표상에 비해 인간 표상은 단순하고 양도적었다. 이렇듯 완벽한 지속성을 보인다는 사실은, 두 시대에 있어 삶의 조건들과 세계의 표상 방법이 변하지 않았음을 시사한다. (다른 곳, 더 나중에 생겼고 부분적으로는 동시대 것이기도 한 지역인 '스페인 근동 지방'에서는 기술이 진보하고 삶도 변화해서, 인간이나 동물의 형상들이 더 이상 우리가 말한 기묘한 대립 관계를 나타내지 않는다. 인간들은 여전히 도식적으로 그려져 있긴 하지만 빠른 운동감들이 표현되어 훨씬 더 힘 있어 보인다. 동물들은 동물들대로 도식화되어서, 인간다움이 더 이상 동물다움의 대척점이 아니게 되었다.) 아무튼, 오리냐크기와 막달레나기는 비교적 동질적인지라, 우리로서는 막달레나기를 오리냐크기가 보완된 것으로 보아도 무방하겠다. 막달레나기의 작품은 더 풍부하기 때문에, 가끔 오리냐크기 자료들이 너무 적은 탓에 우리가 잘 파악하지 못하는 부분들을 명확히 밝혀주기도 한다. 콩바렐 동굴*(「부록」) 이나 마르술라 동굴**을 비롯해 다른 곳들에 줄지어 있는 수많은 암각화들은, 내가 앞에서 라스코의 '시체'에 대해 말한 바와 같이 형체가 아직 덜 완성된 실루엣들과 머리

* 프랑스 도르도뉴 레제지 근처의 후기 구석기시대 동굴.
* 프랑스 오트가론 지방의 후기 구석기시대 동굴.

들의 연속을 나타내고 있다. 오리냐크기에 캐리커처 같은 양상이 출현했다면, 막달레나기에 와서 이 양상은 더욱 두드러진다. 브뢰유 신부는 레제지에 이웃한 콩바렐 동굴에 대해 이렇게 묘사한다. "연속된 유인원 형상들은 모두 아마 탈들을 표현하고 있는 듯하다. 이 중 가장 놀라운 것 하나를 보자면, 사람 실루엣이 기묘하게 그려져 있는데, 그 머리 형태는 매머드를 닮았고 길게 늘어뜨려진 두 팔은 매머드 어금니처럼 보인다. 또 다른 곳에는 매우 뚱뚱한 남자가 한 여자를 쫓아가는 모양의 그림도 있다. 벽면 여기저기에 동물 머리를 한 인간 얼굴들이 암각되어 있다." 마르술라의 형상들은 어쩌면 코믹한 느낌을 강조한다. 다수의 불연속적인 형상들로 구성된 이 형상들은 "대부분 얼굴 정면이고 가끔 측면도 있는데, 유치하고 그로테스크하다".

경이로운 삼형제 동굴(이곳의 암각들은 불행히도 너무 뒤엉켜 있고 잘 읽어낼 수가 없다)이 없었다면, 우리가 지금 고찰하는 틀 안에서 볼 때 막달레나기의 영역은 오리냐크기의 연장에 불과했을 것이다. 하지만 삼형제 동굴은 연구 자료 전체에 새로운 요소를 도입했다.

라스코를 제외하면—스페인 근동 지방은 좀 예외적이니 제쳐두자. 그리고 알타미라동굴은 아름답기는 하지만 벽화들이 지워지는 중인 데다가, 브뢰유 신부가 수채화로 모사해놓은 그림들이 정확하지 않으니 제쳐두자—순록 시대 예술의 중요한 증거는 단 하나뿐인데, 바로 삼형제 동굴이다. 삼형제 동굴에 어마어마하게 뒤섞여 있는 암각화들은, 미(美)와 인간의 의미작용과 예외적 풍요의 산물이다. 알타미라동굴 천장에 그려져 있는 들소들의 경우와 마찬가지로, 삼형제 동굴 벽면의 암각화들이 어떤 모습이었는지 지금으로서는 브뢰유 신부가 모사한 그림으로밖에 알 수가 없다. 비록 모사화(模寫畵)들에 대한 기억—혹은 그림 보기—이 완벽한 벽화 읽기에 필요한 요소이기는 해도, 현장에서 알타미라의 들소들을 보면 또 감탄하게 될 수도 있다. 직접 방문해서 보게 되면 우리의 감각을 통해 확신을 갖게 될 테니 말이다. 한편, 현장에 직접 가보면, 우리 눈앞에 보이는 거라고는 풀 수도 없이 복잡하게 얽혀 있는 선들의 실타래뿐이다. 우리는 결국 비스듬히 스치는 빛에 비춰서 짐작이나 해보는 수밖에 없게 된다. 그렇기 때문에 브뢰유 신부가 이를 해독해내는 대단한 작업을 하는 데는 몇 년이라는 오랜 시간이 걸릴 수밖에 없었던 것이다. (이 중 일부분만이 『벽화 예술 4만 년』에 실렸다.) 아무튼 이 모사화들이 원본을 매우 충실하게 복원해준 덕택에, 내가 지금까지 말한 다른 형상들은 그렇지 못한 데 반해, 삼형제 동굴의 반인반수 형상들은 감각되는 진실을 지니게 되었다. 이들 중 하나는 운동성에 의해 야생적 삶이 부각되어 있다(「부록」). 이 형상은, 말들과 야생 염소와 들소들이 뒤엉켜서 서로서로 겹쳐진 채 암각되어 있는 동물들 무더기 속에 묻혀 사라진 것처럼 보인다. 모호함과 심오함이 뒤섞여서—심지어 코뿔소까지 한 마리 나타나서는 이 동물 무리에 괴상야릇한 실루엣을 더하고 있다—베일에 가려진 듯 은밀한 인간 형태의 출현을 웅장하게 호위하고 있다. 브뢰유 신부에 따르면, 들소 머리를 한 이 인간은 발기된 상태로 깡충깡충 뛰면서 춤추고 있는 것으로 보아 마치 악기 '아크'*를 타고 있는 것 같다. 간접적으로밖에 알 수 없기는 하지만, 이 자료가 갖는 의미는 끊임없이 우리를 사로잡는다. 내 생각에 이보다 더 아름답게 형상화된 작품은 거의 없다. 무한히 이어지는 동물들의 심포니 속에 인류가 슬그머니 잠겨 있다. 어쩌면 이는 승리에 찬 지배의 약속이다. 단, 베일에 가려진다는 (탈을 써 가려진다는) 조건하에서만.

삼형제 동굴에 뒤엉켜 있는 것들 중 두 번째 형상(「부록」)이 나타내는 것 역시 성기가 발기된 한 남자의 모호한 모습인데, 허리 아래로는 인간이지만 그 위로는 들소의 모습을 하고 있다. 하지만 이것보다 우리가 주목해야 할 형상은, 오랫동안 '주술사'라는 이름으로 알려졌으며, 오늘날 브뢰유 신부가 '삼형제의 신'이라고 명명하고자 하는 다른 형상이다(「부록」). 이 형상은 동굴에서 "유일하게 [암각이 아니라] 그려진 형상"이다. 이것은 암각도 되고 채색도 되었다. 다시 말해, 처음에 암각되었다가 나중에 그 위에 색이 덧입혀졌다. 불행히도, 이 형상을

* 현 하나로 된 활 모양의 원시시대 악기로, 아프리카의 전통 악기 베럼바우와 그 연주법이나 모양새가 유사하다.

찍은 사진에서는 형체가 거의 보이지 않아서, 모사화를 통해서만 자세히 알아볼 수 있다. 하지만 이 방법으로는 그것이 그려진 복잡한 기법을 다 파악할 수가 없기 때문에, 들소 머리를 한 최초의 인간 형상보다는 덜 직접적으로 살펴볼 수밖에 없다.

암벽 가장 높은 부분에 따로 고립되어 있는 이 '신'은, "믿을 수 없을 만큼 많은 수의, 그리고 징그러울 정도로 떼 지어 모여 있는 이 모든 짐승들을 주재하는 듯하다…. 정면에서 보자. 얼굴에 둥근 동공의 눈이 있고, 두 눈 사이로 콧등이 내려오다가 작은 아치 형태를 그리며 끝난다. 귀는 사슴 귀처럼 생겼다. 이마에 맨 띠 같은 것 위로… 튼튼한 사슴뿔 두 개가 솟아 있다… 입은 없고, 대신, 줄무늬처럼 그려진 긴 수염이 가슴팍까지 내려온다. 앞다리는 들어 올려 포개놓았다… 넓은 검은색 띠가 온몸을 두르고 있다. 허리 쪽이 잘록하게 들어가 있으며, 아래쪽의 굽힌 부위까지 쭉 늘어져 있다… 엄지발가락을 포함해 발은 무척 공들여 그려져 있는데, 마치 케이크워크 댄스*를 출 때와 비슷한 모양을 하고 있다". 남성의 성기가 강조되어 있다. 굳이 말하자면, 곧추 서 있는데, 역설적이게도 아래쪽을 향해 서 있다(성기를 다른 방향으로 그리면 잘 보이게 만들 수가 없었거나 아니면 최소한 그리기에 어려워서였을 것이다). 아무튼 성기는 "잘 발달되어"

미국 남부 흑인들에게서 발생해 유럽에서 유행한 춤의 일종. 으쓱거리는 걸음걸이가 특징적이다.

있고, "끝에 작은 술이 달린 (늑대 혹은 말의) 두툼한 꼬리 아래"에 끼워져 있다. 브뢰유 신부는 이렇게 결론짓는다. "이것은 틀림없이 막달레나기 인간들이 이 동굴에서 가장 중요하다고 여겼던 형상이며, 우리가 고찰한 바, 사냥감이 늘어나고 사냥 나갈 일을 더 많게 해주는 정령의 형상으로 보인다."

더 확실한 의견이라 해도 여기에 반박할 수는 없을 것 같다. 더 구체적으로 에블린 로트팔크*가 『사냥의 제의들』에서 설명한 시베리아의 "신령들"과 같은 예를 들며 논의해볼 수는 있겠지만, 결국 같은 의미로 귀결된다. 그럼에도 불구하고 나는 이보다 더 분명한 것을 알 수 있지 않을까 하는 의심이 든다. 이 이미지들은 전체적으로 사냥과 관련된다. 그리고 무질서하게 엉켜 있는 동물들 위에 우뚝 서 있는 사슴뿔을 달고 있는 이 인간(아니면 신)은 절대 사냥과 무관하다고 볼 수 없다. 나는 민족지학적 지식들에서 이끌어낸 가설들에다가, 거의 파악도 되지 않고 너무나 풍요로운 실제로서의 느낌을 대조시키고자 한다. 모든 정의(定意)들이 가능한 최대한 근거를 갖고 정당화되기는 했지만, 핵심을 밖에다 두고 빼먹는 우를 범하고 있는 듯하다. 내가 보기에 핵심은 더 구불구불하고, 더 어렴풋하며, 아마도 낱개로 풀어낼 수 없이 엉여 있는 하나의 총체로서의 의미를 지닌다. 이 형상이 띤

---

* 프랑스의 인류학자로, 특히 몽고와 시베리아 연구에 업적을 남겼다.

달레나기 인간들에게 가장 커다란 유용함을 지닌 작업들을 주재하기 위해 만들어진 것이든 아니든 간에, 내가 말하고 싶은 바는, 아무튼 이 형상에는 우리가 사용하는 기계들이 지닌 목적들과 같은 물질적 목적들을 초월하는 전혀 다른 양상들이 존재했다는 점이다. 인류의 생존이라는 틀에서 볼 때 이러한 꿈의 창조물은 그러한 틀에 대한 가장 놀라운 부정(否定)이 아닐 수 없다. 이 주술사, 이 신 혹은 이 신령은, 인간이 먹고 살아가기 위한 활동을 주재하기 이전에, 마치 하나의 기호에 다른 모순되는 기호가 대립하듯, 이 활동들이 기대고 있는 생(生)에 대립하고 있었다. 이 형상의 영향하에 들어오면, 이러한 생은 오직 그것이 무엇이었는지를 부정하는 조건하에서만, 그것이 아닌 것이 무엇이었는지를 긍정하는 조건하에서만 번영할 수 있다. 이에 대해 일반론적으로 살펴보자면, 혼종적 인간이라 함은 감정들의 복합적 운동을 의미하고, 그것을 통해 인간다움이 생성되었다. 언제나 중요한 것은 인간을 부정하기, 자신의 물질적 행위들의 효용성을 진작시키며 노동하고 계산하는 인간으로서의 자신을 부정하기였다. 또한 중요한 것은 신적이고 비인격적인 요소, 이성이 없고 노동하지 않는 동물에 가까운 어떤 요소를 얻기 위해 인간으로서의 자신을 부정하기였다. 인류는 노동이라는 이성적 행위를 끌어들이면서, 자신들이 자연의 질서를 파괴하고 있다고 느꼈음에 틀림없다. 인류는 마치 자기들에게 진정한 능력을 부여한 이런 계산적 태도에 대해 속죄하려는 것처럼 행동했다. 이것이 바로 주술적 능력에 몰두했던 이유다. 주술적 권능에의 몰두는 직접적인 이익에 따라 지배되는 행동들과 반대되기 때문이다. 논리적으로 따져보면, 유인원이 살던 시대부터 노동은, 우리가 "전(前)논리적"이었을 거라 말하는 소위 "원시적 정신성"*의 원칙들과 반대되는 방향으로 이루어졌다. 그렇지만 우리가 "원시적"이라거나 "전논리적"이라고 부르는 행동들은 실제로 이차적이거나 후(後)논리적인 행동들이다. 그리고 주술적이거나 종교적인 행동들은, 모든 노동에 내포된 논리에 순응하면서 이성적으로 살아가는 인간을 사로잡고 있던 불안감이나 답답함을 다른 방식으로 표현시킬 뿐이다. 이러한 주술적·종교적 행동들이 의미하는 것은, 세계에 노동이 등장함으로써 영적(靈的) 질서가 교란됨에 따라 발생한 깊은 근심이다.

　　오리냐크기 인간들과 유사했으리라 생각되는 막달레나기 인간들은, 자신들이 더 이상 동물이 아닌 인간으로서의 능력과 지배력을 지닌다고 느꼈음이 분명하다. 만일 자기들 눈에도 어떤 값어치를 하는 것으로 보이는 결과물을 얻어내면, 그 결과물이 동물로서는 할 수 없는 노동과 계산 덕택에 얻어진 것이라는 사실을 인지했다는 말이다. 그러면서도 그들은 동물에게 다른 능력을 부여

---

* 융의 유형 발달 이론에 따르면, 주기능·부기능·3차 기능·열등 기능 등 네 가지 기능을 모두 사용하는 사람은 오히려 네 기능 모두 충분히 발달시키지 못하기 때문에, "원시적 정신성"을 지닌 사람이라고 말한다.

했다. 세계의 내밀한 질서에 관련된, 인간의 하찮은 산업과 대비해 비교할 수 없는 힘을 작동시킨다고 보았던 그런 능력을. 그렇기 때문에 그들 눈에는, 자신들의 인간다움을 부각시키지 않는 편이 적절했던 것이다. 인간다움이란 그저 노동이라는 미약한 능력을 나타낼 뿐이었으니 말이다. 그들은 대신, 반대로, 불가해한 세계의 절대권능을 떨치는 일종의 동물성을 강조하기로 하였다. 이 불가해한 세계의 숨겨진 모든 힘은, 그들을 짓누르는 노력의 무게를 초월하는 것으로 보였다. 그들은 이 무게에서 해방되기만 하면, 이보다 훨씬 더 거대한 힘들에 접근할 수 있다고 느꼈다. 또한, 그들은 가능한 때면, 인간 세상 질서의 진절머리 나는 규칙성으로부터 벗어나곤 했다. 다시 말해 야만의 세계, 밤의 세계, 마법 같은 짐승성의 세계로 돌아오곤 했던 것이다. 그들은 그 세계를 정열적으로 형상화했다. 그들 내부에서 탄생시킨 명확한 것들, 효율적이고 세속적으로 질서 잡힌 것들을 불안 속에서나마 잠시라도 망각하려 애쓰면서. 우리 역시 어느 순간 갑자기, 우리가 그토록 자랑스러워하는 문명의 무게를 느낄 때가 있다. 우리는 어떤 다른 진실을 갈망하며, 우리의 권태를 이성의 특권에서 기인한 일종의 과오로 간주하기도 한다. 우리는 노동에서 파생된 가치들을 비난하기까지 이른다. 금기들, 이제는 합리적인 것으로 여겨지긴 하지만 처음에 그것들이 생겨났을 때의 모습과 여전히 유사한 점을 지니고 있는 금기들은 바로 이 가치들의 상징이다. 금기들은 성적인 힘들에 규칙들을 부여하고, 죽음의 권능을 예고하는 무질서들을 제한한다. 요컨대, 고삐 풀린 동물성에서 발산되는 정열의 동요를 저지한다.

　　이런 감정들은, 우리들에게보다도, 신성에 가치를 부여하고 이성에 동조하지 않았던, 이제 막 탄생하는 중이었던 인류에 더 큰 영향을 끼쳤다. 신성의 무한함이라는 특성이 바로 동물의 형태, 즉 인간 고유의 속성인 실용적이고 한정된 측면에 반대되는 동물의 형태를 띠고 표출된 것이다.

여성의 형상들

이처럼 동물 형태에 부여된 특권의 첫 번째 역설은, 전술한 위반의 움직임의 양상들 중 하나로 보인다. 나는 위반이 인류에 보편적으로 존재한다는 사실로부터, 위반이 라스코의 세계에서 작동시킨 감정이 어떤 것이었는지 도출해냈다. 그런데 인간 표상에 내포된 역설은, 지금까지 발견되지 않았던 특수한 증거로서의 가치를 얻게 될 수도 있다. 최소한 어느 정도는 말이다. 이러한 혼종적 인간, 그로테스크하고, 동물의 외양 아래 자신을 숨기고 있는 이 인간이야말로 축제의 움직임, 내가 말했던 바, 통상 지켜지던 규율들 밖으로 넘어서는 움직임의 증인이자 징후이지 않을까? 이런 식으로 인간은 지혜와 부지런한 솜씨로부터 등을 돌렸다. 지혜나 솜씨 같은 자질들은 인간이 자기 얼굴을 자연주의적으로 그대로 그리기만 했다면 쉽게 표현되었을 테다. 위반의 정신이 그를 추동시켰고, 폭력이 그에게 스며들었다. 인간다움을 거부하고, 변변찮은 노동 따위에(그리고 기투[企投]*에, 기투란 사물로서의 대상을 고찰하고 그 대상을 가지고 무엇을 제작할 것인지를 고찰하는 일인 터) 종속되기를 거부하는 폭력이. 그리고 신적인 것이 이 인간에게 화답하였는데, 신적인 것이란 곧 동물적인 것이다. 신의 첫 번째 특징은 동물성으로, 이집트나 그리스의 신들이 처음에 동물성을 띠었다는 것은 주지의 사실이다. 삼형제 동굴의 신 혹은 신령의 모습을 보면, 이러한 신적인 동물성이 인간이 만든 작품들 위로 난입한 듯하다. 이런 난입이 없었다면 아마도 라스코의 비밀은 여전히 닫혀 있었을 것이다. 그런데 우리는 더 멀리 나아가기 위해, 이제 다른 범주의 형상들에 내포된 문제들을 우선 해결해야겠다. 바로 여성들을 표상한 오리냐크기의 조각 형상들 말이다.

　이 조각들은 순록 시대 초기에는 구분된 그룹을 형성하고 있었고, 동물의 이미지들이 자연주의적으로 묘사되고 인간은 모호하게 표현되어 서로 대비되는 만큼이나,

---

* projet. 사르트르가 주체로서의 인간이 스스로 '기투(projetter)'할 것을 역설한다면, 바타유는 이에 반하여, 목적을 상정하고 그 목적에 종속되어 끌려가는 인간은 도구로서의 사물과 다름없는, 주체적이지 못한 인간으로 본다. 어떠한 목적이나 대상에도 종속되지 않은 인간이 바타유가 그려내고자 하는 주권적(主權的) 인간이다.

여성 형상들도 남성 형상들과 대비된 측면들을 보였다. 여성 형상들은 대부분 소형 입상들로 되어 있고, 오래전부터 그 독특함으로 인해 놀라움을 자아내고 있다. 이 형상들에는 모성애의 면모들이 강조되어 있다. [모성적 측면의] 미화가 기형적인 방향으로 흘러가지만 않았다면, 우리는 심지어 이 조각들이 관념주의적이라고까지 말했을지도 모른다. 어쨌든, 남성 형상들이 그려진 기법이 허술하고 어린애 낙서 같았던 것(최소한 삼형제 동굴만 제외한다면, 막달레나기의 작품들에도 여전히 기법에 이러한 특징들이 남아 있다)과 달리, 여성 형상들은 한편으로는 정밀한 자연주의에 속하고, 다른 한편으로는 기형적인 관념주의에 속한다. 가슴이 풍만하고, 둔부와 엉덩이가 두드러진 이 하체 비만의 비너스들은, 오랫동안 공포의 대상이었다….

이 풍만한 형태들을 다산(多産)과 풍요에 대한 욕망과 논리적으로 잘 연결된다. 가슴과 외음부는 대체로 이를 뚜렷이 드러낸다. 나는 다만, 형상들의 주술적 힘이 표현하는 이런 종류의 탐색 자체가 효율적 행위의 영역과는 동떨어져 있다는 사실만을 상기시키고자 한다. 이런 탐색은 성적 세계의 본질과 근본이 머무르고 있는 어둠과 심오한 무질서에 닿는다. 이 이미지들이 지닌 의도만큼이나 모호한 것을 더 찾아내기조차 어렵다. 그런데 이 이미지들은 남성 이미지들과 어느 한 지점에서 맞닿는다. 여성의 이미지들은 단 한 번도 동물의 모습으로 나타난 적은 없지만, 어떤 의미에서 인간의 모습에서는 완전히 벗어나 있다.

어떤 이미지들은 머리가 없다. 대부분의 여성 형상들에 아마 얼굴이 있었을 테지만, 이때의 얼굴은 대체로 단일한 표면, 눈도 입도 귀도 없는 단면이었을 뿐이다. 빌렌도르프의 '비너스'* 머리는, 균일하게 오톨도톨한 표면의 구(球)로 되어 있는 것이, 큼직한 산딸기처럼 생겼다. 저 유명한 레스퓌그의 '비너스'**는 엄청난 비만임에도 불구하고 분명 아름다움이 느껴지는데, 어느 쪽에서 봐도 타원형 멜론의 매끈한 모양을 띠고 있다. 마찬가지로 그리말디 동굴***의 소형 입상들은 음부가 강조되어 있고, 얼굴은 평평하다. 빌렌도르프의 두 번째 '비너스'는 첫 번째 비너스와 마찬가지로 얼굴에 돌출부가 하나도 없다. 여러 다른 장소들에서 발견된 다른 입상들을 보아도, 대부분, 어쨌든 거의 다, 진정 얼굴이라고 할 만한 것이 없다. 로셀****의 저부조 조각 역시, 마치 홈 없는 레코드판처럼 평평한 얼굴을 지니고 있다. 어쩌면 채색을 했던 화가가 얼굴의 빈 공간을 채운 것이 아니었을까 하고 상상해볼 수도 있겠지만, 빌렌도르프의 비너스 이전과 이후에

---

* 오스트리아 동북부 니더외스터라이히 주 빌렌도르프에서 출토된 여성 소형 입상. B.C. 2만 5000–3만 년경 제작된 것으로 보인다.
** 프랑스 남서부 피레네산맥 지방인 오트가론의 레스퓌그 지역에서 20세기 초반에 발견된 여성상으로, 상아로 만들어졌다.
*** 프랑스와 이탈리아의 국경 지대인 지중해 연안에 위치. 그라베트기 유적이 있고, 매장된 사람의 뼈가 출토되었다.
**** 프랑스 도르도뉴에 있는 구석기시대 유적. 오리냐크기의 것으로 추정된다. 로셀의 비너스가 유명하며, B.C. 2만–1만 8000년경 작품으로 추정된다.

나타난 오톨도톨한 얼굴 표면은 이러한 가정마저 버리게 한다. 입상 조각들에 실제로 채색 흔적들이 남아 있기는 하지만, 이와 같은 얼굴의 완벽한 부재에 선들을 몇 개 덧그려 넣어 인간처럼 보이게 하려 했던 흔적 같은 것은 전혀 없다.

그럼에도 불구하고 이러한 얼굴의 부재에도 예외가 하나 존재한다. 오리냐크기 초반으로 거슬러 올라가 이 예외에 잠시 주목해야겠다. 젊은 여성의 얼굴이 매머드 상아에 조각되어 있는 작품이 19세기에 랑드의 브라상푸이에서 출토되었다.* 왜인지는 알 수 없지만 '두건 쓴 여인 입상'이라는 이름으로 더 잘 알려진(공들여 정돈된 머리카락만이 덮여 있을 뿐인데 말이다) 이 작은 얼굴 조각상은, 코와 입이 무척 잘 조각되어 있어서, 젊음과 아름다움, 여성적 매력까지 느껴진다. 필요하다면, 브라상푸이의 입상은 이 시대 예술이 지녔던 능력—그 능력이 인간의 아름다움을 표현하고자 의도했다면—에 대한 증거가 될 수 있을 것이다. 하지만 이 얼굴 조각상으로도 공통적이 된 편향성의 명백함을 무효화시킬 수는 없을 것이다. 항상 긍정하던 것을 부정하고 보통 가려져 있는 것을 드러내는 편향성 말이다.

---

* 브라상푸이의 비너스. 프랑스 랑드 지방 브라상푸이의 파프 동굴에서 B.C. 2만 9000-2만 2000년경 작품으로 추정되는 소녀의 얼굴이 출토되었다.

다시 한번 말하건대, 여성 형상들은 수수께끼 같다. 이렇게까지 비인간적인 침묵은 힘으로 깨버릴 수도 없다. 이 형상들은 다른 남성 형상들보다도 파악하기에 더 힘든 듯하다. 남성 형상들은 최소한 동물이 인간에게 행사한 매혹적인 힘이라도 엿볼 수 있게 해주었는데 말이다. 우리는 다산과 풍요에 대해 말했다. 또 여성은 자연의 맹목적인 힘으로부터 남성보다는 더 가까이 있기 때문에, 우리는 이성이 아직은 심지어 간접적으로도 자신의 우월함을 보장하지 못하는 세계에 머물러 있다. 그러나 우리에게 명확성의 느낌을 주는 게 무엇인지는 전혀 모른 채로. 가장 오래되고 다양한 인간 형태의 표상들에 대해 우리가 말할 수 있는 건 오직 이것뿐이다. 즉, 그 형상들은, 오늘날 우리가 빛으로 드러내 밝힌 모습을 절대적으로 어둠 속에 남겨놓았다는 점에서 일치한다고 말이다.

라스코의 동물 그림과 조각 예술

"동물들과 그 인간들"

지금부터 나는 라스코 형상들의 의미에 대해 말하고자 한다. 이 의미는 일단 접근 불가해 보인다. 나는 여태까지 약간은 모호한 방식으로, 인류 초기 시대에 인간 활동이 가능할 수 있던 조건들에 대해 말하고자 했다. 특히, 동물성과 노동의 대립에 대한 논의를 전개했다. 내가 밀고나간 논지에서 가설적인 부분은 어쩌면 보기보다 덜 중요할 수 있다. 인류의 시초부터, 한편으로는 노동에 관련된 사물들을 보는 방식과, 또 다른 한편으로는 노동의 수고에서 벗어나 있는 다른 세계에 대한 느낌을 보는 방식이 있었다는 점은 확실하다. 라스코 벽화들이 이러한 대립을 직접 겪고 있던 한 인간의 작품들이라는 점 역시 확실하다. 이러한 측면들에 대한 논의는 여러 가지 방법으로 전개시킬 수 있다. 내가 제안하는 방법이 반드시 가장 좋다고 할 수는 없겠지만, 기본적인 원칙도 모르는 방법보다야 바람직하다.

아무튼 내가 말했던 부분에 대해서는 사실들 전체를 토대로 명확히 고찰해볼 만한 가치가 있다. 이러한 고찰은 더구나, 지금까지 내가 말한 것들을 오늘날 남아 있는 수렵민족들이 동물성을 대면할 때의 행동 방식과 비교해볼 때 더욱 유효할 것이다.

앞 장에서 순록 시대 인간들이 인간의 형상을 나타낼 때마다 취했던 태도에 대해 설명한 바 있다. 지금부터는 그들이 동물들을 어떻게 바라보았는지에 대해, 그리고 그들이 우리에게 남긴 동물 형상들에 표현된 감정들이 어떠한 것이었는지에 대해 말하고자 한다.

다른 영역에서 관찰된 여타의 행동 방식들을 근거로 우리가 논의의 대상으로 삼은 행동 방식들을 해석하는 작업은 타당성을 갖기 힘들다. 한 문명에서 매우 근접한 다른 문명으로 옮겨가는 수밖에 없기 때문이다. 그런데 내가 이제 논의하고자 하는 행동 방식들은, 보편적이라고 할 수도 있을 만한 특성을 지니고 있다. 이 행동 방식들은 원칙상 여전히 주로 사냥을 통해 생계를 이어나가고 있는 (이어나갔던) 민족들 전체에 해당된다. 그렇다고 해서 구소련 이전 시베리아인들이 사냥으로 먹고살던 고대 민족들과 공통으로 공유하던 것과 같은 반응을 라스코인도 보였으리라고 결론지을 필요는 없다. 하지만 그 당시 시베리아인들은 실제로 순록 시대와 비슷한 조건하에서 살아가고 있었다. 그러므로 비교가 가능한 셈이고, 내가 말했던 대립 관계를 염두에 두기만 한다면, 이 비교 연구는 가장 중요한 대목이 된다.

에블린 로트팔크의 『시베리아 민족들에게 있어 사냥의 제의들』 중 한 문단은 무척 흥미로운 부분이다.

"사냥꾼은 동물을 최소한 자신과 동등한 존재로 본다. 사냥꾼이 보기에 동물 역시 자기와 마찬가지로 먹을 것을 위해 사냥한다. 사냥꾼은 동물도 자기와 비슷한 삶을 살고 있고, 같은 형태의 사회 조직을 갖고 있다고 생각한다. 인간의 우월성은 오직 도구를 가져와서 사용한다는 기술적 측면에서만 확인된다. 주술적 측면에서, 인간은 동물 역시 자신보다 적지 않은 힘을 지녔다고 믿는다. 한편으로 동물은 하나 또는 그 이상의 여러 가지 면들에 있어 우월하다. 신체적 능력이라든가, 민첩함, 청각이나 후각의 예민함 등, 사냥꾼이 높이 평가하는 모든 자질들에 있어서 말이다. 게다가 사냥꾼은, 동물이 지닌 이런 신체적 자질들에 부여하는 것보다 더 큰 가치를 동물의 영적 능력에 부여한다…. 동물은 인간에 비해 신성과 더욱 직접적으로 접촉하며, 인간에 비해 자연의 힘에 더 가까운데, 자연의 힘들은 대체로 동물 자체로 구현되기 때문이다. '사냥감은 인간과 마찬가지의 존재다, 다만 더 성스러울 뿐이다'라고 나바호의 인디언들은 말한다. 그리고 이 문장은 시베리아인의 입에서도 그대로 나올 법하다."

　　이렇듯 인간과 동물의 관계, 사냥꾼과 사냥감의 관계는, 우리가 보통 생각하는 것과는 무척 다른 듯하다. 『사냥의 제의들』 저자는 우리에게 또한 이렇게 말한다. "동물의 죽음은, 부분적으로나마 동물 그 자체에 달린 일이다. 한 마리 동물이 살해당했다는 것은, 그 동물이 사전에 동의를 표했음을 의미한다. 다시 말해, 그 동물이 자신을 죽일 살해자와 미리 공모해 놓았다는 것이다. 그래서 사냥꾼은 사냥감을 몰면서… 그 사냥감과 가능한 한 가장 좋은 관계를 맺기 위해 노력한다. '만일 순록이 그 사냥꾼을 좋아하지 않으면 사냥꾼은 순록을 죽일 수 없다'고 유카기르족은 말한다. 곰이 희생당할 때는 곰 스스로가 좋아서 흔쾌히 희생당하는 것이다. 그래서 곰은 죽음의 일격을 받을 바로 그 장소에 때맞춰 나타나는 것이다. 오이로트 족에 따르면, 줄무늬 다람쥐는 올가미에다가 스스로 제 머리를 집어넣는다고 한다. 케토 족이나 예니세이 족들이 말하길, 곰은 자기가 죽을 때가 되면 사냥꾼을 찾아간다고 한다."

이처럼 사냥꾼과 사냥감의 관계는, 어찌 보면 유혹하려는 자와 욕망의 대상으로서의 여성과의 관계를 닮아 있다. 두 관계 모두 똑같이 위선적이다(그리고 전자의 관계가 후자의 관계를 이해하는 데 도움이 된다면, 그 역도 참이다…). 하지만 우월감과는 거리가 멀다. 목축하는 인간과 사육되는 동물들의 세계에서도 아직 본질적으로 우월감은 확인되지 않는다. 우월감이란 우선, 가장 진보된 문명에서만 나타나는 것이다. 이러한 문명에서 목축하는 자는 일단 그 자신이 열등한 존재고, 짐승은 아예 무대 뒤로 물러나버린 가장 저급한 존재, 혹은 가장 중성적인 존재로 남겨질 뿐이다.

전술했다시피, 우리로서는 라스코 인간이 자기들의 배를 채워주는 동물들을 대할 때 오늘날의 시베리아인들이나 나바호 인디언들이 갖는 느낌과 똑같은 느낌을 가졌었는지는 알 수 없다. 하지만 위에 인용한 텍스트들은 우리를 데려다놓는다. 바쁘게 시달리는 우리네 인류의 수

준을 너머 저 높은 곳, 동물이 순결한 존엄을 지니고 있는 세계로. 내가 보기에 라스코의 동물은 신이나 왕들과 같은 수준에 자리하고 있다. 이곳이야말로 역사를 거슬러 올라가 다음의 사실들을 상기시켜주는 장소다. 즉, 주권성(오직 그 자신만이 그 자체로 목적이 될 수 있음)은 왕만이 지닐 수 있었으며, 왕과 신은 혼동되었고, 신은 짐승과 거의 구분되지 않았다는 사실 말이다. 동굴 안으로 들어서면, 이러한 최초의 인간들의 최초의 진실을 놓칠 수 없게 된다.

'동물들과 그 인간들'은 폴 엘뤼아르*의 시집 제목이다. 프랑스의 가장 위대한 시인 중 하나인 그가 남긴 이 시구가 우리에게 열쇠가 되어준다면, 우리는 라스코동굴의 문을 열 수 있다. 인간에 대한 더 진솔한 감정은 시의 조건이 된다. 이는 또한, 우리가 동굴이 침묵 속에 전해주는 가르침 앞에서 스스로를 닫아걸고 싶은 게 아니라면 꼭 치러야 할 대가이기도 하다.

사냥, 노동과 초자연적 세계의 탄생

주술적·종교적 위력에 의해 지배되는 세계에서 느껴지는 감정과 사냥—혹은 낚시—사이에 존재하는 인과관계

---

* 폴 엘뤼아르(1895-1952)는 프랑스 초현실주의 시인으로, 훗날 공산주의 운동에 가담했다.

에 대해 살펴보는 일도 가능하다. 말리노프스키*는 이러한 관점을 인간이 자기가 세운 계획들의 부침(浮沈) 앞에서 겪게 되는 무력한 감정과 연결했다. 인간은 자연에 자신의 힘을 행사할 수도 있었고 자연을 변화시킬 수도 있었지만, 어떻게 해봐도 사냥꾼에게 언제나 성공의 운(運)이 따르도록 만들 수는 없었다. 운이란, 노동과 기술의 세계보다 더욱 강력한 세계에 의해 좌우되는 것, 즉 논리적 효용성의 생각에만 물든 채 노동하는 태도에 머물러 있는 인간에게는 접근이 차단된 세계에 의해 좌우되는 것이었다. 그런데, 인간은 금세 자신이 이 세계에 힘을 행사할 수 있다고 생각하게 되었다. 단, 자신이 다듬고 있는 돌에게 행사하는 힘과는 다른 방식으로. 인간은 그 세계 내부에 심오하고 내밀하며 자신의 실존과 유사한 어떤 존재가 있을 거라고 생각했다. 그러고는 그 존재 역시 욕망과 증오, 질투, 분노, 우정의 움직임을 지녔으리라고 상정했다. 인간은 자신이 그 존재에 영향을 미칠 수 있다고 믿었다. 노동을 함으로써 사물들에 영향을 미치는 방식으로가 아니라, 다른 사람들에게 영향을 미치는 방식으로. 즉, 빌거나 강요하고, 선물을 주어 달래는 방식으로.

아마도 사냥 때문이 아니고서야, 이 시대의 인간으로서는 자신을 불안케 하는 이 접근 불가한 영역에 개입해야 한다는 필요를 이만큼 크게, 이만큼 보편적으로 느

* 폴란드 출신의 영국 문화인류학자 브로니스와프 말리노프스키(1884–1942)는 인간 문화를 원시사회 관찰을 통해 기능주의적 입장에서 고찰했다.

낄 일은 없었을 것이다. 그 인간이 생각하기에, 성공이냐 실패냐, 편안한 삶이냐 배고픔의 고통이냐의 문제가 달려 있는 곳이 바로 이 접근 불가의 영역이었다.

주술의 모호성은 바로 여기서부터 출발한다. 프레이저*가 분별없이 주술을 기술(技術)과 동일시해 버리는 우를 저지른 것도 이 때문이다. 주술이, 인간이 항상 자신에게 이익이 되는 결과를 탐색하는 행동 방식 중 하나임은 사실이다. 하지만 이러한 탐색 속에서 인간이 자신의 무력함을 깨닫고, 전능함이란 자신이 속하지 않은 다른 세계의 능력이라고 전가하는 한에서만 그러하다. 이때의 이 다른 세계란, 더 이상 기술이 기능하지 않는, 기술이 아무런 능력도 갖지 못하는 세계고, 무엇으로도 환원시킬 수 없는 힘들로 이루어져 있으며, 운을 좌우하는 세계다. 주술적 작업은, 실제로 인간이 결과물에 대한 탐색을 고집스럽게 이어나가고 있음을 증명하기도 하지만, 또한 가치들의 질서에서 무엇이 무엇보다 우월한 가치를 지니는지를 나타내주기도 한다. 즉, 신성이 세속보다 우위에, 욕망의 무질서가 이성의 계산보다 우위에, 운이 초라한 공적보다 우위에, 목적이 수단보다 우위에 놓이는 것이다. 노동과 기술의 인간은 어쨌거나 수단에 불과하고, 노동에 계속되지 않은 존재, 기술을 갖지 못한 동물적 존재는 목적이 된다. 다시 말해, 세속적 활동은 수단이며 신성의 순

영국의 사회인류학자 제임스 조지 프레이저(1854-1941)는 인류의 사고 양식 진화에 대해 주술·종교·과학의 3단계의 도식을 주창했다.

간은 목적이다. 그리하여 신적인 것은 인간다움의 근원적 의의가 된다. 주술적 작업은, 수단들이 이루는 노동하는 세계보다 신에게 바치는 목적으로서의 세계(신성)에 더 많은 힘과 더 많은 진실을 부여하는 인간의 행동 방식이다. 인간은 자신을 넘어서는 어떤 지고의 힘, 노동의 인간에게는 너무나도 낯설기에 차라리 동물로밖에 표현되지 않는 어떤 힘 앞에 몸을 숙인다.

주술적 작업에 다름없던 형상들은(하지만 처절한 필요에 의해 그랬던 것은 아닌 것 같고, 그런 때도 있고 아닌 때도 있었던 듯하다), 이는 우리들이 통상 이 형상들이 수단이라고 (도구와 마찬가지로) 여겨왔던 생각에 어긋난다. 형상들은, 동물이 지녔음에 틀림없는 성스러움이라는 가장 위대한 가치를 인간이 인정하던 순간을 표현하였다. 인간은, 그를 부추기는 상스러운 식욕이라는 욕구를 숨긴 채, 동물에게서 아마도 우정을 기대했을 것이다. 인간으로 하여금 이러한 욕구를 숨기게끔 했던 위선에 깊은 의미가 담겨 있다. 위선은 주권적 가치에 대한 인정을 가리킨다. 이런 태도들의 모호성은 중대한 감정 하나를 나타낸다. 인간은, 자기 자신 위로 스스로를 고양시키지 못한다면 자신이 목표한 목적에 닿을 수 없다고 판단했다. 아무튼 그로서는, 자신을 초월하는 어떤 능력의 수준에 이르기까지 자신을 고양시키는 척이라도 해야 했다. 그 능력은 무엇도 계산하지 않는, 그저 하나의 놀이일 뿐인, 그리하여 동물성과 구별되지 않는 것이었다.

위에서 말한 바와 같이, 우리는 현대 시베리아 사람들의 감정이나 관습들을 근거로 라스코인의 감정들과 관습들을 연역해낼 수 없다. 하지만 라스코의 영역이 시베리아라는 영역과 근본적으로 전혀 이질적인 것으로 간주될 수도 없다. 그리고 만약 라스코인의 행동 방식들에 대해 어렴풋하게 아는 것 이상으로는 더 잘 알아낼 수 없다고 포기해야 한다면, 이 행동 방식들 또한 똑같은 모호함 속에 자리한다고는 생각할 수 있다. 최소한, 동굴에 그려진 동물들의 거의 초자연적인 아름다움이 이러한 모호성을 표현해 주었다고는 말할 수 있겠다. 이 예술이 자연주의적임은 사실이다. 하지만 이때의 자연주의는, 동물을 있는 그대로 정밀하게 표현함으로써 오히려 동물에 내재하는 초자연적인 것을 그려내는 데 도달했다.

예술사에 있어 라스코의 위치

일반적으로 라스코의 이미지들을 특징짓는 지점은 이 이미지들이 제의에 포함되었다는 점이다. 이 제의들이 어땠는지는 알 수 없지만, 벽화 그리기 행위 자체가 제의의 한 부분을 구성하고 있었다고 보아야 할 것이다. 아마 형상 하나 그리기가 독립적인 하나의 의식은 아니었겠지만, 의식을 구성하는 여러 요소들 중 하나이기는 했다. 즉, 하나의 종교적이거나 주술적인 작업이었던 것이다. 그려지거나 새겨진 이미지들은 아마도 오래 지속될 장식으로서의 의미를 갖지는 않았던 것 같다. 이집트의 사원들이나 무덤들, 그리스의 제단이나 중세 시대 기독교 제단 같은 경우에는 장식적 의도가 명백하게 드러나 있지만 말이다. 만일 동굴의 이미지들이 장식적 가치를 가졌더라면, 형상들이 뒤얽혀 있을 수는 없었을 테다. 이러한 뒤얽힘은, 새로운 이미지를 그려야 할 때 이미 있던 장식들은 무시해도 됐었다는 사실을 뜻한다. 새로 그려진 이미지가 그보다 더 오래되고 어쩌면 더 아름다웠을 수도 있는 다른 이미지를 그래서 망쳤는지 아닌지에 대해 알아보는 일은 이제 부차적인 문제일 뿐이다. 큰 방이나 중앙 샛길의 구성을 보면, 라스코 벽화들은 총체로서의 효과를 나타내려 했음을 알 수 있다. 하지만 이 역시 분명 부차적인 효과다. 주술적 작업만이 의도에 부합한다. 동굴이 주는 장엄한 분위기는 나중에 생겨난 것이다. 마치 우연의 선물처럼, 혹은 숭고한 세계의 징표처럼.

이처럼 의식적(意識的) 의도를 초월하는 방식은 이 예술의 가장 중요한 계기와 맞닿는다. 이 예술은 통상적인 습관이 아니라 천재의 자발성으로 이루어졌기 때문이다. 앞에서 말했다시피, 어떤 오류나 일종의 근본적 불확실성이 남아 있다는 사실은, 이 진짜 '원시인'들과 민족학 연구가 우리에게 알게 해 준 원시인들을, 그 행동 방식에 있어 근본적으로 구분시킨다. 설사 시베리아의 기후나 생존 여건이 라스코 시대와 비슷하기 때문에 시베리아와의

146

비교가 덜 엉뚱해 보인다 하더라도(그래도 우리가 이런 것들에 대해 논의할 수 있는 것은 수렵민족들에 대한 기초적인 판단들이 보편성을 담보한 덕분이다), 순록 시대 인간들의 특징 자체가 본래 정해진 형태가 없고 더 즉각적이기 때문에, 이러한 비교는 위험성을 안고 있다. 순록 시대 인간들의 아직 유동적인 상태의 행동 방식들과 시베리아인들의 오랜 전통을 쌓으며 고정되어온 행동 방식들을 비교하는 작업이 완전히 불가능한 것은 아니지만, 순록 시대 인간들의 특징이 유동적인 탓에, 근본적으로 보류해두어야 할 부분들이 남는다는 점은 사실이다. 아마도 순록 시대는 급변하던 시대는 아니었던 듯하다. 몇천 년이라는 시간을 사이에 두고 떨어져 있음에도 불구하고 오리냐크기와 막달레나기 사이에는 거의 차이가 없다. 이 당시에는, 오늘날 우리 생활의 모든 방면에서 쉼 없는 변화를 일으키고 있는 급격한 진화 같은 것은 없었다. 그러나 변화나 불확실성—때로는 혁신—에 대립하는 인습(因襲) 같은 것도 없었다.

　　이 대목이 무척 중요하다. 순록 시대 예술의 규칙은 전통을 따르기보다는 자연을 따르는 것(자연을 충실하게 모방하는 것)이었다. 그 예술이 자연모방인지 창작인지도 어쩌면 상관없다. 그런데 결정적인 사실은, 예술의 규범이란 외부로부터 받아들여진 것이라는 점이다. 이는 예술 작품이 그 자체로서는 자유로웠음을, 그리고 예술 작품이 어떤 과정들, 내부의 형태를 규정하고 그 형태를 합의된 규약으로 환원시켜 나가는 일련의 과정들에 얽매이지 않았었음을 의미한다. 관습적인 고정관념들의 체계나 클리셰들은, 문학적 표현을 그 내부에서부터 규정할 수도 있기도 하고, 예상치 못한 부분이나 매혹적인 부분들을 제거해 버림으로써 그 표현을 일종의 무감각하게 꽉 막힌 도정으로 축소시켜 버리기도 한다. 하지만 외부로부터 와서 기대됐던 질서를 전복시키는 갑작스러운 요청에 대응해 어떤 새로운 도정, 전격적이고 개방된 하나의 도정이 여전히 있을 수 있다. 순록 시대는 전체적으로 보면 거의 변화가 없던 삶의 방식들에 부합하고, 무엇보다도 자연의 외적 여건들에 (규약에 복종하는 일 없이) 부합했던 것으로 보인다. 분명 이 시대 인간들에게도 자신의 후손들에게 무엇인가를 전수하는 과정들이 있었겠지만, 이들은 그 형태나 스타일, 예술 작품의 포착하기 힘든 움직임을 규정해놓지는 않았었다. 이때가 인류가 첫발을 내디디던 때라고 생각하면, 인습의 무게가 이렇게도 없을 수 있다는 사실에 그리 놀랄 것도 없다. 이때까지는 어떤 구습(舊習) 따위가 형성되지도 않았을 테니 말이다. 필시 막 탄생 중이던 예술은 이렇듯 복종할 줄 모르는 자발적인 운동성을 자극했을 테다. 이 운동성을 천재성이라 명명하면 좋을 듯싶다. 이러한 자유로운 운동성이 가장 잘 느껴지는 곳이 라스코이며, 바로 그렇기 때문에 나는 라스코동굴의 예술에 대해 말하면서 시작으로서의 의미에 대해 말한 것이다. 이 벽화들이 언제 그려진 것인지 딱 잘라 정확한 연

148

대를 지정할 수는 없다. 하지만 실제 연대가 언제이든지 간에, 벽화들이 혁신을 일으켰다는 사실에는 변함이 없다. 모든 부분들이 조각조각 모여, 벽화는 그것이 형상화한 세계를 창조해냈던 것이다.

석기를 사용하던 노동 방식에는 이때까지 혁신이 일어나지 않았다. 순록 시대 인간들은 이전의 기술들(네안데르탈인들도 이미 사용하던 기술들)을 계속해서 발전시켜 나갔을 뿐이다. 하지만 예술과 관련한 행동 방식들이나 제의나 감정적인 측면들에 있어서는, 예술 자체도 그랬다시피, 변동이 많고 불안정했는데, 이 점이 우리와 동시대를 살고 있지만 시대에 뒤처진 민족들과 반대되는 점이다. 순록 시대 인간들에게도 역시 인습이라는 것이 있기야 있었을 테지만, 그것이 지금과 같은 방식으로 인간을 지배하지는 못했다.

우리가 라스코를 역사의 관점에서 위치시키고자 한다면, 우리는 이 혁신이라는 요소를 결코 잊어서는 안 된다. 라스코의 예술은 아직 미개한 민족들의 예술과는 전연 다르다. 라스코는 우리를 가장 섬세하고 가장 열광적인 문명의 예술에 데려다놓는다. 라스코에서 느껴지는 것, 라스코에서 우리에게 와닿는 것은, 움직이고 있는 것이다. 인습에 찌들지 않은, 열에 달뜬 움직임 속에서 아름다움이 뿜어져 나오는 이 작품들 앞에서, 정신이 춤을 추는 느낌이 우리를 흥분시킨다. 이 작품들 앞에서 우리에게 요구되는 것은 존재와 그 존재를 둘러싼 세계의 자유로운 소통이다. 풍요를 발견한 이 세계와 하나로 합치된 인간은 여기에 몸을 내맡긴다. 도취된 춤의 움직임은 예술을 언제나 종속적인 임무들 너머로 고양시키는 힘을 지녀왔다. 예술이 받아들였던 그 임무들은 종교나 주술이 강요했던 것들이었다. 역으로, 존재와 그 존재를 둘러싼 세계의 합치는 예술의 변모, 즉 천재성의 변모를 불러일으킨다.

이러한 의미에서 라스코의 예술은, 가장 역동적이고 가장 깊이 있는 창조성이 존재했던 시기의 예술과 은밀한 공통점을 지닌다. 라스코의 섬세한 예술은, 인습을 격렬하게 떼어내면서 새로이 탄생하는 예술들을 통해 부활한다. 이런 일은 때로 소리 소문 없이 일어났다. 나는 고대 이집트 제국의 예술, 6세기 그리스 예술 등이 그러한 때라고 상상해본다…. 하지만 라스코에게는 떼어낼 인습이 없었다. 라스코는 첫걸음이자, 시작이었다.

부록

라스코 이외에 인용된 선사시대 형상들

예술의 기원

"가끔 이 선들은 형체를 갖추기도 한다…"(이 책 66쪽)

라봄라트론 동굴(이 지방에서는 도둑들의 동굴이라고 불린다)에서 색깔을 묻힌 손가락 몇 개로 암벽 위에 그린 그림들 모음을 볼 수 있다. 이 동굴은 님에서 14킬로미터 떨어져 있는 퐁 뒤 가르 근처에 위치하고 있다. 브뢰유 신부의 모사화를 보면, 위쪽에 코끼리 한 마리가 있고 가운데에 기다란 뱀이 있음이 보인다.
―참조: 브뢰유, 『벽화 예술 4만 년』

"바욜 동굴에서 발견된 경탄할 만한 그림인 큰 사슴 과 동물 형상…"(이 책 66쪽)

이 동굴은 라봄라트론과 마찬가지로 퐁 뒤 가르에서 멀지 않은 곳에 위치해 있다. 이 큰
사슴의 형상은 벽면에 원래 있던 돌출부를 이용해, 여기에 검은색 선들이 몇 개 더해져
그려졌다. 드루오 박사의 모사화에서는, 본래 벽면 돌출부에 의해 나타냈던 부분은
점선으로 표시되어 있다.
―참조: 드루오, 『콜리아스의 바욜 동굴벽화에 관하여』, 『프랑스 선사학회 논집』,
1953년, 7–8호

인간의 형상들

'알타미라동굴 천장에 있는 오리냐크인들의 실루엣들…"(이 책 119쪽)

감각된 형상(높이 48센티미터)을 보면, 머리는 새의 모양을 하고 있다. 출처는 브뢰유와
카르타일라크의 『스페인 산탄데르 부근 샨티안의 알타미라동굴』(모나코, 1906)이다.
—참조: 브뢰유, 『벽화 예술 4만 년』, 사카신텔라 산타, 『유라시아 후기 구석기시대의
인간 형상들』

"'가짜 꼬리를 붙인 원숭이 같은 모습'을 하고 있는 오르노스 델 라 페냐 동굴에 나타나 있는 인간 형상"(이 책 119쪽)

오르노스 동굴은 산탄데르 토렐라베가에서 8킬로미터 떨어진 곳에 위치해 있다. 브뢰유 신부는 모사화를 그리면서 "발기된 성기는 생략"했다고 하는데, 이는 "성기가 이 형상의 것인지 확실치 않기" 때문이다. 출처는 알카드 델 리오, 브뢰유, 시에라, 『칸타브리아 지방의 동굴들』(모나코, 1911)이다.
—참조: 브뢰유, 『벽화 예술 4만 년』

페슈메를 동굴에서는…"(이 책 119쪽)

페슈메를 동굴 혹은 다비드 동굴은, 로트의 카브레레 부근에 위치해 있다. 이 중 형상
하나(길이 53 센티미터)만을 부록에 실었다. 출처는 레모지, 『페슈메를의 동굴 사원:
선사시대의 새로운 제단』(파리, 1929).
– 참조: 사카신넬라 산타, 『유라시아 후기 구석기시대의 인간 형상들』, 브뢰유, 『벽화
예술 4만 년』

"콩바렐 동굴…"(이 책 121쪽)

이 동굴은 도르도뉴의 레제지 부근에 위치하며, "39개의 인간이나 반인 형상의 데생들을
보유하고 있다. 이들 중 반은 탈을 쓴 모습으로 그려진 것으로 보인다."(브뢰유 신부)
부록에는 "매머드 머리 모양을 닮은 인간의 실루엣"을 실었다. 출처는 브뢰유, 카피탕,
페이로니의 『레제지의 콩바렐 동굴』(파리, 1924).

이들 중 하나는 운동성에 의해 야생적 삶이 부각되어 있다…"(이 책 123쪽)

형제 동굴은 아리에주의 몽테스키외아방테스에 위치한다. 이 반인반수의 형상은
이가 20센티미터로, 브뢰유 신부의 모사화 중 일부를 실어놓은 이 그림 원본의 맨
른쪽에 나타나 있다.
–참조: 브뢰유, 『벽화 예술 4만 년』

"삼형제 동굴에 뒤엉켜 있는 것들 중 두 번째 형상…"(이 책 124쪽)

높이 30센티미터. 출처 브뢰유 신부.
—참조: 브뢰유, 『벽화 예술 4만 년』

"브뢰유 신부가 '삼형제의 신'이라고 명명하고자 하는 다른 형상…"(이 책 124쪽)

높이 75센티미터. 출처 브뢰유 신부.
—참조: 브뢰유, 『벽화 예술 4만 년』

동굴의 발견

라스코동굴은 1940년 9월 12일 목요일, 몽티냐크에 살던 (혹은 그 시기에 몽티냐크에서 머무르고 있던) 한 무리 어린 소년들에 의해 발견됐다. 그들은 당시 18세였던 마르셀 라비다, 당시 15세였던 자크 마르살과 시몽 쿠엥카, 그리고 16세였던 조르주 아넬이다. 라비다는 혼자서 나무 뿌리가 뽑혀 생긴 구덩이 안으로 들어가보고 싶어 했다. 이 나무는 언제인지는 정확히 모르겠지만 아마도 그보다 30년쯤 전부터 뽑혀 있던 것 같다. 그 구덩이에 양 한 마리를 묻어놓았던 노파 하나가, 그 구덩이는 중세 시대의 지하 동굴로 들어가는 입구고, 또 그 지하 동굴은 이웃 라스코의 언덕 발치에 있는 작은 성으로 이어질 거라고 말했다. 소년 넷은 일단 근처 농장에 모이긴 했지만 별다른 성과를 얻지 못하다가, 라비다가 계획한 구덩이 탐사 작업을 개시하기로 했고, 라비다는 시야를 확보하기 위해 램프를 가져왔다. 이 소년들이 증언했다는 버전에 따르면 그들은 사냥을 하러 나섰다가 자기들과 같이 있던 개가 구덩이로 내려가는 것을 보고 따라 들어갔다고 하는데, 이 버전은 아무래도 기자들이 제멋대로 꾸며낸 이야기 같다. 이런 식으로 말해놓아야 듣는 사람들이 별다른 토를 달지 않고 "그렇군" 하고 반응했을 테니 말이다.

구덩이는 대략 지름이 80센티미터 정도였고, 깊이도 그 정도였다. 그런데 안으로 들어가면 더 작은 구덩이

가 있어서 그 안으로 돌멩이를 던져 넣으면 길게 굴러 떨어지는 것이었다. 라비다는 그 구덩이 입구를 넓혀서 처음 그 안으로 머리를 집어넣었다가 원추 모양으로 우묵하게 패인 곳을 보게 된다. 그는 바로 불을 켜고 다른 친구들을 불렀다. 이렇게 해서 그들의 동굴 탐사가 시작되었고, 그들은 곧 그림들과 동물 형상들을 발견하게 되었다. 그들은 자기들이 선사시대 동굴을 발견해냈다고, 이건 어마어마한 보물이니 자기들의 부귀영화는 보장된 거라고 서로 떠들어댔다. 며칠 지나지 않아 초등학교 교사인 라발의 지시에 따라 쓴 진술서에서 마르셀 라비다는 이렇게 말하고 있다. "우리의 기쁨은 말로 설명할 수 없을 정도였습니다. 원시인 한 무리가 전쟁의 춤을 추고 있는 것보다 더 멋진 건 없을 테니까요." 그들은 이 동굴을 발견한 사실을 아무에게도 말하지 않기로 작정했다. 그래놓고 그들은 그 바로 다음 날 다섯 번째 소년을 같이 데리고 왔다. 이번에는 밧줄을 갖고 와서 우물 쪽까지 탐험했다. 며칠 지나지 않아 열댓 명 정도가 동굴에 대해 알게 되었고, 그 중에 있던 헌병 한 사람이, 선사학에 조예가 있는 라발 선생에게 사실을 알리는 게 좋겠다고 조언했다. 라발은 처음에 매우 회의적이어서 동굴 안으로 내려가기를 무척 꺼려했었지만, 큰 방에 다다르자 입을 다물지 못했다.

당시 브리브에 있는 장 부이소니 신부의 집에 체류 중이던 브뢰유 신부는 9월 17일에 이 소식을 듣고 21일 현장에 도착했다. "발굴은 완료되어 있었다. 소년 둘이… 동굴 옆에 진을 치고 지키고 있었다. 누구라도 그들을 동반하지 않고는 그 안으로 들어갈 수 없었다. 이 시기에 몽티냐크나 그 주변에 있던 방문객 수백 명이 와서 동굴을 마┼ 망쳐버리는 사태가 발생하지 않은 것은 이 어린 소년들의 헌신 덕분이며, 우리는 그들에게 감사해야 한다."

동굴벽화들의 진품 여부 문제

선사시대 동굴벽화들이 진품인가에 대한 문제가 최근 제기된 바 있다. 로트에 위치한 카브레레의 페슈메를 동굴에서 발생한 사건 때문이다. 1952년 여름, 프랑스의 대문호 앙드레 브르통*이 벽화의 상태가 어떤지 알고 싶어서 그림에 손가락을 갖다 대어 스쳐봤다. 여러 언쟁 끝에 앙드레 브르통이 용의자로 지목되었고, 그는 벌금형을 당했다. 그런데 브르통은 자기 손가락에 물감이 묻은 것을 보고, 자신이 속임수를 알아챈 거라고 생각했다. 문인 협회에서 이 문제를 제기해 동굴벽화들 전체에 걸쳐 진품 여부에 관한 조사를 요청했다. 브뢰유 신부는 이 요청과 관련해 역사 유적 최고 위원회에 제출한 보고서에서, 이는 "묵과할 수 없는" 절차라고 단언했다.

앙드레 브르통에 대해서는 추호도 반감이라고는 없

---

* 프랑스의 초현실주의 수장이었던 앙드레 브르통은 초현실주의의 이단아였던 바타유와 오랫동안 반목했으나, 말년에 화해한다.

는 사람으로서 내가 말하건대, 그의 진정성을 문제 삼을 것은 아니지만, 동굴벽화에 대해 충분한 정보를 지닌 사람이라면 분명 브뢰유 신부의 의견에 동의할 것이다.

동굴벽화의 진품 여부는 처음부터, 그러니까 1879년 마르셀리노 데 산투올라가 알타미라동굴을 발견했을 때부터 제기되어 왔었다. 그 당시 지식인 집단은 이 벽화들에 대해 대체로 회의적이었다. 심지어는, 스페인 예수회 교도들이 선사시대 역사학에서 성경과 반대되는 위험한 내용들을 발견했고, 그래서 선사학자들의 평판을 해칠 목적으로 일부러 가짜 동굴을 만들어 놓았다는 음모론까지 나돌았다. 이런 불신에서 벗어나기 위해 20년 이상의 시간이 필요했다. 20세기 초 콩바렐 동굴에서 유사한 형상들이 암각된 것이 발견되었고 퐁드곰 동굴에서도 채색된 것이 발견되었는데, 이때에도 회의론자들이 또다시 이것들이 가짜라는 의견을 펼쳤다. 선사학자 집단은 마침내 이것들이 진품임을 확인했지만, 여전히 이를 의심하고 괴상망측한 가설들을 늘어놓는 일이 부지기수였다. 콩바렐 동굴과 퐁드곰 동굴은 "신성로마제국의 징병에 반발한 자들의 작품"으로 알려지기도 했다. 사람들은 심지어 브뢰유 신부마저 "거기에서 모사화를 그리러 간다더니, 아예 벽화를 만들 장비를 챙겨서 올라가더라"며 비난했다.

이런 회의적 태도는 카브레레 사건이 있기 전까지는 유행이 지난 태도였는데, 이 사건 이후 신선한 벽화 발굴에 대해 다시금 의심의 경보가 울렸다.

센세이션을 일으켰던 필트다운 동굴 사기 발각 사건(1953년 11월 25일에 공식 발표되었다)으로 인해 동굴 벽화에 대한 불신 풍조가 다시금 지지를 얻었다. 42년 동안 가장 박식하다는 인류학자들이 거기서 우연히 발견된 뼛조각 화석들을 진지하게 탐구하고 소중히 다루었지만, 끝내 이 뼛조각들은 위조품으로 판명됐다. 왜 그 전에는 선사학자들이 이처럼 착각에 빠진 적이 없었을까? 과학적으로 아무리 못해도 1만 5000년은 더 됐을 거라는 벽화가 신선한 상태로 발견되었다는 건 대경실색할 만한 일이 아니었나?

사실을 말하자면, 필트다운은, 발루아의 표현에 따르면 "오랫동안 준비된, 전문화된 수집품들에 접근이 가능했던 누군가가 범한, 경악스러운 마키아벨리주의에 의해 저질러진 사기극이다". 발루아는 이렇게 결론짓는다. "이 정도 사기극은… 이 방면에서는 걸작이라 할 만하다." 이 걸작은 실험실에서는 완성될 수 있었겠지만, 아무튼 동굴이라는 장소의 노동 조건에서는 다시 만들어질 수가 없다. 동굴에서는 형상화의 체계가 일일이 정확하게 일관성 있게 질서 잡혀야 하기 때문이다. 다른 한편, 필트다운의 두개골 모양 화석은 예외적인 흥미를 끌어서, 엉뚱한 연구 결과물들을 불행히도 굉장히 많이 배출해냈다. 어찌 보면, 참 어이없는 사건이기는 하지만, 기획 자체는 수고할 만한 가치가 있었던 셈이다. 위조품이 벽화가 그려진 동굴 안에 굴러 들어올 수 있었다는 사실을 감안한다 해도, 굳이 위조품까지 제작해서 얻으려는 이득에 비해서는 그걸 만드는 데 필요한 노동—세밀하고 끝도 없는 위조 작업—이 너무 쓸데없다. 뭔가 비정상적인 부분이 있어서 그게 가짜임을 결국 드러내버릴 테니 말이다. 그러면 가짜 그림은 그저 진짜 벽화들 속에 섞여서 사라져버리는 수밖에 없을 게다.

게다가 만일 문인 협회의 회의론자들이 브르통의 '발견' 몇 달 전인 1952년 4월 출판된 브뢰유 신부의 거대한 저작을 펼쳐보기라도 했다면, 저자가 동굴벽화의 진품 여부 감식의 역사에 할애한 소단원에서 1902년에 그린 모사화에 대해 다음과 같이 말하는 대목을 읽었을 수도 있었을 텐데 말이다. "알타미라동굴 천장의 거대한 형상들은 전사(轉寫)할 생각조차 못 했다. 걸쭉한 상태의 물감이 종이에 들러붙어서 형상들을 훼손할 수도 있었다."(『벽화 예술 4만 년』) 축축한 동굴 한가운데서 신선한 상태의 벽화를 놓고 그것에 대해 대화를 나눴다는 것 자체가, 이미 이보다 더 시시할 수는 없다.

브뢰유 신부는 이 사건 이후 어떤 주석에서 페슈메를 동굴의 진품 여부에 대해 언급했다(『프랑스 선사학회 논집』, 1952). 그 기회에 그는 라스코에 대해서도 말하면서, 벽화의 현재 상태와 이전에 찍힌 사진 사이에 차이 나는 부분들이 가끔 존재한다는 사실을 시사했다. 그는 주지하기를, "사람들은 이렇게 말하기도 하지 않았던가? 라스코 인간(우물에 있는 '남자 시체'를 가리킨다)이 1940년 사진 기사 이샤크가 찍어서 『일러스트레이션』지에 실었을 당시에는 남성 성기가 거의 보이지 않았었는데, 시간이 지나면서 성기가 무척 잘 보이게 됐다고. 동굴의 상태를 최초 발굴 당시부터 목격해온 나로서는, 이는 사실이 아니며, 『일러스트레이션』지가 사진을 실을 때 새침한 독자들의 눈을 보호하기 위해 그 디테일만 살짝 흐릿하게 가려서 출판했던 것이라고 말해둘 수 있겠다. 이 점을 생각했어야 한다…!"

내가 앞에 옮겨놓은 라스코의 발굴 여건들은, 분명 벽화가 진품이라는 사실을 뒷받침한다. 하지만 명백한 사실을 의심하는 몰상식한 자들을 위해, 더욱 구체적인 증거가 하나가 있으니 말해두겠다. 전술했다시피, 통로 입구 좌측에는 두 마리 커다란 소 과(科) 동물 형상의 흔적들이 분명하게 보인다. 그런데 이 중 남아 있는 것은 다리와 가슴팍 아랫부분뿐이다. 이보다 좀 더 위에 있는 벽화는 벽면의 부스러지기 쉬운 석회질에 그려져 있는데, 어떤 액체가 삼출되어 벽화가 풍화되지 않고 이 부분들이 보존된 것이다. 브뢰유 신부 역시 말한 것처럼(『프랑스 선사학회 논집』, 1950) 이 흔적들은 "색깔을 고정시키고 표면을 단단하게 굳힌 희끄무레한 방해석질의 풍화 영향으로 꽤 잘 보인다. 나머지 부분은 조금씩 풍화되었다. 같은 기법으로 그려졌고 완벽한 보존 상태에 있는 이웃한 아름다운 형상들이 아주 오래된 것이라는 절대적 증거가 바로 여기에 있다". 강조는 브뢰유 신부 본인이 한 것이다. 초식동물의 흔적들은 실제로 모든 점에 있어 큰 방에 있는 황소들의 부분들과 유사하다.

이 시점에서 선사시대 동굴벽화들의 진품 여부 문제를 피할 수는 없다. 왜냐하면 이 문제가 최근에 공식적으로 제기되었기 때문이다. 확실히 해두자. 어떤 우연한 사건에 뒤이어 제기되었던 이 문제는, 그저 제대로 된 정보가 없는 사람들의 머릿속에서나 제기되었을 뿐이었음을.

선사시대 회화 기법

태곳적부터 회화 예술이 이루어진 방법들이 이토록 완벽하고 풍요로웠다는 사실은 상당히 당황스럽기도 하다. 그림을 그린 표면에 대해 말하자면 사실 선택지가 빈약했다. 그러니까, 바위로 된 벽면 중 가장 매끄러운 부분을 이용할 수밖에 없었다. 아마도, 프랑코·칸타브리아 지역의 후기 구석기시대 인간들은 동굴이 아니라 야외에 있는 암벽에 그림을 그릴 생각은 못 했던 같다. 야외의 벽화들이 나중에 지워진 것일 수도 있지만 별로 그랬을 법하지는 않다. 스페인의 지중해 동부 연안 지방에 야외 벽화들이 상당수 남아 있는데, 이것이 그려진 때도 후기 구석기시대이기 때문이다.

채색을 위한 재료로는 지층의 광물들을 이용해 이것들을 빻아서 쓰기도 하고 물이나 유성 액체에 녹여서 쓰기도 했다. 물감들은 액체나 반죽 상태로 사용되었다. 이 재료들은 광물 산화물이다. 특히 검은색은 마그네슘, 적갈색은 산화철이다. 이런 재료들은 중기 구석기시대 네안데르탈인들부터 사용하던 것들이며, 연구자들은 네안데르탈인이 몸에 그림을 그리기 위해 이 재료들을 사용했다고 가정했다. 후기 구석기시대에 이르러서야 비로소 이 재료들이 자연의 형태를 재생산하는 데 이용된 것이다. 그림 그리는 도구로는 우선 손가락을 사용했다. 뒤이어 여러 가지 도구들이 사용되었다. 예를 들어, 식물 재료로 만든 도장이라든가, 털로 된 타래, 치아로 끝을 씹은 막대 등. 또 순록 시대 인간들, 특히 라스코 인간들은, 오스트레일리아 원주민들이 오늘날에도 사용하고 있는 방법을 이용했는데, 빈 튜브에 가루를 넣고 불어서 그리는 방법이다. 이런 방식으로 손을 본뜬 모양을 낸 것인데, 이 손들은 모든 동굴들 전체에서 상당히 여러 번 나타난다. 그러니까, 우선 벽면에 손을 갖다 재고 그 주변 전체에 가루를 불었던 것이다. 라스코에서 이 방법은 색깔이 단조로운 부분에 일반적으로 사용되었는데, 특히 말갈기를 보면 그 끝이 분명하지가 않다. 도대체 무엇을 사용했기에 이렇게 어마어마한 크기의 그림을 그려냈는지 우리로서는 알 도리가 없다. 튜브로는 속이 빈 뼈나 갈대 줄기를 사용했을 수도 있다. 속이 물감으로 채워져 있는 뼈 무더기 층이 발굴되기도 했다.

실루엣은 때때로 매우 가는 검은 선으로 그려졌다.

하지만 희미하게 채색된 부분을 분명하게 테두리로 나타
내주는 윤곽선은 나중에 그려진 것일 수도 있다. 어찌 됐
든, 형태를 확실히 하기 위해 테두리 선을 바위에 새기는
기법은 라스코에서는 나중에 사용된 방법이다. 형상들은
처음 그려진 이후 오랜 시간이 흐른 뒤 다시 그려졌을 수
도 있고, 그에 따라 형태나 색깔이 수정되었을 수도 있다.
(참조:「금기의 초월: 놀이, 예술, 종교」)

우물 장면에 대한 설명

내게는 우물과 그곳에 그려진 장면에 대해 두 번 말할 기
회가 있었다. 먼저 동굴에 대해 전반적으로 묘사하면서
말했고(「후진과 우물」), 인간 형상에 대해 말하면서 그냥
지나칠 수는 없는 요소와 관련해 언급한 적이 있다(「우물
인간」).
　　　이 장면은 프랑코·칸타브리아 예술에서 독보적인
것이다. 스페인 근동 지방에 남아 있는 벽화가 일부는 라
스코와 동시대 것이고 일부는 그보다 후기의 것이라, 아
무튼 그 양식이 라스코와는 구분되는데, 오직 이 지역의
야외 벽화에서만이 라스코의 우물과 같은 완전한 장면들
이 나타나 있다. 사냥 장면이라든가, 전쟁 장면, 혹은 어
떤 경우에는, 한 남자가 꿀을 채집하려다 벌들에게 에워
싸여 있다든가 하는 일상생활의 장면들 같은 것들 말이

다. 라스코의 장면은 스페인 근동 지방에 있는 것들보다 해석하기가 더 어렵기까지 하다. 사실 이 장면에 대한 해석들 사이에는 서로 모순되는 내용들이 공존하고 있어서, 내가 이 부분에 대해서는 책의 부록에서 따로 말하려고 마음먹고 일부러 미뤄두었다.

일단, 브뢰유 신부는 이 장면을 굉장히 복잡한 어떤 사건을 표현한 에피소드적인 장면으로 본다. 그는 이것이 "아마도 사냥 중의 치명적인 사고를 추모하기 위한 그림"이었을 것이라고 말한다.

남자는 들소의 공격을 받아 부상을 당했을 것이다. 그런데 이 들소 역시 옆구리에 투창을 맞았고 그 상처 틈으로 내장을 쏟아내고 있는 것처럼 보이는데, 창이 단번에 배를 가른 건 아닌 것 같다. 그 당시 무기로 쓰인 창이 그만큼 강하지는 못했을 것이다. "종종걸음으로 왼쪽으로 멀어지고 있는 코뿔소의 존재가… 이를 설명해준다. 코뿔소는 자기를 위협하던 누군가가 쓰러지는 것을 보고 조용히 멀어지고 있는 듯하다." "단단한 갈고리가 달린, 반대쪽 끝에는 가로 창살이 대어진 짧은 물건"이 들소 발밑에 놓여 있는데, 이건 아마 투창기(投槍機)였을 것이다. "아랫부분에 가시가 달린 말뚝" 위에 "다리도 없고 꼬리도 거의 없는, 통념상 새 같은 것"이 올라앉아 있는 모양에 대해서도 설명해야 한다. 브뢰유 신부는 이것이 "알래스카의 에스키모들이나 밴쿠버 원주민들에게서 발견되는 장례식용 말뚝들"을 상기시킨다고 말한다.

말뚝 위의 새에 대한 해석을 제외하면, 브뢰유 신부의 가설들은 모두 사실임 직하다. 이 분석들은 윈델스와 브로드릭이 재인용했다.

레클러는 『맨』지에 실은 한 논문에서(「라스코동굴의 사고 장면에 대한 해석」, 1951), 말뚝 위의 새에 대해, 이것은 지금까지 전해져 내려오는, 조각 장식이 있는 여느 투창기들과 유사한 투창기의 일종이라고 주장한다. 그는 들소의 내장에 대해서는 무엇인지 알 수 없는 기호일 뿐이라고 말하며, 여기에 히브리어의 한 글자 형태가 나타나 있다고 주장한다….

가장 흥미롭고 설득력 있는 분석은 키르히너가 『안트로포스』지에 기고한 긴 논문(「선사시대 샤머니즘에 대한 고고학적 기여」, 1952)에서 논의한 내용이다. 키르히너가 볼 때, 이는 절대로 사냥에서 일어난 사고가 아니고, 뻗어 있는 남자는 시체가 아니다. 이는 신들린 상태로 황홀경에 이른 순간의 샤먼을 나타낸 것이다. 키르히너는 원칙적으로 라스코의 문명과 오늘날 시베리아 문명 사이의 유사한 관계에 대해 수긍하는 입장이다. 이 두 문명의 비교가 비상식적이지는 않다는 것이다. 시베리아 역시 어쩌면 후기 구석기시대에 서유럽의 문명과 유사한 문명을 지녔었을 수 있고, 그 문명을 오늘날까지 아무런 변화 없이 고스란히 지켜내고 있을 수도 있다는 말이다. 키르히너는 우물 장면을, 지에로체브스키가 제공한 야쿠트 족의 희생제의에서 암소를 제물로 바치는 장면(『야쿠트』, 상트

171

페테르부르크, 1896, 로트팔크의 『사냥의 제의들』에 재수록)과 비교한다. 무척 흥미롭게도, 암소 앞에 조각된 새들이 꽂혀 있는 말뚝 세 개가 그려져 있는데, 이 말뚝들이 라스코 장면의 그것과 유사하다. 야쿠트족의 희생제의는 법열 상태에 이른 샤먼의 황홀경과 관련된다. 말뚝들은 하늘로 올라가는 길을 가리키는 데 사용되며, 이 길을 통해 샤먼은 희생된 동물을 하늘로 올려 보낸다. 새들은 보조 역할을 하는 정령들로서, 이 새들 없이는 샤먼은 하늘로의 여행을 시작할 수 없다. 여행은 샤먼이 꼼짝 않고 누워 있는 동안 완료된다. 샤먼들이 황홀경 상태에 있을 때 새들이 등장하는 일은 매우 일반적이다. 원칙적으로 샤먼 그 자신이 새의 본성을 지닌 것일 수도 있다. 샤먼은 종종 "새 코스튬"을 걸쳤을 수 있고, 따라서 우물의 남자가 쓰고 있는 새 머리 역시 이 코스튬과 같은 의미를 지닌 것일 수도 있다. 코스튬은 불완전했을 테고, 나체가 드러났다는 것도 샤머니즘적 의식 중이라면 그리 놀랄 만한 일이 아니었을 테다. 남자의 성기가 발기된 것도—실제로 막대기처럼 빳빳하게 발기되어 있다—그 자체로 이러한 의식의 특징을 드러내는 대목이었을 것이다.

이 논문의 저자는 자신의 가설 중에서 너무나 매력적인 이 대목에 집중한 나머지, 배가 갈린 들소를 희생제의의 제물로 분석하는 부분은 별로 신빙성이 없다는 사실을 잊고 말았다. 게다가, 이러한 분석을 시도하기 위해 그는 코뿔소에 대해서는 나머지 장면과 명백히 무관하고

172

독립되어 있다고 상정했음에 틀림없다. 하지만 현장에 직접 답사해서 보면, —키르히너는 직접 답사하지는 않은 것으로 보인다—기법상의 유사점이 드러나며 전체 장면에 통일성이 있음을 느끼게 된다.

키르히너 가설의 강점은 어쩌면 단 한 가지뿐이다. 그의 분석은 이 장면의 기묘함을 강조했다. 브뢰유 신부의 가설 쪽이 더욱 지지할 만하다. 하지만 이 분석은 가장 기묘한 부분인, 새 모양 탈과 새에 대한 부분을 설명하지 못한 채 남겨둔다. 다른 한편으로, 부득이하게나마 코뿔소가 들소의 배를 뚫었고, 들소가 남자를 죽였다고 가정해볼 수도 있다. 그렇지만 여전히 만족스러운 설명은 아니다.

연대표

지질학적 구분	선사학적 구분	도구 사용 방식에 따른 구분			인류학적 구분	기후학적 구분	대략적 연대 추정(기원전)	예술사적 출토물
		이 책의 용어	페이로니의 용어	가로드의 용어				
제3기	전기 구석기시대	아브빌리안기			피테칸트로프 유인원	귄츠 빙하기	60만 년	
						간빙기	55만 년	
		아슐리안기			전(前) 네안데르탈 인과 호모 사피엔스의 조상들	민델 빙하기	48만 년	
						긴 간빙기	44만 년	
						리스 빙하기	24만 년	
						간빙기	19만 년	
	중기 구석기시대	무스테리안기			네안데르탈인	뷔름 빙하기	12만 년	

174

제4기	후기 구석기시대 혹은 순록 시대				3만 혹은 4만 년	
	전기 오리냐크기	페리고르기 I	카스텔페롱기			브라상푸이의 얼굴
	중기 오리냐크기	표준 오리냐크기				레스퓌그의 '비너스'
	후기 오리냐크기	진화 페리고르기	그라베트기	호모 사피엔스		라스코의 주요 벽화들
	솔뤼트레기					르 로크 드 세르의 조각들
	마들렌기				1만 5000년	알타미라 동굴 천장

175

이 걸음들은 인간의 최초이자 가장 경이로운 창조물들 중
하나의 심장부로, 라스코동굴의 신화적 세계로 향한다.

큰 방 혹은 황소의 방 전경

큰 방 입구에서, 기묘한 일각수가 황소들, 말들, 사슴들의
웅장한 원무(圓舞)를 열어준다.

황소의 큰 방 좌측 벽

색채들과 데생이 수천수만 년 동안 기적적으로 보존되어
왔다. 우리와 이렇게나 가까이 있는 이 예술은 마치 시간
을 무화시킨 듯하다.

황소의 큰 방 우측 벽

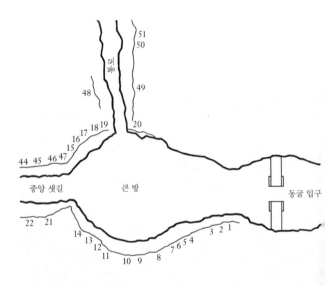

황소의 큰 방 평면도

1. 말 머리
2. '일각수'
3. 벗겨진 바위 조각
4. 머리 잘린 말
5. 말
6. 말
7. 말
8. 말
9. 첫 번째 황소
10. 말
11. 사슴 무리
12. 말
13. 두 번째 황소
14. 무릎 꿇은 소과 동물
15. 세 번째 황소

16. 사슴
17. 곰
18. 네 번째 황소
19. 암소
20. 통로 입구
21. 암소
22. 말
44. 암소
45. 첫 번째 '중국 말'
46. 사슴
47. 말 머리
48. 말
49. 소 과(科) 동물
50. 암각된 들소 머리
51. 암각된 야생 염소

상상의 동물('일각수', 길이 2.4미터)과 훼손된 갈색 말. 큰 방, 좌측 벽 2번과 4번.

황소의 방을 나서면서 우리는 중앙 샛길이라는 출구 없는 긴 복도에 들어서게 되는데, 이곳에 생(生)이 가득 우글거린다. 입구에는, 형상들의 기분 좋은 무질서가 모든 시대에 걸친 예술 중 가장 충격적인 구도를 만들어내고 있다.

큰 방 쪽에서 본 중앙 샛길 입구

야생 염소와 작은 말 프리즈 위에 한 마리 소 과 동물이
뛰어가고 있다.

중앙 샛길 안쪽에서 본 모습

색채의 소재, 다채로움 그리고 섬세함이 이 커다란 무대
에 값진 보석의 반짝임을 부여한다.

중앙 샛길 우측 벽

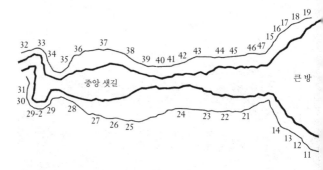

중앙 샛길 평면도

11. 사슴 그룹
12. 말
13. 두 번째 황소
14. 무릎 꿇은 소 과(科) 동물
15. 세 번째 황소
16. 사슴
17. 곰
18. 네 번째 황소
19. 암소
21. 암소
22. 말
23. 암소
24. 암소
25. 말
26. 황소
27. 두 마리 말 과(科) 동물
28. 말
29. 말
29-2. 말

30. 말 머리
31. 뒤집힌 말
32. 불명확한 동물
33. 말
34. 들소
35. 말 머리
36. 첫 번째 야생 염소와 '작은 말들
프리즈' 시작 부분
37. 두 번째 야생 염소
38. '작은 말들 프리즈' 연속
39. '작은 말들 프리즈' 연속과 황소 머리
40. 점프하는 암소
41. '작은 말' 프리즈 끝 부분
42. 세 번째 '중국 말'
43. 두 번째 '중국 말'
44. 암소
45. 첫 번째 '중국 말'
46. 사슴
47. 말 머리

187

두 번째 '중국 말'(길이 1.4미터). 샛길, 좌측 벽, 43번.

큰 방 오른쪽으로 좁은 통로가 회중석과 후진으로 이어
진다. 회중석은 매우 넓은 면적의 긴 방으로, 천장이 높이
솟은 궁륭 형태로 되어 있다. 전체 그림들 사이 간격이 더
넓고 위엄 있다.

회중석 전경

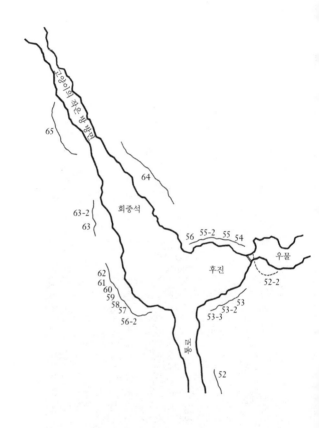

통로, 회중석, 후진과 우물 평면도

190

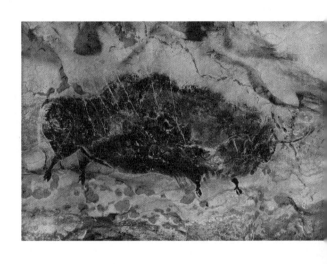

화살들로 줄이 그어진 들소(길이 1.4미터). 회중석, 좌측 벽, 62번.

큰 검은 암소 발에 있는 파악할 수 없는 형상들('문장[紋章]들'). 회중석, 좌측 벽, 63번.

'두 마리 들소'(길이 2.4미터). 회중석, 좌측 벽, 65번.

배가 갈린 들소(길이 1.1미터), 뻗어 있는 남자와 새를 얹은 장대. 우물, 52-2번.

마네

연보와 색인

1832년—1월 23일, 법무부 인사 과장직을 맡고 있었던 오귀스트
마네와 스웨덴 외무부 직원의 딸이자 베르나도트 장군의
피후견인인 외제니 데지레 푸르니에 사이, 아들 에두아르 마네가
파리에서 출생(프티오귀스탱 가 5번지, 현 보나파르트 가).

  1833년 에두아르의 남동생 외젠 출생.
  1834년 에드가 드가 출생.

1839년—보지라르에 위치한 푸알루 수도참사회 산하 교육기관에
반(半)기숙생으로 입학.

  1839년 폴 세잔 출생.
  1840년 에밀 졸라 출생.
  1841년 베르트 모리조, 오귀스트 르누아르 출생.

1842년—팡테옹 근처의 롤랭 중학교에 강제 입학.

  1842년 스테판 말라르메 출생.

1845년(혹은 1846년)—미술 애호가인 삼촌 에드몽에두아르
푸르니에의 권고에 따라, 그리고 그의 후원에 힘입어 롤랭
중학교에서 특별 데생 수업을 받게 되고 그곳에서 앙토넹
프루스트를 만난다. 이 시기, 그의 삼촌은 이 두 젊은 데생 화가들을
미술관에 데려가곤 했다. 마네는 수업 시간에 쓰는 공책을 크로키로
뒤덮어버린다.

  1847년 토마 쿠튀르가 『살롱전』에서 「퇴락한 로마인들」을
  전시해 어마어마한 성공을 거둔다.

1848년—마네는 별 열의 없이 적당한 수준으로 공부를 마치고 롤랭 중학교를 졸업한다. 그의 아버지는 강경하게 그가 법과대학에 입학하기를 원한다. 화가가 되기를 희망했지만 아버지의 극심한 반대에 부딪친 마네는, 몇 번의 격렬한 논쟁 끝에 해군에 자원입대하지만 보르다 시험*에 불합격한다. 12월 9일, 마네는 운송선 '르아브르와 과들루프' 호에 수습 선원 자격으로 승선하게 된다.

| 1848년 고갱 출생.

1849년—마네는 리우데자네이루에 체류한다. 7월, 보르다 시험에 끝내 불합격한다. 아메리카 대륙에서 돌아온 아들의 짐 가방에 데생들이 가득 채워져 있음을 본 아버지는, 아들의 분명한 소명 의식 앞에 양보하고 만다.

1850년—마네는 토마 쿠튀르의 수업이 아니면 어떤 수업도 듣지 않겠다며 라발 가(오늘날 빅토르마세 가)에 위치한 쿠튀르의 아틀리에에 등록하는데, 친구 앙토냉 프루스트를 부추겨 같이 등록한다. 곧 마네는 쿠튀르에 대한 신뢰를 잃고 그의 교육 내용에 딴죽을 걸면서, 다른 학생들에게 영향력을 미친다.

1851년—12월의 전시회. 앙토냉 프루스트의 말에 따르면, 마네는 몽마르트 묘지에서의 시체 감별 장면을 그린 데생을 출품한다.

---

* 우리나라의 해군사관학교라 할 수 있는 프랑스 공병학교의 입학시험을 가리킨다. 프랑스의 해군사관학교는 6개월간 수습 항해를 마친 뒤 항해 참가자들끼리 경쟁시켜 생도를 뽑는 제도를 마련했다. 메지에르 공병학교 출신인 18세기 수학자이자 천문학자 장샤를 드 보르다의 이름을 따서 보르다로 불리게 되었다.

1852년—1월 29일, 쉬잔 레인호프의 아들이며 마네의 친자로 추측되는 레옹에두아르 레인호프 출생. 마네는 쉬잔 레인호프가 그의 집에 피아노 선생으로 오면서 그녀를 알게 되었다. 그녀는 1830년생이며 네덜란드 출신이었다. (마네는 아이의 대부가 되었다. 아이는 쉬잔의 남동생으로 알려졌었다. 쉬잔은 처음에는 아이의 대모로 행세했다.)

  │ 1853년 빈센트 반 고흐 출생.

1855년—마네는 루브르에서 「작은 기사들」을 모사하는데, 이 그림은 당시 벨라스케스에게 맡겨져 있었다.

    마네가 그린 그림 한 점이 쿠튀르의 비난을 산다. 아틀리에 학생들은 마네의 편을 들며 그림을 받친 이젤을 꽃으로 장식한다. 쿠튀르는 이렇게 응수한다. "이보게, 어느 유파(流波)의 수장이 되고 싶은 거라면, 다른 데 나가서 차리게나."

  │ 1855년 만국박람회에서 앵그르, 들라크루아, 테오도르
  │ 루소의 주요 작품들이 전시된다. 쿠르베는 개인 전시관에서
  │ 사실주의를 표방한 작품들을 전시한다.

1856년—아마도 부활절 즈음, 마네는 쿠튀르의 아틀리에를 그만둔다. 그는 라부아지에 가의 작업실에 알베르 드 발루아와 함께 자리를 잡는다. 그리고 헤이그, 암스테르담, 드레스덴, 뮌헨, 빈, 피렌체, 로마, 베네치아를 방문한다.

  │ 1856년 뒤랑티가 잡지 『르 레알리슴』을 창간한다. 쿠르베는
  │ 「센 강변의 처녀들」을 그린다.

1857년—루브르에서 팡탱라투르를 만난다.

    1857년경, 마네와 앙토냉 프루스트는 들라크루아를

201

방문한다. 마네는 들라크루아의 작품「지옥의 단테와
베르길리우스」를 모사한다.

│ 1857년 보들레르가『악의 꽃』을 출판한다.

1859년— 전해에 그린「압생트를 마시는 남자」를『살롱전』에
출품하지만 탈락한다. 들라크루아만 마네에게 표를 준다.

처음 유명세를 탄 작품「체리를 든 소년」. 이 그림은
라부아지에 가 작업실에서 붓 빨기와 팔레트 닦기 심부름을 하던
소년의 초상화다. 베르트 모리조의 수첩에 다음과 같은 메모가
있다. "내 남편(외젠 마네) 소유의 작품인「체리를 든 소년」. 이
소년은 엄습해오는 절망에 시달리다가 에두아르의 작업실에서
목매달아 죽었는데, 이 이야기는 보들레르의 콩트 중 하나에 영감을
주었다."

1860년— 마네는 자기가 질책하면서 부모님께 돌려보내겠다고
협박했던 일 때문에 소년이 자살하는 사건이 발생하자 충격을
받는다. 라부아지에 가의 작업실을 접고 빅투아르 가에 작업실을
차리지만 거기 머물지는 않는다. 얼마 지나지 않아 두에 가에서
1년 반을 기거한다. 보들레르와 알게 된다. 여름,「튈르리 정원의
음악회」.

클리시 가에 있는 아파트에서「오귀스트 마네 부부」를
그린다.「기타 치는 악사」도 그린다.

1861년—「오귀스트 마네 부부」와「기타 치는 악사」가 매우 엄격한
심사 위원들 사이에서 등외 가작으로 선발되어『살롱전』에 출품
허가된다(1860년에는『살롱전』이 열리지 않았다). 마네의 성공.
테오필 고티에는『르 모니퇴르 위니베르셀』지에서 이렇게 쓴다.

"제기랄! 여기 오페라 코미디 극장 출신이 아닌 기타 맨 딴따라가 있소!" 드가를 만남.

「체리를 든 소년」이 마르티네 갤러리에 전시된다.

1862년—마네는 두에 가를 떠나 귀요 가 81번지에 정착한다. 에칭 화가 협회의 전시회에 판화 여러 점을 출품했는데, 보들레르는 『르 불르바르』지에서 이 전시회에 대해 총평하며 마네에 대해 이렇게 쓴다. "다음 『살롱전』에서는 마네의 그림을 여럿 볼 수 있을 것이다. 그의 그림에는 아주 강렬한 스페인의 풍미가 살아 있어서, 스페인 천재 화가가 프랑스에 망명한 것이라 해도 믿을 정도다."

9월 25일, 오귀스트 마네 사망.

빅토린 뫼랑이 귀요 가에 도착.

「보들레르의 연인 초상화」(잔느 뒤발).

「풀밭 위의 점심 식사」.

1863년—2–3월, 마르티네 갤러리의 전시회에 「튈르리 정원의 음악회」, 「거리의 여자 가수」, 「스페인 발레」, 「발렌시아의 롤라」, 「스페인 의상을 입고 누워 있는 처녀」가 전시된다. 「튈르리 정원의 음악회」가 특히 파문을 일으킨다. 3월 1일, 보들레르가 오귀스트 마네 부인에게 편지를 보낸다. 그는 부인의 초대를 거절하며 화가에 대해 이렇게 말한다. "그의 재능만큼이나 그의 성격도 좋아하지 않기란 힘들어 보입니다."

4월, 마네는 『살롱전』에 「풀밭 위의 점심 식사」, 「투우사 의상을 입은 V 양」(빅토린 뫼랑), 「마호 의상을 입은 젊은 남자」를 출품하지만 모두 낙선한다.

5월, 『살롱 낙선전』이 개막되어 그가 출품한 작품들이 전시된다. 상당한 파문이 인다.

가을, 빅토린 뫼랑을 모델로 한 「올랭피아」가 10월 6일 완성된다. 보들레르는 사진작가 카르자에게 이렇게 쓴다. "마네가 방금 내게 생각지도 못했던 소식을 알려왔네. 그는 오늘 밤 네덜란드로 떠나서 거기서 그의 아내를 데려올 것이네. 그래도 그럴 만한 이유가 몇 개 있는 것이, 그녀가 무척 예쁘고, 무척 착하고, 게다가 무척 대단한 음악가처럼 보이니 말일세. 단 한 명의 여인이 그 많은 보물들을 다 갖추고 있다니, 어마어마하지 않은가?"

10월 28일, 잘트 보멜에서 마네와 쉬잔 레인호프의 결혼식이 열린다.

│ 1863년 8월, 들라크루아 사망.

1864년—4월, 보들레르는 브뤼셀로 떠난다.

『살롱전』에서 「투우들의 전투 에피소드」와 「그리스도 무덤가의 천사들」이 만장일치로 선정된다.

「그리스도 무덤가의 천사들」에 대해 보들레르는 이렇게 쓴다. "그건 그렇고, 칼끝이 오른쪽으로 치우친 것 같소. 그러니 그대는 개막 전에 상처 위치를 바꿔놓아야 할 것이오. 그리고 악의를 품은 자들 앞에서 웃지 않도록 주의하시오." 이 충고는 너무 늦게 도착했기에 그대로 따를 수 없었다.

팡탱라투르가 같은 『살롱전』에서 전시한 「들라크루아에 대한 오마주」에 마네와 보들레르의 모습이 보인다.

6월 19일, 셰르부르 항구에서 미국 남북전쟁에 관련된 사건이 발생한다. 북부군 군함 키어사지 호가 남부군 민간 무장선 앨라배마 호를 공격해 침몰시킨다. 이 전투는 예고되어 있었다. 셰르부르 항구에 피난 중이었던 앨라배마호는 규정된 기간이 지난 후 그곳을 떠나야 할 예정이었던 것이다. 마네는 아마도 이 전투를 목격한 듯하다. 7월, 마네는 리슐리외 가의 카다르 출판사에서

「키어사지 호와 앨라배마 호의 전투」를 전시한다.

여름, 불로뉴 체류.

| 1864년 11월, 앙리 드 툴루즈로트레크 출생.

『살롱전』에 「군인들에게 모욕당한 예수」와 「올랭피아」가
허가된다. 올랭피아라는 이름은 아마 시인이자 조각가인 자카리
아스트뤼크의 영향을 받아 지은 것으로, 1865년이 되어서야
이 누드화에 올랭피아라는 이름이 주어졌다. 전시장에서는
전대미문의 파문이 일어났고, 비난이 폭주했다. 2월, 마르티네
갤러리에 마네의 회화 일곱 점이 전시된다. 그중에는 「죽은
투우사」, 「불로뉴 숲의 경마」, 「불로뉴 항구의 키어사지호」가 있다.

5월 11일, 보들레르는 마네에게 이러한 내용의 편지를
쓴다. "그래서 자네에 대해 한마디 더 해두어야겠소. 나는 자네가
얼마나 가치 있는 사람인지 자네 본인에게 증명하느라 애써야
한단 말이오. 자네는 정말이지 바보 같은 주장만 하고 있소.
사람들이 비웃는다거나, 야유 소리가 짜증난다거나 등등 말이오.
자네만 그런 상황에 처해본 거라고 생각하는 거요? 자네가
샤토브리앙이나 바그너보다 천재라고 생각한단 말이오? 그들은
그런데도 비웃음을 샀지 않소. 그들은 그런 일로 죽도록 괴로워하지
않았소. 자네 스스로를 과대평가하지는 말라고 하는 말이네만, 이
천재들은 각자 자기 분야에서, 그것도 매우 풍요로운 세상에서
본보기였다고 말해야겠소. 그리고 자네는, 그저 자네 시대 몰락하는
예술 속에서나 으뜸일 따름이오. 내가 너무 허물없이 말한다고
원망하지는 않길 바라오. 내 우정 어린 마음을 잘 알고 있잖소. 나는
쇼르네 씨하고 개인적으로 느낌을 좀 나누고 싶었는데… 그 양반이
나한테 말해준 것이 내가 아는 자네 모습 그대로요. '결점도 있고,
약점도 있고, 점잖지도 못하지만, 무언가 저항할 수 없는 매력이

있소'라고. 내가 다 알고 있소. 내가 이것을 처음으로 이해한 사람들 중 하나요. 그 양반이 덧붙이기를, 벌거벗은 여자와 흑인 하녀와 고양이(이건 확실히 고양이인 거요?)를 그린 작품은 종교화보다도 훨씬 탁월하다고 했소."(아마도 보들레르는 1863년 혹은 1864년에 마네의 작업실에서 「올랭피아」를 보았던 것 같다.)

6월, 「올랭피아」의 자리가 옮겨져서, "최악의 졸작이라도 절대 걸지 않으리만치 높은 곳"에 걸리게 된다. 그럼에도 불구하고 신이 난 군중은 그 그림 앞에 끝없이 모여 있다.

8월, 스페인 여행. 프라도에서 고야의 작품들을 보고 그중 상당수를 구매한다. 마네는 특히 벨라스케스를 높이 평가한다. 마드리드에서 테오도르 뒤레를 만남.

10월 26일, 보들레르는 앙셀에게 이렇게 쓴다. "나는 방금 우리의 훌륭한 친구 에두아르 마네가 콜레라에 걸렸다는 소식을 들었소. 지금은 괜찮은 모양이오." 28일, 그는 마네 본인에게 이렇게 쓴다. "당신이 보낸 편지의 첫 몇 줄을 읽고 몸에 전율이 흘렀소. 내가 편지글에 대해 이렇게까지 말할 수 있는 사람은 프랑스에 열 명도—물론, 열 명도 없지—채 안 되오."

이 시기에 마네는 유파의 수장 역할을 맡고 있었다. 특히, 금요일 저녁마다, 많은 친구들이 클리시 가 19번지에 위치한 '카페 게르부아'(오늘날의 '브라스리 뮐러')에 테이블 두 개를 잡아놓고 모이곤 했다. 이들은 앙토냉 프루스트, 팡탱라투르, 프레데리크 바질, 휘슬러, 나다르, 자카리 아스트뤼크, 르조슨 소령(보들레르의 친구), 레옹 클라델, 뒤랑티, 아르망 실베스트르, 르누아르(1868년부터)였고, 가끔 드가, 클로드 모네, 세잔, 에네르 등이 참여하기도 했다.

1865년 드가가 『살롱전』에 역사화를 한 점 출품한다. 「중세 시대의 전쟁 장면」 혹은 「오를레앙 시의 불행」.

1866년—『살롱전』의 심사 위원들이 「피리 부는 소년」과 「비극 배우」를 탈락시킨다. 마네는 귀요 가의 자기 작업실에서 친구들을 위한 전시회를 연다.

5월 1일, 졸라가 『레벤느망』지에서 클로드라는 가명으로 이렇게 쓴다. "우리네 아버지들은 쿠르베 화백을 비웃었지만, 지금 우리는 그 앞에서 황홀경에 빠져든다. 우리는 지금 마네 선생을 비웃지만, 우리 아들들은 그의 화폭 앞에서 황홀경을 체험할 것이다." 이런 논조로 쓴 글 두 편이 일으킨 파문이 너무나 컸던 나머지, 졸라는 『레벤느망』지 비평 기고를 그만두게 된다.

1866년 4월, 보들레르가 발작을 일으킴.

5월 1일, 『살롱전』 개막. 산업 공관 앞에서 탈락된 화가들이 농성함.

쿠르베가 「노루들의 은신처」와 「앵무새와 여인」을 전시함. 대중이 열광함.

1867년—1월 1일, 졸라가 『19세기 잡지』에 23쪽짜리 글 「회화의 새로운 방법: 에두아르 마네 선생」을 발표한다.

『살롱전』에 수많은 화가들이 탈락된다. 마네는 아무것도 출품하지 않는다. 팡탱라투르가 그린 그의 초상화는 선정된다.

만국박람회. 마네는 지금 돈으로 400만 프랑을 들여 알마 광장 근처에 개인용 가건물을 차린다. 쿠르베의 것과 그리 멀지 않다.

그는 여기에서 다음의 작품들을 전시한다. 「압생트를 마시는 남자」, 「튈르리 정원의 음악회」, 「기타 연주자」, 「놀란 님프」, 「칼을 든 소년」, 「거리의 여자 가수」, 「늙은 악사」, 「마호 의상을 입은 남자」, 「투우사 복장을 입은 처녀」, 「스페인 발레」, 「발렌시아의 롤라」, 「스페인 의상을 입고 누워 있는 처녀」, 「풀밭 위의 점심 식사」, 「그리스도의 죽음과 천사들」, 「올랭피아」, 「키어사지 호와 앨라배마 호의 전투」, 「불로뉴 항구에서의 출발」, 「자카리 아스트뤼크의 초상화」, 「비극 배우」, 「군인들에게 모욕당한 예수」, 「숙녀와 앵무새」, 「기타 치는 여인」, 「피리 부는 소년」, 「인사하는 투우사」.

"남편들이 부인들을 이끌고 알마 다리로 왔다. 이처럼 웃고 즐겨도 되는 기회는 흔치 않기에, 모든 사람이, 그리고 그 가족들도 함께 누려야 했다. 파리에서 소위 화가입네 하는 모든 작자들이 마네의 전시회에 모였다. 오뚜기들이 벌이는 광란의 콘서트였다… 언론은 온통 합심해 나발을 불어댔다."(앙토냉 프루스트)

6월, 「트로카데로에서 본 만국박람회 전경」.

> 1867년 6월 19일, 멕시코의 황제 막시밀리안이 사형선고를 받고 케레타로에서 처형됨.

6월 말에서 7월, 마네는 「막시밀리안 황제의 처형」의 첫 번째 버전을 그린다. 그는 이 그림을 자기 개인용 가건물에 있는 그림들과 같이 전시하려고 한다. 하지만 이 그림의 전시는 금지된다. 그는 곧바로 다른 버전들에 착수한다.

여름, 불로뉴와 트루빌 체류.

9월 1일, 보들레르의 죽음. 마네는 파리로 돌아와 9월 3일 장례식에 참석한다.

1868년—『살롱전』에서 마네의 출품작 중 「졸라의 초상화」와 「숙녀와 앵무새」(1866년 작)을 선정한다.

여름, 불로뉴 체류. 「점심 식사」(작업실에서의 점심 식사). 베르트 모리조가 귀요 가에 출현.

1869년—「점심 식사」와 「발코니」가 『살롱전』에 선정된다. 에바 곤잘레스가 귀요 가에 작업을 하러 온다.

여름, 불로뉴 체류, 런던 여행.

| 1869년 앙리 마티스 출생.

1870년—뒤랑티와의 결투.

팡탱라투르가 『살롱전』에서 「바티뇰의 아틀리에」를
전시한다. 이 그림에서 마네는 자카리 아스트뤼크의 초상화를
그리고 있는 모습으로 나타나 있다. 졸라, 르누아르, 시슬레, 바질,
클로드 모네의 모습도 보인다. 마네는 「E. G. 양의 초상화」(에바
곤잘레스)와 「음악 수업」을 전시한다.

9월, 마네의 가족이 올로롱생트마리로 떠난다. 마네는 국민
방위군*에 포병으로 입대한다. 그는 참모본부 보좌관이었으며,
당시 인기 있었던 화가이자 군인인 메소니에가 그의 연대장이었다.

마네는 1871년 1월 프랑스가 항복할 때까지 파리에 머무른다.
뒤랑티는 마네와 완전히 화해하고 『파리주르날』지에 마네에 대한
오해의 여지없이 칭찬 일색인 비평문을 기고한다.

| 1870년 7월 19일, 프랑스는 독일에 선전포고를 한다.

1871년—2월 12일, 마네는 파리를 떠나 올로롱생트마리의
가족들과 합류한다. 2월 21일 보르도에 가서 「보르도 항구」를
그린다. 그는 아르카숑으로 이동한다.

4월 15일, 코뮌 공식 관보에 코뮌**을 지지하는 예술가들의
임시 위원회 성명이 실린다. 마네의 이름 역시 여기에 자동적으로
올라가 있다.

5월, 코뮌이 진압되기 전 마네와 그의 가족들은 파리로

---

* 국민 방위군(Garde Nationale). 1789–1871년 프랑스에 있었던 자원입대 국민병 제도.
** 파리코뮌(Paris Commune)은 1871년 3월 18일부터 5월 28일까지 전개되었으며,
프랑스 제4차 혁명이라고도 불린다.

돌아온다. (5월 29일 파리코뮌의 저항운동이 진압되었다.)

8월, 마네는 일련의 사건들로 인해 신경증적 우울 증세를 보이고, 불로뉴에서 요양한다.

전쟁 이후, 피갈 광장에 있는 카페 '리 누벨 아텐'이 새로이 '카페 게르부아'의 뒤를 잇는다.

전쟁 동안 망명 중이었던 모네와 피사로의 작품들을 런던에 팔았던 화상 뒤랑뤼엘이, 마네의 그림들을 세 번에 걸쳐 5만 프랑 이상(오늘날 돈으로 1000만 프랑 이상)의 값을 주고 구매한다. 마네는 「튈르리 정원의 음악회」, 「풀밭 위의 점심 식사」, 「올랭피아」, 「막시밀리안 황제의 처형」들은 넘기지 않는다. 그의 수첩에는 이 작품들의 가격이 매우 높게 책정되어 있었음이 기록되어 있다(각각 순서대로 6000프랑, 2만 5000프랑, 2만 프랑, 2만 5000프랑).

1872년—마네는 『살롱전』에서 「키어사지 호와 앨라배마 호의 전투」를 전시한다. 이 작품은 그 전에 이미 두 번 전시되었고, 뒤랑뤼엘에게 팔린다.

7월, 생페테르부르 가 4번지 건물 1층에 새 작업실을 연다.

8월, 네덜란드 여행.

1873년—그해 초 그린 「좋은 맥주 한 잔」과, 1869년에 작업되었고 뒤랑뤼엘에게 대여되어 있던 「휴식」(소파에 있는 베르트 모리조)을 출품한다. 「좋은 맥주 한 잔」이 상당한 성공을 거둔다. 7-9월, 베르크에 머문다. 해양화, 회화, 수채화 다수 작업.

마네는 1873년에 스테판 말라르메와 알게 되었음이 틀림없다. 또한 니나 드 빌라르(또는 드 칼리아스)의 연인이자, 작가들과 화가들을 맞이하여 들이던 샤를 크로와도 친교를 맺는다.

10월 28일, 르 펠레티에 가의 오페라극장에 화재가 발생한다. 마네는 같은 해 이곳에서 「오페라극장의 가면무도회」를 위한 스케치들을 여러 점 해놓았었다. 화재 사건으로 인해 마네는 이 주제를 다시 잡아 여러 점의 작품을 그린다.

1874년—5월 14일, 『살롱전』에 「철도」와 「오페라극장의 가면무도회」를 출품한다. 「철도」만 선정된다. 말라르메는 『라 르네상스』지에 「1874년 『살롱전』 심사관과 마네 선생」을 기고한다.

1874년 4월 15일, 나다르의 집에서 전시회가 개최된다. 세잔, 드가, 클로드 모네, 베르트 모리조, 피사로, 르누아르, 시슬레 등 참석. 마네는 참석하지 않는다.

1874년 4월 25일, 루이 르루아가 이끄는 『르 샤리바리』 지에서 모네의 출품작이었던 「인상, 일출」의 작품 제목을 계기로 삼아 '인상주의'라는 용어가 처음 사용된다. 당시에는 조롱조로 사용되었던 이 단어가 오늘날까지 살아남게 된다.

여름, 잔느빌리에와 아르장퇴유에 머물면서 인상주의적 회화 작품들을 그린다. 그는 특히 클로드 모네의 집 근처에서 작업하는데, 이를 보여주는 작품이 「정원에 있는 모네 가족」이다. 12월 22일, 베르트 모리조와 외젠 마네 결혼.

12월 24일, 편집자인 풀레말라시스가 보내온 편지에서 조각가 브라크몽이 마네의 장서표* 만들기 작업을 이제 막 마쳤음을 통보한다. "브라크몽 씨가 선생께 이건 제가 생각해낸 거라고 말씀드렸는지 모르겠습니다. 저는 주제나 문구 등을 많이 뒤져보지도 않고 이것을 찾아냈습니다. 이미지에는 둔덕 위에

---

* 장서표(ex-libris)는 상징적 형상을 본뜬 그림에 그 서적의 소유자 이름, 문장 등을 찍어 넣은 종이쪽지를 가리키며, 보통 표지 안쪽에 붙인다.

선생의 상반신이 있는데, '마네 그리고 마네비트'*라는 문구가
같이 새겨져 있습니다. 이 문구는 선생의 이름을 라틴어로 풀어본
것입니다. '마네'는 라틴어로 '머무르다'의 의미고, '마네비트'는
미래 시제로 '머무를 것이다'라는 의미입니다."

1875년—『살롱전』에 「아르장퇴유」를 출품한다. 필리프 뷔르티와
카미유 펠레탕이 극찬이 담긴 비평문을 쓴다.

　6월, 말라르메가 번역하고 마네가 목판화로 삽화를 그린
에드가 포의 『까마귀』가 출판된다.

　9월, 베네치아에 간 마네는 그곳에서 인상주의적 기법으로
「대운하」를 그린다.

　│ 1875년 코로 사망.

1876년—1876년 『살롱전』 심사관은 「예술가」와 「빨래」를
탈락시킨다. 마네는 생페테르부르 가 4번지에 있는 자신의
아틀리에에서 이 두 작품과 「올랭피아」를 비롯한 다른 작품들을
대중에게 공개 전시한다.

　7월, 몽제롱에 있는 오셰데 부부 집에 체류.

　8월, 페캉 체류.

　9월, 「스테판 말라르메의 초상화」.

1877년—『살롱전』은 「햄릿 역을 맡은 포르의 초상화」는 선정하고,
여성 실내복 노출 금지를 이유로 「나나」는 탈락시킨다. 카퓌신
대로의 한 골동품 상인이 이 그림을 전시한다.

---

* 마네 그리고 마네비트(Manet et manebit). 라틴어에서 이 두 단어는 한꺼번에 쓰여
'확실한'이라는 의미를 갖는 숙어로 사용되기도 한다.

1877년 4월 '인상주의 화가들'의 세 번째 전시회가 르 펠레티에 가에서 열린다.

12월 30일, 쿠르베 사망.

1878년—마네는 만국박람회와 『살롱전』 전시를 포기한다.

6월 6일, 부유한 미술 애호가 오셰데가 주관한 공매(公賣)가 대실패로 끝난다. 「숙녀와 앵무새」만 700프랑에 낙찰된다.

7월, 암스테르담 가 77번지로 이사해 이곳에 계속 머물게 된다. 1876년 전시 이후 재정적인 문제로 임대 계약 갱신을 할 수 없어 생페테르부르 가의 작업실을 포기해야 했던 것이다. 떠나기 전, 그는 이 작업실 창문으로 내려다보이는 모스니에 가를 묘사한 유화를 두 점 그린다.

1879년—4월, 센 강 지방 도지사와 시의회에 "연작 구성을 그려"보면 어떨지 건의하면서 이 연작의 제목을 미리 '파리-중앙시장, 파리-철도, 파리-항구, 파리-지하, 파리-경마와 정원'이라고 붙여놓는다. 이 건의안은 회신 없이 무산된다.

마네는 『살롱전』에 그 전해 작업한 「온실의 쥘 기메 부부」와 1874년 「아르장퇴유」를 작업했던 때와 같은 시기에 그린 「배 위에서」를 출품한다. 『르 볼테르』지에 위스망스가 격찬의 글을 싣는다.

7월 26일 『라 르뷔 폴리티크 에 리테레르』에, 졸라가 『르 메사주 되로프』지에 기고했던 글의 발췌본이 번역되어 실린다. "마네는 창작을 서두르느라 지친 듯하다. 그는 스스로에 대해 약간 만족하고 있다. 그는 진정한 창조자들에 마땅한 열정을 품고 자연을 연구하고 있지 않다." 졸라는 마네에게 이런 편지를 쓴다. "인용된 문단의 번역이 정확하지가 않소." 하지만 번역이 정확치 않았던

213

만큼 졸라의 판단도 근거 없는 것이었다.

　　9–10월, 마네는 벨뷔에서 처음으로, 목욕이나 습포 등
물을 사용한 치료법을 표방하는 병원에서 진료를 받는다. 그는
뮤머티즘이라고 말했지만 사실은 운동 부족으로 인한 증세였다.

　　1879년 2월 11일, 도미에 사망.

　　4월, 인상주의 네 번째 전시회. 르누아르는 『살롱전』에
참여하는 대신 여기에는 불참한다.

1880년—4월 10일, '현대적인 삶'이라는 제목으로 마네의 특별전이
열린다. 여기에 「자두」, 「자신의 아틀리에에 있는 클로드 모네」,
「스케이팅」이 전시된다.

　　『살롱전』에 「앙토냉 프루스트의 초상화」와 「라튀유 영감의
가게에서」를 출품한다.

　　6월 19일, 졸라는 『르 메사주 되로프』에 기고했다가 『르
볼테르』지에 번역되었던 글을 수정한다. "언젠가 우리는, 우리네
프랑스의 유파가 경유하고 있는 과도기적 시대 속에서 그가 어떤
위치를 점하고 있었는지 알아보게 될 것이다. 그는 가장 예리하고
가장 흥미로우며 또한 가장 개성적인 자기만의 특색을 지닌
사람으로 남아 있을 것이다." 7–9월, 벨뷔에서 세 달간 치료를
받는다. 마네는 가족들과 함께 빌라 한 채에 거주한다. 이곳에서
그는 정원에 있는 인물들을 표현한 그림들과 수많은 정물화들을
그린다. 벨뷔에서 보낸 편지들은 작은 수채화들로 장식되어 있다.

　　10월, 병이 완쾌되지 않았지만 마네는 파리로 돌아와
일상으로 복귀한다. 그의 어머니와 부인은 목요일마다 샤브리에,
말라르메, 클레망소 등 그의 친구들을 맞이해 음악이 있는 저녁
파티를 연다. 마네는 앙리 로슈포르의 뉴칼레도니아 탈출을
그린다(그는 코뮌 진압 후 1873년에 뉴칼레도니아로 강제

이주되었다). 앙리 로슈포르가 갓 특사로 사면받은 때였다.

1880년 4월, 인상주의 다섯 번째 전시. 고갱이 참여한다. 모네와 르누아르는 불참한다.

1881년—마네는 『살롱전』에 「로슈포르의 초상화」를 출품하는 데 만족한다. 정치적 스캔들에 그 일화의 감성적인 측면을 덧붙이지 않기 위해서다. 그는 또한 「페르튀제의 초상화」도 출품하는데, 이 그림은 유명한 사자 사냥꾼이 파리의 한 공원에 매복해서 기다리고 있고 그 옆에 사자 가죽이 놓여 있는 장면을 나타낸 것이다. 이 작품은 일각에서 그로테스크한 작품으로 평가되었지만, 마네는 '2등 메달'을 수여받았다. 그는 이때부터 '경쟁 외(外)' 작가가 된다. 이 결정은 모두를 경악케 한 동시에 환영받았다. 6월 26일 시상식에서 야유가 있었지만 곧 우레와 같은 박수 소리에 묻혀 버렸다. 마네는 이 자리에 참석하지 않았다.

여름, 마네는 베르사유에 별장을 한 채 빌린다. 그는 이때부터 자신의 병이 심각하게 악화되어 곧 죽을 수도 있다고 느낀다. "베르사유에 온 후부터 건강 문제 때문에 기분이 좋지 않소"라고 7월 30일 말라르메에게 쓴다. 이 체류 기간부터 정원 풍경을 작업하면서 「헨리 번스타인의 유년 시절 초상화」를 그린다.

가을, 파리로 돌아온 마네는 병과 관련된 근심들을 잊어버리고 「폴리베르제르 바」를 작업한다. 12월 30일, 마네는 레지옹 도뇌르 기사 훈장을 받는다. 당시 예술부 장관이 되어 있었던 앙토냉 프루스트의 제안에 의해 성사된 것이다.

1882년—3월 24일, 『살롱전』 심사 위원 선거. 1881년 마네에게 2등 메달을 주는 데 투표했던 화가들 열일곱 명 이름이 지명된 비방문이 유권자들 사이에 돌아다닌다.

４월, 『살롱전』에서 「폴리베르제르 바」와 「봄」이 대성공을 거둔다.

여름, 뢰이 체류. 마네는 조금씩 걷기에 어려움을 느낀다.

1883년—3월, 3월 25일이 되기 며칠 전, 마지막 작품이자 미완인 채 남은 파스텔 초상화를 작업한다. 이 그림은 그의 정부였던 메리 로랑의 하녀이자 그녀가 보내는 꽃들을 마네에게 배달해주던 엘리자를 모델로 한 것이었다.

４월 6일, 더 이상 걸을 수 없게 된 마네는 병석에 눕고 만다. 왼쪽 다리에 괴저가 있음이 판명되어 4월 20일, 다리를 절단한다. 4월 30일, 마네 사망. 종교적 절차에 따라 장례가 진행되었으며, 5월 3일 파시 묘지에 묻힌다.

1884년—1월, 에콜 데 보자르에서 마네 추모 전시회가 열린다. 졸라가 카탈로그 서문을 쓴다. 1월 5일부터 28일 사이에 관람객 1만 3000명이 든다.

1889년— 만국박람회. 마네의 작품 중 「올랭피아」를 포함한 열다섯 점이 전시되어 대체로 호평받는다.

1890년—「올랭피아」가 국가에 기부된다. 이 작품은 루브르에 안치되지 못하고 뤽상부르 박물관에 소장된다. 1907년, 모네가 당시 프랑스 수상이었던 클레망소에게서 이 작품을 루브르로 이송하는 데 대한 허가를 받아낸다.*

* 마네의 「올랭피아」는 1986년 오르세 미술관으로 옮겨져 소장되어 있다.

마네의 세련미

마네라는 이름은 회화의 역사에서 독자적 의의를 갖는
다. 마네는 단순히 위대한 화가에 그치지 않는다. 그는 앞
선 세대 화가들과 확연히 구분된다. 우리가 살고 있는, 지
금의 우리네 세상과 맞닿는 시대를 열었던 화가라는 점에
서, 그리고 자신이 살던 시대와 어울리지 못하고 파문을
일으켰다는 점에서. 마네의 회화가 불러일으킨 갑작스러
운 변화, 그 신랄한 전복을, 오해의 소지가 없다면 혁명이
라 부를 수도 있을 것이다. 그의 회화가 대단한 의미를 지
닌다는 관점에서 그 변화는 요컨대 적어도 정치사가 기록
해온 변화들과는 다른 차원의 것이다.

이 변화는 더구나 두 가지 측면을 지닌다.

한편으로, 마네의 작품은 그 자체로 그 당시 사람들
의 회화에 대한 관념과 뚜렷이 대조되었다. 이 당시 비평
가였던 뒤랑티*는 이러한 대조를 명확하게 강조했다.

그는 1870년 이렇게 쓴다. "모든 전시회에서, 죽 늘
어선 전시실들을 지나 200걸음을 걷다 보면, 다른 모든
그림들 속에서 단 하나의 그림만 확 눈에 띄는데 그것은
늘 마네의 그림이다. 뭔가 하나가 나머지들과 전혀 닮지
않았다는 게 영 이상해서 웃을 수도 있다…."

프랑스의 소설가이자 미술평론가였던 루이에드몽 뒤랑티(1833-80)는 잡지 『르
알리슴』 창간을 주도하는 등 사실주의 문학 운동을 전개했다.

변화의 또 다른 측면 역시 놀랍다. 마네 이전에는, 시대를 거치며 예술의 혁신에 따라 각양각색으로 변화하는 미(美)와 대중의 취향이 이토록 완벽하게 결별한 적이 없었다. 마네는 『살롱전』에서 잇따른 참사를 낳았다. 마네 이후에 와서야 대중의 분노와 비웃음이 미에 대한 새로운 접근을 이만큼이나 확실하게 지시하게 된 것이다. 마네 이전의 화가들 역시 파문을 일으킨 적이 있었고, 고전주의 시대 취향의 상대적 통일성이 타격을 입기도 했다. 낭만주의가 그 통일성을 파괴했고, 이는 대중의 분노를 유발했다. 들라크루아*나 쿠르베,** 또 매우 고전주의적인 화가인 앵그르***마저도 웃음거리가 된 적이 있다. 그러나 「올랭피아」야말로, 군중의 비웃음을, 그것도 아주 어마어마한 비웃음을 샀던 최초의 걸작이다.

이 기묘한 사실은 마네의 소극적인 성격 때문에도 더욱 부각된다. 마네보다 겨우 두 살 적은 드가****의 경우 성격이 무척이나 거칠었기에, 그를 잘 알던 발레리*****는 '테스트 씨'******를 구상하면서 드가를 생각했다고 한다.

---

* 외젠 들라크루아(1798–1863). 프랑스 낭만주의 화가.
** 귀스타브 쿠르베(1819–77). 프랑스 19세기 사실주의 화가.
*** 장오귀스트도미니크 앵그르(1780–1867). 프랑스 19세기 고전주의 화가. 들라크루아의 낭만주의 운동과 대립했다.
**** 에드가 드가(1834–1917). 프랑스 고전주의를 계승한 인상주의 화가.
***** 폴 발레리(1871–1945). 프랑스의 시인, 비평가, 사상가. 말라르메의 전통을 확립하고 재건해 상징시의 정점을 이루었다.
****** 『테스트 씨』. 테스트라는 매우 독특하고도 탁월한 정신을 소유한 가상의 인물을 등장시켜 발레리 자신의 사변적인 성찰을 전개한 산문집.

하지만 드가는 오랫동안 제자리걸음을 했다. 마네는 그 자신의 의지와 상관없이 1863년부터 파문의 중심이 되어 왔다. 『살롱전』에 전시되었던 「올랭피아」는 이러한 파문의 절정이었다. 1865년 같은 『살롱전』에서 드가가 출품한 작품인 「오를레앙 시의 불행」은, 여전히 꽤나 칙칙한 색조에다가, 당시 지배적이었던 회화적 규약에 잘 부합하도록 그린 역사화였다. 개인적인 면에서 보면, 드가에게는 마네에게 없던 남들에게 돋보이는 기질이 있었다. 사교계의 인사였던, 조금 더 정확히 말해 사교계 변방의 인사였던 마네는 어떤 의미에서 존재감이 없는 사람이었다. 앙토냉 프루스트*를 통해서나 보들레르**의 콩트 「끈」을 통해 마네가 했던 말들을 보면, 대체로 번지르르한 객설인 경우가 많다. (하지만 가끔은 무척 사리분별을 잘하는 경우도 있다.)

역사적 인물들을 복원해 그리는 작업은 마네가 보기에 참으로 우스꽝스러운 주제 중 하나였다. "사람 하나를 그릴 때 그 사람 사냥 허가증을 보고 따라 그리라는 말이오?"라고 말할 정도였다. 앙토냉 프루스트는 이 말을 인용하며 이렇게 덧붙인다. "참인 것은 오직 하나다. 처음 본 모습 그대로 단번에 그리는 것. 됐으면, 된 거다. 안

---

* 앙토냉 프루스트(1832-1905). 마르셀 프루스트의 아버지로 유명한 프랑스의 언론인, 정치인, 미술비평가. 1882년부터 1893년까지 프랑스 문화부 장관으로 재직했다. 어린 시절부터 마네와 막역한 친구였다.
** 19세기 프랑스의 대표 시인 샤를 피에르 보들레르(1821-67)는 미술비평에도 활발히 참여했다.

219

됐으면, 다시 그린다. 나머지는 다 장난질이다." 이 말을 본보기로 삼을 만하다. 보들레르는 자신의 "짧은 산문시'들 중 하나인 「끈」에서 마네에게 (이름을 따로 붙이진 않았지만 이 시의 등장인물이 마네임에는 의심의 여지가 없다) 어떤 언어를 말하게 한다. 말투는 확실히 바뀌었겠지만 "…화가라는 나의 직업은 나로 하여금 내가 다니는 길에서 보이는 얼굴들, 생김새들을 주의 깊게 관찰하도록 한다오. 그리고 선생도 아시다시피, 이런 재주 덕분에 우리가 얼마나 즐거운지 모른답니다. 우리 눈에는 삶이 다른 사람들이 볼 때보다 더욱 생기 넘치고 의미 있는 것으로 비치지요…." 시의 나머지 부분은 콩트인데, 여기서 분명마네는 실제로 예민한 화자 역할을 맡고 있다. (이 시의 화자가 옮기고 있는 사건에 대해서는 뒤에 가서 설명할 것이다. 내가 보기에 이 사건은 간접적으로나마 그의 첫 번째 걸작인 「개와 함께 있는 소년」과 연관되어 있다.)

오직 우정만이—그리고 그림만이—한가롭고 여유로운 산책을 통해 에두아르 마네가 품었던 시에 대한 요구를 드러내준다. 마네는 보들레르의 가장 가까운 친구 중 한 명이었고, 뒤이어 말라르메*와 절친한 사이가 된다. 말라르메와는 10년 동안 거의 매일 대화를 나누었고 이 대화를 단절시킬 수 있던 것은 오직 그의 죽음뿐이었다. 소극적이면서도 정열적인 마네의 이중적 성격은 보들

* 시인 스테판 말라르메(1842–98)는 언어의 순수성을 강조하며 프랑스 현대시의 포문을 열었다.

레르가 1864년 6월 20일 자로 테오필 토레에게 쓴 편지에 잘 나타나 있다. "사람들이 마네 씨를 미치광이인 데다가 과격한 사람으로 여기곤 하지만, 사실은 그저 무척 성실하고, 단순한 사람이오. 그는 스스로 합리적인 사람이되려고 온갖 노력을 하고 있는데, 안타깝게도 천성적으로 낭만주의 티가 난다오."

내가 상상하기에 마네는, 안으로는 시를 요구하는 창작열 때문에 괴로워하는 사람이고, 밖으로는 익살 떨기나 좋아하는 경박한 사람이었다. 말라르메는 마네 사후 그에게 헌정한 어떤 글에서 "토르토니의 익살꾼"이라는 표현을 썼다. 카페 토르토니는 당시 고급 카페였는데, 그전에 보들레르가 그랬듯 마네 역시 그 카페의 단골손님이었다. 이 시대에 카페 문화란 무척 중요한 것이었다. 우아한 귀족들에게 경마장이 있었다면, 재사(才士)들에게는 카페가 있었다. 카페 문화는, 접근하기 힘들고 점잖은 귀족 살롱 문화의 변방이었다. 마네는 졸라*에게 "나는 사람들을 좋아하고, 휘황찬란하고 감미로운 향내 풍기는 저녁 파티들에서 은밀한 관능을 발견한다오"라고 털어놓은 적이 있다. 그렇지만 사교계 인사이자 세련된 수다쟁이였던 마네는 살롱에 드나드는 게 아니라 카페에서 수다를 떨었다. 카페 토르토니에서 만났던 사람들 중에는 때때로 마네가

프랑스 소설가 에밀 졸라(1840-1902)는 자연주의 문학의 대표 주자였다.

화가인 줄조차 모르는 사람들도 있었다. 좀 더 서민적인 카페인 '카페 게르부아'에서 마네는 자기 친구들인 화가들과 문인들을 만났다. 카페 게르부아의 테이블 하나는 그의 친구들을 위해 매일 예약되어 있었다. 마네는 분명 '저기 발랄한' 사람이었다. 남을 잘 물어뜯기로 유명했던 조르주 클레망소*(마네는 그의 초상화를 그린 바 있다) 역시 마네와 수다 떨기를 좋아했는데, 그는 이렇게 말하곤 했다. "그는 정말이지 신랄했다네!" 그러나 매일 아침이면 작업실이 마네를 기다리고 있었고, "그는 격정에 휩싸여 빈 캔버스로 달려들어서는, 어수선하게, 마치 그 전에 한 번도 그림을 그려본 적 없는 사람처럼…" 앉아 있곤 했다.

바로 이 지점에서 마네와 말라르메가 일치한다. 말라르메는 마네의 깊은 격정의 증인이었다. 그 격정은 아무리 열에 들떠 캔버스 위에 손을 놀리며 찾아 헤매도 잡히지 않는 무언가를 향한 것이었다… 일상의 시시한 잡담들은 어쩌면 매일 그의 긴장을 풀어주는 역할을 맡았던 게다.

새로운 세계를 향한 길을 열어 보인 이 마네라는 사람은, 보잘것없어 보이는 대화나 용모 속에 자신의 고통을 숨겨놓았던 것이다.

그는 중키였다. 그의 어린 시절 친구였던 앙토냉 프루스트는 이렇게 묘사한다. "시골에서나 도시에서나, 그

* 조르주 클레망소(1841-1929)는 프랑스의 사회주의 정치가로 1906년 내무부 장관을, 후에 수상을 역임했다.

는 늘 변함없이 양복저고리나 몸에 꼭 끼는 재킷, 그리고 밝은색 바지 차림이었다. 그는 또 가운데는 높고 챙이 납작한 모자를 쓰고 다니곤 했다." 말라르메는 "턱수염과 듬성듬성한 금발 머리칼은, 그의 정신과 함께 희끗희끗해진다"고 말한다. 졸라는 이렇게 쓴다. "…눈빛에 생기와 총기가 어려 있으며, 입술은 순간순간 이죽거리는 듯 움직인다. 얼굴은 전체적으로 가지런하지 않고 표정이 풍부한데, 나로선 뭐라 표현하기 힘든, 섬세함과 에너지가 있다." 말라르메는 자기 친구 마네를 괴롭히던 "좌절감"이라는 감정에 다음과 같은 더 생동감 있는 표현을 연결시키기도 했다. "담황색 외투를 입은 목신(牧神)의 솔직함…." 아무튼 남들과 다름없는 한 남자, 그렇지만 매력적이고, 범속할… 뻔한.

프루스트는 마네의 어린 시절에 대해 이렇게 말한다. "그의 걸음걸이에는 리듬이 있었는데, 걸을 때 몸을 흔드는 모양에서 색다른 세련됨이 느껴졌다. 그가 아무리 일부러 이 흔드는 모양새를 과장해본들, 아무리 질질 끄는 말투로 파리 부랑아 흉내를 내본들, 그는 범속해질 수 없었다…. 그 정도로 매혹적인 사람은 거의 없었다."

그는 거의 죽을 때까지 이런 뻔뻔스러운 세련미를 유지했다.

한 연대기 작가는, 1881년의(당시 거의 50세에 이른 마네는 "정확히 파리지앵다운 용모"를 하고 있었다) 마네 모습을 이렇게 표현한다. "머리와 모자를 뒤로 젖히고 거만하게 바라보고 있는 그는, 눈이 아니라 코로 사람을 나려다보는 것 같았다. 노기 서린 두 눈은 불굴의 의지를 담아 열이 올라 있었다. 회의적이고 빈정거리는 듯한 입술은 부채 모양으로 다듬어진 금색 턱수염 위에 양쪽으로 벌어져 있었다… 노란 장갑을 끼고, 새 넥타이를 매고, 고급 구두를 신고, 밝은색 바지를 입고, 단춧구멍에는 꽃 장식을 달고…, 우리는, 마치 아리따운 여인을 만나러 뛰어가는 남자처럼 바쁜 걸음으로 이탈리앵 대로를 성큼성큼 걸어 다니는 그를 마주치곤 했다. 혹은, 비싼 시가를 입술 사이에 물고 카페 리슈나 카페 토르토니의 테라스 자리에서 값나가는 음료들을 앞에 두고 있는 그를 알아보곤 했다."

한눈에 봐도 세련된 남자다. 그리고 그는 자기가 세련됐다는 걸 알고 있었다. 그렇지만 이런 자신감 넘치는 태도 뒤에는 꾹 눌러 참은 쓰라린 아픔이 숨겨져 있었다. 자신이 인정받지 못하고 있다는 사실 때문에, 인정은커녕 오히려 반대로 끊임없는 비난의 대상이 되고 있다는 사실 때문에 마네는 누구보다도 고통스러워 했다. 보들레르는 바로 이러한 그의 나약함을 질책했음이 틀림없다. 그는 마네에게 말했다. "정말이지 바보 같은 주장이나 하고 있소…." 베르트 모리조*의 편지 한 통 역시 마네가 마지막까지도 대중에게 이해받지 못한다는 사실 때문에 번민하고 있었음을 보여준다. 그에게는 평정심이 결여되어 있어서

---

* 베르트 모리조(1841–95). 프랑스 인상주의 미술사에서 빼놓을 수 없는 여성 화가로, 마네의 동생인 외젠 마네의 부인이기도 하다.

심지어는 사실주의자이며 소설가이자 비평가인 자기 친구 뒤랑티와 결투를 할 정도였다. 뒤랑티의 조심스럽고 경직된 태도가 한순간 마네의 신경을 건드렸기 때문이었다.

뒤랑티가 마네를 솔직히 말해 좀 너무 냉정하게 비판한 내용의 기사를 몇 줄 실었던 『파리주르날』이 나오던 날 저녁 카페 게르부아에서 있었던 일이다. 마네는 카페로 들어오자마자 곧장 뒤랑티를 향해 가더니 뺨을 갈겼다. 조서에 쓰인 바에 따르면, "단 한 차례의 폭력 행위가 있었고, 이로 인해 결투가 시작되었다. 두 개의 칼은 잘못 조준되었다. 뒤랑티 씨는, 그의 적수의 칼이 늑골 위로 미끄러짐으로 인해 오른쪽 가슴 아랫부분에 경미한 부상을 입었다…." 마네와 뒤랑티는 곧 서로 화해했다. 몇 달이 채 지나지 않아, 뒤랑티는 자신이 쓴 다정한 기사에서(나는 앞에서 이 글의 한 문장을 인용했다), 자신들의 우정의 의미는 다만 신경질적인 흥분 때문에 잠시 흔들렸을 뿐이라고 역설했다.

자기 확신의 결여와 너무도 충동적인 반응들은 마네 성격에 일관성이 없음을 증명해 보이고 있다. 하지만 이러한 일관성 없음은 그가 행한 모험의 비개성(非個性)적* 특징과 잘 들어맞는다. 마네가 감행했던 단 하나의 모

비개성적(impersonnel). '개성이 없는', '비인격적인'이라는 뜻으로도 해석 가능한 이 단어는, 이 글에서 개인의 입장이나 감정이 표출되지 않은 객관적인 태도를 가리키는 것으로 보인다. 바타유는 마네 그림의 특징으로 자신의 감성이나 주관을 개입시키지 않았음을 강조한다. 여기에서는 문맥에 따라 '비개성적', '객관적', '감정을 배제한', 비개인적' 등의 표현으로 번역한다.

험, 그 이야기 전체가 비개성적인 모험 말이다. 마네, 약간은 경박한, 그러나 매우 예민한 이 남자는 자신의 한계를 넘어서는 목적에 사로잡혀 있었다. 그를 불만족 상태로 남겨두고 그를 소진시키는, 그를 초월하는 그 목적을 마네는 힘들게도 품고 있었다.

비개성적 전복

그렇다면 마네라는 사람은, 일종의 변신의 우연한 매개자가 아니라면 도대체 무엇이란 말인가? 마네는 토대들이 서서히 변화를 완수하고 있던 어떤 세계의 변화에 참여했다. 이때의 세계란 옛날부터 신을 모시는 교회들과 왕들이 사는 궁전들을 중심으로 질서 잡혀왔던 세계였다는 점을 우선 말해두자. 그때까지의 예술은 무자비하면서도 부인할 수 없는 위엄, 사람들을 하나로 결집시키던 어떤 위엄을 표현하는 역할을 맡고 있었다. 그러나 군중의 동의에 따르면, 장인(匠人)이나 섬길 법하다고 여겨졌던 위엄을 지닌 것은 이제 아무것도 남지 않게 되었다. 이전 시대에서 장인과 다름없던 조각가들이나 화가들은—문학가들과 마찬가지로—결국 자기 존재에 대해서는 표현할 수 없었다. 자신의 주권적(主權的) 존재에 대해 말이다. 예술가라는 애매한 이름은, 이렇듯 새로운 존엄성과 함께 정당화하기 힘든 하나의 주장을 나타내고 있다. 예술가라는 존재가, 내용도 없이 공허한 야망과 허영심에 부푼 일개 장인보다 과연 더 나은 존재일까? 예술가라고? 뭐가 자기 자신을 최고치에 이르게 하는지도 잘 모르는 채 까다롭기만 한 사람이잖나! 대개 이 경우 "주권적으로 존재함"이란 곧 자신을 짓누르는 힘들의 위엄 앞에 더 이상 몸을 굽히지 않음을 의미한다.

급속한 해방으로 인한 무질서 속에서, 마네는 삶 그 자체에 맡겨진 삶을 구획하는 경향들의 다양성을 표현했다. 그가 우리의 눈앞에 갖다준 자침(磁針)은, 무엇도 그 방향을 설정해주지 않았기에 미친 듯이 흔들리고 있다. 더 나중에 온 다른 이들은 선택하는 법을 알았다. 마네는 여전히 자리를 차지하고 있던 죽은 체계로부터 급작스레 거리를 두고 멀어지는 데 그쳤다. 그도 아마 이를 위해 필요한 힘을 지니고 있었을 것이다. 그런데 그가 자기 확신을 잃었다 해도, 자기에게 닥쳐올 일을 미처 파악하지 못했다 해도, 군중의 비웃음이 그를 아프게 했다 해도, 우리는 그를 비난하지 말아야 할 것이다. 그는 누가 자신을 그 혼란 속에서 꺼내줄지 전혀 알지 못했으니 말이다. 얼마 뒤 그는 인상주의의 길을 따라가려 노력하기도 했었다. 하지만 눈앞에 고정시킬 수 없이 차례차례 무질서하게 나타나는 가능성들에 비하면 인상주의 역시 초라할 뿐이었다. 이런 끝없는 '좌절' 속에서도 스스로를 결연히 긍정할 수 있었을까? 대중의 몰이해 때문에 생긴 까탈스러운 난리 법석을 그만둘 수 있었을까? 하찮은 심사 위원 하나가 자기 작품을 탈락시키기만 해도 그는 너무나 괴로워했고, 마침내 메달을 받고 "경쟁 외" 작가가 되고 레지옹 도뇌르 훈장을 받았을 때는 너무나 기뻐했다. 보들레르가 그의 이런 나약함을 질책해봐도 소용없었다. 보들레르의 우유부단한 낭만주의적 성향은 쇠락한 유령들에 대한 향수(鄕愁)의 연장이었다. 보들레르는 마네에 비해 딱 한 가지 더 나은 점이 있었다. 더 우유부단했다는 점, 그래서 무모함과 공포가 뒤섞여 있는 아름다운 무질서 속에 머무느라, 더 불행했다는 점.

마네의 소극적이고 소심한 성격이 장애물이었다. 사비를 들여 개최했던 1867년의 전시회 카탈로그 서문에서, 그는 자신을 혹평했던 대중에게 다음과 같이 겸손한 단어들을 사용해 말을 건넸었다. "마네 씨는 항의하고 싶었던 적이 한 번도 없습니다. 오히려, 그럴 생각은 하지도 못했던 그에게 항의했던 건 다른 사람들입니다… 마네 씨는 언제나 재능이 있는 곳에서 그 재능을 인정했을 뿐, 이전의 회화를 전복시키려 한 적도 새로운 회화를 창조하려 한 적도 없습니다…" 무례한 태도가 통상적으로 오가고, 남들을 깜짝 놀래키려는 의도가 긍정되기 마련인 요즘 시대와 이보다 더 대조되는 태도가 또 있을까?

사실을 말하자면, 마네는 이 지점에 있어서 자기 시대에 뒤처져 있었다. 낭만주의는 시대를 도발할 줄 알았고, 보들레르는 자신의 철없는 불안과 기쁨이 만들어내는 이중의 움직임을 통해 그 시대에 신나게 충격을 가하고 있었다. 하지만 마네는…, 남들을 놀래킬지도 모른다는 불안이 그를 망가트렸고, 그는 그런 불안 속에서 조용히 '좌절'만 느꼈을 뿐이다. 그가 바랐던 건 대중의 이해와 확실한 성공, 그리고 제 안에 도사리고 있는 죽음을 보지 못하게 된 세상의 인정이었다. 이러한 바람에 대해 졸라는 간단히 이렇게 묘사했다. "이 반항적 화가는, 세상을 사랑

했으며, 그를 파리로 밀어 올려줄 성공을 항상 꿈꿔왔다. 여인들의 칭송을, 살롱에서의 찬사 어린 환영을, 환호하는 군중 한가운데로 질주해 들어가는 영화로운 인생을 말이다.” 이 가련한 욕망을 어쩌겠는가? 마네는 이처럼 무거운 자아 비대증을 상쇄시켜야 했다. 자아 비대증이야말로 예술가의 몫이고, 예술가와 장인이 본질적으로 대조되는 대목이다. 장인은 무명(無名)이었다…. 자신의 동류들로부터—더 이상 장인의 경우처럼 자기가 섬기는 분들로부터가 아니라—인정받고자 하는 욕망이야말로, 예술가로 하여금 병에서, 공허하게 부풀어 오른 자아라는 병에서 벗어날 수 있게 해주는 것이었다. 그런데 만약 군중이, 대중이 그의 동류가 아니라면? 예술가가 제시하는 바를 군중이 보려고도 들으려고도 하지 않는다면? 그렇다면 그 예술가는 낭만주의적 오만함에 갇혀버렸단 말일까?

보들레르는 마네에게 이렇게 편지를 썼다(1865년 6월). “나는 인류 따위 상관치 않소….” (심지어 그는 자기 친구의 암묵적 동조까지 암시하고 있었다. 그는 이렇게 덧붙인다. “친애하는 마네, 알다시피, 나는 많은 것들에 대해 자네에게 유독 은밀하게 편지를 쓴다오….” 그는 같은 시기 자신의 어머니에게 이렇게 말했다. “나는 인간이라는 종을 모조리 내 적으로 만들고 싶어요. 그런 생각을 하면 희열을 느끼고 모든 걸 다 위로받아요.”) 하지만 보들레르가 뭐라 했든 간에 마네는 시인의 제안을 거부했다. 마네는 인류를 조롱할 수 없었다. 그러기에는 그의 자존감이 충분치 않았다. 그는 주저했다. 그는 타인들로부터 떨어져 있는 법도, 그들과 함께 어울리는 법도 몰랐다. 그는 보들레르처럼 자기 내면의 무엇을, 뭐라 말할 수 없는 충만하고도 강인한 무엇을 지니지 못했다. 이 사실은 저주인 동시에 아이러니였으며, 이로 인해 그는 분명 가슴 찢기는 고통을 느끼면서도, 스스로를 확인하게 되었다. 그는 두 강 사이에 서 있었다. 마네는 보들레르에 비하면 존재감이 없었다…. 그렇기는 하지만, 그가 설사 대중의 호평을 간절히 바랐다 해도, 진정으로 위대한 게 무엇인지 모르던 그 당시 군중의 일원으로 환원될 수는 없었다. 그리고 그러한 겸손은 그를 보들레르보다도 더 멀리로 이끌었다.

다시 말하지만, 보들레르는 일종의 광기에 사로잡힌 채 과거에 집착하고 있었다…. 보들레르는 산업혁명으로 인해 윤리 의식이 쇠퇴했음을 의식하고 있었으며, 이로 인해 무척 커다란 혼란을 느꼈다. (그는 "산업의 거대한 광기"라 말하며, 이 광기가 "꿈을 꾼다는 행복"에 종지부를 찍었다고 말했다. 그런데 이때 이 꿈은, 과거로 치자면 기념비를 세울 수 있을 만한 위엄이 아니라면 무엇이란 말인가? 고대의 잔해들에 여전히 이 위엄이 새겨져 있지 않은가?) 보들레르가 겪은 혼란은 너무나 커다란 혼란이었기에, 그가 아무리 훌륭한 사람이었다 한들 그는 결국 최악의 상태에 머물고 말았다. 자아를 부풀려 과장하고, 속은 끝내 텅 비어버리고, 타인을 경멸하고, 큰 소리

231

로 울부짖고, 이전의 불행한 영광만을 좇는 눈빛을 담은 채. 회화의 영역에서, 보들레르는 들라크루아에 애착을 느꼈다. 그것은, 이제는 존재의 이유를 상실해버린 어떤 예술의 저물어가는 영광에 대한 애착이었다. 보들레르가 마네를 좋아하고 또 마네의 초기 노력들을 격려해 주었음은 사실이다. 하지만 그는 마네를 지지해줄 방법도, 이끌어줄 방법도 찾지 못했다. 아마도 보들레르가 마네를 스페인풍 회화라는 길로—어쩌면 그건 막다른 길이었을지도—들어서기를 부추겼던 듯하다. 보들레르가 확실히 선호했던 것으로 알려져 있는 마네의 그림들은 마네가 파리에서 작업했던 독특한 작품들인데, 대부분 지나가는 스페인 사람들을 보고 그린 것들이었다. 이 작품들 중 대단한 것들도 있다. 「스페인 발레」는 이런 영감을 받아 탄생된 작품 중 가장 매혹적이다. 마네는 이 작품에서 "그가 본 그대로"와 이국적 색채에 대한 고민을 잘 녹여냈다. 「보들레르의 연인」은 이 당시의 작품들과 같은 맥락에 있다. 이 작품은 놀라운 단순화를 통해, 손쉽게 그림이 될 만한 아름다운 모습을 옷감과 레이스의 가벼운 푸가로 옮겨놓았다. 그림 안에서 모델은, 완벽하게, 마치 부서진 꼭두각시 인형처럼 그 속에 묻혀 무심하게 사라진다. 보들레르는 이런 그림들을 좋아했다. 그런데 아마 그가 마네를 좋아했던 것보다는 마네가 보들레르를 더 많이 좋아했던 듯하다. 마네는 보들레르보다 열한 살이나 어렸고, 또한 부자였다. 보들레르는 마네에게 금전적 지원을 받았다(보들레르가 사망할 당시에도 그는 마네에게 500프랑의 빚이 있었고, 그 돈은 오피크 부인*이 갚았다). 그리고 보들레르가 벨기에에 체류할 때는, 그런 부탁을 한 적이 없는데도 마네가 알아서 돈을 지원했다. 우유부단하기는 하지만 대체로 깊이 있고 무엇보다 명석한 예술 이론가였던 보들레르가 마네에게 준 것은, 우정이 담긴 위로라든가, 비밀스런 세상에 대한 인식, 찾아내겠다는 마음을 지닌 자의 눈에만 보인다는 희귀한 보물에 대한 약속 같은 것들뿐이었다. 이런 것들은 세상 무엇으로도 값을 매길 수 없는 귀중한 것들이기는 하지만, 마네는 보들레르에 대해 의심을 품게 됐다. 물론 아름다움이란 "언제나 이상한 것"이라는 근본적 확신 이상으로, 마네는 시인의 충고를 지키려고 했음이 틀림없다. 보들레르는 이렇게 말하곤 했다. "우리가 넥타이를 매고 광을 낸 부츠를 신었을 때 위대하고 시적이라는 것을 보게 하고 이해시킬 수 있는 사람이야말로 화가, 진정한 화가요." 1860년의 「튈르리 정원의 음악회」에서 군중 속에 섞여 그려져 있는 보들레르의 모습은 그의 이런 말에 화답하고 있다. 하지만 시인이 이 그림을 좋아했을 것 같지는 않다. 「올랭피아」의 작가는 이 현대적 주제를 여러 번 다시 그려보았지만, 어찌해봐도 자기 친구인 보들레르가 형식 문제와 관련해 주었던 가르침대로 그릴 수가 없었다. 보들레르의 이론에서 남은 것은, 자기

---

* 보들레르의 어머니를 가리킨다. 오피크는 그녀가 재혼한 남편의 성이다.

가 속한 시대에 반항하라는 것과, 상상력을 자연보다 앞에 놓으라는 것이었다. 마네는 상상력이 없었다. 시인과의 만남을 통해—아마도—어렴풋이 자극을 받은 마네는, 어둠 속에서, 주저하면서, 이전 예술의 몰락에서 벗어날 수 있는 출구를 찾아 헤맸다.

마네는 울부짖지도 않았고, 자아를 부풀리고 싶어하지도 않았다. 그는 진정한 무기력 속에서 찾아 헤맸다. 누구도 무엇도 그를 도울 수 없었다. 이 탐색 속에서, 오직 비개성적인 고통만이 그의 길잡이가 되어주었다.

그 고통은 고립되어 있는 화가 혼자만의 고통이 아니었다. 이 고통을 이해하지 못하는 조롱꾼들마저도 이 인물들을 기다리고 있었다. 이들은 조롱꾼들을 격분하게 했지만 나중에는 그들 내면에 열리게 될 텅 빈 공간을 채워줄 것이었다. 마네는 이렇게 역설적인 형태의 기다림에 응답했다. 그는 고정관념이나 어떤 개성적 이미지에 사로잡힌 사람, 즉, 무슨 대가를 치르더라도 매번 다양한 각도로 자기만의 개성적 이미지를 발견해내야 한다고 강박적으로 매달리는 사람과는 정반대였다. 마네가 찾아 헤맸던 대답은 그 자신에게만 개인적으로 건네질 수는 없는 것이었다. 마네는 오직 새로운 형식들의 세상에 침투함으로써만 자극받을 수 있었다. 그 세상은, 구속과 권태로부터, 그리고 죽은 표현들 속에서 시간이 그 진실을 드러내줄 거짓말들로부터 마네 그 자신을, 그리고 그와 함께 다른 이들을 해방시켜줄 것이었다.

주제*의 파괴

우리는 젊은 시절 마네에게 있어 전통이 제기한 문제가 무엇이었는지 명확하게 파악할 수 있다. 그의 아버지는 마네가 법학을 공부하기를 바랐지만, 마네의 고집을 꺾을 수 없었다. 그래서 기품 있는 부르주아 가문의 장남인 에두아르가 예술가가 되겠다고 말했을 때, 그는 아들을 토마 쿠튀르**의 아틀리에에 보내 그곳에서 배우도록 했다. 쿠튀르는 매우 근면한 사람으로, 1847년 『살롱전』에 출품한 거대한 그림이 성공을 거두면서 유명해진 자였다. 화려한 건축물 안에, 아리따운 여자들과 부유한 로마인들의 연극적 도취를 그린…. 이 그림이 바로 「퇴락한 로마인들」이다. 이 로마인들은 아직 루브르에 모셔져 있고, 지금까지도 라루스 사전***의 개정판이 나올 때마다 새로 수록되고 있다. 보들레르는 1851년에 쓴 글에서 이 로마인들 그림에 대해 가차 없이 이렇게 표현한다. "마치 카니발에 온 정육점 주인이나 세탁소 여자 주인들처럼 괴상하게

 프랑스어에서 'sujet'는 통상 '주제'의 의미로 사용되지만, 동시에 '대상'이나 '목적', 사물' 등을 가리키는 'objet'의 반대항으로 사용되어 '주체', '주어'로도 사용된다. 여기에서는 문맥에 따라 '주제' 혹은 '주체'로 번역한다.
* 토마 쿠튀르(1815–79)는 역사화나 초상화에 뛰어났던 프랑스의 화가다. 제2제정 시기에 나폴레옹3세의 궁정화가로 발탁되기도 했다. 「퇴락한 로마인들」은 그의 대표작이다.
** 라루스(Larousse)는 프랑스의 대표적 사전이다.

치장한 건달과 아가씨들을 나눴다가 모았다가 하면서, 이 주인공들이 작업에 필요한 시간 동안만이라도 제발 계속 때맞춰 인상을 찌푸려주기를 바라 마지않으면서, 고대사의 비극적이고도 우아한 장면을 재현한다고 자화자찬하고 있다…." 보들레르는 당시 사진작가들 사이에 널리 퍼진 어떤 유행에 대해 말하고 있다. 쿠튀르의 주연(酒宴)이 보들레르가 말하는 저 포샤드*들과 다른 점이 있다면, 그것은 모델들의 범속함을 웅장한 스타일로 환원시키는 지나치게 꼼꼼한 작업의 지루함이 있다는 것뿐이다.

마네는 쿠튀르의 교육을 못 견뎌 했다. 우리는 그의 태도가 본질적으로 어땠는지 알고 있다. 당시 아틀리에를 같이 다녔던 동료 앙토넹 프루스트의 기억 덕분이다.

프루스트는 이렇게 말한다. "마네는, 한 주 내내 연습할 포즈를 정해주는 월요일이 되면, 선생님이 정해준 모델들과 반드시 다툼을 벌였다…. 그들은 책상에 올라가서, 전통에 따라 과장된 자세를 취하곤 했다. '그러면 자연스럽지가 않잖아요!'라고 마네가 외쳤다. '과일 가게에 순무 한 단 사러 갈 때도 그렇게 서 있어요?'

…그는 도나토라고 불리는 남자 모델 한 명을 발견했다. 그 모델은 내가 알기로 통속극 배우를 하다가 최면

---

* 밑그림용 스케치의 일종으로, 주로 야외에서 실제 풍경을 물감으로 그린 채색 스케치를 가리킨다. 문학 영역에서는 즉흥적으로 쓴 익살스런 작품을 뜻하기도 한다. 바타유는 보들레르의 묘사를 '포샤드'라고 표현하고 있다.

술사가 됐다던 사람이다. 처음에는 괜찮았다. 그런데 다른 모델들이 자주 드나들기 시작하면서, 도나토는 가슴을 내밀어 가슴근육을 튀어나오게 하더니 영웅 같은 포즈를 취하기 시작했다. 마네는 아쉬워했다."

프루스트의 이야기에서 그다음 부분은, 마네의 기본적인 태도에 대해 이만큼 분명하게 알려주고 있지는 않지만, 그래도 학생과 스승 사이의 불화에 대해서는 잘 지적하고 있다. "하루는, 마네가 질베르라는 모델한테 간단한 포즈 하나를 시킬 일이 있었는데, 입은 옷 중 일부를 벗기지 않고 그대로 둔 채로 포즈를 취하게 했다. 쿠튀르가 작업실로 들어왔다. 옷을 입고 있는 모델을 보더니 쿠튀르는 화가 난 몸짓을 했다. '질베르한테 돈을 지불했는데 옷도 벗지 말고 있으라는 겁니까? 누가 이런 멍청한 짓을 한 겁니까?' '접니다'라고 마네가 대답했다. '맘대로 해보시게, 불쌍한 어린 친구 같으니, 그래 봐야 우리 시대의 도미에*밖에 더 되겠나.' 그리고 나서 프루스트와 둘이 있을 때, 마네는 이렇게 결론 내렸다. '내 시대의 도미에라고! 그래, 내 시대의 쿠아펠**이 되는 것보다야 낫지!'"

이 일화들을 보면, 마네는 과거에 저항하고 있었음을 알 수 있다. 우리는 이제, 이렇게 개인적 측면을 통해

오노레 도미에(1808–79). 프랑스의 사실주의 화가, 판화가. 19세기 프랑스 정치와 부르주아 계층에 대한 신랄한 풍자화로 유명하다.
* 샤를앙투안 쿠아펠(1694–1752). 프랑스의 화가, 판화가. 왕립 아카데미의 원장을 맡기도 했다.

파악하게 된 그의 저항을, 서구 문명을 작동시키고 움직였던 일반적 움직임과 연결시켜봐야 할 것이다.

이 일화들에서 문제가 되는 것은 마네 이후 일어난 회화의 변화, 즉 회화라는—담론의 기능에서 해방된 음악만큼이나—자율적인 예술의 언어와 담론에 일어난 변화다. 모델들의 웅변적인 포즈 때문에 화를 냈던 그 순간, 그 침묵성 없는 태도 속에서 바로 마네의 요구가 드러났던 것이다. 이상하게 보일 수도 있지만, 그가 요구한 것은 회화의 침묵이었다. 화가는 자유로워져야 했다. 화가는 그 자신을 회화라는 예술에, 기법에, 형태와 색채들의 노래에 자유로이 내맡겨야 했다.

그렇다면 마네 이전의 화가들이 캔버스 위에 담았던 언어란 무엇이었을까? 물론, 모델이 내보인 가슴팍에 담겨 있던 그 언어라고 할 수도 있겠지만…. 사태는 그것보다는 설명하기 어렵다. 사실 이 언어는 쿠아펠이니 쿠튀르니 하는 사람들뿐 아니라 모든 화가들이 사용하던 것이었다. 그 이전의 회화에는 자율성이라고는 전혀 없었고, 회화란 군중에게 이해 가능한 총체를 제시해주는 위엄 있는 축조물의 일부분일 따름이었다.

나는 이 근본적인 지점을 강조하겠다. 이렇듯 사람들에게 가르침을 주고자 하는 커다란 기념비적 건물들—성, 교회, 사원이나 궁전—, 과거의 시간 동안 수도 없이 지어지고 또다시 지어졌던 이 기념비들이 말하고 나

238

세우던 것은 바로 권위—모든 군중이 그 앞에 머리를 조아리게 하는—였다. 기념비는 자신이 세워진 의미를 잃게 된 순간이 도래하자 무너져내렸다. 기념비의 언어는 이제 거드름이나 피우는 고상한 어투를 띠게 되어버렸고, 전에는 거기에 복종하던 군중도 이제는 그 언어에서 등을 돌렸다.

마네는 곧바로 등을 돌렸다. 하지만 잘 알지도 못한 채 곧장 등 돌려버리기만 했다. 그는 자기 혼자서 형태들의 새로운 질서를, 즉 새로운 세계를 구성해보고자 했다. 그가 너무나도 원대한 수단들을 사용해보느라 아직까지 그 수단들을 잘 다루는 데 정통하지는 못했음이 드러나는 그림들에서 그의 이러한 노력이 느껴진다. 하지만 「늙은 악사」에서보다 관습적 조화를 더 완벽하게 깨뜨리기는 불가능할 것이다. 이 작품은 가장 위대한 작품들 중 하나로 특히 디테일들이 뛰어나다. 약간 서툰 구석이 있는 작품이기는 하지만, 이 작품이 보여주는 자연스러운 뻣뻣함과 우리가 바라보는 세상이 있는 그대로 흘러가고 있는 모습은, 쿠튀르 식의 연극적—건축적—질서와 대조된다. 디테일 측면에서 보면 각 부분들이 독립적으로 눈에 띈다. 「질」*에 버금갈 만한 큰 모자를 쓴 순박한 아이도 그렇고, 낡은 실크해트를 쓰고 넝마주이를 입은 남자도 그렇다. 모델들이 배치된 모습은 배우들이 커튼이 내려진

---

* 18세기 프랑스 로코코 회화를 대표하는 화가 장앙투안 바토(1684–1721)의 작품.

뒤 막간 휴식 시간에 무질서하게 서 있는 모양이다. 내가 보기에 화가는, 오직 우연만이 부분적으로 잡아줄 수 있는 어떤 포즈가 취해지면 그때에야 기꺼이 모델들에게 더 움직이지 말아 달라고 요청했던 듯하다.

관습적 예술로의 이행, 이러한 무질서의 원전(原典)으로의 이행은 예술사의 (그리고 역사 전반의) 첫째 진리들 중 하나다. 그러나 부분적으로 이 진리는 우리를 벗어난다. 특히 우리 시대 전까지는 예술사가 아름다운 작품들, 즉, 미(美)-술*의 역사에 그쳤을 뿐이라는 이유 때문에 그렇다. 예술사가 나중에 감지되어 과거에 현재를 대립시키는 이러한 오류의 몫을 대상으로 삼는 일은 드물었다.

그렇지만 보들레르는, 일개 시인에 불과했음에도, 예외적으로, 자기 친구인 마네의 그림들이 더 나중에 온전히 세상에 드러낼 것임에 틀림없는 심오한 변화에 대해 미리 만족스러운 표현을 해놓았다.

그는 『1846년 살롱전』에서 이렇게 쓰고 있었다 "『살롱전』 전시장에서 나올 때와 새로 장식을 꾸민 교회에서 나올 때, 지나간 시대는 어떠했고 현재의 시대는 어떠한지 비교해보라. 오래된 박물관에 가서 눈을 쉬게 하면서, 차이를 분석해보라.

한쪽은, 이런저런 양식들과 색채들이 부산스럽고 소란스럽게 섞여 있고, 색조들이 뒤죽박죽 엉켜 있고, 터무

---

* 보자르(beaux-arts). 프랑스어에서, 건축 · 회화 · 조각 · 판화를 통틀어, 미술과 조형예술을 총칭해 '보자르'라고 일컫는다. 원래는 '아름다운-기술들'이라는 뜻이다.

니없을 정도로 저속하고, 자세들이나 거동들은 범속한데 풍습은 고상하고, 아무튼 온갖 종류의 진부함을 모아놓은 듯하다. 이 모든 것이 명확하게 보인다. 서로서로 겹쳐진 그림들에서뿐만 아니라, 같은 그림 하나에서만 해도 그렇다. 한마디로, 조화가 완전히 부재한 탓에, 정신이나 눈이 끔찍할 정도로 피곤해진다.

다른 쪽에는, 아이들이 알아서 모자를 벗어 들게 만들 정도로 우리의 영혼을 사로잡는 경외감(강조는 내가 한 것)이 있다. 마치 묘지나 납골당에 쌓인 먼지처럼 우리의 목을 죄는 이러한 경외감은, 노란색 니스 칠이나 시간이 켜켜이 묵은 때에서 오는 효과가 아니라 심오한 통일성에서 오는 효과다. 어떤 위대한 베네치아 회화 작품은, 우리네 그림들, 최악은 아닌 몇몇 그림들 옆에 놓이는 것보다는 차라리 쥘 로맹* 작품 같은 것 옆이 더 잘 어울린다.

이러한 복장들의 화려함, 움직임의 고상함, 대체로 꾸밈이 지나치긴 하지만 위대하고 오만한 고상함, 자잘한 수단이나 모순적인 기법들의 부재, 이러한 특징들이 바로 지금 말하는 이 단어 하나에 모두 함축되어 있다. 그 단어란 바로, 위대한 전통이다."

초기의 반목들은 이전 시대의 삶(최소한 사회 지배 계층)의 조화를 보여주는 이러한 전통을 단절시키는 데 성공하지 못했다. 반항하던 부르주아지는 과거를 지배하

* 프랑스의 시인·극작가·소설가 쥘 로맹(1885-1972)은 국제 펜클럽 회장이었으며, 아카데미프랑세즈 회원이었다.

던 위엄의 형식들을 받아들였던 것이다.

보들레르는 해체의 시대를 명확히 기술했다. 그는 옛날에 기념비적 왕령의 증거 역할을 했던 회화 '유파'들에서는 전통과 조화가 보장되었다고 본다.

그는 이렇게 말한다. "루이15세 치하에서도 유파들은 있었고, 제정 시대에도 유파가 있었다. 하나의 유파란 의심이 불가능함을 의미한다…. 의심한다는 것, 믿음이라든가 순진한 마음을 지니지 못한다는 것은 우리 세기에만 있는 특수한 악덕이다. 더 이상 아무도 복종하지 않는다. 풍습에 있어 중용의 지배를 의미하는 순진한 마음이란, 대부분의 사람들에게 있어 이제는 박탈당한 일종의 신적인 특권이다."

이러한 '몰락'이 한 사회를 지배했던 위엄 있는 형태들과 맺는 관계는 보들레르에게 모호하게만 보였던 듯하다. 그러나 보들레르는 전체 움직임의 원칙을 정식화했다. 이 원칙은 외부로부터 군중에게 강요되는 것일 수도 있고, 혹은 우리가 우리 내부에서 발견하는 것일 수도 있는 어떤 주권적 요소의 현존을 말함이다. 그는 말한다. "지배할 권리를 가진 자는 거의 없다. 그만큼 커다란 열정을 지닌 사람이 거의 없다는 말이다." 더 뒤에서는 이렇게 말한다. "…회화의 현 상태는, 아무리 나약한 존재라 하더라도 개인을 신격화하고 찬양하는 무정부적 자유의 결과물이다…."

이 도식은 우리도 별 무리 없이 파악할 수 있다. 그

렇지만 도식의 의미가 무엇인지를 부각시켜봐야 한다. 우선 보들레르가 그 자신이 살고 있던 바로 그 세계 속에 부여한 의미를 살펴보자.

그는 말했다 "오늘날 흉내꾼이 된 자는, 아무리 능수능란한 흉내꾼들이라 한들, 하잘것없는 작가일 뿐이고 영원히 그리 머물 것이다. 그자는 옛날이었다면 훌륭한 노동자가 되었을 테다. 그러니 그는 그 자신에게 있어서나 우리에게 있어서나 실패한 자다.

그러니 미온적인 사람들은 그늘의 안녕을 위한 계산 속에, 혹은 그들의 행복 속에 머물러 있는 편이, 준엄한 믿음이라는 회초리에 복종하는 것보다 나았을 것이다. 강한 자는 드물다. 고갈되고 메마른 자유의 혼돈 속에서 살아남아 눈에 띄기 위해서는 들라크루아나 앵그르가 돼야 할 듯하다."

하지만 앵그르나 들라크루아는 모두 '몰락' 속에서의 생존을, 과거의 연장을 의미할 뿐이다. 이 화가들은 새로움이라고는 아무것도 보여주지 않았다. 그런 점에서 볼 때, 그들의 회화는 과거의 회화나 마찬가지로 웅변적인 체계 속에서 자기 역할을 다 해내야 한다는 책임을 짊어지고 있었을 따름이다. 어쩌면 들라크루아는 말하기보다 울부짖었을지도 모른다. 조심성 있는 앵그르의 성격은 들라크루아와 비교되었다. 들라크루아의 경우, 그가 그린 격동하는 형태들은 그런 웅변적 구성을 어지럽힐지언정 완성시켜주는 것은 아니었기에 건축적 틀에 들어가는

데 주저함이 없지 않았다. 어쨌든, 들라크루아나 앵그르의 회화에서는 이 문제에 대한 해답은 찾아볼 수 없다. 전에는 위엄 있는 외관을 통해 소란스러운 사회의 범속함을 통제할 수 있었지만, 이제 이런 위엄은 돌이킬 수 없이 영원히 부재하기에 문제가 제기된 것이다.

보들레르가 더 멀리 내다보지는 못했던 것 같다고 말해두자. 다만 그가 자신과 동시대 화가들에게 제안했던 원칙 속에 내포된 비전을 원용할 수는 있겠다. 모든 규약의 바깥으로 나와서 현재의 시간을, 그러니까 광낸 부츠와 넥타이들이 보여주는 그 모습 그대로의 존재들을 표상하라는 것. 그런데 이런 그림은 무척 드물다. 보들레르는 마네의 초기작들을 좋아했다. 하지만 그는 은거해 있던 2년 이래로(보들레르는 「올랭피아」 전시가 있던 바로 다음 해에 쓰러지고 말았다), 자기 친구 마네에 대해 더 이상 연구하지 않았다. 단, 「올랭피아」 스캔들로 인해 앓고 있던 마네에게 쓴 단 한 통의 편지에서 보들레르는 이에 대해 길게 말하고 있다. 「올랭피아」에게 쏟아졌던 조롱들을 샤토브리앙,* 들라크루아, 바그너가 받았던 조롱과 비교하면서, 보들레르는 마네를—우정을 담아—나무라고 있다. 보들레르는, 자네는 그저 "자네 시대 몰락하는 예술 속에서나 으뜸일 뿐"이라고 말하고 있다. 그는 또 전통에서 벗어난 이 "독특한" 활력이 의미하는 바가 무엇인지

* 프랑수아 오귀스트 르네 드 샤토브리앙(1768–1848). 프랑스의 소설가이자 외교 정치가.

알지 못한 채 마네를 좋아했다. 물론, 그가 보기에 이 활력은 "몰락" 속에서 뚜렷이 부각되기는 했다. 하지만 앵그르나 들라크루아—그리고 쿠르베와 코로*—만 별개로 치자면, 이러한 무절제, 양식과 색채의 뒤죽박죽이야말로 당대의 회화였던 것이다. "으뜸", 그러나 몰락하는 으뜸.

마네가 이러한 몰락을 통해 과거의 질서를 깨부숨으로써 앵그르도 들라크루아도—쿠르베도(코로는 논외로 하고)—알지 못했던 긍정적 반대급부를 끌어냈음을 보들레르는 보지 못했다. 웅변적인 회화는 더 이상 무엇도 소생시키지 못할 만큼 쇠약해져 있었다. 마네로 인해 펼쳐진 회화의 어떤 새로운 형식은, 오늘날 우리에게는 익숙한 것이지만 이전에는 누구도 예측하지 못했던 것이었으며, 오직 에두아르 마네의 기이한 반발심과, 무모하고도 불안에 찬 탐색을 통해서만 다다를 수 있는 것이었다. 마네, 포즈에 무질서를 도입했던 화가 말이다.

말로**는 고야***에 대해 다룬 그의 책 『사투르누스』에서 이렇게 썼다. "고야는 마네, 도미에, 그리고 세잔의 어떤 특징 하나를 미리 예견하고 있다. 세잔이 출현할 수 있기 위해서…. 예술은 고야를 갉아먹던 형이상학적 열정을 비

* 카미유 코로(1796–1875). 19세기 프랑스 바르비종 화파의 대표적인 화가. 신고전주의에서 근대 풍경화로 이행하는 가교 역할을 했다.
** 앙드레 말로(1901–76). 프랑스의 소설가·정치가. 드골 정부 치하에서 문화부 장관과 공보부 장관을 역임했다.
*** 프란시스코 고야(1746–1828). 스페인 화가. 풍자 가득한 사실주의적 작품을 남겼다.

워내고, 예술 그 자체의 유일한 대상(강조는 내가 한 것이다)이 되었어야 할 테다. 고야의 마지막 초상화 몇 점에서, 그리고 그의 마지막 작품 몇 점에서, 예술은 그리될 것이다. 꿈을 두 번째 삶으로, 아니 어쩌면 첫 번째 삶으로 삼았던 이 남자는 꿈으로부터 회화를 해방시켰다. 그는 회화에… 더 이상 원소재(原素材)를 실재에서 찾아내지 않아도 될 권리를 부여했다… 그 소재를 갖고 음악가들만이 알고 있는 특별한 우주를 만들어내기 위해서였다."

나로서는 이 찬사가 고야에게 바쳐지는 것이 적절했는지 모르겠다. 고야의 작품들은 말로가 그것들을 알아본 때, 그러니까 우리 시대에 이르러서야 눈에 띄게 된 것이기 때문이다. 귀머거리 화가였던 고야는 자기 안에만 갇혀 지냈고 영향력도 별로 없었다. 그랬던 그가 최근 두 세기의 회화를 지배하고 있다. 게다가 이렇듯 조용한 성향이 알려진 것도 최근의 일이다. 고야는 이러한 성향으로 인해 그의 이웃들이 "귀머거리의 집"이라고 불렀던 집 안에 틀어박혀 자기 자신만을 위해 그림을 그렸다. 그의 그림 중 가장 강렬한 작품 몇 점은 이런 식으로 그려진 것이다. 다시 말해, 고야는 전혀 소통하지 않았다. 귀가 멀었던 그는 서로의 말을 알아들을 수 있기를 묵묵히 포기한 채, 무력함 속에서 공상에 잠겼다.

더구나 고야의 우주에서 침묵은 특히 또 다른 가치를 지닌다. 이 침묵은 대개의 경우 맹렬하게 불가능을 표현하는 울부짖음에서 우러나온 침묵이다. 그런데 그의 그

246

림들, 데생들, 판화들이든 뭐든 간에 아무튼 그의 작품들은 서술하고 의미하고자 했다. 드물게 몇 점을 제외하면, 이 그림들은 색채나 형태들의 유희로 환원되지 않는다.

마네 말고 다른 화가들 역시 새로운 회화로 이행하고 있었음이 발견된다. 말하는 언어, 즉 "실재적이거나 상상적인 광경"으로서의 회화라는 껍질을 벗겨낸 새로운 회화, 이른바 "점들, 색채들, 움직임"으로서의 회화 말이다. 말로는 다른 곳에서 몇 개의 이름들을 원용하고 있다. 샤르댕이나 들라크루아, 쿠르베, 터너의 회화에 나타난 미광(微光)을 보지 않을 수 없다. 어쩌면 회화 작품이라면 어느 작품에서나 마찬가지겠지만….

그럼에도 불구하고, 다른 의미작용 없이 오직 그리는 예술로서의 회화, 즉 '현대 회화' 탄생의 공은 마네에게 돌려야 할 것이다. 말로는 「막시밀리안의 처형」에 대해 "이는 고야의 「5월 3일」에서 그 그림이 의미하는 바를 소거한 것"이라고 쓴다. "회화에 이질적인 모든 가치"에 대한 거부, 주제의 의미화에 무관심한 태도는 바로 마네로부터 시작된다. 같은 맥락으로 도미에에 대해 쓰는 대복에서, 말로는 마네의 결정적 역할을 역설한다. "마네의 세탁부(洗濯婦)는 도미에의 세탁부였을 수도 있다, 도미에의 세탁부가 의미하는 바를 소거한." 이어 그는 이렇게 부연한다. 도미에로부터 "현대 화가들은 분리될 것이다. 회화에 이질적인 모든 가치를 거부함으로써".

그렇기는 하지만, 말로가 현대 예술의 탄생에 대해

말하면서 고야를 전면에 내세운 것도 일견 틀린 말은 아니다. 스페인에 있을 때 마네는 고야에게 거의 흥미를 느끼지 못했었다. 프라도에서 마네에게 중요했던 화가는 껍질을 벗긴 회화에 가장 근접했던 벨라스케스*였다. 전체적으로 고야의 예술은 과거에 속해 있었다. 하지만 불안에 찬 움직임을 통해 그는 과거에서 벗어나고자 했다. 고야는 그가 사용한 수단들의 측면에서 볼 때, 어쩌면 과거에 신전을 세우고 장식하던 이들을 닮아 있다. 하지만 그는 내부에서부터 팽팽하게 당겨진 그의 온 힘을 다해 신전의 토대를 굴착했다. 그는 오직 어떤 부조화를, 어떤 공포를 의미했을 뿐이다. 신전이라는 건축물의 존재 이유는 무엇인가를 표현하기 위해서였다. 그런데 공포 속에서 그 무엇인가가 부정되었다. 신전은 사명을 품고 있었다. 보호하고, 안심시키고—긍정하라는. 고야는 내면으로부터 외치고 있었다. 고야 그 자신을 달래주지 못하는 신전의 무력함을, 그 건축물 자체의 부조리와 잔인함과 부패를 외치고 있었다. 고야는 한밤중에 신전에 지른 불이자, 아카데미즘**에 대한 고통스럽고 부정적이고 발작적인 설욕이다. 아카데미즘의 실질적 의미는 죽음이다. 돌이킬 수 없는 몰락—죽음—과 공허.

---

* 스페인 궁정화가 디에고 벨라스케스(1599–1660)는 당시 유럽 바로크미술을 대표한다.
** 전통적 형식주의, 관학주의. 미술사에서는 대체로 고전적 기법에 충실한 고전주의적 작품 경향을 가리킨다.

정녕 고야는 하나의 소요(騷擾)였다. 그 속에 가끔 평정과 권태가 깃들어, 붕괴 이후 뒤따를 시대의 가능성과 풍요로움을 엿보게도 하였다. 말로가 자신의 책에서 「보르도의 우유 파는 여인」을 언급한 것은 적절하다. 이 작품은, 이제 늙어서 떨리는 손으로 포착해 표현한 빛의 유희에 다름없다. 그보다 30년 전 그린 라 플로리다 성당의 판테온도 마찬가지 의미를 지닌다. 이 작품, 혹은 이 벽화들의 위대함은 이것들을 그리기 전에 존재하던—혹은 그의 내부에 축적되어 있던—폭풍우들에서 기인한 듯하다. 그 위대함은 어느덧 과거 저편에 자리 잡고 있었다. 그 과거 속에서 고야는 숨 막힘을 느끼며, 불안감으로부터 가장 선동적인 비전을, 결코 붓으로 한곳에 고정시킬 수 없었을 그러한 비전들을 이끌어냈다.

이토록 외치던 사람의 비전은 오직 죽기 위해서만 불쑥 모습을 드러냈다. 우리가 「5월 3일」이라고 부르는 총살 장면은 죽음 그 자체의 출현이다. 그저 우리가 붙잡을 수 없는 죽음, 원칙적으로 우리가 그것에 대해 아무것도 알 수 없는 죽음. 죽음이란, 그것이 발생됨으로써 앎을 파괴하는 것이기에. 고야는 「5월 3일」을 통해 죽음의 찰나적인 미광을 포착했다. 그 희미한 빛이 뿜는 섬광은 여느 밝은 빛의 번쩍임을 능가하는 것이었다. 이 미광의 강렬함이 비전을 파괴했다…. 회화의 웅변이 단 한 번이라도 이보다 더 멀리 나아간 적이 있었던가? 그런데 그의 외침은, 웅변의 목을 조른 듯, 최종적 침묵처럼 우리에게 도달했다.

마네는 1865년에 마드리드에서 이 작품을 보았고, 1867년에 「막시밀리안의 처형」을 그렸다.

이 두 점의 유명한 그림을 비교하면 유사점이 눈에 띄지 않을 수 없다. 하지만 이 둘 사이의 차이 역시 극명하다. 분명—어쨌든 자신의 의지에 따라—마네는 사형수의 죽음을 그리면서도, 마치 작업 대상으로 꽃 한 송이나 물고기 한 마리를 취했을 때와 마찬가지로 무심한 태도였다. 마네의 회화가 무엇인가를 서술하고 있음은 사실이다. 고야의 회화만큼이나 마네의 회화도 서술적이기는 하다. 하지만 서술하고 있는 대상에 대해 무심한 채 서술한다. 마네의 다른 작품들 중 「발코니」처럼 아무것도 서술하고 있지 않는 것들도 있지만, 이 모든 그림들 중 「막시밀리안의 처형」은 가장 말 없는 그림이다. 마네가 디테일을 정확하게 관찰하기 때문일 수도 있다. 하지만 그런 세심함 자체가 부정적인 것이다. 이 작품은 웅변의 부정이자, 마치 언어가 그리하듯, 어떤 감정을 표현하고자 하는 회화에 대한 부정이다.

말로는 마네가 「막시밀리안」에서 벗어나지 못했다고 단언한다. 「막시밀리안」이 마네가 접근 불가한 것에 끝내 도달한 드문 작품 중 하나는 아니지만, 내가 보기에 이 작품을 통해 마네는 자신이 해결하고 싶었던 어려움을 극복했다. 말로 역시 이 사실을 인정한다. 마네는 주제의 의미 작용을 제거했다. 주제를 없애고 파괴하는 일은 사실 현대 회화에서는 빈번하게 일어난다. 그런데 이것은 엄밀히 말해 어떤 부재를 가리키는 게 아니다. 정도의 차이는 있지만, 각각의 작품은 하나의 주제, 하나의 제목을 지닌다. 그런데 이 주제나 제목이란 것들은 별다른 의미를 지니는 대신 그 그림의 구실 역할을 할 뿐이다. 우선, 군인들의 손에 의해 기계적으로, 냉혹하게 주어진 죽음이라는 주제에 무심하기란 쉽지 않다. 이것은 격렬한 감정이 치밀어 오르게 하는 의미를 짊어진 주제다. 하지만 마네는 이것을 냉혈한처럼 무감각하게 그려냈고, 작품 관람자 역시 그의 깊은 무감각 상태를 따라가게 된다. 무감각 상태가 새어 나와 확산되는 느낌이 드는 이 작품은 기묘하게도 치아의 부분 마취를 떠올리게 한다. 마치 솜씨 좋은 의사가, "유려한* 동작으로 목을 잡아 비트시오"라는 첫 번째 매뉴얼을 익숙하고 성실하게 실행하는 듯 말이다. 마네는 몇몇 사람들에게 포즈를 취하도록 했다. 그들 중 한쪽은 죽는 사람의 자세를, 다른 쪽은 죽이는 사람의 자세를 취했는데, 이 자세들을 모두 "순무 한 단"을 살 때처럼 별다른 의미가 없는 느낌으로 잡았다. 참이든 거짓이든 모든 웅변적 요소들은 제거되었다. 남은 것은 서로 다른 색채들이 찍힌 얼룩들과 주제에 대한 어떤 감정에서 비롯

---

　*웅변적인/유려한(éloquent). 프랑스어의 'éloquent'(명사형 'éloquence')은 '웅변술의, 달변의, 능란한'이라는 뜻을 갖고 있다. 마네가 주제에 대해 웅변적으로 말하는 회화에서 벗어났다는 맥락을 고려해 대체로 '웅변의' 혹은 '웅변적인'으로 번역했지만, 문맥에 따라 '유려하다'고도 옮겼다.

되었음이 틀림없는 혼란스러운 인상뿐이다. 이것이 부재에서 오는 기묘한 인상이다.

어떻게 보면 마네가 이 작품에서 완전히 벗어나지 못했노라고 말할 수 있긴 하다. 이 색채들은 노래하지 않는다. 그럼에도 불구하고 이러한 부재로부터 발산되는 무거운 충만함이 관람자의 시선을 사로잡아 채우고 있다. 웅변적인 회화 작품의 걸작에서는, 동시대 화가인 메소니에*의 작품들처럼, 아무리 절제된 것이라 한들 이런 충만함이나 무게감이 발견되지 않는다. 이러한 충만함, 이러한 무게감이야말로 아마 현대 인간이 묵묵히 주권적으로 존재하기 위해 필수적인 것이리라. 그 인간이 공동의 실존을 명령하며 모든 인간을 호도하고 모두를 우스꽝스러운 굴종에 참여시키는 거창한 객설 따위만 내던져 버린다면 말이다. 진부한 희극과 과거의 찌꺼기와 먼지들에서 해방된 충만한 세계야말로 「막시밀리안의 처형」이—부정적 방식으로—나타내고 있는 바다. 그렇기는 하지만 이 작품과 「5월 3일」을 진정한 의미에서 위치 짓고자 할 때, 여기에 아직 놀라운 유사성이 남아 있다. 두 작품 모두에서 회화가 '최종적 침묵'에 도달했다는 점이 그것이다. 막시밀리안은 "회화에 이질적인 모든 가치"를 제거함으로써 거기에 도달할 수 있었다.

이 유사성의 의미를 과소평가해서는 안 될 것이다

---

* 에르네스트 메소니에(1815–91). 나폴레옹을 회고한 작품들로 유명한 프랑스의 화가.

아마도 이 지점에서, 마네의 특징 중 하나에 대해 말해볼 수 있겠다. 그는 때때로 죽음과 회화를 결합시킨다. 마네는 죽음을 즐겨 표현했다. 「죽은 투우사」에서 마네는 벨라스케스의 그림(혹은 판화) 중 하나에 사용된 구도(시체의 위치)를 베껴왔다. 베르사유 진압* 당시, 그는 길거리에 놓인 시체를 같은 구도로 데생하기도 했다. 마찬가지로, 그는 이때 「처형」의 주제를 다시 취하되, 이번에는 그가 관찰하고 재현하고 싶어 했던 길거리라는 무대로 끌어온다. 1870년 초 그린 「장례식」 역시 그가 당시 죽음을 표현하는 작업에 매료되어 있었음을 보여주는 작품이다. 하지만 1877년 작품인 「자살한 남자」에서 팔 끝에 매달려 있는 권총은, 죽음의 공포를 부인하고자—혹은 극복하고자—하는 욕망, 그리고 그 공포를 빛의 무구함으로 환원시키고자 하는 욕망을 분명히 드러내고 있다. (이미 아주 어렸을 때, 그는 「해부학 수업」**을 모사했었다.)

현대 회화는, 신앙심을 결부시키지는 않았지만, 부재를 통해—이 백색의 텅 빈 시선 앞에, 아무런 말 없이, 빛의 유희들이 펼쳐진다—엄숙함과 경외감으로 둘러싸인 세계 속에서 고야의 과잉이 이르렀던 것에 도달했다. 고야가 견디지도 못할 만큼 짊어지며 과잉으로 바꿔놓았던 이러한 무게가 마네에게는 부재했다. 고야가 살던 세

---

* 1876년 4월부터 5월에 걸쳐 파리코뮌 지지자들이 베르사유 군대에 의해 무자비하게 진압된 사건을 가리킨다.

** 렘브란트의 「튈프 박사의 해부학 수업」(1632)을 가리킨다.

계는 때때로 신성했다. 그런데 그 세계는 원초적 심연들로부터 솟아오른 것이었다. 그리하여 그는 현재의 엄숙한 규약들을 폭력적으로 부정했다. 현대적 명료성—규약에 따른 감정들의 폐지, 침묵—은 고야로부터, 그의 본질인 내면의 폭력으로부터 만들어진 것이다. 고야는 자신의 어둠 속에서 최악의 고통을 불사하며 이 명료성에 이르렀다. 바로 이 대목에서 고야야말로 최초의 현대인이었다. 다만, 마네의 현대성만이 그 길을 단호하게 열어젖힐 수 있었다.

현대 예술로 향하는 방대한 논쟁에서 쟁점이 되고 있는 인간적 형태의 복잡성이라는 주제는 곧잘 우리를 혼란스럽게 만든다. 하지만 이 문제는 몇 가지 명확한 요소들로 치환될 수 있다.

과거의 예술은 주권(主權)의 형태들—신이나 왕을 나타내는(아주 오랜 옛날에는 이것들이 서로 혼합되어 있었다)—을 표현하는 것이었다. 마네의 회화가 변화를 일궈내기 직전 시대에 그 형태들은 매우 변질된 상태로 존재하고 있었다. 결국 이것들은 거의 무의미한 것들이 되어버렸고, 그 무의미함으로 자리를 난삽하게 채워놓고 있다. 이러한 무의미함은, 부르주아적 사고방식이 우위를 점하게 되고, 살아남은 귀족계급에게까지 그런 사고방식이 가장 진부한 형태로 영향력을 행사했다는 사실에서 기인한다. 부르주아적 사고방식은, 진정으로 위엄 있는 것이라고는, 그러니까 이론의 여지없이 경의를 표하게 할 수 있는 것이라고는 아무것도 구상해낼 수 없는 무능력함으로 빚어져 있다. 이로 인해 도출된 형태들의 무질서는 다양한 가능성들을 향해 열려 있기는 하지만, 더 이상 위엄을 믿고 의지할 힘이 남아 있지 않은 세계(이 세계는 그리하여 유일하게 유효한 힘인 순진한 믿음이라는 힘을 잃는다. 기독교가 존속하고 있기는 하지만, 기독교적 순진성은 더 이상 대중적이지도 일반적이지도 않다)에 형식적으로나마 잔존해 있는 위엄을 부정하는 일을 용납하지 않는다. 이런 상황에서 귀족계급은 더 이상 의미를 지니지 못한다. 순진한 믿음이 없는 귀족이 바로 부르주아지다. 민중은 자기 자신으로부터 새로운 형태를 창조해낼 수 없고, 부르주아지만이 취미로서 그 형태들을 창조해낸다. 부르주아지는 텅 비어버린 전통을 수호하려는 자들과 이 전통을 부정하려는 자들로 나뉜다. 예술의 영역에서의 이러한 부정이 정치적 부정과 일치하지는 않는다. (공화주의자였던 마네는 이렇게 말한 바 있다. "참 이상한 일이다, 공화주의자들은 예술에 대해 말할 때는 반동적이 된다.") 또 이러한 부정이 겨냥하는 바는, 정확히 말하자면 과거의 충만한 형태들이 아니라 그것들의 공허한 존속이다. (마네는 쿠튀르를 거부했지만, 티치아노*나 렘브란트를 거부하지는 않았다.) 잘못된 위엄을 따르는 일은 곧 비

티치아노 베첼리오(1488?–1576). 르네상스 전성기에 활약했던 이탈리아의 화가.

열한 일로 여겨졌다. 외부에서 주어진 규약에 의한 위엄과는 상관없이 명백한 현실을 되찾아야 했다. 그 현실에서의 주권성은, 거짓으로 구겨져 실리를 추구하는 거대한 기계에 끼워 맞춰질 수 없는 것이어야 했다. 이러한 주권성은 예술의 침묵 속에만 존재했다. 오늘날 현행하는 형식들로는 주권적인 것이나 위엄 있는 것들을 결코 나타낼 수 없다. 현행하는 형식들은 왕궁이나 신전을 새로이 세우라고 명령할 수 없기 때문이다. 반면 이는 오직 "비밀스러운 왕권"을 통해서만 나타낼 수 있다. "비밀스러운 왕권"이란 말로가 세잔의 사과들에게 부여한 말이자, 마네의 「올랭피아」에 나타났던 것이고, 「막시밀리안의 처형」의 위대함 그 자체다. 이러한 왕권은 그 어떤 이미지에도 고유한 전유물로 속하지 않고, 자기 내부의 주권적 침묵이라는 영역에 도달한 자의 정념에만 속한다. 그리고 그런 자의 그림이 형상화되는 곳도, 표현하는 것도 바로 그 침묵의 영역이다. 이로써 회화는 부르주아지의 무게에 온통 예속되어 있던 세계로부터 대상들은 물론 대상의 이미지들까지 떼어내는 예술이 된다. 앙드레 말로가 처음으로 이 사실을 단언했다. 요컨대, 우리네 미술관에 있는 현대 회화야말로 지금 시대가 세운 유일한 대성당이라는 것이다. 그러나 본질적으로 이 대성당은 비밀스럽다. 오늘날 신성한 것은 폭로될 수 없으며, 이제 신성한 것은 말이 없다. 이 세계는 내면의, 침묵의, 이른바 부정적인 형상화밖에는 모르는 세계다. 나는 이에 대해 말할 수 있지만, 그 말은 곧 최종적 침묵에 대해 말함이다.

미술관에서 현대 회화가 과거의 회화와 같이 자리하게 됨
으로써 과거의 회화도 그와 유사한 침묵에 잠기게 된다는
사실 역시 지적해야겠다. 과거의 회화는 이전에 어떤 긍
정의 총체를 짊어졌던 건축물에서부터 분리되자마자 곧
침묵으로 들어선다. 그때 그 긍정이란, 과거에 그 긍정을
알아들음으로써 거기에 삶을 부여했던 자들에 의해 현실
화될 수 있던 것이다. 지금 우리들 눈에 이전 시대 회화의
아름다움과 현대 회화의 아름다움이 비슷해 보이는 이유
는, 이전 시대 회화와 연관되었던 담론을 우리가 더 이상
알아듣지 못하기 때문이다. 우리는 그 작품을 그린 화가
들이 형태들의 언어 이편이나 저편에, 즉 그림 안에 놓아
둔 것을 알아본다. 그 마법 같은 빛의 유희 속에서 알아들
을 수 있는 의미가 넘쳐흘러 나온다. 오늘날 우리가 이런
위엄 있는 이미지들 속에서 식별해내는 것은 더 이상 우
리들 눈에 정치적이거나 신화적인 구조들에 따라 규정된
위엄이 아니라, 모든 정치적 의미작용과는 상관없는 위엄
으로 여겨진다. 이렇듯 마침내 단순해진 위엄은, 진정한
의미에서 자유로운 개개 인간의 위엄이며, 이것이야말로
가능한 형태들의 무한한 유희다. 하지만 모든 시대의 회
화들을 관통하는 이러한 공통의 맥락에서 고야의 작품은
외따로 떨어진 곳에 자리하고 있다. 그 자리는 그의 작품
이 도달한 침묵, 내가 앞에서 말한 것처럼 고야 자신이 이

룩한 바인 그 침묵을 통해 우리와 더 가까이 있는 자리다. 고야는 자신이 무너뜨린 체계에 참여하면서, 결연하게, 예술이 지고의 가치로 자리매김하도록 했던 것이다. 예술을, 그리고 그가 이를 악물었던 침묵을.

　　과거의 체계가 무력한 상태로나마 우리 내부에 습관처럼 남아 있는 한, 예술에 지고의 가치를 부여한다는 가능성은 보통 우리의 상식을 벗어나기 마련이다. 인간 존재 너머 저편에서만 누릴 수 있는 권능을 이처럼 가깝고도 범속한 세계, 예술이 창조되고 확산되는 세계 이편의 몫으로 돌리기란 어려운 일이다. 그러나 실제로 이편의 세계는 그 권능에 의해 존속해왔다. 이 세계는 누구도 이해할 수 없던 어떤 동요에 사로잡혔었다. 그것은 존재할 이유가 없었을지도 모른다. 거기서 불행한 열병(熱病)만을 발견하게 되기도 쉽다. 하지만 바로 그 속에서 화가들과 시인들의 일상적 만남들을 통해 발생한 하나의 집단이 자생적으로 형성되었던 것이다. 그 집단은 일종의 종파를, 혹은 편리한 핑계들을, 과장되고 별난 요소들을 지니고 있었다. 사실 이러한 만남들과 이처럼 밀도 있게 응집된 정열은 오직 프랑스에만 존재했다. 프랑스, 그곳은 염세주의가 가장 깊이 뿌리내린 곳이기에. 염세주의, 그리고 과거의 붕괴에 대한 자명한 인식이.

「올랭피아」 스캔들

군중의 반응과 분노가 이토록 놀라울 정도로 거대할 수 있었던 곳도 바로 프랑스라는 나라다.

피상적으로나마 충성을 다해 과거의 형식들에 매달리던—어떠한 강렬한 것에도 자극받지 못할—사람들에게 새로움이 특히 거슬렸다는 사실은 대체로 이해하기 쉽다. 이런 사람들에게 있어 새로움은 그것이 심오할수록, 자기들이 아무 노력 할 필요 없이 편히 지내고 있는 그 건축물을 문제 삼는 것일수록 더욱 눈에 거슬린다. 과거의 사람들은 변화를 더 잘 수용했다. 그들은 자신들이 명백한 지고의 가치를 지니고 있다는 확신에 차 있었고, 그들이 보기에 건축물이란 그 가치에 요구되는 표현이었다. 그런데 파리의 대중과 마네가 이토록 심하게 반목했던 이유는 마네가 양식에서 벗어났기 때문이 아니다. 마네의 그림이 본질적인 것을 작동시키고 있다는, 근거 있는 느낌 때문이다. 대중의 분노는 대체로, 그 그림을 창조한 자가 작동시키는 종교적 열의—모호하고 설명할 수 없는—에 기인한 것이었다. 한편에서는, 체념에까지 이른 단호한 해결도 있다. "보들레르부터 베를렌*까지, 도미에부터 모딜리아니**

---

* 폴 베를렌(1844~96). 프랑스의 상징주의 시인. 랭보의 연인이었다.
** 아메데오 모딜리아니(1884~1920). 세잔, 툴루즈로트레크 등과 동시대에 프랑스에서 활동한 이탈리아 출신 화가. 가난한 사람들의 초상화와 나부상을 주로 그렸고,

까지, 얼마나 많은 사람들이 희생되어 왔던가! 이다지도 많은 위대한 예술가들이 알 수 없는 신에게 이다지도 많이 희생물로 바쳐졌던 적은 없다. 알 수 없는, 왜냐하면 그를 모시는 사람들은 설사 그의 위대함을 느낀다 해도 그들 자신의 언어인 회화 속에서밖에 알아볼 수 없으니."(말로) 물론, 알 수 없다. 그러나 기존에 설립된 법에 대한 위반, 회화라는 다분히 신성한 영역 속에서 완성된 위반이 분명하게 느껴졌다. 최소한 확실히 포착되었다. 알 수 없는, 그러나 결국에는 스스로에 대한 확신을 주는 자.

이는 부르주아계급의 내적 갈등에 대한 문제와 관련되어 있다. 귀족 사회는 삶의 활력을 잃었고, 부르주아적 순응주의는 공허한 형식들이나 부여잡고 있었을 따름이다. 그런데 다수의 부르주아 순응주의자들에게 맞선 소수의 사람들이 있었다. 그들은 바로 비(非)순응주의적 예술가들이었다. 「올랭피아」가 『살롱전』에 선정되었던 1865년은 갈등의 가장 중대한—가장 첨예한—국면의 서막이었다. 보통 「올랭피아」는 마네 최고의 걸작으로 여겨진다. 바로 내 눈에는 그렇게 보인다. 이 작품은 또한 대중의 분노에 찬 비웃음을 절정에 치닫게 한 작품이기도 하다. 마치 대중에게 분별력이라는 재능이 있던 것처럼, 혹은 마치 대중이 자신들의 눈먼 본능에 주저 없이 이끌렸던 것처럼.

생애 내내 병에 시달리다 요절했다.

우리는 주체의 파괴, 혹은 그것이 의미하는 바가 「막시밀리안의 처형」의 본질적인 부분이라고 말했다. 이것이 「올랭피아」에서 지니는 의미는 더욱 미묘하며, 내 생각에는 이 작품에서 더욱 본질적이며 더욱 도발적으로 드러난다. 하지만 이 작품에서 무엇이 그토록 파문을 불러일으킬 만한 대목이었는지 확인하기에 앞서, 이쯤에서 「올랭피아」 스캔들이 도대체 어땠다는 건지 감을 잡고 넘어가는 게 좋을 듯하다.

이 정도의 그림은 "폭동을 불러일으킬" 만하다. 이 말은 『레포크』지에서 장 라브넬이라는 작자가 썼던 말이다. 또 『라티스트』지의 쥘 클라르티는 이렇게 썼다. "배는 노랗고 땅딸막하고 추한 이 모델, 나로선 어딘지도 모르겠는 장소에서 자기가 올랭피아입네, 하고 있는 이 오달리스크는 도대체 뭔가?" 나중에 마네를 지지하게 되는 에르네스트 세스노라는 한 비평가는 『르 콩스티튀시오넬』지에서 이렇게 썼다. "그는 거의 추문이라 할 수 있을 정도의 비웃음을 사기에 이르렀다. 『살롱전』의 관람객들은 이 우스꽝스러운 창조물 앞에 모여들어 비웃어대고 있고…. 그는 이 피조물을 올랭피아라 부른다." 테오필 고티에의 딸*은 『랑트르악트』지에서 이렇게 썼다. "전시회에는 광대 역할을 하는 것이 있다…. 예술가들 가운데, 여기 재주넘기와 혀 내밀기를 시작한 사람이 하나 있다…."

* 유미주의적 성향으로 고답파 시인들에게 영향을 주었던 프랑스의 시인이자 소설가 테오필 고티에(1811-72)의 딸 쥐디트 고티에(1845-1917) 역시 프랑스의 문인이었다.

『르 그랑 주르날』지의 아메데 캉탈루브는 이렇게 말하며 너털웃음을 지었다. "사람들 눈에 이만큼 현란해 보이고 이만큼 냉소를 살 만한 것은 없었다. 암컷 고릴라 같은 이 '올랭피아'라는 여자만큼 말이다…."『르 프티 주르날』의 에드몽 아부는 다음과 같이 결론짓고자 했다. "마네 씨의 평안을 빈다! 이 우스꽝스러운 자는 제 그림들에 정당한 벌을 주고 있다." 권위 있는 어떤 비평가가 과장되게 품었던 혐오감이야말로 가장 심한 것이었다. 폴 드 생빅토르는『라 프레스』지에서 이렇게 썼다. "군중은 마치 시체 공시장(公示場)에 몰려가는 모양으로 마네 씨의 퇴폐적인 '올랭피아' 앞으로 앞다투어 몰려가고 있다. 이렇게나 저열하게 나락으로 떨어진 예술은 욕할 가치도 없다. '그들에 대해선 말도 말게, 그냥 보고 지나가시게나.' 지옥의 구렁텅이 중 한 곳을 지나치며 베르길리우스가 단테에게 했던 말이다." 바로 이런 말들이 오늘날 루브르에 걸려 있는 걸작들 중 하나가 처음 세상에 출현했을 때 사람들이 했던 말들이다.

보들레르가 누구보다도 높이 평가했던 시인인 테오필 고티에의 태도는 주목할 만하다. 그는 마네의 초기 시도들을 목청껏 칭찬했었다. 1830년『에르나니』전투* 때 그가

---

* 1830년 빅토르 위고의『에르나니』발표로 인해 고전주의자와 낭만주의자 사이에 '에르나니'전투'가 벌어졌다. 고티에는 이 당시 낭만주의자들의 편, 즉 위고의 편을 지지하였다.

입었던 붉은 조끼는 자신이 부르주아적 순응주의를 가장 극렬하게 비판하는 자임을 보여주었다. 그런데 그랬던 그가, 「올랭피아」에 대해서는 어떠했던가?

"많은 사람들의 눈에는 그저 웃고 넘기면 그만으로 보일 수도 있지만, 그건 착각이다. 마네 씨는 별 볼 일 없는 사람이 아니다. 그는 자신의 유파가, 숭배자들이, 심지어 팬들까지 있는 사람이다. 그의 영향력은 우리가 생각하는 것보다 훨씬 널리 퍼져 있다. 마네 씨는 이처럼 위험한 인물이 될 만한 영예를 얻었다. 이제 위험은 지나갔다. 「올랭피아」는 어떠한 관점으로도 설명이 안 된다. 올랭피아를 있는 그대로, 침대보에 누워 있는 초라한 모델 그 자체로만 놓고 봐준다 해도 마찬가지다. 살결의 색조는 지저분하고, 모사(模寫)도 제대로 안 되어 있다. 음영은 구두약을 대충 넓게 칠해놓은 듯하다. 종이에 싼 꽃다발을 갖고 온 흑인 하녀는 무엇이며, 침대 위에 진흙 묻은 더러운 발자국을 남긴 검은 고양이는 또 뭐란 말인가? 우리는 그 추함을 용서할 수 있으리라. 추하긴 해도 진정성 있고, 연구를 통해 얻어낸 색채의 화려한 효과 같은 것에서 비롯된 것이라면 말이다. 이런 말을 해야 해서 화가 나긴 하지만, 여기 이 그림에는 무슨 수를 써서라도 주목받고 싶어하는 의지 말고는 아무것도 없다."

걱정에 찬 시인이 모종의 불안을 떨치지 못한 채 자신의 의견을 이렇게 피력했어야 했을 만큼이나, 제대로 보지 못하고 그저 쳐다보기만 하던 눈들은 아연해했다.

몇 년 뒤 (1868년 5월 11일 자 『르 모니퇴르』지에) 고티에는 몇 줄을 썼는데, 이 몇 줄은 꽤나 기묘하게도, 세상이 바뀌고 있던 그 밤에 대해 해명하고 있다.

"사람들은 두려워하는 듯하다. 남들이 자기를 인정하지 않을까 봐. 자기가 속물로, 부르주아로, 조제프 프뤼돔* 같은 작자로, 사기(砂器)로 된 미니어처 아니면 모조품이나 애호하는 감상샘종 환자로, 혹은 최악의 경우를 들자면, 유행에 뒤처져서 다비드**의 「사비니 여인들의 납치」가 좋은 작품임을 이제야 알게 된 사람으로 보이지나 않을까 두려워한다. 사람들은 일종의 공포에 사로잡혀서는, 혹시 자기가 비만이나 대머리가 아닌지, 젊은이들의 대담함을 이해 못 하는 사람이 된 거나 아닌지 알고 싶어서 스스로를 공들여 살피곤 한다….

각자 이렇게들 뇌까린다. '내가 정말 얼간이에, 구닥다리 늙은이란 말인가…?' 그들은 30여 년 전 들라크루아나 드캉,*** 불랑제,**** 코로, 루소***** 등 『살롱전』에서 너무나 오랫동안 추방되었던 화가들의 초기작들을 처음 봤을 때 몸서리칠 정도로 혐오감을 느꼈다는 사실을 떠올린다. 앵그르 역시 『살롱전』 입성이 허락되기까지 상당한

---

* 19세기 삽화가이자 조각가, 희극배우이기도 했던 앙리 모니에의 캐리커처 연작과 희곡에 등장하는 주인공. 19세기 프랑스의 속물적 부르주아를 상징하는 인물.
** 자크루이 다비드(1748-1825). 프랑스 신고전주의 화가.
*** 알렉상드르 드캉(1803-60). 프랑스의 화가, 판화가.
**** 루이 불랑제(1806-67). 프랑스 낭만주의 화가.
***** 테오도르 루소(1812-67). 바르비종파에 속한 프랑스 풍경화가.

고생을 했다. 사람들은 앵그르 때문에 미술이 16세기의 그로테스크한 미개 상태로 후퇴했다고 비난했었다. 그 당시 쓰인 글에서 원문 그대로 인용한 문장이다. 양심적인 사람들은 이런 충격적인 예들을 마주할 때면 자문하곤 했다. 미술 분야에서는 우리가 20년쯤 함께 묵은 세대의 작품 말고 다른 건 아무것도 이해하지 못하는 게 아닐까 하고 말이다…. 쿠르베, 마네, 모네* 등등의 작품에는 우리는 알 수 없는, 우리 말고 다른 낭만적 머릿결에게만 보이는 어떤 아름다움이 간직되어 있는 것일지도 모른다.

마네 씨의 회화에 정녕 아무것도 없다고 말해야 하는 것일까? 그의 작품 중 가장 미미한 것에서도 쉽게 눈에 띄는 그만의 특색이 있다. 특유의 색감이 이루는 완벽한 통일성은, 정확한 모사라든가 명암, 중간적 색조들, 디테일들을 희생시킴으로써 얻어진 것이 사실이다."

고티에의 저 유명한 문장이 말한 바와 같이, 대담한 시도란 자고로 20년은 묵어야 한다는 게 우리의 한계일 수도 있다. 그런데 이러한 관점은, 마치 시간이 지나면서 조금씩 자라나는 식물처럼 고르게 조금씩 발전하면서 계속해서 일종의 양적 차이를 만들어내는 어떤 느린 변화가 존재한다는 점을 시사한다. 고티에가 말한 법칙은 그 법칙이 과거에 언제나 작동해왔고 또 미래에도 똑같은 방식

* 프랑스 인상주의 회화의 창시자 중 한 명인 클로드 모네(1840-1926)는 '인상주의'라는 학파명의 시초가 된 「인상, 일출」을 남겼다.

으로 작동한다는 전제하에서만 의미를 갖는다. 하지만 그 법칙은 고티에 이전에는 전혀 작동하지 않던 것이었다. 다른 한편 오늘날, 최소한 20년 전부터는, 젊은 세대들로 하여금 기성세대에 반기를 들게 할 만한 어떠한 새로운 형태의 대담한 시도도 허락되지 않고 있다. 1930년 이후로 새로움을 기치로 내걸고 기성세대를 혁신할 수 있었을 만한 스캔들이라고는 아무것도 일어난 적이 없다. 회화가 표현한 정신의 움직임들은 어쩌면 더 명확하고—더 잘 이해되고—, 최소한 다른 예술을 통해 표현된 것보다는 더 심오하다. 마네에서 시작된 인상주의로부터—야수파와 입체파를 경유해—초현실주의에 이르기까지, 회화의 오랜 욕구인 폭력적 전복이 일어났고, 스캔들은 바로 그 징표다. 무엇도 여기에 어떤 명확한 한계선을 그을 수는 없다. 하지만 이 다양한 움직임들은 그저 하나의 거대한 변화에 따른 다양한 측면들일 뿐이다. 이 변화는, 한마디로 정의 가능한 어떤 상태에서 또 다른 어떤 상태로의 이행을 가리키는 것이 아니다. 본질적으로 메소니에(들라크루아가 매우 높이 평가했던)와 「올랭피아」 사이의 거리는 메소니에와 피카소 사이의 거리 못지않게 멀리 떨어져 있다. 이 거리는 매번 더 진한 검은색 선으로 표시됐을 뿐이다. 그런데 오늘날까지 아무도 그것을 다른 새로운 선으로 표시할 방책을 발견해내지 못했다. 이 책은 마네에 대한 개별 연구서라는 한계가 있으니, 이러한 사실이 우리에게 어떤 결과를 초래했는지에 대해 고찰할 필요는 없어 보인다. 그러나 아마도, 그것은 일단 무엇보다… 어둠이다. 마네 이후로 있었던 다양한 회화 작품들은 바로 이 새로운 영역에서 마주치게 된 다양한 가능성들이다. 그곳은 침묵이 깊숙이 지배하는 곳이며, 예술이 지고의 가치를 지니는 곳이다. 이른바 예술 일반이란, 개별적이고 자율적인, 모든 기획과 모든 주어진 체계로부터 (그리고 그 자신의 개인주의에서부터도) 분리된 인간을 함축한다. 예술 작품은 이곳에서 과거—가장 오래된 과거—에 신성했던 모든 것, 위엄 있던 모든 것들의 자리를 차지한다.

우리는 이제 새로운 세계에 진입했고 「올랭피아」의 막이 열린다.

올랭피아는 "신성한 공포를 발산한다". "그녀는 파문이며, 우상이다…. 그녀의 머리는 비어 있다. 검은 벨벳 끈은 그녀 존재의 본질로부터 그녀를 떼어낸다…."

발레리—나는 그가 올랭피아를 거의 시적으로 묘사해놓은 몇 마디를 빌려왔다(그러면서 나는 이 몇 마디를 공허한 맥락에서 떼어내고 절단해 변형시켰다)—가 올랭피아에 연결시킨 시구는 보들레르가 마네의 다른 그림에 갖다 붙인 시구보다 더 적절하다. 사실, 「발렌시아의 롤라」가 아니라 「올랭피아」야말로 "반짝임이 보이는" 작품이다.

장밋빛 검은빛 보석의 뜻밖의 매력….

발레리는 시인과 화가가 품었던 "근심들 간의 뚜렷한 공통점"을 발견했다. 하지만 그는 이 점을 피상적 비교를 통해 파악했을 따름이다. 그는 말한다. "얇은 시집『악의 꽃』을 몇 장 넘겨보기만 해도, 마치 시들의 주제들이 집약된 듯 명확하게 드러나 있는 다양성을 관찰하기에, 또 이를 마네 작품집 도록에서 나타나는 모티프들의 다양성과 비교하기에 충분하다…." 그는 또 덧붙인다. "「축복」, 「파리 풍경」, 「보석」, 「넝마주이들의 술」을 썼던 사람, 그리고 「그리스도의 죽음과 천사들」, 「올랭피아」, 「발렌시아의 롤라」, 「압생트를 마시는 남자」를 그린 사람. 이 두 사람 사이에는 근본적 유사점이 없지 않다." 비록 무척 가깝게 닮아 있다고는 해도 화가와 시인의 접합 지점이 주제 선택에서의 유사성은 아니었을 것이다. 이런 전제를 한 탓에 발레리는 그의 「올랭피아」 묘사 중 가장 이론의 여지가 많은 대목에 이르게 된다. "벌거벗고 차가운 올랭피아, 한 흑인 하녀가 모시는 이 진부한 사랑의 괴물…"은 발레리가 보기에 "사교계의 비참한 비밀의 위력이자 공공연한 현존"이다. 이는 "완벽하게 빚어진 '외설'이다. 그녀가 취한 자세는 정숙함이라고는 전혀 모르는 천진난만함을 요구한다. 짐승 같은 숫처녀가 완전히 벌거벗은 채 바쳐졌다. 그녀는 대도시의 매춘 풍습과 노동 속에 숨겨져 있는, 원시적 야만성과 제의적 동물성을 간직한 그 모든 것들을 꿈꾸게 한다." 이것이 애초에 「올랭피아」의 텍스트였다 해도 가능한 (그러나 이론의 여지가 있는) 얘기긴 하지만, 이

268

텍스트는「올랭피아」와 거리가 있다. 당시 어느 일간지에 실렸던 케레타로에서의 비극적 사건 이야기와「막시밀리안의 처형」사이에 거리가 있는 것과 마찬가지다. 두 경우 모두에서 텍스트는 그림에 의해 지워진다. 그리고 그림이 의미하는 것은 텍스트가 아니라, 그 지워짐이다. 발레리가 말한 것을 마네는 말하고 싶지 않았기 때문에, ―도리어 그 의미를 제거해버렸기(분쇄시켜 버렸다) 때문에―이 여인이 거기 존재하는 것이다. 그 도발적인 치밀함 속에서, 그녀는 아무것도 아니다. 그녀의 벌거벗음(정녕 그 육체에 걸맞은)에서는 침묵이 발산한다. 마치 침몰한 배, 텅 빈 배에서 스미어 나오는 침묵처럼. 올랭피아의 존재 자체는 그 현존에 대한 "신성한 공포"다. 이 현존의 단순함은 부재의 단순함이다. 이 작품의 거친 사실주의가『살롱전』의 관람객들에게는 "고릴라"처럼 추해 보였겠지만, 우리는 여기서 그 자신이 본 그대로를 말 없는 단순함으로, 그 자신이 본 그대로를 열려진 단순함으로 치환하고자 했던 화가의 노력을 발견한다. 졸라의 사실주의는 자신이 묘사한 내용의 위치를 설정한다. 이 지점에서 마네의 사실주의는 졸라의 그것과 구분된다. 마네의 사실주의―최소한「올랭피아」의 사실주의―는 결정적으로 자신의 위치를 어디에도 설정하지 않을 힘을 지녔다. 산문적 언어의 움직임이 드러내 보이는 매력 없는 세상 속이든, 허구의 발작적인 질서 속이든 그 어디에도. 정녕, 이 마지막 질서는「올랭피아」에서 파괴되었다. 벌거벗은 모델의 무례한 모습이 쿠튀르

269

의 아카데미풍 구도들, 심지어 술에 취했을 때마저도 '아카데미'에 박혀 있던 구도들을 대체했다.

스캔들거리가 된 것은 마네가 파괴할 때 보여준 쌀쌀맞은 단호함이다. 예술이 탐색하는 것이, 자고로 주권적 형상들의 위대함을 구축해왔던 규약에 따르는 감정들의 위엄을 대체하는 지고의 가치(혹은 지고의 매력)라면 우리에게 매력적인 것 역시 바로 이러한 뻣뻣함이다. 이는 요컨대 인간다움, 수많은 규약들로 속박하던 끈들에서 해방된 인간다움이다. 산문이든 웅변이든, 설교든 수다든, 그것들이 발화하는 것은 그 규약들이다. 「올랭피아」를 보면 뭔가가 제거됐다는 느낌을 강하게 받게 되는데 이는 순수한 상태 그대로의 매력이 정밀하게 표현됐기 때문이다. 그 매력은, 유려한 웅변이 만들어낸 거짓말들에 자신을 갖다 붙이던 끈을 주권적으로, 말없이 잘라낸 실존만이 지닐 수 있는 매력이다.

이제 최소한 외적인 형태 차원에서는 잘라내기의 방식이 명백히 규명되었다. 마네의 예술에서 가장 기묘한 양상 중 하나는 그의 모작(模作)들에 있다. 마네는 그림 소재의 도식적 부분들을 다른 작품이나 옛날 판화들에서 차용하곤 했다. 우리도 오래전부터 알고 있다시피, 「풀밭 위의 점심 식사」의 구도는, 마르칸토니오가 판화로 제작한 라파엘로의 「파리스의 심판」에서 따온 것이다.* 「올랭피

---

* 르네상스 시대 이탈리아 화가 라파엘로 산치오(1483~1520)의 「파리스의 심판」은 이탈리아 판화가 마르칸토니오 라이몬디(1480~1534)의 판화로 더 널리 알려져 있다.

아」의 소재는, 1856년에 마네가 피렌체의 우피치 미술관에서 모작했던 티치아노의 「우르비노의 비너스」에서 따온 것이다. 「풀밭 위의 점심 식사」와 마찬가지로, 마네는 신화적 테마에서 출발해 그것을 현실 세계로 옮겨놓았다. 엄밀히 말하자면, 이 변신의 초안은 1856년의 모사화에 이미 구상되어 있었다. 우피치 미술관에 있는 작품보다 마네의 모사화가 우리에게는 더 가깝게 느껴진다. 마네의 그림에는 티치아노가 표현했던 신적(神的) 형상이 지니는 비현실적인—잃어버린—부드러움이 결여되어 있다. 마네의 급한 성미는 벌써부터 그 신의 형상을 자신들이 처한 궁핍한 여건에 끌려다니는 세속적 존재들의 세상으로 되돌려 보내고 있다. 그렇지만 모사화는 그저 하나의 지표이며, 그저 「올랭피아」로 향하는 움직임의 초안일 뿐이다. 오직 정밀하고 단호하게 포착된 이 움직임만이, 통상 회화를 통해 현실에 변화를 만들어내는 변모(變貌)를 드러내 보여준다.

　　예로부터 인간 조건에서 해방된 초인적 형태들의 아름다움과 위엄이 질서 잡고 있던 안개로부터, 갑자기, 신적인 형상이 떠오른다. 그 형상은 소스라치며 놀라 눈을 떠서 우리가 사는 이 세상을 본다. 「비너스」의 나른함과 비교하면 「올랭피아」의 존재감은 곧게 세워져 있다. 「비너스」에서 「올랭피아」로 가면서 아주 가벼운 움직임이 그녀의 고개를 들고, 팔꿈치를 올리고, 실재하는 존재가 정면으로 꽂는 시선을 고정시킨다. 중요한 장식적 요소들은 그대로 있다. 배경을 두 부분으로 나누는 좌측 장막도 그렇고, 왼쪽 각도에서 보는 침대 시트도 그렇고…. 하녀는 실제로 우리 쪽으로 몸을 돌렸다. 이렇게 말해도 된다면 하녀는 여자 주인의 침대에 더 가까이 다가왔다. 우윳빛 장밋빛 옷이 부각되면서 하녀는 더 아름다운 검은 피부의 여인이 되었다. 침대 끄트머리에 몸을 말고 누워 있던 개도 일어나 섰다. 개는 이 움직임 중에 검은 고양이로 바뀌었다. 이러한 변화들은 그 자체만으로는 무의미하다. 그렇지만 이것들은 한 세계에서 다른 세계로의 이행을 부각시킨다. 신화의 세계는, 신화를 어쨌거나 신학의 세계와 동일시했던 시대의 존엄을 간직하고 있었다. 선명한 감각에서 비롯된, 가벼워진 하나의 이형(異形)일 뿐이지만, 여전히 시적 위엄의 흔적은 남아 있다….

무의미한 변화라 해도, 이는 예로부터 풀리지 않는, 가장 이상하고 어려운 문제를 환기한다. 예술의 영역에서 현대인의 세속적 모습들을 갖고 무엇을 하란 말인가? 이 문제는 가벼운 문제가 아니다. 우동*은 볼테르**에게 고대 그리스 의상을 둘러 입혀났는데,*** 어찌 보면 그럴 만

---

* 장앙투안 우동(1741-1828). 프랑스의 사실주의적 조각가. '계몽주의 시대의 조각가'라 불린다.
** 프랑스의 계몽주의 철학자이자 문인이었던 볼테르(1694-1778)는 디드로와 함께 『백과전서』 간행에 협력했다.
*** 우동이 조각한 볼테르의 흉상은 당시 모습 그대로의 옷차림인데, 같은 작가가 조각한 볼테르의 전신 입상(1781)은 그리스 시대 인물처럼 온 몸에 천을 휘감고 있다.

한 이유가 있었던 듯하다. 같은 시대의 디드로*는 『회화에 대한 소고』에서 이렇게 썼다. "민중이 입은 옷이 보잘것없을 때, 그 의상은 거기에 내버려둬야 한다." 우리도 알다시피, 앙토냉 프루스트에 따르면, 중학교 시절 마네는 디드로의 글을 읽다가 이 문장을 맞닥뜨렸다. 이 청소년의 반응이 의미심장하다. 그는 프루스트에게 이렇게 말했다. "이게 진짜 멍청한 거야, 자기 시대를 살고 자기가 본 그대로 해야지." 마네는 언제나 이와 똑같은 노선을 선택했다. 그는 가슴을 내미는 포즈를 취하는 모델들을 뒤흔들었다. 그는 보들레르의 저 유명한 성찰에 동의했으며, 이것이 그의 회화의 원천이었다…. "우리는 넥타이를 매고 광낸 부츠를 신었을 때 위대하고 시적이다." 화가는 그대로를 보고, 그대로를 보게 만드는 사람이다. 「튈르리 정원의 음악회」는 이러한 원칙의 결과물이다(보들레르 본인이 머리에 실크해트를 쓴 모습으로 이 그림에 등장한다). 1860년에서 1862년에 걸쳐 「튈르리 정원의 음악회」를 작업할 때부터, 혹은 좀 더 정확히 말하자면, 1863년 3월 1일 이 그림이 마르티네 갤러리에 전시되었던 때부터, '마네 스캔들'이 시작된다. 다른 작품들(마네는 열네 점을 전시했다) 역시 분노를 사기에 충분했는데, 타바랑**은 이렇

* 프랑스의 대표적 계몽주의 철학자이자 문인이었던 드니 디드로(1713–84)는 『백과전서』 편찬에 평생을 바쳤으며, 미술비평에도 족적을 남겼다.
** 아돌프 타바랑(1863–1950). 프랑스 미술비평가. 사회주의적이고 자유주의적인 관점에서, 특히 인상주의 회화에 대한 연구를 다수 남겼다.

게 말한다. "관람객들은… 특히「튈르리 정원의 음악회」를 노렸다." 졸라는 나중에 이렇게 기록하게 된다. "한 과격한 애호가가, 전시실에「튈르리 정원의 음악회」를 더 오래 걸어두면 폭력 행위도 불사하겠다고 협박하기까지 이르렀다." 이 격노한 사람의 분노는 제2제정 시기*에 더 강렬하게 느껴졌음에 틀림없다. 디드로가 우리네 의상의 재현이 예술에 대한 공격이 될 것이라고 주장하는 글을 쓰고 있던 때보다. (더 희한한 점은, 마네의 '스페인주의'에 관심을 보였던 보들레르가 막상 그의 바람에 이처럼 잘 들어맞는 작품에 대해서는 아무 말도 하지 않았다는 점이다.)「올랭피아」스캔들을 예술로부터 삶의 현재적 형태들에 이르는 이행 과정으로만 축소시킨다면, 내가 스캔들을 과소평가하는 듯 보일 것이다. 전혀 그런 문제가 아니다.「올랭피아」의 도발—사람들의 분노를 산 지점—은「튈르리 정원의 음악회」에도 나타나 있다. 물론 다른 형태긴 하지만.「올랭피아」는 벌거벗은 소녀다.「튈르리」의 남자들은 모닝코트와 검정 프록코트를 걸친 괴상한 옷차림을 하고 있다. 말라르메의 표현에 따르면, 이들은 "머리 위에 뭔가 어둡고 초자연적인 것"을 얹어놓고 있다. 하지만 다시 말하건대,「올랭피아」는 소녀지, 벌거벗은 여신이 아니다. 이 알몸의 소녀와 모닝코트를 입은 남자는 같은 세계를 살고 있다. 그리고 이 세계는 예술이 저버린 세계다.

---

* 1852–70년 루이 나폴레옹이 나폴레옹3세로 즉위해 통치했던 시기를 가리킨다.

나는 회화가 표상해온 것이 그전까지는 과거의 위엄 있는
형태들이었다고 말했다. 회화가 할 수 있는 한, 실제의 틀
안에서 할 수 있던 것은 그것뿐이다(그 시대 회화는 표상
해야 했다—창조할 수 없었다). "자기 시대를 살고 자기가
본 그대로 해야지"라는 한 어린아이의 단언은, 이전의 위
엄 있는 형식들을 떠올려보자면 일종의 신성모독이나 다
름없었다. 과거의 예술이란, 마르셀 프루스트*가 말한 대
로, 신이 아닌 그 나머지에는 침묵을 강요했던 "신학(神學)
을 위한 거대한 시(詩)"가 아니라면 무엇이었단 말인가?
신학을 위한 시, 때로는 신화를 위한 시(혹은 때때로, 단
지 왕조를 위한 시). 그러나 그것이 표현하는 진리는 언제
나 속세를 넘어서서, 자기가 본 그대로의 저 너머에 있었
다. 「올랭피아」는 알몸으로—하지만 여신이 아니라 소녀
의 알몸으로—매혹적이고, 시적이라면 시적이고, 하지만
근본적으로 규약에 의한 이 세상에 출현했다. 과거란 스
스로 실재하기를 원하는, 그러나 그러기 위해서는 하나의
규약으로 환원되어야만 하는 시다. 오직 이 규약만이 사
물들이 이루는 현실 속에서 시의 기묘함을 찾아내기를 감
행하는 것이다. 부르주아가 지배하는 이 세계는, 규약이
아니었더라면 시를 끝까지 부정했을 것이다. 그런데 시
란 결국 모든 생각할 수 있는 규약의 부정, 그것도 폭력적
부정이다. 시는 그저 다른 권력을 지니지 않은 단순한 시,

* 마르셀 프루스트(1871-1922). 20세기 최고의 프랑스 소설로 일컬어지는 『잃어버린
시간을 찾아서』를 쓴 소설가.

비현실적이고 해체된 시로 존재하고자 한다. 시는 자신의 마법을 자기 자신으로부터만 끌어낼 뿐, 어떤 신이나 왕의 위엄에 대한 꿈에 상응하는 정치적 질서로 구축된 세계를 형성하는 데에서 끌어내려 하지 않는다. 「올랭피아」는 현대 시와 마찬가지로, 이 세계에 대한 부정이다. 이는 '올림푸스'에 대한 부정이며, 시와 신화적 기념물, 기념물과 기념비적 규약들에 대한 부정이다(이런 기념물들은 고대 도시국가의 현실과 관련된 것이다). 「풀밭 위의 점심식사」는 그 자체로 「전원 음악회」의 부정이다. 이 작품에서 조르조네*가 르네상스의 음악가들 곁에 벌거벗은 여인들을 밀어 넣었던 것은 그리스신화의 한 장면을 표현하려 했음이다. 마네는 루브르에 걸려 있던 이 작품에서 테마만을 취했다(전술했다시피, 그는 이 그림의 판화 작품에서 도식적 구도를 취했다…). 하지만 이처럼 신화적인 구도와 신화적인 테마 안에다가 그는 그 자신이 바랐던 그 변화, 즉 과거의 전복과 새로운 질서의 탄생을 목도하고 있는 현재 세계를 밀어 넣었다. 알몸의 여인이 모닝코트 입은 남자들 곁에 있다. 그는 자신이 어릴 때 도달하고자 결심했던 것에 끝내 도달했다. 이러한 패러디들을 통해 그는 예술의 위엄을 되찾았다. 그런데 그것은 즉각적이고 부조리한 소재들 속에서, 그리고 웅변의 목을 조름으로써,

---

* 이탈리아 베네치아의 화가 조르조네(1477?–1510)는 티치아노의 스승으로 알려져 있다. 바타유는 「전원 음악회」를 조르조네의 작품이라고 말하고 있지만, 오늘날 대부분의 미술사학자들은 티치아노의 작품으로 간주한다.

요컨대 그 자신이 속한 시대의 형태들 속에서 되찾은 것이다.

대중은 규약에 따라 부드럽게 그려진 그림을 요구했다. 마네는 자신의 이러한 장난이 대중에게 충격을 줄 거라고 예상할 수 있었을 것이다…. 아무튼 「풀밭 위의 점심 식사」가 그에게 안겨준 만족감은 불충분했다. 작품의 매력을 부인할 수는 없다. 붓질은 단호하고, 숙련되었고, 규모도 있다. 그리고 한 익명의 인물이—『살롱 낙선전』 전시 당시—『가제트 드 프랑스』지에서 말한 것처럼 "쇠톱처럼 파고드는" 듯한 "눈을 찌르는 색감"의 효과도 나타나 있다. (풍문 혹은 잡지 편집자들에 의하면 이 말을 한 사람이 들라크루아였다는데, 만일 정말 그가 한 말이라면, 그가 세상을 떠나기 고작 몇 주 전에 남긴 말이다. 이 익명의 인물은 이렇게 말했다. "마네 씨는 세상 모든 심사관들에게 만장일치로 탈락될 만한 자질들을 갖췄다. 그 눈을 찌르는 색감하며… 그림 속 인물들은, 어떠한 타협도 누그러뜨리지 못할 만큼 노골적으로, 아주 강렬하고 뚜렷하게 드러나 있다. 마네 씨에게는 영원히 무르익지 않을 푸르뎅뎅한 과일 같은 떫은맛이 있다." 설사 이 글을 쓴 사람이 들라크루아는 아니라 하더라도 아무튼 그 사람이 들라크루아와 같은 때에 사망했음은 틀림없다. 이 진정성 있고 권위에 찬 목소리, 부당한 구석이 없진 않지만 그래도 거의 맞는 말만 하는 이 목소리는, 그 사람의 사망 이

후에는 더 이상 들을 수 없던 듯하다….) 마네가 이처럼 눈에 확 띄는 색감을 원했던 건 분명하다. 하지만 그가 이 작품에 스스로 만족했는지는 의심스럽다. 이 작품은 「튈르리 정원의 음악회」와 「올랭피아」로 향하는 치밀하게 계획된 탐색의 한 단계에 불과했다.

앙토냉 프루스트는 「풀밭 위의 점심 식사」가 화가의 어떤 목적에 부응한 작품이었는지 알려준다. 1862년 8월, 잔느빌리에서, 마네는 이 그림의 구도가 담겨 있는 풍경을 보며 이렇게 말했을 것이다. ("여인들이 목욕을 하고 있었다. 마네는 물에서 나오는 중이던 그녀들의 몸에 시선을 고정하고 있었다.") "누드를 하나 그려야 할 듯하네. 그래, 저들 중 하나의 알몸을 그려야겠어… 투명한 대기에다가, 저기 보이는 사람들하고 같이 그리는 거야. 사람들은 나를 비난할 걸세. 제멋대로 지껄일 테지…." 마네는 「튈르리 정원의 음악회」에 모닝코트를 입은 남자를 그려 놓았다. 그러나 그는 거기서 만족하지 않았다. 그는 이 남자를 신화적 배경 속에, 전원 풍경 속에, 누드 옆에 삽입시키고 싶었던 것이다. 그는 그 배경을 맑게, "그가 본 그대로" 투명한 대기로 만들고 싶었다. 누드는 여성의 알몸이 될 것이었다—그가 본 그대로. 하지만 그러기 위해 사용한 효과가 너무 거칠고, 아무튼 잡다해 보인다는 점이 그의 성미에 거슬렸다. 「풀밭 위의 점심 식사」의 치밀하게 계산된 제작 과정에는 뭔가 임의적인 부분이 있었다. 「올랭피아」에서의 마네는 여전히 한 세계에서 다른 세계로의 전환을 통해 이끌어낼 수 있다고 상상했던 그 효과의 탐색을 이어나가는 중이었다. 하지만 그는 모닝코트처럼 노골적인 방식을 버리고, 벌거벗은 여인 주변에 있는 것들 중에는 「우르비노의 비너스」의 하녀만을 남겨놓았다. 이렇게 함으로써 효과는 더 옅어졌지만 강렬함은 그대로 남아 있다. 아름다움이 머무는 가운데, 예술이 희소해지는 세상 가운데, "본 그대로"의 급작스러운 출현은 충격적이었다. 그런데 「풀밭 위의 점심 식사」에서의 모닝코트들은 압축되었어야 할 것을 분산시켜 버림으로써 결국 힘의 효과를 없애버리고 작품에 경망스러운 느낌을 부여하면서 그 깊이의 연장을 단절시켰다. 「올랭피아」는 침실의 은밀한 침묵 속에서 탁하고 뻣뻣한 폭력에 도달했다. 이 선명한 이미지, 흰색 시트의 눈을 찌르는 색감은 무엇으로도 누그러지지 않는다. 어둠 속에 들어선 흑인 하녀는 그녀가 입은 옷의 톡 쏘는 가벼운 장밋빛으로 환원되어 버리고, 검은 고양이는 어둠의 깊이 자체다…. 귀에 꽂힌 커다란 꽃송이와 꽃다발, 숄과 하녀가 입은 장밋빛 옷의 눈에 확 띄는 색조들만이 그 이미지에서 명확히 구분된다. 이 색조들은 '정물화'의 특징을 보여준다. 색채의 선명함과 부조화가 지니는 힘이 너무나 강력한 나머지 다른 것들은 조용히 숨겨진다. 이제 시의 침묵 속으로 잠겨들지 않는 것은 아무것도 없다. 마네 자신의 눈에조차 제작물이 지워지고 있었다. 「올랭피아」라는 작품 전체가 범죄혹은 죽음의 광경과 구분되지 않는다…. 이 작품 안의 모든 것이 미(美)의 무심함으로 미끄러져들고 있다.

「풀밭 위의 점심 식사」에서 구상되었던 노력은 완수되었다. 오랜 준비가 끝을 본 것이다. 빛과 테크닉의 신성한 유희, 이른바 현대 회화가 탄생했다.

이것은 장신구들을 치워 버림으로써 되찾은 위엄이다. 이것은 어떤 사람이라도, 더구나 어떤 사물이라도 이미 다 지니고 있는 위엄이다… 이 위엄은 더 이상 다른 이유 없이 그저 있는 무엇, 회화의 힘이 폭로하는 그 무엇이 지닌 위엄이다.

비밀

이러한 변화에서 놀라운 사실은, 우리가 이 변화를 가장 빈약한 의미만 지닌 사태로 축소시켜버릴 수도 있었다는 사실이다. 그런데, 의복의 역사가 그렇게 무관한 것일까?

알다시피, 의복과 회화는 평행한 길들을 걸어왔다. 최소한 남성복은 그렇다. 남성의 의복은 서서히 부르주아화 되었다. 17세기까지는 그래도 여전히 남아 있던 위엄을 잃어버렸다는 말이다. 그때까지의 의복은 유려하고 빛나는 데가 있었다. 유행이란 것은 그 유려함을 숨기고 빛의 광채를 흐리게 만들었다. 합의된 품격에서 우러나오던 광채도, 그러한 품격에 걸맞은 의복도, 오늘날의 인간에게는 더 이상 존재하지 않는다. 오늘날 인간은—조금 천천히—그 자신이 있는 그대로의 계급에 걸맞게 살기를 바라게 되었다. 그래서 그들은 결국 출신 성분에 대한 편견이라든가 종교적 공인만을 부여하던 위엄을 거부하게 되었다. 가장 부유한 현대 인간은 자신의 세련된 의복을 통해, 군중 속에서 그를 튀어 보이게 만드는 부분을 할 수 있는 만큼 최대한 지워버리곤 한다. 심지어 현대 인간은 그러한 절제 속에서 어떤 지고의 규약, 규약의 부재를 겨냥하는 규약에 복종한다고까지 말할 수 있을 것이다.

오늘날 우리가 종종 강한 집착을 보이는—최악을 감수하면서까지—이러한 겸손과 절제가 인간을 지배하게 되기까지에는 우여곡절이 없지 않았다. 게다가 위선이나 후회가 곧잘 동반되기까지 했음을 말해두자. 하지만 처음에는, 공공연한 저항이 있었다. 부르주아지는 일단 세상이 이제 있는 그대로 존재할 뿐이며, 오직 꾸밈없는 인간만이 살아남는다는 사실을 인정할 수 없었다. 우리가 귀족적이다, 왕족답다, 신적이다…라고 부르는 면면들에 인간을 결부시키는 인간의 이상화(理想化)를 포기하기란, 통상 보기보다 어려운 일이다. 부르주아지는 정치적 현실이 이런 말들에 더 이상 견고한 토대를 제공해주지 않기를 바랐다. 그러나 그 대신, 예술의 비현실성만은 전적으로 그런 말들의 영역에 남아주기를 바랐다. 아무튼 예술만은 신성의 형태로 남아 있는 영예로운 과거의 존재감을 지켜내야 했다. 부르주아지가 법적 관계들이나 의복을 통해 변화시키고자 했던 내용들은 한계가 될 수 없었다. 그 너머로 귀족적이고 신적인 형태들의 영역이 손 닿지 않은 채 펼쳐져 있었다. 그 형태들은, 물론 폐지되기는 했지만, 기억 속에 현전하고 있는 과거가 그 모습대로 영원히 질서 잡힌 듯 보이는 형태들이었다. 모름지기 예술은 보이는 그대로의 모습들을, 있는 그대로를 배제해야 했다. 그 대신 주권적 존재가 출현해 쩨쩨한 세상의 빈곤을 위로해줄 수 있다는 연극적 상상력을 발휘해야 했다. 아틀리에에서 스승은 제자에게 모델을 너무 맹목적으로 따라 그리지 말라고 조언하곤 했다….

마네는 끝까지, 의복에서의 절제미를 요구하는 세련

된 느낌을 좇았음에 틀림없다. 그는 이제 부르주아지 전체의 거짓말이나 거드름과 다름없게 되어 버린 귀족계급의 유물들을 거부했다. 그는 진심으로 자신의 시대에 속하고 싶어 했다. 엄격한 세련미를 지닌 그는, 현실과 허구의 세계를 갈라놓는 그 괴리를 거부했다. 마네 이전에 쿠르베 역시 세계를 있는 그대로 보게 하고자 노력했다. 그의 이러한 노력은 세계를 끊임없이 눈부시게 만들어 현혹하는 방식을 통해 이루어졌다. 그 누구도 쿠르베의 예술에서 발견되는 매혹적인 충만감과 힘을 부인할 수 없다. 하지만 그의 사실주의에서 예술은 아직 고상함의 껍질을 벗어던지지는 못했다. 이러한 예술은 귀족성이 결여되지 않은 멋진 변론과 같다. 쿠르베가 죽은 과거에서 단 한 가지 지켜낸 것이 바로 이 귀족성이다…. 어쩌면 그것은 웅변이라든가 다수의 대중이 만들어낸 부풀린 거짓말과는 전혀 상관없는지도 모른다. 하지만 이는 껍질 벗기가 아니며, 마네의 꾸밈없는 세련미와는 다르다. 마네의 세련미는 주제가 무심함 속으로 잠겨듦으로써 오직 회화의 구실 역할만 하도록 축소될 때에야 비로소 나타난다.

　　더구나 이렇듯 절제된 세련미, 껍질을 벗겨낸 마네의 세련미는 곧 공정성을 얻게 되었다. 이는 무심함 그 자체 속에서뿐만이 아니라, 그 무심함을 표현할 수 있게 하는 능동적 확신 속에서 얻게 된 것이다. 마네의 무심함은 지고(至高)의 무심함, 즉 굳이 애쓸 필요도 없이 본디 가혹한, 스캔들을 일으키고 있으면서도 자기가 그 자체로 스캔들거리라는 사실을 굳이 알려 들지도 않는 그런 무심함이다. 스스로 스캔들이 되고자 하는 스캔들에는 절제가 없다. 그렇지만 절제란 스스로 움직이고 능동적으로 개입할수록 더욱 완벽해지는 것이다. 과감한 개입이야말로 마네의 특징이다. 마네는 그렇게 함으로써 지고의 세련미에 도달했다.

　　나는 지금 이런 세련미의 능동적 원칙이 무심함 속에 있다고 말했는데, 이 말은 모순적으로 보일 수도 있다. 왜냐하면 무심함은 필연적으로 그 무심함을 폭로하는 힘과, 이렇게 말해도 된다면, 그 강도를 노출시키는 개입을 통해 표현되기 때문이다. 무심함은 일종의 힘이고, 힘이란 제동이 다르게 걸리면 자기 내부에 표출되어 작용하곤 한다. 여기서 마네가 그림을 그리면서 느낀 쾌락은 정념의 수준까지 끌어올려져 신의 경지와 다름없는 무심함과 섞이게 됐다. 라파엘로나 티치아노가 스스로 만족해 머물렀던 신화적 세계와 마네의 회화를 확연히 구분 짓는 지점은 바로 그 무심함이다. 여기서 절제된 힘에 대한 긍정은 파괴의 절제된 향유와 맞닿는다. 마네는 그의 뛰어난 솜씨가 자신에게 부여한 자유의 침묵에 도달했다. 동시에 그 침묵은 가혹한 파괴의 침묵이기도 했다. 「올랭피아」는 흔치 않은 색채들의 유희가 규약에 의한 세계의 부정에 맞먹는 강도를 지녔다는 점에서 세련미의 극치였다. 규약들은 의미를 박탈당했다. 그처럼 의미가 파기된 주제는 이제 유희의 구실, 유희하고자 하는 격렬한 욕망의 구실에 불과할 따름이었기 때문이다.

주제에 대한 무심함은 마네의 특징일 뿐만 아니라 인상주의 전체의 특징이기도 하며, 얼마 안 되는 화가 몇몇을 제외하면 현대 회화 자체의 특징이기도 하다. 모네는 자신이 맹인으로 태어났다가 나중에 시력을 되찾게 되면 좋겠다고 말하곤 했다. 그러면 형태들이나 색채들을 볼 때 사물들의 존재 목적이나 사용법과 무관하게 있는 그대로 보게 될 수 있을 테니 말이다. 반면 모네나 그의 친구들에게서는, 본래 말하고자 하는 움직임을 이처럼 침묵으로—일종의 작용*으로—, 그리고 그전까지 규약이 옷으로 가려놓았던 알몸으로 환원시키려는 열정은 찾아볼 수 없다. 마법처럼 단호한 정밀함으로 그려진 「올랭피아」에서 포착되는 이 작용은, 마네 고유의 매력이자 그를 그의 계승자들과 확연히 구별 짓는 요소다. 이 작용이 「올랭피아」에 탁월함을 부여했기에, 마네의 사후에 그의 친구들은 바로 이 작품을 루브르에 선사하기로 결정했던 것이다. —이 결정은 완벽한 만장일치로 이루어졌는데, 오직 앙토넹 프루스트만이 「아르장퇴유」가 더 훌륭하다고 말하며 다른 친구들에게 이의를 제기하고 갈등을 일으켰다. 이때 마네의 다른 측근들은 모두 격분했다. 한번 작용이 도달한 완벽한 극치는 더 이상의 논의를 불가능하게 만들었다. 만일, 마네가 세상에 내놓았던 것을 단 한 점의

---

* 본래 '수술', '작업' 등의 의미를 포함하는 프랑스어 'opération'을, 여기에서는 그림에서 발산되는 마법 같은 효과를 내포하는 단어라고 보아 '작용'이라고 번역했다.

작품으로만 대표해야 한다면, 그것은「올랭피아」일 수밖에 없었다. 그의 친구들이 한 치의 망설임 없이 선택한 작품은, 그에게 혐오감을 가졌던 적들의 조소를 불러일으켰던 바로 그 똑같은 작품이었다.

내가「막시밀리안의 처형」에서 읽어내고자 했던 것도 이와 똑같은 작용이다. 완성도가 좀 떨어지긴 하지만 이 작품에서도「올랭피아」나「풀밭 위의 점심 식사」에서나 마찬가지로 분명히 이 작용이 드러나 있다. 그리고 어쩌면 이 작용의 원칙은「튈르리 정원의 음악회」가 불러일으켰던 첫 번째 스캔들에 이미 제시되어 있었다. 어디에서든 일종의 연극적 형태에 대한 기대에 "본 그대로"의 알몸이 불쑥 대담하곤 했다. 그런데 어디에서든 사태는 애초에 밑그림에서부터 기대를 배반하려고 준비하고 있다가 뺨을 후려갈길 힘을 실어주는 듯한 방식으로 벌어졌던 것이다. 기대에 대한 배반은 아름다움이나 색채의 대조와 구분된다. 기대의 배반은 색채들과 아름다움을 폭넓게 해준다. 그런데, "마네가 내놓은 것, 우월한 것은 아닐진대 다른 것으로 환원이 불가능한 무엇"이 머무르는 자리가 바로 이 기대의 배반에 있다. 그 자리는 말로가 말한 것처럼「발코니」의 초록색"이나「올랭피아」의 장밋빛"에 있는 것이 아니다. 말로는 내가 말한 기묘한 작용의 마법—이것은 베일에 가려져 있었다—을 강조하지 않았다는 우를 범한 것 같다. 말로는 마네의 결정적 행위를 포착했고, 그가 포착한 그 행위로부터 현대 회화와 주제에 대해 무심한 태도가 시작됐음은 사실이다. 하지만 말로는, 마네의 태도와 다른 인상주의 화가들이 내세웠던 평범한 무심함 사이에 놓인 차이를 부각시키지는 않았다. 그는 다른 작품들보다 반드시 가장 아름다운 작품이라고 말하기는 힘든 「올랭피아」라는 그림에 작용으로서의 가치를 부여한 무엇인가를 정확하게 규정하지 못했다. 「올랭피아」를 오롯이 더 위대하게 만드는 침묵, 발레리로 하여금 이 작품에 대해 자못 심각하게 "신성한 공포"를 말하도록 했던 그 침묵에 대해 말이다.

「올랭피아」는 마네의 비밀을 우리 눈앞에 폭로했다. 그 비밀이 완전히 폭로된 것은 오직 「올랭피아」에서였지만, 한번 발견된 비밀의 흔적들은 다른 모든 작품들에서도 눈에 띈다. 마네는 「올랭피아」에서 자신으로 하여금 닻줄을 풀게 했던 그 무엇인가를 되찾기 위해 온갖 노력을 다했다. 심지어 「자카리 아스트뤼크의 초상화」를 그릴 때는, 다른 구도 속에 「우르비노의 비너스」에서 차용했던 반(半)칸막이를 삽입해 배경을 두 부분으로 분리하기도 했다. 그는 여러 다른 방법들의 도움을 받아보려 했는데 목적은 언제나 한결같았다. 그의 목적은 늘 기대를 배반하기였다. 우리는 마르셀 프루스트가 엘스티르*의 방식이라면서 분석하는 대목이 마네의 방식에 적용된다고 단언할 수 있다. 엘스티르는 마네가 아니다. 프루스트로서는

---

* 『잃어버린 시간을 찾아서』에 등장하는 화가.

마네 사망 당시 열두 살밖에 되지 않았었으니 그를 알고 지냈을 리가 없다. 하지만 엘스티르와 마네 사이의 거리는 멀지 않다. 프루스트는 "엘스티르의 성격이 아직 완전히 명랑하지 않고 약간 마네의 영향을 받았던… 시기"가 있었다고 말한다. 이 문장은 『꽃피는 아가씨들』*에서 제시된 엘스티르의 제멋대로인 성격을 고려할 때 맞는 말이다. 엘스티르의 성격은 약간 마네의 영향을 받은 것이 사실이다. 프루스트가 엘스티르에 대해 다음과 같이 상술하는 것도 우연은 아니다. 프루스트는 "졸라가 엘스티르에 대한 연구서를 썼다"**라고 하고, 발베크의 해양화 화가가 「아스파라거스 한 단」을 그렸다***고 말하기도 한다. 여기에서 이 해양화들은 완전히 꾸며낸 이야기가 아니라 마네가 바다를 배경으로—불로뉴에서, 베르크에서, 그리고 다른 여러 곳에서—그렸던 그림들을 가리킨다. 실제로 프루스트가 이에 대해 이렇게 말한 적도 있다. 우리가 육지를 기대할 법한 곳에 화가는 바다를 가져다놓고, 혹은 우리가 바다를 기대할 때 육지를 가져다 놓는다고. "지금 그가 옆에 두고 있는 해양화들에서 가장 빈번하게 나

* 『잃어버린 시간을 찾아서』 중 『꽃피는 아가씨들의 그늘에서』는 엘스티르가 작업하는 바닷가 휴양도시 발베크를 주요 무대로 삼는다.
** 졸라와 마네가 막역한 사이였음은 잘 알려져 있다.
*** 『잃어버린 시간을 찾아서』 중 제3편 『게르망트 쪽』에서, 엘스티르가 게르망트 공작 부인에게 아스파라거스 한 단이 그려진 그림을 팔려고 했지만 그녀의 남편은 엘스티르의 작품들을 무척 싫어했고, 가격 흥정 끝에 결국 그 작품을 사지 않았다는 일화가 소개된다. 「부록」에서 간단하게 언급되어 있는 마네의 「아스파라거스」 에피소드와 맞닿는 내용이다.

타나는 메타포 중 하나는, 육지를 바다와 비교하면서 그 둘 사이의 경계 표시를 없애버리는 것이었다. 같은 화폭 안에서 말없이 그리고 쉼 없이 이러한 비교를 반복함으로써, 그림 안에 각양각색의 힘찬 일체감을 이끌어들였던 것이다. 이로 인해 어떤 애호가들은 명확한 이유를 알지도 못한 채 엘스티르의 회화에 열광하기도 했다." 여기서 관건은 화폭에 새겨진 가치의 일체감이다. 의미가 주제의 한 측면에서 다른 측면으로 편안하게 미끄러져가는 과정에서 애호가가 포착한 것 역시 바로 그것이다. 프루스트가 말한 것들이 가장 잘 적용될 만한 작품을 「포크스톤 항구를 떠나는 증기선」 말고 상상이나 할 수 있을까? 프루스트는 선박에 대해 "무언가 도시적인, 뭍에 세워진 건물"이라고 하지 않았던가! 이처럼 통상적인 경계선을 삭제함으로써 얻어지는 기대의 배반 효과는 프루스트의 머릿속에서 더 넓은 의미의 가치를 지니고 있었다. 그는 이렇게 쓴다. "그리하여 내가 파리에 있을 때 이런 일이 있었다. 방 안에 있는데 어떤 다툼 소리가, 거의 폭동에 가까운 소리가 들려왔다. 나는 그 소리가 나는 원인을 추적해보았다. 예를 들면 자동차라든가. 그러자 날카롭고 거슬리는 고함 소리가 사라졌다. 그 소리들은, 내 귀가 실제로 들었던 소리지만, 내 지성은 그런 건 바퀴 달린 기계가 내는 소리가 아니라고 알고 있던 소리들이었다." 화가의 머릿속에서와 마찬가지로, 작가의 머릿속에서도, 지성의 안정적이고 고정된 대답에서 미끄러짐으로의 이행이 이

루어졌다. 이 미끄러짐 속에서는 오직 인상 혹은 감각만
이 그 반대 방향으로의 이행, 즉 감각에서 지성으로의 이
행의 빈약한 필연성을 압도한다. 계산된 것이든 본능적인
것이든, 두 경우 모두에서 중요한 것은 효력 있는 마법과,
섬세한 작업을 통해 순수하고 싱싱한 그대로의 첫인상으
로 돌아오는 능동적인 과정이다. 마찬가지의 미끄러짐이
「해변에서」에도 나타난다. 이 작품에서는 거대하게 그려
진 인물들과 별 의미 없이 존재하는 바다가 대조를 이룬
다. 인물들의 거대함은 미끄러짐 속에 있으면서 우선 파
괴된다. 「아르카숑에서 마네 일가」에서 열린 창문을 통해
보이는 바다는 방 안으로 밀려들어오고, 이제 방은 무력
한 경계일 뿐, 끝없는 밀려듦은 이 허약한 디테일을 더욱
지워버린다.

　　미끄러짐의 순간에 자리하면서 표상된 세계를 이루
는 부분들 사이의 이런 불균형이 모든 인상주의 작품들 전
반에서 발견되는 건 아니다. 프루스트가 인상주의에 대해
묘사할 때 영향을 준 것은 분명 마네다. 프루스트는 마네
를 초월했다. 그가 마네를 통해 구상한 관념을 표현하고자
한 것이 아니라, 인상주의, 특히 마네의 인상주의 이래 작
가 자신과 잠재적으로 다름없는 존재로서의 화가의 관념
을 표현하고자 했다는 점에서 말이다. 어둠들을 미화하고
변모시키는 이런 변태적인 뒤틀림이 그의 내부에 존재했
던 게 아닐까? 마네가 끊임없이 자신의 화폭 위에 담았던
이 어둠들, 표현된 주제로서의 어둠이라기보다는 일종의

미끄러짐의 이미지 자체라 할 수 있는 이 어둠들 말이다.

이런 가장 단순한 이미지들 중 무엇인가가 몸을 돌려, 부서질 듯 연약한「피리 부는 소년」으로, 유령처럼 나타난「앙젤리나」로, 혹은 손에 잡히지 않을 만큼 부드러운「숙녀와 앵무새」로 달아난다.

「발코니」에는 우리가 볼 때 약간 불편함을 느낄 정도로 시선을 산란시켜놓은 덕분에 얻어진 은밀한 분산(分散) 효과가 있다. 이 그림을 처음 볼 때 눈에 들어오는 것은 무의미로의 도피뿐이다. 이 그림은 시간을 두고 들여다봐야만, 그리고 넘치는 시선, 즉 베르트 모리조의 커다란 눈에 집중해야만 제대로 보는 셈이다. 그래서 우리는 이처럼 환각적인 이 작품에서는 주제가 다가왔다가 동시에 물러난다고 말해봄 직하다.

「아틀리에에서의 점심 식사」에서 햇살이 비추는 오후의 평화는「발코니」에 나타난 일종의 '폭풍 전 고요'에 필적한다. 그런데 두 작품 모두에서, 묘사된 사물들 간 일체감의 부재는, 무의미로 엮인 더 깊은 일체감으로 향하게 한다. 밀짚모자를 쓴 청년을 주제의 중심에 놨다면, 그건 이 청년이 이 구도 속에서 하녀나 턱수염 난 신사, ―혹은 더 나아가―굴이나, 갑옷투구, 레몬이나 다를 바 없는 정도의 무게만 지닌다는 사실이 더 잘 드러나고 더 잘 느껴지게 하려고 그랬던 게 아닐까?

「오페라극장의 가면무도회」는, 말라르메에 따르면 "이 화가의 작품들 중 핵심으로서… 이전의 수많은 시도들이 이 작품에서 요약되면서 그 정점을 찍고 있다". 이 작품은—이제는 막연한 군중일 뿐인—주체를 침몰시키면서 얻어낸 눈부신 성공이다. 축제는 그 본질에 있어 축제를 체험하고 있는 사람들 간의 서로 구별된 상태를 제거하는 역할을 하는 듯하다. 아마도 마네는 축제를 그 누구보다도 더 쉽게 잘 표현할 수 있었을 테다. 그는 주체를 구분 짓는 명확한 요소를, 무언가 사라지는 것, 잡히지 않는 것으로 대체하려는 탐색을 하는 중이었기 때문이다. 「무도회」에서는 풍요로움과 무의미함의 일치가 너무나 완벽하게 이루어진 나머지, 중립적이지 않은 것이라고는 아무것도 표현되어 있지 않다. 이 작품에서 실크해트를 쓴 남자들과, 요염하거나 혹은 군중 속에 가려져서 보이지 않는 여자들은 모두 그 당시 가십 정보지에 실린 만화 수준으로 저속해 보인다. 다만, 능동적 '무심함'만이 작동해 이들을 천함에서 꺼내 올린다. 이것이 바로 마네 고유의 특징으로, 위에 말한 남녀들은 이를 경유해 그림의 구실로 환원된다. 번쩍이는 예술이 부각시키는 의미화의 부재 속에 그들의 근엄함이 남아 있고, 그렇기 때문에 그들의 경박함이 도리어 그들을 심오한 깊이로 이끌어가는 행로가 된다.

　　모두 저 커다란 침묵으로 향하고 있는 우회로들은 여러 갈래다. 기대를 배반하기 위해 다양한 방법들이 사용되기도 했다. 한쪽 다리와 두 목발로 몸을 질질 끌며 걷고 있는 어떤 불운아의 발걸음 앞에 작은 깃발들로 장식된 텅 빈 거리가 펼쳐져 있다. 어떤 다른 작품에서는 같은 거리를 포석공들이 공사를 하느라 파헤쳐놓고 있다.* 범속한 장소의 친숙한 분위기 속 카페 안에 있는 사람들도 얼핏 보인다.

처음이자 마지막으로, 마네는 자신의 구도들 중 여백이 부재한 것을 하나 남겼다. 「폴리베르제르 바」는, 넓은 유리 거울의 유희가 반사해대는 빛의 마법과도 같다. 우선 술병들과 과일들, 꽃들이 여자 종업원의 양쪽에서 빛을 똑바로 받고 있다. 종업원은 덩치도 크고 쾌활해 보이긴 하지만 어딘지 모르게 힘이 없어 보이고, 금발 머리타래 아래 시선은 피로 때문인지 권태 때문인지 흐려져 있다. 그녀 앞에 실제로 존재하고 있는 사람들은 그러나 그저 거울에 비친 휘황찬란한 빛의 반사일 뿐이다.

* 거리를 표현한 두 그림은 차례로 마네의 두 작품 「만국기 장식을 한 모스니에 가」와 「모스니에 가의 포석공들」을 가리킨다.

의심으로부터 지고의 가치로

비밀이 폭로된 지금, 쉬운 일은 아니겠지만 꼭 알려야 할 사실이 있다. 이 비밀은 일부분의, 어쩌면 전체에서 빠져 있을지 모를 일부분에 대한 설명이라는 사실이다. 하지만 늘 그렇듯, 그 빠진 부분 때문에 그것이 완성시켜주는, 어쩌면 설명해주는, 그러나 대체할 수 없는 무언가를 우리가 보지 못하게 된다면? 요컨대, 프랑스인들에게 있어 마네는, 다비드로부터 쿠르베까지 전해져내려온 화가라는 직업 전통 중 영광스러운 하나의 계기에 불과하다. 마찬가지로 모네, 르누아르,* 세잔**(그리고 어쩌면 드가)까지 밀고 나갈 수도 있을 것이다. 이들도 같은 전통을 계승하고 있는 것은 맞지만 그래도 조금 거리가 있다. 마네는 이 전통에 더 가까이 있고 더 의존하고 있다. 마네와 공통점이 거의 없는 앵그르와 코로만 예외로 한다면, 마네는 들라크루아보다 시기적으로 더 가까운 선배 화가인 도미에나 쿠르베와 동시대 사람이다. 마네가 들라크루아를 존경했음은 확실하다. 팡탱라투르***의 「들라크루아에 대한 오마주」에 그는 보들레르와 함께 모습을 보이고 있다. 하지만 그는 망설였다. 마네는 역사화에서 등을 돌렸고, 들라크루아

* 오귀스트 르누아르(1841–1919). 프랑스 인상주의의 대표적 화가.
** 폴 세잔(1839–1906). 프랑스의 인상주의, 입체파 화가. 에밀 졸라와 평생 친구로 지냈다.
*** 앙리 팡탱라투르(1836–1904). 사실주의와 인상주의 사이의 프랑스 화가.

가 사용하는 뜨거운 색채들, 동요와 깊이를 나타내는 방식들에 불신을 품었다. 그러나 지고의 섬세함이 깃든 들라크루아만의 감미로운 붓질에 대해서는 조금도 모르는 바가 없었다. 그가 찾아 헤맸던 것은—모든 걸 차치하고라도—말라르메의 표현을 다시 빌리자면, "격정에 휩싸여 빈 캔버스로 달려들어서는, 어수선하게, 마치 그 전에 한 번도 그림을 그려본 적 없는 사람처럼" 있을 때의 그 격정이 열망하던 섬광이 아니었던가? 그는 다만 일치감에서 오는 꽉 찬 탁음(濁音)에 대한 취향이 있었을 뿐이다. 마치 피아노의 가운데 페달을 밟고 있는 피아니스트처럼, 화가는 주변을 무미건조하게 제어하는 방법을 통해서만 여기에 도달할 수 있었다. 안일한 서정주의와 질펀한 깊이감에 대한 혐오가 그를 추동했던 한편, 그가 자신의 힘을 극대화시켜 정점에 이르게 된 것은, 평범한 색조들을 참신한 방식으로 사용함으로써였다. 이러한 색조의 사용은 비평가들로 하여금 그가 그린 형상들이 '트럼프 카드'의 두께를 지녔다고 말하도록 했다. '트럼프 카드'에 대해 말하자면 「피리 부는 소년」이 가장 매혹적인 작품이긴 할 텐데, 아무튼 마네의 의도들은 모두가 이와 똑같은 방향을, 즉 기술적 가능성들의 과감한 노출을 겨냥하고 있었다. 그러한 노출은 빠져나갈 구멍 없이 팽팽한 힘을 끌어들이는, 탁한 뻣뻣함을 지닌 것이었으리라. 이른바 일종의 격정, 그러나 세련된, 점점 더 얇아지는, 점점 더 평평하고 투명해지는, 이른바 웅변술의 목을 서서히 졸라매는 격정. 회

296

화의 역사 차원에서 볼 때, 이는 과거의 연장이었다. 이는 인상주의가 지닌 풍요로움이 아니다. 오히려 메말라버린 과거, 공통의 척도로, 즉 간명한 무(無)로 환원된 과거다.

캔버스 위에서 벌어지는 색채의 진동만 따로 놓고 살펴보자면, 마네는 동시대에서 가장 훌륭한 화가는 아니다. 들라크루아와 쿠르베에게는 세계를 아우르는 폭넓은 넉넉함이 있었고, 코로에게는 포착되지 않는 것을 간결하게 감싸 포착하는 힘이 있었다. 이런 화가들에 비해 자신의 방식에 확신을 갖지 못했던 마네는, 더 공격적이고 더 병적이기까지 한 도약을 감행했다. 마네는 혼란을 일으키는 사람이지 타인을 만족시키려 하는 사람이 아니다. 그는 심지어 실망시키려고 애를 썼던 사람이다. 그는 캔버스가 그에게 준 재현의 가능성을 반박한다. 그는 그 가능성을 붓 아래에 쥐고 있지만, 가능성은 붓 아래에서 뒤로 피해 물러난다. 이런 유희는 그의 선배들의 것을 연장시킨 것이긴 한데, 여기에 일종의 짜증이 더해진다. 더욱 열에 들뜬 그의 손은, 이미지들의 예측된 질서를 흩뜨리고 추월하는 우연의 탐색과 엮인다. 마네의 뛰어난 기법은 동시대 프랑스 회화와 맥을 같이하고는 있지만, 그보다 더욱 삐딱한 탐색을 싣고, 더욱 다채로운 전복의 양상을 보여준다. 전면이 단색인 부분을 부각시켜 나타내기, 중간을 매개하는 뉘앙스를 띠는 색채들을 제거하기 등의 기법들은, 그 자체만으로는 새롭다는 정도 이상의 의의를 지니지 못한다. 그럼에도 불구하고 이런 기법들은 웅변이라는 오랜 침체 속에서 회화를 건져내는 데 공헌했다. 이 기법들은, 기대했던 대상이 더 이상 아무것도 아닌 것이 되는 순간으로의 미끄러짐을 돕는다. 아무것도 아닌 게 아니라면, 예상 밖의 자극이거나, 부여된 의미작용으로부터 독립적이 된 순수하고 몹시 날카로운 진동이거나.

그리하여, 예전에 요구되었던 작품의 완성된 모습이 오히려 주제 그 자체가 지니던 가치의 확립이 되었다. 회화 고유의 가치는 밑그림의 푸가를 자유롭게 풀어놓았고, 이로부터 마네는 자신이 작품의 완성보다 더 중요하게 여겼던 효과들을 끌어냈다. 이 효과들은 곧 리오넬로 벤투리*의 표현에 따르면 일종의 "미완의 완성", 즉 아무리 섬세한 회화보다도 어딘가 확실히 더 가치 있는 것이 되었다. 마네의 경우에 대해 말라르메가 이미 말한 바 있다. 한 작품이 완벽하게 완결되지 않아도 상관없다. "반면 작품의 요소들 사이에는 어떤 일치감이 있어야 한다. 그 일치감을 통해 작품이 지탱되는 것이기에, 작품은 이제 단 한 번 붓질을 더 하기만 해도 깨지기 쉬운 모종의 매력을 띠게 된다."

거듭 말하건대, 마네의 작품들에서 중요한 것은 주제가 아니라 빛의 진동이다. 하지만 이는 말로가 정식화한 문장이나 인상주의에 대한 일반적 편견들이 말하는 것처럼 그렇게 간단한 문제가 아니다. 즉각적인 의미가 소실되는 미끄러짐을 의도한다는 말은, 주제를 무시하겠다

---

* 이탈리아의 미술비평가(1885–1961).

는 말이 아니다. 이것은 희생제의에서도 마찬가지로 적용되는 대목이다. 제의에서 희생물을 해치고, 파괴하고, 죽이지만, 희생물을 무시하지는 않는다. 결국 마네의 작품들에서 주제는, 파괴된다기보다는 초월된다. 주제는, 알몸을 내보인 회화를 위해 제거된다기보다는 바로 그 회화의 알몸 속에서 아름답게 변모된다. 마네는 주제들의 특색 속에 팽팽한 탐색의 세계를 아로새겨 놓았다. 마네가 인상주의의 기원이라고? 그럴 수 있다. 하지만 그는 인상주의와는 이질적인 어떤 깊이를 유지했다. 마네보다 주제에 대해 책임을 더 강하게 짊어졌던 사람은 없었다. 주제를, 그게 아니라면 의미를, 의미의 저편에 있을 뿐인, 그 자신을 넘어서는 무엇인가의 의미를.

최소한 그의 정물화는 그 부차적 의미에서 일단 예외임을 인정해야겠다. 정물화 그 자체로서는 늘 의미를 갖지 않는다는 게 바로 정물화의 특성이다. 모름지기 정물화란, 회화와 예술 전체를 포함해 의미를 이루는 것의 총체에다가 일종의 공허를, 순수한 장식으로서의 효과를 이끌어들였던 것이다. 정물화는 건축물에 있어 가치 있게 평가되는 여느 발전들과는 이질적이었다. 성당의 상부 장식들을 보면, 어찌 보면 미미할 수도 있지만 그래도 적지 않은 자리를 정물화들이 차지하고 있는데, 그 자리는 순수하게 장식적 효과를 위한 자리다.

마네의 경탄할 만한 정물화들은 이런 것들과는 다르다. 그의 정물화들은 더 이상 과거의 건축물에서처럼 장식을 위해 붙인 부차적인 돌출부 역할을 맡는 데 그치지 않는다. 이것들은 다른 그림들과 마찬가지로 그대로 이미 작품이다. 그 이유는 첫째로, 마네가 인간의 이미지를 장미꽃이나 빵 조각이나 같은 층위의 이미지로 그렸기 때문이다. 「아틀리에에서의 점심 식사」에서, 정물은 인물들과 똑같은 층위로 끌어올려져 있고, 동시에 인물들은 사물들이나 마찬가지의 층위로 깎아내려져 있다. "마네가 무엇보다도 우선 위대한 정물화가임은 우연이 아니다"라는 말로의 문장은 이러한 의미들의 상호성에 의해 정당화되며, 오직 이 상호성 내에서만 그러하다. 방법상 공격적 계기에 불과했다손 치더라도, 옅은 조소의 요소가 이 무심한 오브제들에 더욱 강한 생명력을 불어넣고 있다. 마네의 정물화들은 말로가 세잔의 정물화들에 대해 말했던 순수하고 비밀스러운 '왕권'에는 아직 이르지 못했다. 마네가 그린 레몬은 엉뚱하다. 「아스파라거스」의 역설은 이러한 엉뚱한 성격을 더욱 극명하게 부각시킴으로써 마네의 무심함이 동참했던 그 미끄러짐을 명확히 밝혀주고 있다.

보통 어떤 작품이 이렇게나 다양하게 변주된 경우, 한 작가의 작품들의 총체를 포착하기란 그것이 다채로울수록 더욱 어렵다. (비록 마네가 요절해 제한된 수의 작품들만을 남겼었다 하더라도 말이다.) 보통, 우리로서는 그 총체에 대해서는 아무 할 말이 없게 되어버리곤 한다. 다만 작품들 사이에 공통적 소여(所與)가 남겨져 있기에 한눈에 보고도, 왜 그렇게 생각되는지 이유도 모른 채로, 그 작품이 세잔의 것인지 쇠라*의 것인지 알아볼 수 있게 되는 것이다. 그런데 작품의 과도한 다양성은, 예술가를 단일한 소여로 환원시키려는 우리의 노력과 서로 충돌한다. 다양성은 소여를 제거하지는 않아도 무용지물로 만든다. 다양성은 이러한 소여를 우리가 곧잘 믿기 힘들어 하는 것으로 대체한다. 불확실성, 그 속에서 화가는 자기 미래의 작품들로 삶을 영위했다. 화가 그 자신은 모르고 있었다. 우리는 쉽게 알고 있는 것들을. 완성된, 혹은 화가의 죽음으로 인해 중단되었다고도 할 수 있을… 형상을. 우리는 잘 상상하지 못한다. 우리가 감탄하고 있는 작품은 사실, 일단 화가가 그 자신에 대해 느꼈던 불확실성과 우리가 그 화가에 대해 느끼는 확실성 사이에 유보되어 있는 것임을. 마네의 경우, 그는 자신이 무엇을 원하는지 확실히 알았던 적이 한 번도 없었고, 자신의 도식을 무난하게 활용하기보다는 끊임없이 찾아 헤매고 의심했으며, 다른 이들의 판단을 끊임없이 두려워했다. 오직 넘치는 자신감과 피로에서 기인한 이 끝없는 예술의 부침(浮沈)을 어찌 밝히지 않을 수 있겠는가? 이 다채로운 작품들을 그 탄생의 희미하고 불분명한 조명 아래로 되돌려놓지 않는다면, 그 작품들은 오해를 단단히 받게 될 터인데!

마네의 매력은 우유부단과 망설임으로 빚어진 것이 아니던가? 베르트 모리조가 없었다면, 마네는 아마도 인상

조르주 쇠라(1859–91). 신인상주의의 대표적 화가.

주의적 회화를 그리지 못했을 것이다. 마네는 그녀에게서 화가로서의 재능과 모델로서의 아름다움(지성의 변덕은 차치하고)이 엮어내는 이중의 매혹을 마주쳤다. 마네는 그전까지 자기 작업실 안에서 어두운 그림들만을 그려왔다. 그는 그전까지 단 한 번도, 카페 게르부아에 모이는 자신의 광신도들 내지는 숭배자들일 뿐이었던 인상주의자들의 원칙을 수용해본 적이 없었다. 베르트 모리조는 이 정서 불안자를 야외의 대기로, 밝은 색채로 나오게 했다. 이 원칙은 마네의 친구들이 권장하던 것이고, 또 화가 그 자신이 제2기 즉「배 위에서」, 아르장퇴유에서 그린 작품들, 「모네의 아틀리에」, 「베네치아의 대운하」등을 작업하던 시기에 적용했던 것이기도 하다. 이처럼 마네에게 변화가 있었던 것은 사실이지만, 그럼에도 불구하고 그는 영원히 인상주의와는 거리를 두고 있었다. 1874년에 그의 친구들이 단체로 작품들을 살롱전에 출품하기를 거부했을 때, 그러니까 드가, 모네, 르누아르, 세잔, 그리고 베르트 모리조를 포함한 다른 화가들이 모여 전시회를 열었을 때,* 마네는 그들과 동참하지 않았다. 그해 말, 베르트 모리조가 마네의 제수(弟嫂)가 되면서부터 그녀는 더 이상 그의 모델로 서지 않는다. 물론 마네의 인상주의는 본래 이 결혼보다는 앞선 것이다. 다만 말년에 병든 마네가 벨뷔, 베르사유, 뤼에유의 별장에 머물던 시기는, 그를 야외의 정원으로, 「산책」의 매혹으로 이끌었

---

* 1874년 사진작가 나다르의 작업실에서 열린 제1회 인상주의 그룹전을 가리킨다. 마네는 여기 참여하지 않고 『살롱전』에 출품했다.

다.「산책」에서, 마네의 눈앞에 다가온 죽음은 이 그림 안에 일종의 자연스러움, 일종의 편안한 단순성을 새겨놓았다. 그런 것들은 마네가 여태껏 거부해오던 것들이었다.

연약하고, 망설이고 언제나 의심에 차서 긴장하는—심하게 긴장하는. 이처럼 무심함과는 정반대의 이미지가 내가 마네에 대해 가질 수 있는 유일한 이미지다. 가벼운 떨림이야말로 그의 손의 본질적 움직임이다. 그 손은 주제에서 기인했을 관습적 감정에 절대로 복종하지 않는 대신, 언제나 뭔가 비밀스러운 기질을 폭로하고 있다. 그림이—자못 화를 내며—스스로 그 자신이 아닌 것과는 무관하길 바란다 한들, 그림은 언제나 붓을 잡은 그 손의 주인인 존재의 내밀함을 폭로한다. 삶에 대한 환희는 모네와 르누아르의 작품을 환히 빛나게 했고, 냉소주의는 드가의 눈을 튀어나오게 했다. 무심함의 원칙은, 담론적인 등가물을 찾을 수 있는 것이라고는 그 무엇도 그림속에 표현하지 않겠다는 결심을 의미한다. 그러나 마네의 가장 깊은 곳의 감정, 가장 강렬하고 가장 변덕스러운 감정들은 화폭 위에 끊임없이 나타나고 있었다.

아마도 그의 첫 걸작이라 할 수 있는「개와 함께 있는 소년」은 손에 잡히지 않는 어떤 슬픔을 불러일으킨다. 물론 이 슬픔은「체리를 든 소년」의 죽음과 관련된 것이기도 하다. 체리를 든 소년은 개와 함께 있는 소년 전에 마네가 고용했던 아이였다. 체리를 든 소년은 작업실에서 붓을 빨고, 팔레트를 긁어 닦고, 때로는 모델 역할을 하기도 했는데, 어느 날 스승의 꾸지람을 듣고 난 뒤 목을 매달아 죽고 말았다(이는 보들레르의 산문시 「끈」에서 서술되는 이야기이다). 마네의 성격에는 일종의 균열과 숨 막히는 우울함이 명랑한 본성과 공존하고 있었다. 이탈리아 화가 데 니티스*는 바로 그 명랑함이 자신의 친구 마네의 천성이라고 보았다.

이런 다양한 측면들에, 호기심 많고 자극에 약한 관능성의 무게가 더해진다. 「올랭피아」에서의 관능성은 어쩌면 지워져버린 배경에 불과할 수도 있다. 하지만 여성의 나체는 강박적인 단순함을 지니고 있다. 「폴리베르제르 바」는, 물론 여자 종업원의 무기력한 아름다움마저 흡수해버린 무한한 빛의 향연이기는 하지만, 일종의 은밀한 도덕적 안이함이 드리워져 이 그림 위에 침묵이 내려앉게 만든다. 「오페라극장의 가면무도회」 역시 모종의 현대적 음울함과 관능적 모호함이 펼치는 똑같은 자극적 유희에 참여하고 있다. 「나나」에서는, 에피소드의 빈약함을 색채의 마법으로 꾸며내는 힘을 찾아보기 힘들다. (에피소드에 힘이 들어갔다면, 그림의 구성은 무미건조하다.) 하지만 여기서도 강박이 느껴진다.

「나나」는 마네의 작품 중 여인을 그린 초상화, 그중 특히 그가 카페 토르토니에서 알고 지냈던 앙리에트 오제의 초상화 한 점에 불과하다. 마네는 당대 화류계 여인들

* 주세페 데 니티스(1846–84). 프랑스에서 활동했던 이탈리아 출신 화가.

사이에서 초상화가로 활동했고, 그 여인들에 둘러싸여 지내기를 즐겼다. 그랬던 여인들 중 메리 로랑*은 말라르메의 정부였다가 이어 마네의 정부가 되었던 여자로, 가장 유명하고, 확실히 가장 매력적이기도 하다. 「나나」는 애초에 삽화는 아니었던 터라, 졸라의 책**에 딱 한 번밖에 실리지 않았다. 그럼에도 불구하고 이 그림은 도발적인 장면 구성으로 인해 다른 초상화들과 구분된다. 도발적이라는 말은, 「튈르리 정원의 음악회」의 인물들의 옷차림이 보여준 현대성과 같은 의미에서 한 말이다. 그러나 우리가 강조해야 할 것은 그 미끄러짐, 관습을 지키지 않은 이미지로 포장한 은밀한 호기심에서부터 풍속화에 이르기까지, 지엽적인 에피소드에 이르기까지 이동하는 그 미끄러짐이다. 이러한 미끄러짐은 타협으로 향하는 길을 열어준다.

이 타협들은 그러나 결코 마네가 출발했던 원칙을 배반하지는 않는다. 그는 결코 "그가 본 그대로"만을 소재로 삼겠다는 원칙을 저버린 적이 없었다. 1861년 『살롱전』 출품작인 「오귀스트 마네 부부」(그의 부모)는, 진실을 외치고 있는 작품이기는 하지만, 이 젊은이(마네는 가끔씩 한숨 돌리며 적개심을 내려놓아야 할 필요를 느꼈다)의 맹목적이고

---

* 본명은 안느 로즈 쉬잔 루비오(Anne Rose Suzanne Louviot, 1849–1900). 파리의 화류계 여성으로 마네와 말라르메 이외에도 마르셀 프루스트, 위스망스, 졸라 등 많은 예술가들의 뮤즈이자 정부였다. 졸라의 소설 『나나』의 모델이기도 했다.
** 『나나』를 가리킨다.

도 고집스러운 작업이 훗날 일궈낼 전복적인 회화와는 거리가 멀다. 가장 깊숙한 본능에 더 이상 복종하지 않게 된 그는 그 원칙을 배반한다고 여겨지는 일은 절대 하지 않았다. 그렇기는 하지만, 1873년의 「좋은 맥주 한 잔」으로부터 일련의 '풍속화들'이 시작되었고, 이 작품들에서 뻣뻣함은 누그러들었다. 「좋은 맥주 한 잔」은 마네에 대한 일반적 평가나 그 자신의 사실주의에도 부합하고, 대중의 즐거움까지 만족시키는 작품이다. 유쾌한 신사를 그려낸 이 독특한 이미지 덕분에, 마네를 비방하던 자들 역시 그가 진정 그림을 잘 그릴 줄 안다는 사실을 이제 부인할 수 없게 되었다. 얼마 뒤 나온 작품인 「라튀유 영감의 가게에서」에는 더욱 기묘한 시도가 나타나 있다. 아마도 그는 그 시대에 충실한 풍속화가가 되기를 꿈꿨던 듯하다. 하지만 「좋은 맥주 한 잔」과는 달리, 이 작품은 들끓는 영감에서 비롯된 작품으로, 싸구려 채색화 애호가들과는 한 치의 타협도 없다. 생애 말년 작품의 상당수가 이런 경향을 보이고 있다. 「나나」, 「카페에서」가 그 예가 될 것이다. 「빨래」, 「맥줏집의 여자 종업원」이나 「온실에서」도 이와 멀지 않다. 이런 이미지들은 모파상 소설의 삽화라 해도 어색하지 않을 것이다. 하지만 여기에서도 마네만의 마성이 드러난다. 대담한 붓질과 예측 불가의 화면 구성은 늘 잡아채는 힘을 지니고 있다.

이런 우유부단함에 대해서는 더 말해봐야 소용없을 듯하다. 마네는 마지막까지도 그 자신에게 충실했다. 그가 그 자신의 작품들과 닮아 있다면, 1881년 작 「폴리베르제르 바」는 그를 변모시킨 마술에 버금간다.「자살한 남자」는「처형」만큼이나 단도직입적이고 말이 없다. 이 시기에 그린 많은 초상화들이나 정물화들은 모두 일종의 "저항할 수 없는 매력"을 지니고 있다. 그리고「나나」와 같은 시기에 작업한「말라르메의 초상화」는「올랭피아」 이후 마네의 걸작 중 하나다.

이 뛰어난 작품에 대해 잠깐 이야기해야겠다. 이 작품은 어찌 보면 내가 말한 침묵의 원칙에서는 벗어나 있다. 조심스러운 웅변이라고 해도, 이 이미지는 확실히 웅변적이다. 이 초상화는 의미하고 있다. 다시 말해, 이 그림은 말라르메가 의미한 바를 의미하고 있다. 말로는 간단히 이렇게 썼다. "「클레망소의 초상화」를 그리기 위해, 마네는 스스로가 그 안에서 전체가 되기를 감행키로 결심했었음이 틀림없다. 그리고 클레망소는 거의 아무것도 아닌 것이 되어버리기를."「말라르메의 초상화」의 경우는 이와 같지 않다.
　　　폴 자모는 마네가 이 초상화를 그릴 당시 영어 교사였던 말라르메의 학생이었다. 그는 이 초상화를 보고 말라르메와 너무 닮아서 깜짝 놀랐다고 한다. 그는 빌덴슈타인, 마리루이즈 바타유와 함께 마네에 대해 쓴 중요한 저작*에서 그렇게 말한다. 그런데 문제는 여기에 있는 게 아니다. 가장 근본적인 이유로 인해, 이 초상화는 말라르

---

* 프랑스 국립 미술관 소속 폴 자모가 조르주 빌덴슈타인, 마리루이즈 바타유와 함께 공동 집필한 입문서『마네』(반 외스트[Van Oest] 출판사, 1932)를 가리킨다.

메 본인과 분리될 수가 없다. 마치 실내의 푸가처럼 회전하고 있는 불분명한 시선, 마무리의 생략으로 무게감을 벗어낸 얼굴, 미끄러지고 있으면서도 무척 강하게 집중된 주의력, 고요한 현기증, 이것이 바로 마네의 감정이며, 마네가 작품 위에 표현한 바가 아닐까? 어쩌면 이 창백한 푸른빛들의 엄밀한 조화가 작품 위에서 말라르메와 결합되고 있는 것일 수 있다. 그런데 그 전에, 이 형태들의 본질은, 굽이치는 비행과 민첩한 새의 날갯짓에 있었다. 이는 단지 화가의 전율이 고양시킨 형태와 색채의 유희에 그치지 않는다. 이 유희는 말라르메의 표현 그 자체다.

이런 구도가 마네의 화폭들에 내재된 무관심의 원칙에 대립되는 것일까? 오히려, 그의 내면에서, 화가의 걸작들에서 우리가 받는—우리를 껍질을 벗은 정직함으로 환원시키는—느낌과 충돌하는 것은 아무것도 없다고 말해야겠다. 이러한 지고의 가치가 회화의 목적이며, 벌어지고 있는 사태는 이를 부인하지 않고, 오히려 노출시킨다. 이 가치는 예술 자체다. 어떤 의미로는 껍질이 벗겨진 그 예술은 과거 시대가 세계의 권능으로 삼고자 했던 비장한 어둠의 뒤를 잇는다. 말라르메의 경우, 예술가란 예술의 현존이며 중압감의 부재일 뿐 그 이상도 이하도 아니다. 마네가 「말라르메의 초상화」를 그렸을 때, 그는 자신이 선택한 주제의 의미작용을 파괴할 수 있었을까? 그런데 그 주제 자체가 바로 시였다. 시의 순수함은 그림자들의 광란적 도주이며, 시는 비실재가 비쳐 보이도록 한다.

이 초상화는 회화의 기분 좋은 우연들 중 하나다. 이 초상화는 우리들 눈앞에 우연들의 공허한 풍요로움을 걸어낸 그 깊이를 노출시킨다. 이 작품에서 비쳐 보이는 것은 바로 그 지고의 가치, 한 세기 전부터 여러 아틀리에들을 사로잡았던, 그러나 거의 언제나 손에 잡히지 않았던 그 가치다. 발레리는 자신이 "마네의 승리"라고 명명한 것을 시와의 만남—우선 보들레르라는 인물, 뒤이어 말라르메라는 인물과의 만남—과 연결시킨다. 이 승리는 아마도 이 작품에서 완수된 듯하다. 가장 내밀한 방식으로.

이들의 만남에서 나는 어떤 은총 같은 것을 발견한다. 한 명은 화폭에서, 다른 한명은 단어들의 예측 불가한 유희 속에서, 두 사람 모두 같은 환영을 좇고 있었다. 인간을 가장 심각하면서도 동시에 가장 가볍기도 한 변덕스런 존재로 만든 게 무엇인지 화폭은 쉬이 반영해주었다. 유희의 섬세함은, 이제 섬세함의 절정이라 할 수 있는 유희 그자체 말고 다른 것은 아무것도 표상할 수 없게 됐다. 이러한 목적을 위해서는 무엇을 바꿔봐도 소용없었다. 똑같은 움직임 속에서 붓이 그리는 선을 해방시키고, 이처럼 포착하기 힘든 것을 언어로 표현하고 또 책임지는 것으로 충분했다. 의미의 고착에 본질적으로 대립되는 무엇인가가, 영국 작가인 조지 무어*의 초상화에까지 남아 있다.

---

* 아일랜드 출신의 소설가, 시인, 극작가, 미술비평가(1852–1933). 1870년대에 파리에서 활동하면서 프랑스 화가들 및 문인들과 교류했다.

굴[石花]*의 단순함과 그것의 포착되지 않는 진실에 이보다 더 가까이 갔던 인간의 형상은 아마 없을 것이다…. 하지만 조지 무어의 아름다운 초상화가 섬세하다 해도, 말라르메 초상화의 섬세함은 분명 무언가 또 다른 요소를 품고 있다. 그 작품에서 말라르메는, 어떠한 미끄러짐도 정련하지 않은, 회전하고 있는 가벼운 움직임일 뿐이다.

이 초상화들은 마네가 다른 친구들을 그린 것들과 대척점에 있다. 후자의 경우들에서는 인물의 특징이 투명성으로 인해 옅어지지 않았는데, 그 투명성이야말로 화가가 내세웠던—궁극의—목적이다. 한 예로, 테오도르 뒤레**의 초상화에 대해 말하자면, 나로서는 굴의 무의미함에 대해서도 또한 말할 수 있을 듯하다. 그런데 뒤레의 편안한 무기력 상태가 형태와 색채의 공허한 외관들로 환원되는 한편, 화가의 진정성 속에는 그것을 섬세하게 정련하는 감수성의 과잉이 있다. 앙토냉 프루스트나 클레망소의 초상화 역시 이처럼 거의 정물화에 가까운 뉘앙스들을 더한다. 이 작품들에서 인물의 삶은 그림의 변화무쌍한 매력으로 인해 중화되어 무의미해 보인다. 졸라나 아스트뤼크***의 경우 마네는 이들을 예술가로 여겼을지도 모르고, 아마 그랬음에 틀림없다. 그런데 이들을 그린 초상화들이

---

* 마네의 정물화 「굴」을 암시하는 듯하다.
** 프랑스의 작가, 미술비평가(1838–1927).
*** 자카리 아스트뤼크(1833–1907). 19세기 프랑스의 미술비평가, 시인, 화가, 조각가.

프루스트나 클레망소의 경우와 차이가 나 보인다면, 내 생각에 그 이유는 졸라나 아스트뤼크의 초상화가 덜 완성된 것이기 때문일 뿐이다.

무미건조한 형상들과, 그와는 반대로 섬세한 감수성을 담은 형상 사이의 대립을 우리는 벌써 「발코니」에서 본 적이 있다. 「발코니」는 세 초상화를 단 한 폭의 그림에 합쳐놓은 작품으로, 여기서 앙투안 기메*와 파니 클라우스**의 무기력한 모습은 베르트 모리조의 얼굴이라는 보석을 담은 무난한 보석 상자의 역할을 하고 있다. 예술과 미를 향한 정열이 베르트 모리조의 얼굴을 내면에서부터 환하게 비추고 있다.

좀 늦은 감이 있기는 하지만 말년의 마네는 아리따운 여인들의 초상화를 상당히 많이 그렸는데, 이런 그림들은 항상 그 주체를 숨기는 것 하나 없이 다 드러낸다. 하지만 내가 말했다시피 「발코니」는 보여준 것을 보여줌과 동시에 도로 뺏는다. 후에 매혹적인 아름다움을 지닌 초상화들뿐만 아니라 말라르메 초상화의 숭고함에 이르게 될 무언가가 이 작품에서 처음 출현한다. 「올랭피아」의 주인공인 빅토린 뫼랑***을 그린 다른 이미지들은 이런 의미를 지니지 않았었다. 이 이미지들에서, 반짝이는

---

* 바르비종파의 풍경화가(1843–1918).
** 바이올린 연주자 파니 클라우스(1846–77)는 마네의 부인 쉬잔 레인호프의 친구였다.
*** 「올랭피아」를 비롯해 「풀밭 위의 점심 식사」, 「숙녀와 앵무새」 등 마네의 여러 작품 속 모델이었던 빅토린 뫼랑(1844–1927) 역시 화가였다.

빛은 흐려졌고, 작품 전체가 불러일으키는 무의미의 느낌 때문에 문자 그대로 꺼져버렸다. 그러던 중 갑자기, 「발코니」의 베르트 모리조가 처음으로, 예상치 못하게, 마치 먹구름 사이의 별빛처럼 고요하게 모습을 드러냈다. 그녀는 그 이후의 작품들에서 마치 바람이 들어 올렸다가 데려가며 지우는 존재감으로 다시 나타날 것이다. 마치 그녀가 언제나 무언가 부당한 것, 곧장 사라져버려야 할 것을 안고 도망치는 듯, 순간적인 존재감으로. 그리하여 이 작품 속에서 진정한 주체는 우선 「발코니」의 애매모호함 속으로, 혹은 다른 초상화들에서는 정물화적 특징을 띠던 전율 속으로, 혹은 더욱 기묘하게는, 그 틈으로는 두 눈밖에 보여주지 않는 부챗살 사이로 들어설 수밖에 없었다.

그런데 마네의 최초의 비밀이 르네상스 시대 비너스의 분신이라 할 수 있는 「올랭피아」에서 비쳐 보였음이 사실이라면, 이제 더 심오한 비밀이 밝혀진다. 그 비밀은 부챗살 속에 감춰져 있었다. 그러나 그것은 그 깊이를 더욱 잘 펼치기 위해 감춰져 있었다.

나는 마네를 통해 가장 비밀스럽고, 가장 침투하기 어려운 화가들 중 한 사람을 보여주고자 했다. 이 환상적인, 놀랄 만큼 풍요로운, 오늘날 현대 회화가 우리 눈앞에 펼쳐 보여주는 세계의 탄생을 고한 사람으로 가장 마땅한 이 화가를.

「에밀 졸라의 초상화」(1868), 파리, 루브르박물관.
[도판 중, 당시 루브르박물관에 소장되었다고 표기된 것들은 현재 오르세 미술관으로
옮겨져 소장되어 있다. —편집자]

「자카리 아스트뤼크의 초상화」(1864), 쿤스트할레 브레멘.

조각가이자 시인이며 비평가인 자카리 아스트뤼크와 작가 에밀 졸라는, 마네가 한
화가에게 쏟아질 수 있는 가장 대규모적인 항의와 반발의 시기를 겪던 때에 그의
지지자가 되어주었다. '올랭피아'라는 이름은 아스트뤼크가 보들레르 식으로 쓴
시(「몽상에 지쳐 올랭피아가 잠들 때…」)에서 유래한 것이다. 졸라는 저 유명한 작품이
몰고 온 태풍 한가운데서도, 파격적으로, 그리고 예언적으로 이러한 문장을 쓸 용기를
품고 있었다. "마네 선생의 자리는 루브르에 있다…."

「스테판 말라르메의 초상화」(1876), 파리, 루브르박물관.

예술사와 문학사에 있어 이 작품은 유달리 특별하다. 이 작품은 두 위대한 정신의
우정을 환히 비추고 있다. 이 화폭의 공간 속에, 인류를 내리누르는 수많은 침체들이
자리할 곳은 아무데도 없다. 비행의 가벼운 힘, 문장과 형태를 모두 해체하는 섬세함은
여기 이 자리에 진정한 승리의 흔적을 남긴다. 가장 신선한 공기가 통하는 정신성,
가장 멀리 있는 가능성들의 융합, 진솔함과 세심함은, 유희의 이미지를 가장 완벽하게
구성해내고 있다. 유희란, 자신의 중압감을 극복해낸, 요컨대 인간 그 자체다.

「튈르리 정원의 음악회」(1860-1), 런던, 내셔널갤러리.

「늙은 악사」(1862), 워싱턴, 내셔널갤러리, 체스터 데일 소장.

마네는 바티뇰에 위치한 자신의 아틀리에 근처 동네, '작은 폴란드'라 불리는 구역에서
이 작품의 모델들을 찾아냈다. 인물들 대부분이 사실주의적으로 그려진 데 반해 구성은
우연적이다. 이 중 제일 눈에 잘 띄는 인물들은 비참한 세상에 속한 자들이었다.

「막시밀리안 황제의 처형」(1867), 쿤스트할레 만하임.

나폴레옹3세의 모험적인 정책이 군대와 함께 무모하게 멕시코로 끌어들였던 이 합스부르크 왕가 출신 인물의 처형은, 전 세계적으로 강렬한 센세이션을 불러 일으켰다. 마지막까지 처형을 바란 사람은 아무도 없었다. 사방에서 이 용맹스러우면서도 또 있으나 마나 한 인물에게 자비를 베풀 것을 요구했지만, 멕시코인들은 이러한 개입들을 무시했다. 마네는 아마도 막시밀리안의 댄디즘에 매혹되었던 것 같다. 그는 즉석에서 이 거대한 구도를 그려냈지만, 정부는 이 그림의 전시를 금지했다.

「피리 부는 소년」(1866), 파리, 루브르박물관.

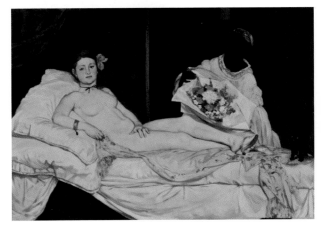

(위)「우르비노의 비너스」(1538), 티치아노 베첼리오, 피렌체, 우피치 미술관.
(아래)「올랭피아」(1863), 파리, 루브르박물관.

마네의 작품들 중 가장 유명한 이 작품은, 우선 그 명성을 1865년『살롱전』에 이 작품이
전시되었다는 사실이 불러일으켰던 증오의 함성들에 빚지고 있다. 피카소의 작품 중
가장 눈에 띄는 것들도 이보다 더 얼빠진 저주들의 합창 같은 공격을 받지는 않았었다.
만일 조롱꾼들이, 그로부터 40년 뒤인 1907년에 이 작품이 루브르에 입성하리라는
사실을 알았더라면, 이 외침과 비웃음들은 어떻게 됐을까?「올랭피아」는 이처럼 분노와
찬탄이 동시에 나타난 딜레마를 상징하며, 이는 어쩌면 우리 시대 예술사에서 가장
중요한 사건이지 않았나 싶다. 처음에 대다수가 혐오하던 것이 진정한 미의 징표라든가
형식의 거침없는 혁신이었음이 드러나는 일이 종종 있다. 그러나 우리는 이제, 현대

예술 작품들 중 무엇이 처음에 충격적인 것이었는지 알아보기도 어렵게 되었다.

스캔들은 더 이상 잔존할 가치가 없는 규약을 전제로 한다. 그와 반대 의미에서, 새로운

작품은, 눈부신 기술을 통해 고양된 해방 그 자체였다.

「풀밭 위의 점심 식사」(1863), 파리, 루브르박물관.

「아틀리에에서의 점심 식사」(1868-9), 뮌헨, 노이 슈타츠갤러리.

불로뉴쉬르메르에 위치한, 마네가 여름 동안 항구 주변에 빌려서 지내던 집의 식당 안에서(아틀리에 안에서가 아니라), 그는 우선 자신의 의붓아들인 레옹 코엘라에게 포즈를 취하게 했다. 인테리어와 인물들은 마네를 매혹시킨—그 이유는 아마도 어떠한 규약도 그에게 정당해 보이지 않았기 때문일 것이다—예기치 못한 배치를 보여주고 있는데, 이로 인해 다행히 일종의 자유로운 느낌이 도출되었다. 이 작품의 비밀은, 중심에 위치한 인물이 부각되어 그려져 있음에도 실제로는 별 흥미를 끌지 못한 채 무의미한 인물들의 무력감 속으로, 이 그림을 구성하고 있는 정물들의 경이적인 풍요로움 속으로 미끄러져 버렸다는 데 있다.

「아틀리에에서의 점심 식사」, 세부 확대.

마네는 정물화를 훌륭하게 그렸다. 정물들은 그 무의미로 인해 그가 회화에 본질적
가치를 부여하고자 했던 의도에 부합했다. 표상된 사물들은 불가피한 구실 이상도
이하도 아닌 것이었다. 마네로부터 시작해, 정물화는 더 이상 회화에서 열등한 위치에
머물지 않게 되었고, 음악에서 그러하듯, 단순한 기교 역시 깊이를 내세울 수 있게
되었다.

「발코니」(1868-9), 파리, 루브르박물관.

「발코니」, 세부 확대.

디테일의 모사는 이 경탄할 만한, 폭풍우의 무게를 담은 강렬한 시선을 지닌 초상화에 주의를 집중시키는 데 그치지 않는다. 디테일 모사는 이 작품을 이해하는 데 있어 필수적이다. 여기에서는 오직 우연만이—화가의 의도가 아니라—디테일들을 이렇게 배치한 것처럼 보이는데, 마치 주의력이 전체에 먼저 집중되지 않게 하기 위해 그런 듯하다. 그래서 우리는, 마침내 이 작품을 볼 때면, 마치 깊숙한 비밀을 발견할 수 있게 된 것 같은 기분이 든다. 그 비밀은, 눈을 뜬 자의 기대를 깨트리지 않으면서 포착된, 삶의 아름다움과 밀도다.

「장례식」(1870), 뉴욕, 메트로폴리탄미술관.

아돌프 타바랑은 이 작품에 표현된 곳이 무프타르 구역 근처 에스트라파드 가 주변의 애매한 지역임을 증명했다. 지평선 너머로 파리 천문대, 발드그라스, 판테온의 둥근 지붕들이 보이고, 생테티엔뒤몽 성당의 종탑도 식별된다. 눈 쌓인 땅 위, 그리고 구름 긴 하늘 아래 한 아이의 장례식에 참여하는 이 행렬은 1870년 초 그려진 것이다. 우리로서는, 마네가 어떤 주변 상황이나 기분에 의해 이처럼 거칠고 격렬한 스케치를 하게 되었는지 전혀 알 수 없다.

326

「오페라극장의 가면무도회」(1873), 뉴욕, 호레이스 헤이브메이어 부인 소장.

이 작품은 우리가 가진 축제에 대한 가장 매혹적인 표현들 중 하나로, 모든 규약에서
벗어나 있다. 마치 보이지 않는 화가가, 자기 눈 망막 위에 참석자들의 변덕스러움이
새겨놓은 이미지를 고정시켜놓은 것 같다. 이는 또한 마네의 가장 아름다운 작품들 중
하나로, 무심함으로부터 매혹적인 힘이 뿜어져나오며, 거대한 풍요로움이 자유로이
유희하고 있다.
[1982년 워싱턴 내셔널갤러리에 기증됨. —편집자]

「포크스톤 항구를 떠나는 증기선」(1869), 빈터투어, 오스카어 라인하르트 소장.

부두에 주차시킨 석탄 운반차와 증기선이 나란히 붙어서 서로 잘 구분이 되지 않는
이 바다 풍경은, 화가 엘스티르의 메타포들을 떠올리게 한다. 마르셀 프루스트는
『꽃피는 아가씨들의 그늘에서』에서, 아마도 부분적으로는 마네의 이 작품을
떠올리면서 엘스티르라는 인물을 그려냈을 것이다. 프루스트는 이렇게 쓴다. "…아주
가끔씩, 자연을 있는 그대로, 시적으로 보게 되는 순간이 있다. 엘스티르는 바로 이
순간들로부터 작품을 만들었다." "지금 그가 옆에 두고 있는 해양화들에서 빈번하게
나타나는 메타포 중 하나는, 육지를 바다와 비교하면서 그 둘 사이의 경계 표시를
없애버리는 것이었다." 마네는 가끔 세상을 마치 '진짜 신기루'처럼 표현하곤 했다.
그리하여 그가 형상화한 사물들은 사물로서의 가치를 잃고 그저 빛과 어둠의 유희들이
되어버렸던 것이다. 육지를 침범하며 섞여 들어가는 바다의 상태들의 역동하는 현실은
이처럼 덜 중압적인 이미지를 이끌어냈다. 이 이미지는 새로운 미술이 이전 미술의
초자연적인 관습들을 포기함으로써 포착하고자 했던 것이다. 새로운 미술은, 하늘의
개입 없이, 이 땅에서 저 땅으로 달아나기를 원했다.

「배 위에서」(1874), 뉴욕, 메트로폴리탄미술관, H. O. 헤이브메이어 소장.

이 작품은 아마도 인상주의 유파의 모토, 즉 야외에서 그리는 회화에 대한 마네의 열광이 가장 명징하게 드러난 작품일 것이다. 하지만 화면 구성의 대담함 역시 그만큼 중요하다. 이것이 강 위의 작은 배 한 척이라는 인상은 부차적으로 느껴진다. 이러한 인상은, 친숙한 세계에서 이렇듯 떨어져나온 인물들과, 특히 색채와 빛의 효과들에 일탈이나 놀라움 같은 시적 요소를 더한다. 이처럼 모든 웅변적 요소들을 거부하는 구도에는 어마어마한 에너지가 담겨 있다.

「베네치아의 대운하」(1875), 버몬트, 셸번 미술관.

1875년 9월, 마네는 베네치아로 여행을 떠났고, 거기에서 그는 이 도시의 마법에
예술의 마법을 더하기 위해 카날레토와 과르디* 미술학교에 방문했다. 하지만 마네가
이 여행에서 그려온 두 작품은 모두 야외에서 그린 인상주의적 구성 방식을 띤다.
베네치아의 "그림 같은" 풍경은 하나도 남아 있지 않았다. 어쩌면 이 대목만 빼고는
말이다. 우리는 마치 베네치아에서처럼 빛과 색채의 축제 속에 있게 된다. 마네는 오직
회화 그 자체만을 목적으로 삼는다는 회화의 원칙과, 모든 것들이 눈에 즐겁게 보이고자
경쟁하는 도시 베네치아의 느낌을 완벽하게 화해시켜 놓았다.

* 지오반니 안토니오 카날레토(1697–1768)와 프란체스코 과르디(1712–93)는 모두
베네치아 출신의 화가로, 풍경화로 유명했다.

「아스파라거스」(1880), 파리, 루브르박물관.

샤를 에프뤼시는 마네에게서 「아스파라거스 한 단」을 샀다. 그리고 자신의 뜻에 따라
원래 약속된 가격보다 200프랑을 더 얹어주었다(당시 200프랑은 오늘날 4만 프랑
이상의 값어치였다). 마네는 이에 보답하고자 「아스파라거스」를 그려서 그에게 보냈다.
"당신께 드렸던 묶음에 한 줄기가 빠져 있었습니다"라고 쓴 편지를 동봉해서. 이 작품은
화가의 명랑함이 가장 쾌활하게 나타나 있으며, 그가 독단에 빠질 필요 없이 규약에서
벗어날 수 있을 때마다 느꼈던 편안함이 잘 드러나 있다. 이 작품은 다른 정물화들과는
다르다. 정태적*이지만, 동시에 명랑하다.

* 프랑스어에서 '정물화'는 'natures mortes'로, 직역하면 '죽은 자연물'이라는 뜻이다.
원문에는 "죽어 있지만(morte)"이라고 되어 있다.

「나나」(1877), 함부르크 미술관.

「폴리베르제르 바」(1881), 런던, 코톨드 갤러리.

「산책」(1880), 뉴욕, 제이콥 골드슈미트 소장.
[현재 도쿄 후지 미술관에 소장됨. —편집자]

말년에 이른 마네는 파리 근교에서 여름 한때를 보냈다. 그는 당시에 삶의 감미로움을 포착하고자 했던 것 같다. 병자의 시선에는, 무언가 찬란한 것이 깃들어 있다. 더 이상 자신의 은밀한 탐색들에서 쾌락을 찾을 수 없게 된 그는 오히려 그 쾌락을, 죽어가는 자신에게 다가오고 있던, 인상주의자로서 살고 있다는 피어오르는 기쁨 속에서 찾고 있었다.

[「벨뷔 정원의 한구석」(1880)에 대한 바타유의 메모. —편집자]

옮긴이의 글
예술, 혹은 주권적 인간의 탄생

1. "분류할 수 없는 작가"

파리의 한 서점에 들어가 조르주 바타유의 책들을 찾아본다. 갈리마르에서 출판된 전집을 사서 볼 게 아니라면(이 번역본은 바로 그 전집을 원문으로 삼았다), 그의 글들을 한곳에 모아놓고 일별하기란 어려운 일이다. 우선, 문학 서가에 『눈 이야기』, 『마담 에두아르다』, 『하늘의 푸른빛』 등의 소설들이 꽂혀 있다. 그 건너편 비평 이론 스테디셀러들을 골라놓은 책상 위에는 『문학과 악』이 블랑쇼의 책들 곁에 누워 있다. 다른 층으로 옮겨 철학 서가를 훑다 보면 『내적 체험』, 『니체에 대하여』, 그리고 최근 누벨 에디시옹 리뉴(Nouvelles Éditions Lignes) 출판사에서 새로 편집해 내놓은 시리즈에 포함된 책 몇 권이 단출하게 자리 잡고 있다. 국내에 비교적 잘 알려진 저서인 『에로티슴』이나 『저주의 몫』은 사회학 서가에 세워져 있다.

꽤 오랜 시간 서점을 구석구석 찾아다녔는데도, 아직 우리의 주인공들을 발견하지 못했다. 알베르 스키라 출판사에서 멋진 벽화 도판들을 함께 수록해 출판한 『라스코 혹은 예술의 탄생』은 역사서가 중 선사학 칸에 가끔 숨어 있고, 혹시라도 운 좋게 『마네』의 1955년 초판을 중

고로 구할 수 있을지도 모른다는 바람을 품고 미술 분야를 샅샅이 뒤져보지만, 그런 '운(運)'은 쉽사리 찾아오지 않는다.

　　한 작가의 책이 이렇게 여러 군데 서로 다른 곳에 꽂혀 있다니, 조르주 바타유란 이처럼 어떤 작가라고 딱 집어 명확하게 설명할 수 없는 골치 아픈 작가다. 하긴, 그 스스로가 어떠한 '이즘'이나 원칙이나 범주에 속하기를 맹렬하게 거부했었으니. 어디서는 그를 실존주의자라 하고 어디서는 초현실주의자라고 묶지만, 막상 본인은 사르트르의 정치에 대한 목적론적 태도나 브르통의 이상주의적 태도와 부단히 거리를 두느라 그들과 치열한 논쟁을 벌이기도 했었다. 롤랑 바르트 역시 바타유를 "분류할 수 없는 작가"라고 말한다. 바르트는 글 「작품에서 텍스트로」에서 이렇게 물었다. "어떻게 조르주 바타유를 분류할 것인가? 이 작가는 소설가인가, 시인인가, 에세이스트인가, 경제학자인가, 철학자인가, 신비주의자인가? 여기에 대답하기가 너무나 어려운 나머지 우리는 보통 바타유를 문학 교과서에서 빼버리는 게 낫다고 여기기도 한다." 어떻게 조르주 바타유의 글들을 분류할 것인가? 바타유는 언제나 인간의 이성으로 포착할 수 없는 것들만을 사유하고자 했고, 인간의 언어로는 규정하기 힘든 것들만을 쓰고자 했다. 설사, 사유의 끝에서 **"불가능!"**을 외치고* 언어의 끝에

* '불가능의 외침'은 바타유의 전 텍스트를 지배하는 주요 테마 중 하나다.
그중, 그가 쓴 소설 『시체』에서 주인공 마리가 죽은 연인의 시체 앞에서

서 침묵으로 말할 수밖에 없을지언정. 바르트가 말을 잇는다. "사실을 말하자면, 바타유는 텍스트들을 쓴 것이다, 혹은, 아마도, 언제나 단 하나의 똑같은 텍스트만을 쓴 것이다."* 그렇다면 그 단 하나의 똑같은 텍스트는 어떤 것일까? 내게 묻는다면, 나는 "주권성(souveraineté)이 소통(communication)되는 텍스트"라고 대답할 텐데, 도통 어색하기만 할 뿐, 명확히 와닿지 않을 이 문장에 대해서는 잠깐 이야기를 미뤄두기로 한다. 그 전에, 철학과 역사와 사회학과 문학과 예술 등 다양한 분야들을 편력하며 읽고 썼던 바타유 사유의 궤적을 간략하게나마 설명해두는 게 좋겠다.

　　광범위한 영역에 걸친 바타유의 사유를 아주 거칠게 요약하자면, 헤겔의 변증법적 담론을 철학적 모델로 사용하고, 니체가 광기에 이르면서까지 스스로를 내던졌던 희생제의적 경험을 반복하고 재생시키기를 열망하며,** 그러한 자신의 철학을 문학과 인문과학의 경계를

불가능!(L'IMPOSSIBLE!)"이라고 외치는 장면은, 이 주제가 가장 극적으로 형상화된 대목 중 하나라 할 수 있다. 조르주 바타유, 『시체(Le Mort)』, 『전집(Œuvres Complètes)』 IV, 파리: 갈리마르 출판사(Éditions Gallimard), 1971, 51쪽.
* 롤랑 바르트(Roland Barthes), 「작품에서 텍스트로(De l'œuvre au Texte)」, 『언어의 살랑거림(Le Bruissement de la langue)』, 파리: 쇠유 출판사(Éditions du Seuil), 1984, 71쪽.
** 드니 올리에(Denis Hollier), 「헤겔의 저편에서 니체의 부재까지(De l'au-delà de Hegel à l'absence de Nietzsche)」, 롤랑 바르트 외, 『바타유』, 파리: 10/18, 1973, 83–9쪽 참조. 덧붙이자면, 바타유는 헤겔을 가장 헤겔답게 변증법적으로 지양하고, 니체를 가장 니체답게 희생시킨 뒤 그 부재를 경험한다. 다시 말해 헤겔에 '대해서는' 초월적 태도로 비판하거나 긍정하고, 니체와는 '함께' 내재적으로 소통한다.

넘나드는 글쓰기를 통해 실천한 것이라고 말할 수 있겠다. 바타유는 인간 이성과 인식이 설립한 거대한 체계와, 그러한 체계 바깥으로 죽음을 불사하면서까지 나가보려는 움직임을 모두 긍정하려 했다. 이러한 사유들은 필연적으로 모순에 부딪히게 되고, 그가 쓴 텍스트들은 그로 인해 그가 느낀 불안과 절망, 때때로 크게 터트려버리는 웃음들을 증언하고 있다.

바타유는 인간의 합리성과 전지전능한 신에 대한 믿음 너머의 세계를 직접 체험하고 싶어 했다. 그러한 세계는 인간의 인식이 다다를 수 있는 한계 밖을 가리키는 것이기 때문에 그 실재를 확인하거나 논리적으로 증명할 수는 없지만, 그런 세계가 존재할지도 모른다고 느껴질 때가 있다는 것이다. 그가 표명하는 '내적 체험(expérience intérieure)', '가능의 극단(extrême du possible)', '명상(méditation)' 등의 개념들은, 바로 그런 체험들에 대해 탐구하고 기술하기 위해 사용한 용어들이다.* 그래서 그는 신비체험에 몰두하기도 하고, 원시 부족이나 고대인들 사이에 있었던 희생제의에서 제물이 죽음에 처할 때 제의 참석자들이 공유하는 감정을 '신성(神聖, sacré)'이라 일컬으며 로제 카유아(Roger Caillois)와 함께 '신성 사회학'을 연구하기도 했다. 다른 한편, 바타유는 1930년대 코제브가 강의한 헤겔 세미나에 참여하면서 헤겔을 비판적이면

---

* 바타유, 「명상의 방법(Méthode de Méditation)」, 『전집』 V, 갈리마르, 1973, 219쪽.

서도 적극적으로 수용한다. 그리하여 그는 헤겔이 『정신 현상학』에서 자기의식의 역사를 기술하면서 사용했던 담론적 변증법을 극단까지 밀어붙여서, 헤겔이 '절대지(絶對知)'를 내세우며 완결시킨 체계의 막을 찢고, 더 멀리 '비지(非知, non-savoir)'의 세계를 엿보려 한다. 이는 또한 필멸의 인간으로서는 영원히 경험해볼 수 없을 '죽음'이라는 폭력을 살아 있는 인간의 의식으로 어떻게 포착할 수 있을지에 대한 탐색과도 맞닿는다.

인간 인식의 경계 저 너머에까지 이르는 '총체성 (totalité)'의 진실을 만나고자 하는 그의 사유는, 인간이 더 이상 인간이 아니게 되는 지점을 추적하고, 우리가 발붙이고 있는 세계가 어느 극단으로 밀어붙여졌을 때 더이상 우리가 접근 가능한 곳이 아니게 되는 경계를 지시하며, 동시에 그 경계를 넘어설 것을, 즉, '위반'할 것을 요구한다. 그러나 위반이 있기 위해서는 일단 금기를 의식하고 있는 인간 주체가 있어야 할 것이 아닌가. 당장 내일 먹고살기 위해 해야 할 일과 사회 구성원으로서 일반적으로 부과되는 의무와, 더 나아가 이성과 언어와 신에 대한 믿음, 이 모두에게서 해방된, 그럼에도 불구하고 여전히 주체로서의 인간인 어떤 상태. 그 상태를 바타유는 '주권성'이라고 부른다. 그리고 예술은 주권성이 체험되는 시공간이자, 그러한 체험 그 자체로서 존재한다.

2. 주권성과 예술

바타유는 인간이 지닌 이성과 언어(인간 사유의 가장 강력한 노동 수단)로 포착할 수 없는 '비지'의 세계를 탐색한다고 했다. 지금 우리가 살고 있는 이 현실 세계, 내일의 노동을 위해 오늘의 에너지를 비축하고, 모종의 이익을 얻기 위해 행동의 원인과 결과를 계산하고, 죽음과 폭력을 피하기 위해 세워놓은 금기들로 둘러싸인, 이러저러한 목적이나 제반 조건들에 묶여 있는 이 세계를 '속(俗, profane)'의 세계라고 부르자. 그런데 이곳에 사는 우리 인간들은, 세속의 원칙으로만은 설명되지 않는 과잉된 에너지의 분출이라든가, 수많은 기적들이라든가, 원인을 알 수 없는 욕망과 정념의 폭발 같은 것들을 종종 목격하기도 한다. 우리가 모르는 뭔가가 있다. 그곳을 죽음 너머의 세계, 만약에 신이 정녕 존재한다면 신밖에 모를 '신성'의 세계라고 부르자.* 그런데 바타유는 더 이상 신의 존재를 믿지 않는다. 오히려, (특히 기독교적 의미에서) 신이라 불리는 존재는, 인간이 자신의 노예와 같은 삶을 정당화하기 위해 만들어낸 허구였을 뿐이라며 "신은 죽었다"고 선언한 니체에게 전적으로 동의한다. (한때 성직자를 꿈꿨던 바타유는 나중에 무신론자가 된다. 이것이 기독교에서 섬기는 인격화된 신에 대한 치열한 거부를 의미

---

* '속'의 세계와 '신성'의 세계의 구분에 대해서는 로제 카유아, 『인간과 성(L'Homme et le sacré)』, 갈리마르, 1950, 25–6쪽 참조.

하는 것임에는 틀림없지만, 그렇다고 해서 그의 사유에서 신의 자리를 완전히 배제할 수는 없다. 그에 따르면 신의 존재 여부는 영원히 "알 수 없는" 것이고, 바타유에게 있어 신은 아예 존재하지 않는다기보다는, '부재[absence]' 한다. 그래서 바타유는 무신론자이면서도 그토록 "잃어 버린 신성"에 천착했던 것이다. 그가 『내적 체험』, 『니체 에 대하여』, 『죄인』으로 구성된 '무신학대전[La Somme athéologique]'에서 보여주는 '무신학[無神學]'의 철학 역 시 이러한 맥락에서 이해해야 할 것이다.) 신이 부재하는 신성, 이를 인간의 삶 속에서 최대한 실현시킨 것이 바타 유가 말하는 '주권성'이라 할 수 있다.

이 단어의 번역어로 '주권성(主權性)'을 선택하게 된 이유를 여기서 밝혀 두어야겠다. 본래 봉건시대 군주들과 같이 가장 높은 지위에서 휘두를 수 있었던 절대적인 권 력을 가리키는 이 단어는, 우리말로 '절대성(絶對性)', '지 고성(至高性)', '절대권(絶對權)' 등으로 번역되어 왔다. 그 런데, 바타유의 텍스트들에서 이 개념은 우선 "무엇에도 예속되거나 종속되지 않음"으로 해석되어야 한다. (말을 조금 뒤집어서, "주권적이지 않음은 예속되어 있거나 종 속되어 있음"*이라고 쓰면 더 정확한 표현이 될 것이다.) 이는 자기 위에 아무도 '없는' 제일 높은 곳에서, 누구의

---

* 필리프 오두앵(Philippe Audoin), 『조르주 바타유에 대하여—상상 불가한 인터뷰(Sur Georges Bataille—Interview inimaginable)』, 파리: 악튀알(Actual), 1987, 코냐크(Coganc): 르탕킬페(Le temps qu'il fait), 1989, 15–6쪽.

무엇의 지배도 받지 '않는' 주체의 모습을 가리킨다. (더 나아가 바타유는 저작 『주권성[La Souveraineté]』에서 "주권성은 **아무것도 아님**(RIEN)이다"*라고 결론짓기에 이른다. 여기에는, 자신이 가진 사유의 도구인 이성과 언어로는, 어떤 관념이나 사물을 도구로 인식하는 방식 그 자체를 무화시키려는 개념을 도저히 가리킬 수 없을 것이라는 불가능성이 내포되어 있다.) 나는 이 개념이 부정문으로밖에 정의될 수 없다는 점에 주목했다. 만일 이 단어를, 이것도 아니고 저것도 아니라면 "어떤 무엇"이라고 규정해야 해서, 예를 들어 어떤 절대적 주체가 소유할 수 있는 권력이나, 제멋대로 마음껏 타자들이나 다른 사물들을 지배할 수 있는 권리 정도로 풀이한다면 문제가 발생한다. 마치 니체의 '힘에의 의지'가 나치 파시즘에 의해 오용되었던 것과 마찬가지로, 바타유의 사유도 파시즘을 지향하는 것처럼 읽히게 될 위험이 크기 때문이다. 그리하여, 한편으로는 목숨을 걸고 인정 투쟁에서 승리한 헤겔의 '주인'과, 다른 한편으로는 언젠가 도래할 니체의 '초인' 사이에서 바타유가 숙고 끝에 찾아내 의미를 부여했을 이 개념을, '주인'과 '권위'의 의미를 따서 '주권성(主權性)'이라 번역하기로 했다. 대상 없이 자율적으로 존재하는 주체, 그러한 주체가 오직 순간적인 어떤 체험을 통해서만,

* 바타유, 『주권성(La Souveraineté)』, 『전집』 VIII, 갈리마르, 1976, 300쪽. 바타유는 같은 책 259쪽에서 '아무것도 아님(rien)'은 '아무것도 없음(néant)'과는 다른 의미임을 언급한다.

그 속에서만 (잠시 지녀) 휘두르자마자 곧바로 "스스로 속 죄되는 권위"*를 한꺼번에 의미하고자 함이다.

주권성이라는 개념을 논리적인 추론을 통해 붙잡으려 하면 무의미에 닿을 뿐이지만, 순간적인 체험을 통해 섬광처럼 나타나는, 그러나 언어로 포착되길 거부하며 쏜살같이 달아나는 어떤 상태, 어떤 성질, 어떤 양상이 분명 존재한다고 바타유는 믿는다. 데리다는 이 개념의 의미를 더욱 확장시켜 다음과 같이 말하기도 한다. "주권성은 정체성이 없다. 그것은 자아도, 자아에 대한 것도, 자아가 붙들고 있는 것도, 자아의 곁에 있는 것도 아니다. 명령하지 않기 위해, 다시 말해 무엇도 예속시키지 않기 위해 주권성은 아무것도(직접목적어) 종속시켜서는 안 된다. 다시 말해 아무것에도 아무에게도(간접목적어의 예속적 매개) 종속되어서는 안 된다. 주권성은 그저 유보 없이 소비되어야 하며, 스스로를 잃어버려야 한다. 인식을 잃어버리고, 자기의 기억과 자기의 내면성을 잃어버려야 한다."** 어디에도 무엇에도 누구에게도 얽매이지 않고, 더 나아가 주체로서의 자아와 대상으로서의 타인의 구분마저 지워버리고, 뭔가를 소유하기는커녕 오직 스스로의 죽

---

* 바타유, 『내적 체험(L'Expérience intérieure)』, 『전집』 V, 19쪽. 이는 본래 바타유가 말하는 '내적 체험'의 원칙으로, 그가 블랑쇼와 나누던 대화 중 블랑쇼가 한 말을 자신의 사유를 기술하는 데 원용한 것이다.

** 자크 데리다(Jacques Derrida), 「제한 경제에서 일반 경제까지(De l'économie restreinte à l'économie générale)」, 『글쓰기와 차이(L'Écriture et la différence)』, 쇠유, 1967, 389쪽.

음에 이르기까지 자기가 가진 모든 것을 소진시키고 잃어버리기만 하는 사람. 그런 자를 바타유는 주권적 인간이라 부르며 그자의 형상들을 끝없이 찾아 헤맨다. 아니, 어쩌면 그런 것을 잠깐 엿볼 수라도 있게 해줄 '운(運, chance)'을 찾아 헤맨다고 말하는 편이 더 정확할 것이다.

바타유는 주권성이 이런저런 방식들로 실현되었던 과거의 흔적들과 그 실현을 위한 시도들의 예를 보여준다. 우선, 고대 이집트 파라오의 절대적 주권을 증명하는 피라미드가 그렇고, 상대에게 자신의 강력한 힘을 드러내 보이기 위해 가진 것을 남김없이 모두 파괴하고 경쟁적으로 증여했던 고대 축제의 한 형태인 포틀래치(potlatch)가 그렇다. 정치적으로(이 단어를 '주권[성]'이라고 해석할 때 정치적 문제를 피해갈 수는 없겠지만, 여기서는 짧게만 설명하기로 한다) 바타유는 개인의 이익 축적을 원칙으로 삼는 현대 사회의 부르주아적 자본주의에 반대하는 입장에서, 일단 마르크스 공산주의에서 해법을 찾는 것처럼 보인다. 그러나 공산주의 사회에서는, 이론적으로, 누구도 타인에게 예속되어 있지 않기는 하지만 동시에 누구도 주체적으로 주권을 발휘할 수 없다고 분석하며, 이러한 정치 체제에서의 주권성을 "부정적 주권성"*이라고 표

---

* 바타유, 『주권성』, 앞의 책, 363쪽. 차별과 소외를 없앨 것을 지향하며 인간 자체에 지고의 가치를 부여하는 마르크스 공산주의의 논리에 충실하기 위해서는, 역설적으로, 누군가가 지닌 절대적 권력이라는 의미에서의 주권성은 부정되어야 한다. 다시 말해, 공산주의 사회에서는 주권성을 포기해야만 인간이 주권적일 수 있게 된다는 것이다. 이와 관련해서는 같은 책 331–62쪽 참조.

현한다. 문학작품에서 구현된 수권적 인간이라면, 『폭풍의 언덕』 속 주인공 히스클리프를 떠올려볼 수 있겠다. 문학평론집 『문학과 악』에서 바타유는 무엇에도 구애받지 않고 자기 뜻대로 할 수 있었던 히스클리프와 캐서린의 '유년기'에 대해 공들여 이야기한다. 어떠한 사회성의 법칙이나 관습적 예의범절도 모른 채 자유롭게 지내던 야생의 아이들이 서로 아무런 경계 없이 함께 속해 있던 세계, '속(俗)'의 세상 '바깥'에 놓여 있던 그들만의 왕국, 그것을 바타유는 "유년기의 절대적으로 수권적인 왕국"*이라 쓴다. 비록, 그 왕국 역시 영원히 "잃어버린 왕국"이 되어버리고, 히스클리프가 스스로 악마가 되면서까지 그 왕국을 환수하기 위해 저주받은 여행을 떠나게 만들었을지라도.

이렇게 정의된 것이 수권성이라면, 보통의 일상을 살아가는 사람들로 하여금 이를 어렴풋이나마 느낄 수 있게 하는 것이 예술이다. "예술은 욕망의 증대를 향한, 인간이 곧잘 외면하곤 했던 유희적이고 무시무시한 세계의 섬광들을 향한 시선의 열림을, 이성의 눈을 멀게 하고 감각의 눈을 뜨게 할 시선의 열림을 요청한다."** 시선의 열림, 이것이 바타유가 보는 예술의 역할이다. 일차적으로, 허구로서의 예술 작품 속에서는 현실에서 불가능한 욕망

---

* 바타유, 『문학과 악(La Littérature et le mal)』, 『전집』 IX, 갈리마르, 1979, 177쪽.
** 뱅상 텍세라(Vincent Teixeira), 『조르주 바타유, 예술의 몫—비지(非知)의 회화(Georges Bataille, la part de l'art—la peinture du non-savoir)』, 파리: 라르마탕(L'Harmattan), 1997, 174쪽.

들이 분출되기도 하고 실제로는 일어나기 힘든 일들이 벌어지기도 한다는 점에서, 사람들이 평소에 보지 못했던 것들을 보게 만든다는 말로 이해할 수 있다. 그런데 이는 현실을 떠나 예술로 도망치라는 말이 아니다. 오히려, 현실에서 미처 눈여겨보지 못했던 것들, 혹은 똑바로 쳐다보기에 끔찍해서 피해왔던 것들을 긍정하고, 더욱 능동적으로 마주하라는 말이다.

바타유는 더 깊이 나아가, 예술 활동, 즉 작품의 창작과 감상이라는 행위를 실천함으로써, 인간은 일상의 의무와 조건들에서 벗어나 주권적으로 존재할 수 있을 가능성을 얻게 된다는 점을 역설한다. 예술은 그것이 '희생제의(sacrifice)'이자 '소통'이라는 점에서 주권적이다. 우선 작가의 창작 행위를 보자. 작가는 누군가에게 봉헌하기 위해서라거나, 자신의 생계를 위해서라거나 등등의 어떤 동기나 목적 없이, (사실 누구의 생계에도 별 도움이 되지 않는다는 바로 그 이유 때문에) "쓸데없다"고까지 말할 수 있는 작품을 만들어내는 일에 스스로를 내던지고 온 에너지를 쏟아붓는다. 설사 정말로 목숨이 끊어지지는 않는다 해도 그만큼 무용한 일에 자기를 온전히 바치는 예술가의 모습에서 바타유는 희생제의적 면모를 발견한다. 이러한 예술가야말로 주권적 인간이라 할 수 있다. 그리고 주권적 순간의 감각과 체험은 작가의 내면에만 머무르지 않고 그가 만든 작품을 감상하게 되는 관람자, 혹은 독자와 전염되듯 공유되기도 한다. 바타유는 에로틱

한 행위의 절정의 순간이나 종교적 황홀경에서처럼 개체 간의 경계가 허물어지는 때를, 마치 어머니의 배 속에서처럼 다른 존재와 합일되어 있는 상태와 유사한 '연속성(continuité)'을 체험하는 순간들이라 말한다.* 이러한 연속성, 타자와 혹은 대상과의 일체감이 순간적으로 공유되는 체험이 바로 소통이다. 시구를 읽다가든, 한 점의 그림을 보다가든, 어느 노래를 듣다가든, 예기치 못했던 순간에 지금 대면하고 있는 예술 작품에 몰입하거나 합일되어, 현실의 논리 따위는 잊어버리고 온몸이 부르르 전율하며 소위 "소름 돋는" 경험, 나도 모르게 눈물을 쏟거나 크게 웃음을 터트려버린 경험이 있을 것이다. 쉽게 말하자면, 이렇게 생각지도 못한 어느 순간에 예술 작품과 자아가 물아일체(物我一體) 같은 상태에 이르는 체험이 그가 주창하는 내적 체험이자, (강한 의미에서의) 소통이라 할 수 있다.

3.『보편 역사』

예술, 그중에서도 특히 미술에 대한 바타유의 관심은, 인간과 세계에 대해 인문과학의 여러 분야를 가리지 않고 드나들며 수행한 끝없는 탐구의 내용들과 직접적으로 연결

---

* '연속성(continuité)'의 개념에 대해서는 바타유,『에로티슴(L'Érotisme)』,『전집』X, 갈리마르, 1987, 19–22쪽 참조.

된다. 그는 '보편 역사(L'Histoire universelle)'라는 제목을 붙인 한 권의 책을 써보겠다는 야심 찬 기획을 품고 있었다. 반항아 기질이 다분한 젊은 지식인이었던 1930년대부터 원숙한 학자가 될 때까지 평생 간직했던 이 기획은, 결국 쓰여지지 못한 채 미완의 기획으로만 남고 말았다.

'보편 역사'라고 번역했지만, 프랑스어에서 이 단어는 통상 '세계사(世界史)'의 뜻으로 사용된다. 이를 굳이 문자 그대로 '보편 역사'라고 쓴 이유는, 바타유의 의도를 조금 더 잘 드러낼 수 있지 않을까 싶어서다. '보편 역사'에 대한 구상은, "'나'라는 존재는 무엇을 의미하는가?"에서 "인간 실존은 무엇을 의미하는가?"에 이르는 근본적 질문들에 대한 대답을 찾아나가면서 인류 역사 일반을 설명해보고자 하는 시도에서 비롯되었다.* 바타유가 『보편 역사』를 통해 제시하고자 했던 것은, 특정 지역이나 특정 시대에 한정된 부분적인 지식들을 백과사전처럼 총합하는 것이 아니라, 인간이라는 존재를 일관된 관점에서 규명할 수 있을 '전체적 조망'이다. (그는 개별적 사실이나 지식들에만 집중하는 학문 경향을 "나무만 보고 숲은 보지 못한다"는 고전적인 비유를 들면서 비판하고, 전문적으로 세분화된 각각의 학문들을 포괄해 일반적 관점을 제시할 수 있을 '철학'의 필요성을 언급하는데,** 이는 전문적·실증

* 바타유, 「보편 역사란 무엇인가?(Qu'est-ce que l'histoire universelle?)」(『크리티크[Critique]』, 1956), 『전집』 XII, 갈리마르, 1988, 416–7쪽 참조.
** 같은 책, 420쪽.

적 과학 발전에만 몰두하는 세태를 반성하는 분위기 속에 인문학에 대한 관심이 새삼 요청되는 오늘날에도 시사하는 바가 있다.)

인간이자 주체인 '나'의 내밀한 체험에서부터 세계의 역사 전반을 모두 설명할 수 있는 책. 그 한 권의 결정적인 책은 끝내 세상에 나오지 못했지만, 그가 쓴 수많은 텍스트들은 '보편 역사'의 기획 속에 포섭될 수 있다.* 바타유는, 다른 듯 닮아 있는 몇몇 키워드들을 변주해가면서, 선사시대에 동물성과 분리된 '인간성(humanité)'이 현대에 이르기까지 어떻게 구축되어 왔는지 서술한다. 즉, 그는 『저주의 몫』에서는 '과잉(excès)'과 '소모(consumation)'를, 『에로티슴』과 『에로티슴의 역사』에서는 '금기(interdit)'와 '위반(transgression)'을, 『종교의 이론』에서는 '희생제의'와 '축제(fête)'를, 그리고 끝내 다 쓰지 못한 책 『주권성』에서는 (제목에서부터 명시하고 있듯) '주권성'을 각각 키워드로 삼아, 인간성의 기원에 대해 통시적으로 고찰하고 있다. 그중에서도 특히 그의 생전 마지막 저작이자, 에로티슴의 예술적 재현의 역사를 서술한 『에로스의 눈물』은, 인간의 기원에서부터 문명의 발전 과정을 에로티슴의 관점에서 전체적으로 조망한 책으로, 그가 세웠던 기획에 가장 근접한 작품이라 할 수 있다. 이 책과 더불어 『라스코 혹은 예술의 탄생』은, 선사시대 예

* 미셸 쉬리야(Michel Surya), 『작동 중인 죽음(La Mort à l'œuvre)』, 파리: 세귀에(Séguier), 1987, 441-3쪽 참조.

술 작품을 통해 인간의 기원을 추적하고, 금기와 위반이라는 그의 핵심 개념을 중심으로 인간이란 무엇인가를 정의했다는 점에서 역시 '보편 역사'의 기획과 맞닿는다.

　　주목할 점은, '보편 역사'를 쓰기 위한 바타유의 탐색과 성찰 들이 예술사(특히 미술사)를 다루는 저작들에 집결되어 있다는 것이다. 결국, 그의 기나긴 사유의 궤적이 종국에 향하는 곳은 예술의 영역이고, 이로써 그가 자기만의 고유한 일종의 예술론을 정립하는 데 이르렀다고까지 말할 수도 있을 것이다. 바타유의 예술론이 기존 철학자들이 가졌던 예술에 대한 비전들과 차별되는 지점은 다음의 인용으로 간단히 정리해볼 수 있겠다. "창작이라는 유희와 비극의 시간 속에서만 접근 가능한 주권성을 되찾기를 꿈꾸었던 바타유는, 아마도 예술을 글쓰기의 이면으로, 기존의 언어를 의도적으로 망각함으로써 웃음과 눈멂, 외침과 침묵, 환희와 눈물을 열망하는 사유불가능의 지점으로 여겼던 듯하다. […] 플라톤에서 헤겔에 이르기까지, 예술은 철학을 위한 예비 교양쯤으로 여겨져왔다. 칸트는 예술을 도덕에, 헤겔은 절대에 접붙였다. 니체가 예술 형이상학을 독립적으로 구축함으로써 이러한 전통과 단절했다. 그리고 바타유는 예술에 대해 존재론적 관점을 취하면서, 예술을 어떠한 정의에도 가둬두지 않고 오히려 미학적 범주를 확장시켰다. 그는 역사, 인류학, 민족학, 사회학, 경제학, 철학, 미학, 시, 에로티슴이 교차하는 범학제적이고 종합적인 전망 안에 예술을 위치시켰

다."* 꼭 바타유를 기점으로 삼을 수는 없겠지만, 현대에
이르러 이제 더 이상 예술이 특정한 사유나 의미의 표현
으로서만 기능하지 않고, 그 범주가 다양한 방향으로 확
장되어 왔음은 주지의 사실이다. 바타유가 예술에 대해
"존재론적" 관점을 취한다고 말할 수 있다면 그 이유는,
그가 보기에 예술은 대상화된 작품으로 파악되는 데 그
치는 것이 아니라 인간 존재와 삶 자체가 예술을 통해 구
현되는 것이기 때문이다. 그리고 더욱 중요한 이유는, 바
타유에게 있어 인간이라는 존재는 예술이 존재하게 된
그 순간에야 비로소 진정한 의미에서 탄생한 것이기 때문
이다.

4. 두 개의 탄생

이것이 바로 바타유가 수많은 예술 작품 중 라스코의 벽
화와 마네의 「올랭피아」에 주목했던 이유다. 1955년 같
은 해 출간된 이 두 권의 책은, 각각 두 개의 탄생을 말하
고 있다. 요컨대, 라스코에서는 "최초의 예술"이 탄생했
고, 마네의 「올랭피아」는 "최초의 현대 예술"을 탄생시켰
다.**

　　라스코에 대해 먼저 이야기해보자. 기본적으로 바

* 텍세라, 앞의 책, 9–11쪽.
** 같은 책, 129쪽.

타유가 인류학 관련 연구를 바탕으로 '인간성'에 대해 논의할 때, 그는 주로 모스의 『증여론』중 포틀래치 연구, 레비스트로스의 『친족의 기본 구조』와 『슬픈 열대』에서의 근친상간 연구, 하위징아의 '호모루덴스' 개념에 기반한다. 다시 말해, 포틀래치를 일종의 '놀이'이자 금기에 대한 '위반'으로 보고, 이것을 헤겔의 인정 투쟁 개념과 마르크스 사회주의의 영향 관계에 따라 파악하면서 인간성에 대한 자기 고유의 정의를 구상한 것이다. 그런 바타유가 볼 때 라스코동굴은, 인간이 노동하는 인간이나 인식하는 인간을 넘어서서 놀이하는 인간으로서의 진정한 인간성, 즉 주권성을 처음으로 획득한 곳이다. 노동과 인식은 늘 미래를 상정하고 거기에 종속되어 에너지와 앎을 비축한다. 노동력의 지속을 목표로 하는 이 세계는 금기로 에워싸여 있다. 놀이는 일종의 위반이다. 놀이하는 인간은 순간에 몰두해 생존과 상관없는 무용한 일에 열정을 폭발시킨다. 그리고 이것이 바타유가 말하는 주권적 인간의 모습이다. 이 대목을 강조하기 위해, 바타유는 동굴에 그려진 동물 그림들이 사냥의 성공을 기원하는, 일종의 '이익'을 기대하는 행위의 일부라고 주장하는 의견들에 힘주어 반박한다. 동굴에 그려진 예술 작품들은 무엇보다도 먼저 순수한 놀이로서의 활동이었고, 그것들이 종교적 주술 행위와 연관되어 있음을 인정한다 할지라도, 거기에 모종의 이득을 바라는 계산적 의도는 없었다고 말하고 싶은 것이다. 또한 그는, 선사시대 인간들이 사냥감인 동물들을 더 많이 성공적으로 죽이게 해달라는 기원의 마음으로 그림을 그렸던 게 아니라, 오히려 반대로, 친구처럼 여겼던 혹은 신으로 여겼던 죽은 동물들에 대한 속죄의 의식으로써 벽화를 남긴 것*이라고 주장하는 연구들에 관심을 기울이기도 한다. 이처럼 동물들과 우정으로 빚어진 시적(詩的)인 관계를 맺을 때 인간의 예술은 주권적이었다. 그러나 시간이 흐르면서 인간은 점점, 지금 우리가 정육점의 고기를 보는 것과 마찬가지로 동물을 사물 취급하게 된다. 타자 혹은 다른 모든 대상들을 도구로 여기는 데 더욱 익숙해진 인간은 인식하고 노동하는 인간, 즉 '호모사피엔스'(바타유는, 인식은 결국 노동의 결과일 따름이기 때문에 '호모사피엔스'의 원래 의미는 '호모파베르'와 근본적으로 다르지 않다고 본다. 그러한즉, 현생인류를 굳이 '호모사피엔스'로 지칭해야 한다면, '호모사피엔스'가 예술 활동을 하는 존재라는 점을 따로 강조하지 않으면 안 된다는 것이다**)로서의 정체성을 굳혀나가고, 미래에도 지속될 수 있을 것들에 대한 집착을 강하게 가지게 됨에 따라 더욱더 노예처럼 종속적인 삶을 살게 된다. 그와 동시에 예술도 전락한다. 애초에 예술은 놀이로서 탄생했건만, 수천 년 문명이 발전하는 동안 예술가는 점점 왕이나 신의 위엄을 표현하는 일에 예속된, 그리고 자기가 속한

---

* 바타유, 「동물에서 인간으로의 이행 그리고 예술의 탄생(Le Passage de l'animal à l'homme et la naissance de l'art)」(『크리티크』, 1953), 『전집』 XII, 272쪽.
** 바타유, 「보편 역사란 무엇인가?」, 앞의 책, 421쪽.

시대의 관습에 속박된 사람들이 되어버렸다.

그러다가 마네가 나타났다. 그러한 구속들에서 스스로를 해방시킨 화가. 바타유는 마네가 그렇게 잃어버렸던 주권성을 되찾은 첫 예술가라는 점에서 중요하다고 본다. 우선, 바타유는 19세기 인상주의의 등장 자체를 그 전까지 모든 예술 사조의 흐름 중 가장 혁명적인 변화라고 생각하는데, 그 이유는 바로 마네가 몰고 온「올랭피아」스캔들 때문이다. 그 전까지 화폭에 옮겨진 '실재(réel)'는, 대중이 보고 싶어 하는, 대중이 회화에서 기대하는 세계의 모습일 뿐, 있는 그대로의 현실이 아니었다. 마네는 "본 그대로, 있는 그대로"를 그린 최초의 화가였다.『크리티크』지에 기고한 다른 글에서 바타유는, 인상주의 회화의 대표작들은 모네, 피사로, 시슬레, 르누아르의 그림들이고, 인상주의의 정수는 세잔의 작품에서 온전히 획득된 자율성에 있다고 평가한다.* 그럼에도 불구하고 그가 인상주의와 함께 마네를 맨 앞에 내세우는 이유는, 그에게서 최초로서의, 탄생으로서의 의미를 강조하고자 하기 때문이다. 마네는 또한, 자기의 개성을 일부러 지우는 일종의 희생제의를 실천했다는 점에서, 말하자면 "세련된" 주권성을 보여준 화가이기도 하다. 사실, 바타유의 사유와 글에 등장하는 불안, 죽음, 위반, 폭력, 침묵, '불가능의 외침' 등의 테마들은 마네의 그림들보다는 고야나 고흐의 작품들

* 바타유, 「인상주의(L'Impressionnisme)」(『크리티크』, 1956), 『전집』 XII, 372–9쪽 참조.

과 더 잘 맞닿기 때문에,* 그가 본격적인 미술비평서로 남긴 단 한 권의 책이 마네에 대한 책이라는 사실은 다소 의외일 수도 있다. 그러나 바타유가 역설하는바, 마네는 어떤 주제 의식이나 담고자 하는 의미를 미리 품어놓고 그것을 그림으로 표상하려 했던 화가가 아니라, 그저 자기 눈에 비친 그 모습 그대로의 세상을 보여준 화가였다. 바타유는 말한다. 예술가는 "적극적 자유와 진부함(비굴, 성공) 사이"에서 선택해야 한다고.** 마네는 "타인들에게 무엇을 보여줄지 스스로 결정할 자유"를 선택했던 화가였다. 이런 점들이 바타유로 하여금 오로지 마네만을 다룬 책을 쓰게 했던 것이다. 라스코에서 탄생했던 예술은 마네에 이르러 다시 한번 주권적으로 다시 태어나게 된다.

5. 소통

앞에서 바타유는 "주권성이 소통되는 텍스트"를 썼다고 했던가? 작가로서의 바타유가 글쓰기 행위를 통해 스스로 주권적 상태에 이르는 데 성공했는지, 또 그것이 미지의 독자들에게 소통됐는지는 누구도 단정할 수 없는 문

---

* 장 파이페르(Jean Pfeiffer), 「고야와 마네 사이(Entre Goya et Manet)」, 마리 에르만(Marie Hermann) 외, 『조르주 바타유』, 파리: 앵퀼트 출판사(Éditions inculte), 2007, 142쪽.
** 바타유, 「초현실주의 그리고 실존주의와의 차이(Le Surréalisme et sa différence avec l'existentialisme)」(『크리티크』, 1946), 『전집』 XI, 갈리마르, 1988, 72–3쪽.

제다. 게다가, 주권성 그 자체가 무릇 어떠한 목적에도 종속되지 않음을 의미할진대, 그것을 목표나 이상으로 삼고 썼다고 설정한다면 어불성설이다. 소통 역시 개인들 간의 경계가 폐지되는 순간을 일컫는 것이니, 독자로서의 내가 이 책을 읽고 무엇을 배웠노라고 말한다면, 그것은 바타유가 말하는 진정한 소통이 아니다. 그러니까 바타유가 『라스코 혹은 예술의 탄생』과 『마네』 두 책을 쓰면서 어떤 경험을 했는지, 또 그것을 읽고 있는 독자의 경험이 어떠한 것일지는, 각자의 '내적 체험'의 몫으로 남겨두기로 한다. 다만, 이 점만은 말해두자. 우리는 이 책들을 읽으며, 라스코의 동굴벽화들을 보면서 느낀 경이로움 속에서 바타유 자신이 그려본 최초의 '호모루덴스' 형상을 공유한다. 우리는 이 책들을 읽으며, 자기의 개성과 인격을 지워가면서까지 실재를 보여주기 위해 작품에 투신한 작가로서의 마네의 삶을 재구성해 나갔던 바타유 자신이 그려본 '화가'의 초상화를 공유한다. 주권적 인간이 남긴 그림을 느끼고, 거기 새겨진 주권성을 다시 나름대로 그려보면서 체험하기, 이것이 바타유가 스스로 실천하고 또 우리에게 제시하고 있는 일종의 소통 아닐까? 그렇기 때문에 나는 이 책들이 감히 주권성이 소통되는 텍스트라고, 최소한 그 시도(프랑스어에서 '에세이[essai]'는 '시도'와 같은 의미로 읽힌다)로서의 텍스트라고 말하고 싶다.

마지막으로, 혹시 모를 오해를 막기 위해 몇 마디 덧붙인다. 라스코는 최초의 선사시대 동굴이 아니다. 라스코동굴 벽화보다 1만 5000년 앞선 쇼베 동굴벽화가 1994년에 발견되었고, 또 바타유가 정성 들여 만든 선사시대 연대 구분 지표에 따라 오리냐크기 동굴로 분류했던 라스코동굴은 현대의 정밀한 측정법에 의해 막달레나기 후기 동굴로 밝혀졌다.* 그리고 전대미문의 스캔들을 불러일으키면서 마네에게 최초의 현대적 예술가라는 칭호를 붙일 수 있게 해준 「올랭피아」는, 바타유가 책에서 누차 강조한 것처럼 회화의 전당 루브르에 소장되어 있었지만, 현재는 인상주의 작품들이 주로 전시되어 있는 오르세에 걸려 있다. 그러니 바타유가 누누이 '비지'에 대해 강조한 것도 일리가 있다. 그는 역사든 과학이든 언제나 미완일 수밖에 없으니 "나는 본질적 문제들에 대한 답을 구하지 못한 채, 인간의 관점들을 바꿔놓을 결과들을 영원히 모른 채 죽을 것"**이라고 미리 고백해놓았다. 바타유가 죽은 뒤에도 역사는 아랑곳없이 진행되었다. 궁극의 진리는 언제나 자신의 죽음 뒤에 있을 거라며 모든 앎을 가능의 극단까지 밀어붙였던 그의 갈증이, 일생을 품어온 기획이었던 '보편 역사'를 끝내 쓸 수 없었던 그의 고민이, 이해가 가지 않는 바도 아니다.

　　그러니까 이 책에서 어떤 불변의 진리라든가 쓸모

---

* 장클로드 모노(Jean-Claude Monod), 「역사 이전의 예술, 혹은 바타유는 어떻게 라스코를 기리는가(L'Art avant l'histoire, ou comment Bataille célèbre Lascaux)」, 로랑 페리(Laurent Ferri) 외, 『바타유-역사(L'Histoire-Bataille)』, 파리: 국립 고문서 학교(Ecole des Chartes), 2006, 109쪽.
** 바타유, 『죄인(Le Coupable)』, 『전집』 V, 262쪽.

있는 지식을 얻겠다는 기대를 했었다면 그런 기대는 곧 배반당하고 말 테니, 너무 실망하지 말아주길 바란다. 대신, 라스코의 동굴벽화가 현대를 사는 인간의 감각까지 건드리고 있는 예술 작품이라고 경탄하는 바타유의 목소리를 들어주길, 마네의 인간적 고독을 함께 느끼는 듯한 그의 우정 섞인 헌사를 읽어주길 바란다. 이 문화 유적과 이 회화 작품들에 대한 전문가의 분석이라기보다는, 예술 작품을 감상하고 독해함으로써 바타유가 죽은 자들과 소통해나가는 방식을 봐줬으면 좋겠다. 앞에서 주권적 인간으로서의 예술가는 스스로를 희생제의에 내맡기는, 스스로를 불에 태우듯 소진시키는 사람이라고 말했다. 또한 그러한 예술가의 작품을 감상하거나 독서하는 자들은, 희생제의 참가자들이 제물의 죽음을 목격하며 느끼는 것과 마찬가지의 체험을 하며, 죽음을 겪어볼 수 있다고 했다. 그러한 '죽음'의 소통 속에서 바타유는 '탄생'의 의미를 이끌어내고 있다. 라스코인도 죽었고 마네도 죽었고 바타유도 죽었다. 그러나 그들의 작품이 지금껏 남아 있기에, 우리는 예술적 체험들이 계속해서 반복되고 재생된다는 의미에서 끝없이 현재적인 사건으로서의 탄생에 참여할 수 있다. 이 책을 읽음으로써, 그러한 탄생을 함께 공유하고 경험하고, 소통할 수 있다면 좋겠다.

차지연

조르주 바타유 연보

1897년—9월 10일, 조르주 알베르 모리스 빅토르 바타유
(Georges Albert Maurice Victor Bataille)가 프랑스
남부 오베르뉴 지방 퓌드돔 주의 도시 비용에서 태어난다.
그는 조제프 아리스티드(Joseph Aristide, 1853–1915)와
마리앙투아네트(Marie-Antoinette, 1868–1930) 사이의 차남이다.
부계는 부르주아 가문이었고, 모계 쪽은 농업과 목축업에 종사했다.
출생 당시 바타유의 아버지는 매독 환자이자 맹인이었다.

1898년—8월 7일, 랭스의 생앙드레 성당에서 세례를 받는다.
랭스는 그의 아버지가 파리에서 의학 공부를 시작했다가 다양한
직종을 거쳐 수납계원으로 일하면서 정착한 도시였다.

1900년—바타유의 아버지는 매독에 의한 마비성 치매에 걸리고,
폐결핵에 시달린다. 바타유 작품 중 『아이(Le Petit)』와 『눈
이야기(Histoire de l'œil)』 중 「일치들(Coïncidences)」, 후에
'회상들(Réminiscences)'이라는 제목을 단 글은 이러한 유년기의
기억이 중요한 자리를 차지하고 있음을 드러낸다.

1903–11년—공격적 성향의 조르주는 자기보다 큰 동급생들과
자주 싸우곤 했다. 랭스의 고등학교에서 학업 성적은 형편없었다.
「일치들」에 그가 쓴 바에 따르면, 열네 살경 바타유의 아버지에
대한 사랑은 "무의식적이고 깊은 증오"로 바뀌게 된다.

1912–3년—1912년 12월, 아버지의 정신착란적 발작 몇 개월

이전에, 바타유는 학업을 그만두겠다고 밝힌다. 1913년 1월 다시 학교로 보내진 그는 동급생들과 어울리지 않는다.

그해 10월, 그는 에페르네의 남학교에 기숙생으로 들어가, 동창생 중 열렬한 기독교 신자인 폴 르클레르(Paul Leclerc)와 친해진다. "종교 바깥에서 자랐던" 조르주는 이렇게 가톨릭교로 기울게 된다.

1914년—7월 22일, 바칼로레아의 첫 단계 자격을 획득한다.

8월, 독일군의 전진에 쫓겨, 바타유는 불구의 아버지를 간병인에게 맡기고 어머니와 함께 랭스를 떠나 캉탈에 있는 외조부 집에 정착하고 학업을 중단한다.

9월 4일 랭스를 침공했던 독일군이 12일 떠난다. 19일부터 랭스 대성당이 폭격을 맞아 일부 불탄다. 바타유는 분명 이 당시 「랭스의 노트르담(Notre-dame de Rheims)」을 구상했을 것이다(1918년 6월 참조).

바타유는 랭스로 다시 돌아가고 싶어 했다. 『죄인(Le Coupable)』(1944)에 따르면, 랭스로 돌아가겠다는 생각으로 인해 그의 어머니가 우발적 광증을 보였던 것 같다. 후에 의사가 되어 그와 깊은 우정을 맺게 될 조르주 델테유(Georges Delteil)의 아버지 쥘(Jules) 박사의 치료를 받은 그녀는 그 후 몇 달간 조울증 상태에 머물렀으며, 두 번 자살 시도를 한다.

1915년—그의 어머니는 회복되지만 랭스로 돌아갈 것을 거부한다. 독실한 신자가 된 바타유는 생조르주 성당에서 오랜 시간을 보낸다.

11월 6일, 아버지 조제프 아리스티드가 "가톨릭 사제의 방문을 거부한 채" 사망한다. 바타유는 어머니와 함께 장례식에 참석하기 위해 랭스로 돌아온다.

1916년—1월, 렌에서 군 생활을 하게 된다.

1917년—1월 23일 제대한 바타유는 리옹에스몽타뉴로 돌아온다. 돈과 시간이 부족했던 그는, 생플루르 예비 신학교 교사였던 장 샤스탕(Jean Chastang) 신부와 서신을 주고받는 방식으로 바칼로레아의 두 번째 단계 자격증을 취득한다. 이 시기부터 니체의 『차라투스트라는 이렇게 말했다』를 읽기 시작한 듯하다.

바타유는 파리 국립 고문서 학교(École des Chartes)에 들어가고자 했으나 수도승이 될 생각도 하고 있었기에 주임신부 레옹 두에(Léon Douhet)와 친분을 맺는다. 신부의 중개로 바타유는 장가브리엘 바슈롱(Jean-Gabriel Vacheron)과 알게 되는데, 바슈롱은 바타유에게 수도승의 길을 강권한다. 특히 생플루르 신학교에서 바타유는 두 신학생을 만나게 되는데, 그중 한 명은 후에 툴루즈 대주교가 될 쥘 살리에주(Jules Saliège)이고, 또 다른 이는 외젠 테롱(Eugène Théron)이다.

11월 30일(혹은 12월 7일), 바타유는 견진성사를 받는다. 그러나 곧 자신이 "이전의 나약함", 즉 육신이 저지르는 죄와 글쓰기에 대한 "강박적 습관"에 다시 빠지게 된 점, 특히 여성과의 사랑에 대한 끈질긴 몽상에 대해 고해한다.

1918년—1월, 종교적 소명에 대해 주저하며 바슈롱에게 편지를 쓴다. "저는 신학교를 즉각 떠나는 것이나 어머니를 홀로 두는 것에 대해서는 생각도 할 수 없습니다." 사실 바타유는 조르주 델테유의 여동생인 마리(Marie)와 사랑에 빠져 있었는데, "가정이 있는 삶이라는 포근한 이상"을 실현하고자 하는 욕망과 "신을 섬기려는" 욕망 사이에서 몸부림쳤다.

6월, 바타유는 라바르드에 있는 예수회 수도원에서 피정했다.

그는 이나시오 드 로욜라(Ignacio de Loyola)식 예수회 규율에 따른 묵상 수련을 체험한 듯하다. 이 수련에서 그는 나중에 자신이 '내적 체험'이라 부르게 될 것에 접근하기 위한 기술을 찾아보려 했으나 충분치 못했고, 이때의 5일 피정은 이것이 그의 소명이 아니라는 확신을 갖게 했다. 바슈롱과 라바르드 예수회원들의 권유로 그는 자신의 시 「랭스의 노트르담」을 산문으로 옮기기 시작한다(이 글은 같은 해 6쪽 소책자로 출판되었다).

바타유는 파리 국립 고문서 학교 1학년 학생이 된다.

1919년—첫 진급시험을 통과하고 2학년 장학생이 된다.

8월 9일, 절친히 지냈던 사촌 마리루이즈(Marie-Louise)에게 쓴 편지에서, 계속해서 "인간 혐오증 때문에 몸이 뒤틀린다"고 말한다. 그는 다른 여인과 사랑에 빠져 있음에도 마리 델테유와 결혼하기로 결심한다. 델테유 박사는 바타유 아버지의 유전병을 우려해 결혼을 반대한다. 이 때문에 자살을 생각하기도 했던 바타유는 40년 뒤 "오직 마리만이 나를 꿈꾸게 만들었던 여성"이라고 고백한다.

1920년—3학년이 된다. 대영박물관 조사를 위해, 그리고 필시 『중세 기사 수도회(L'Ordre de Chevalerie)』의 세 가지 수사본과 발견된 지 얼마 되지 않았던 『기욤의 노래(Chanson de Guillaume)』 수사본을 열람하기 위해 런던을 방문한다. 영국 체류 이후 그는 "갑자기 신앙을 잃게 되었다. 그의 가톨릭교가 사랑하는 여인으로 하여금 눈물을 흘리게 만들었기 때문"이다. 사실 그는 모든 믿음에서 조금씩 멀어져가고 있었다.

이 시기부터 콜레트 르니에(Colette Renié)와의 우정이 시작된 것으로 보인다. 역시 파리 국립 고문서 학교 학생이었으며

후에 동양 언어 학교의 도서관 사서가 되는 그녀에게 바타유는
자신의 시들을 읽히게 된다. 바타유는 르콩트 뒤 노위 부인(Mme
Lecomte du Noüy)과도 알고 지냈으며, 덕분에 학생의 삶과는
"매우 이질적인 영역들"을 맛보게 되었다.

이즈음 두 편의 소설, 『장티안 성의 안주인(La Châtelaine
Gentiane)』과 『랄프 웹(Ralph Webb)』을 쓴 것으로 보인다.

1921년—논문 자격시험을 치를 것이 승인된다. 그의 논문
제목은 '중세 기사 수도회: 서문과 주석이 달린 13세기의 운문
콩트(L'Ordre de Chevalerie: Conte en vers du XIIIème
siècle, publié avec une introduction et des notes)'로, 이는 레옹
고티에(Léon Gautier)의 작품 『기사단(La Chevalerie)』에서
영감을 받아 선택한 주제인 듯하다.

이때 이탈리아를 방문했고, 이 여행은 『니체에 대하여(Sur
Nietzsche)』(1945) 중 웃음의 체험을 다룬 한 문단에 언급되어 있다.

1922년—1월 30일, 논문 심사를 마친다. 교육 실습 자문
위원회로부터 교육부 장관의 주목을 받을 만한 논문으로 지명된다.

2–9월, 두 번째 진급을 한 바타유는 문서 기록 보관 및
고문서 학사 자격을 얻게 되며, 마드리드에 있는 스페인어권
문화 고등 연구원에 참여할 것을 요청받는다. 마드리드뿐
아니라 세비야, 톨레도에 머무르면서 바타유는 중세의 문서들을
연구하고 발견한다. 그는 또 중세의 수사본과 문서 몇 편을 편집할
계획을 세우고, "거의 마르셀 프루스트 같은 문체의" 소설을
하나 구상한다. 그에게 계시와 같은 사건이 일어나는데, 바로
5월 7일 마드리드의 투우 경기장에서 일어난, 투우사 마누엘
그라네로(Manuel Granero)의 죽음을 말한다(그의 소설 『눈

이야기』중「그라네로의 눈」이 이와 관련되어 있다). 6월 파리 국립도서관 견습 사서로 임명된 그는 프랑스로 돌아와 7월 17일부터 간행물 부서에서 일하기 시작한다.

7-12월, 니체를 읽고, 도스토옙스키이『영원한 남편』과 지드의『지상의 양식』을 읽는다. "지상 사물들의 베아트리스" 콜레트 르니에와의 서신에 따르면, 바타유는 지드의『팔뤼드 (Paludes)』를 읽은 뒤 자신의 시들 중 하나를 불태워버리게 되었다. 이 시기에 그는 콜레트에게 "완전히 괴물 같고" 또한 "완전히 아름다운" 한 여성과의 덧없는 관계에 대해 고백한 것으로 보인다.

1923년—2월,『정신분석학 입문』을 읽음으로써 프로이트를 발견한다. 고등교육 실용 연구원에서 마르셀 모스(Marcel Mauss)의 수업을 수강하던 알프레드 메트로(Alfred Métraux)와 가깝게 된다. 메트로는 바타유에게 모스의 작품을 소개한다.

11월, 동양 언어 학교에 등록해 중국어를 공부하기 시작한다. 또한 러시아어 강의를 청강한다. 이 수업에서 파리에 이주해 있던 러시아 철학자 레프 셰스토프(Lev Chestov)와 만나게 되는데, 셰스토프는 바타유에게 반이상주의자로서의 니체를 다시 읽도록 권하고 도스토옙스키와 플라톤, 키르케고르, 파스칼을 알게 하는 등 깊은 영향을 미친다.

소설『에바리스트(Evaristes)』의 집필은 보다 이른 때에 시작된 것으로 보인다.

1924년—4월 15일, 메달 및 주화 전시관 견습 사서로 이동된다.

7월 3일, 6급 사서로 임명된다.

10월 즈음, 국립도서관 사서 자크 라보(Jacques Lavaud)의 중개로 미셸 레리스(Michel Leiris)와 만나게 된다. 레리스,

라보와 함께 바타유는 다다이즘의 미숙한 부정주의에 반대하여 "그렇다(Oui)"라는 문학 운동과, 발행 본부를 매음굴에 두는 잡지의 창간을 기획한다. 10월 15일『초현실주의 선언(Manifeste du surréalisme)』이 출판되었으나 바타유는 별다른 영감을 느끼지 못한다. 레리스 덕분에 바타유는 화가 앙드레 마송(André Masson)과 접촉하게 되는데, 나중에 마송은 장 포트리에(Jean Fautrier), 알베르토 자코메티(Alberto Giacometti), 한스 벨메르(Hans Bellmer)와 함께 바타유 텍스트들의 삽화를 맡게 된다. 마송은 블로메 가 45번지에 위치한 자신의 작업실에서 모임을 갖는 비공식적 비정통 그룹에 바타유를 소개한다. "이단아들의 집"인 이곳에는 조르주 랭부르(Georges Limbour), 롤랑 튀알(Roland Tual), 앙토넹 아르토(Antonin Artaud), 호안 미로(Juan Miró) 등이 모이곤 했으며, 그들은 성적 자유뿐 아니라 "마음껏 마시고 아편을 피울" 자유를 권장하였다. 또한 이 그룹은 재즈와 미국 영화를 즐기는 샤토 가 그룹과 연계된다. 샤토 가에는 자크 프레베르(Jacques Prévert), 마르셀 뒤아멜(Marcel Duhamel), 이브 탕기(Yves Tanguy) 등이 모였고, 훗날 레몽 크노(Raymond Queneau)도 합류했다.

아마도 11월, 레리스가 초현실주의 그룹에 가담한다. 바타유는 이에 기분이 상하고 소외감을 느낀다.

1925년—3월 9일, 5급 사서로 승진한다.

여름 끝 무렵 바타유는 레리스의 중개로 앙드레 브르통 (André Breton)과 만나게 된다. 레리스에 의하면 브르통은 바타유에 대해 즉각적으로 반감을 갖게 되었던 것 같다.

이해 또는 그다음 해에 바타유는 『W.-C.』를 썼다. 이 소설에서 바타유는 당대 유명한 살인자인 트로프만이라는 인물로 작가인 자신을 작품에 등장시키려 했으나, 결국 일인칭 작가 시점의 소설이 되었다. 소설에는 1928년부터 집필되어 1945년에 출판된 에피소드 '디르티(Dirty)'만 남았는데, 이 에피소드가 『하늘의 푸른빛(Le Bleu du ciel)』의 서장을 이루게 된다.

친구인 카미유 도스(Camille Dausse) 박사의 충고로 자기 글쓰기에 나타난 병적인 측면에 대해 알게 된 바타유는, 파리 정신분석 협회의 창립 회원이었던 아드리앙 보렐(Adrien Borel) 박사에게 분석을 받기로 결심한다. 『에로스의 눈물(Les Larmes d'Éros)』에서 바타유가 쓴 바에 따르면, 보렐은 이때, 조르주 뒤마(Georges Dumas)의 『심리학 개론(Traité de psychologie)』에 수록된 '능지처참당하고 있는 중국인 처형자'의 사진(1961년 3월 참조) 중 한 장을 바타유에게 준 것으로 보인다(그러나 실제로 이 사진이 수록된 책은 『개정 심리학 개론[Nouveau traité de psychologie]』[2권과 3권, 1932–3년]이다).

1926년—3월, 익명으로 「중세 풍자시들(Fatrasies)」(13세기에 쓰여진 기이한 시들)을 『초현실주의 혁명(La Révolution surréaliste)』 6호에 싣는다.

사드를 발견.

1927년—6월 17일, 4급 사서로 승진한다.

7월, 런던 여행. 런던 동물원에서 "원숭이 항문 돌출부의 벌거벗음"을 봄으로써 "대변과 관련한 환상"과 분리될 수 없는 일종의 황홀경을 느낀다. 이는 '송과안(松科眼, œil pinéal)'*의 주제와 연결되며, 바타유 소비 개념의 초기 형태를

---

* 송과체는 척추동물의 간뇌 등면에 돌출해 있는 내분비샘의 한 가지로 성기의 발육을 조정하는 기능을 지닌다. 바타유는 이 기관에 '눈'을 연결시킨다.

띤다. 모스의 『증여론(Essai sur le don)』 독서 후 천착하기 시작한 '소비(dépense)'의 개념은 신비주의적 인류학의 구상을 통해 과학적 인류학을 극복하려는 바타유의 시도라 할 수 있다. 이는 1930년부터 집필된 『송과안 관련 자료(Dossier de L'œil pinéal)』의 다섯 가지 버전에 나타나는데, 이 자료 중 「제쥐브(Jésuve)」가 포함되어 있다.

9월, 프루스트의 『되찾은 시간』이 출간된다. 바타유는 이 작품에 의거해 『내적 체험(L'Expérience intérieure)』의 「형벌에 덧붙임(Post-scriptum au supplice)」에 실리게 될, 이전에 체험했던 "일부가 결핍된" 황홀경을 회상하게 된다.

이해에 그는 크노와, 다다이스트였던 의사 테오도르 프랭켈(Théodore Fraenkel)의 부인인 비앙카(Bianca), 그 자매 실비아 마클레스(Sylvia Maklès, 1908–93)를 알게 된다.

『눈 이야기』를 집필한 것도 이해였으리라 추측된다.

1928년—3월 20일, 실비아 마클레스와 혼인한다. 부부는 파리 7구에 위치한 마송의 작업실에서 살림을 시작한다. 바타유는 계속해서 방종한 삶을 이어나간다.

8월, 독일 시인 카를 아인슈타인(Karl Einstein), 트로카데로 민속박물관 부관장 조르주 앙리 리비에르(Georges Henri Rivière)와 함께 잡지 『도퀴망(Documents)』[문서, 자료]을 창간하고자 한다. 그는 이 시기에, 출판사 이름 없이, 로드 오슈(Lord Auch)라는 가명으로 『눈 이야기』를 출판한다. 여기에는 마송이 파스칼 피아(Pascal Pia)의 조판으로 작업한 (서명 없는) 석판화 8점이 삽화로 수록되어 있다.

1929년—2월 12일, 개인적 행위와 집단적 행위 사이에서 선택의 필요성에 관한 초현실주의 그룹의 설문지에 응답할 것을 요청받는다. 바타유는 다음 문장으로 화답한다. "귀찮게 하는 이상주의자들이 너무 많다."

1월, 『도퀴망』 첫 호기 발긴된다. 바타유는 '편집국장'으로서 편집을 총괄한다. 잡지 광고 문구의 부제였던 '학설, 고고학, 예술과 민족지학'이 이 잡지의 기획 의도였으며, "아직 분류되지 않은 가장 자극적인 예술 작품들, 지금껏 무시되어 왔던 이질적인 몇몇 창작물들이 이제 고고학자들의 연구만큼이나 엄격하고 학문적인 연구의 대상이 될 것"이다. 바타유는 여기에 「아카데미풍의 말[馬](Le Cheval académique)」이라는 글을 싣는데, 이는 공개적으로 이상주의자들에 반대하는 논지의 글 연작 중 첫 번째 글이 된다. 또한 반이상주의적 태도는 창간 초부터 내부의 심각한 긴장을 초래하게 된다. 1930년 제14호 발간 이후 잡지는 폐간된다.

12월, 『초현실주의 제2선언(Second manifeste du surréalisme)』이 발간된다. 브르통은 『초현실주의 제2선언』에서 바타유가 『도퀴망』에 게재한 논문들에 대해 정신쇠약의 징후가 드러나는 글이라고 언급한다.

1930년—1월 15일, 바타유의 어머니가 파리에서 사망한다. 어머니의 죽음은 『하늘의 푸른빛』 중 트로프만이 이야기하는 시간증(屍諫症) 장면에서 언급될 것이며, 이에 대해서는 두 편의 자전적 글, 즉 『아이』에 수록된 「W.-C., 『눈 이야기』 서문」과 집필 일자를 알 수 없는 단상 「어머니의 시체」에 더욱 명시적으로 언급된다. 같은 날 브르통에 대한 비방문인 「시체(Un cadavre)」가 발행된다. 1928년 이후 꾸준히 만났던 데스노스와 함께 바타유는 브르통의 『제2선언』에 대응할 채비를 갖춘 것이었다.

2월, 메달 및 주화 전시관을 떠나 국립도서관 발행물 관리 부서로 돌아온다. 그는 이 이동이 부당하다고 판단한다.

6월 10일, 딸 로랑스(Laurence) 출생.

이해부터 불법 출판된 에로 서적 수집 기획이 시작된 듯하다.

1931년—3월, 보리스 수바린(Boris Souvarine)이 『라 크리티크 소시알(La Critique sociale)』[사회 비평] 첫 호를 발행한다. 이 잡지는 사회학, 정신분석학, 철학, 경제학, 역사 연구에 근거해 마르크시즘을 현실에 맞게 수용하는 작업을 목표로 한다. 이는 수바린이 이끌던 '민주주의 공산당 서클'의 논점을 반영한 것으로, 바타유는 크노와 함께 이 서클에 접촉한다.

9월, 뒤아멜과 자크 클라인(Jacqeus Klein)을 주축으로 하고 막스 모리즈(Max Morise)의 삽화가 포함된 「보편 역사(Histoire universelle)」를 싣기로 하는 주간지 창간에 협력한다. 이 기획은 성사되지 못했지만 바타유는 이후 전 생애 동안 '보편 역사'의 관념에 대해 고찰하게 된다.

바타유는 정신병리학 자격증 준비를 위해 생트안 병원에서 환자들의 진술을 통한 치료를 참관하기로 결심한다. 크노와 함께 바타유는 종교 과학 고등 연구원에서 알렉상드르 쿠아레(Alexandre Koyré)가 니콜라 드 퀴(Nicolas de Cue)의 개념인 "현학적 무지"와 무한 속에서의 "모순들의 일치" 개념을 다루는 텍스트들에 대해 강의하는 세미나를 수강하기 시작한다.

11월 25일, 1927년 1–2월 집필된 『태양의 항문(L'Anus solaire)』이 마송의 드라이포인트 삽화가 수록된 책으로 인쇄 완료된다. 수바린과, 후에 로르(Laure)라는 이름으로 알려지게 될 콜레트 페뇨(Colette Peignot)가 드라공 가 7번지로 이사 온다. 콜레트는 '민주주의 공산당 서클'의 회원이었다. 이즈음 바타유는 실비아와 동석한 채 그녀를 처음 만난 듯하다. 콜레트 사망 후

바타유는 사후 출간된 단상인 『로르의 삶(La Vie de Laure)』에서
이렇게 쓴다. "처음 만났던 날부터, 나와 그녀 사이에 완전한
투명함이 존재함을 느꼈다."

1932년—3월, 『라 크리티크 소시알』 5호에 크노와 함께 쓴 「헤겔
변증법 토대 비판」이 실린다.

　　7월 19일, 3급 사서로 승진한다.

　　11월, 니콜라 드 퀴에 대한 코이레의 수업을 계속 수강한다.
'헤겔 종교철학'을 다루는 코이레의 다른 세미나 역시 수강한다. 이
세미나에서 알렉상드르 코제브(Alexandre Kojève)라는 이름으로
더욱 잘 알려진 코제브니코프(Kojevnikof)를 만난다.

1933년—1월, 포틀래치(potlatch)*에 대한 모스의 연구를 바탕으로
경제 발전 과정 내부에 남아 있는 비생산적 소비의 원시적 특성을
밝힌 논문 「소비의 개념」을 게재한다(『라 크리티크 소시알』 7호).
알베르 스키라(Albert Skira)와 에스타리오스 테리아드(Estarios
Tériade)에게서 자극을 받은 바타유는 초현실주의의 이단아들에게
개방적인 현대 예술 잡지를 창간하고자 하는데, 이 잡지의 제목은
마송과 함께 '미노타우로스(Minotaure)'라고 붙이기로 한다. 후에
이 기획은 도리어 브르통과 정통 초현실주의자들의 후원하에
실현된다.

　　3월, 발터 베냐민(Walter Benjamin)의 파리 방문.

---

* 선물 교환 행위. 사회적 지위를 승인하기 위한 행사로, 1849년 태평양 연안 남부
콰키우틀 인디언들 사이에서 성행했다. 재산이나 지위를 계승한 사람들이 새로 획득한
지위를 공식적으로 확정하기 위해 행했으며 결혼, 탄생, 죽음, 비밀결사 가입 등은 물론
사소한 일에도 빈번히 개최되었다. 바타유는 이 행사의 과시적이고 파괴적인 소모의
측면에 주목한다.

베냐민은 후에 『콩트르아타크(Contre-Attaque)』[반격]과 '사회학 학회(Collège de sociologie)'에서 바타유와 친분을 맺게 된다. 바타유는 파시즘 관련 서적들을 읽고, 국가사회주의 관련 자료들을 수집한다.

7월, 병에 걸림. 그는 베토벤의 「레오노레」 서곡과 "그리 잔인할 것 없는 이별"에서 비롯된 "황홀경(extase)"에 대한 글을 쓰는데, 이는 1936년에 '희생제의(Sacrifices)'라는 제목으로 출간된다. 이어 「파시즘의 심리 구조」를 집필하고, 글의 1부가 『라 크리티크 소시알』 10호에 게재된다. 바타유의 이름은 같은 잡지 9호에 실린 논문 「국가의 문제」에서도 발견되는데, 이 글은 전체주의적 국가(스탈린주의, 파시즘, 나치즘)의 유령에 대항하기 위해서는 마르크시즘 이론 자체도, 공산주의 내에서 마르크시즘 이론의 발전 양상도 여전히 불충분하다고 고발하고 있다.

10월에서 1934년 2월 사이 바타유는 르네 르푀브르(René Lefeuvre)를 주축으로 조직된 로자 룩셈부르크(Rosa Luxembourg)의 사상 연구회 『마스(Masses)』[덩어리, 대중]에 참여한다. 레리스, 에메 파트리(Aimé Patri), 피에르 칸(Pierre Kaan)과 함께 현대 정치 사회적 신화들을 다루는 강의를 기획하는데, 이것이 '사회학 학회'의 출발점이 된다. 이 그룹에서 바타유는 사진작가 도라 마르(Dora Maar)를 만났던 것으로 추정된다. 그녀는 피카소와 만나기 전 바타유의 정부가 된다.

1933년부터 '웃음'이라는 제목을 단 원고들이 쓰인 듯하다.

1934년—1월 1일, 코제브가 5월 31일까지 알렉상드르 코이레의 고등 연구원 강의를 대신한다. 코제브의 강의는 1939년까지 이어지면서 『정신현상학』에 근거한 헤겔 종교철학을 다루게 된다. 수강한 이들 중에는 크노, 가스통 페사르(Gaston Fessard), 자크

라캉(Jacques Lacan, 라캉을 통해 바타유는 로제 카유아[Roger Caillois]를 알게 된다), 에리크 베유(Eric Weil) 등이 있었다. 바타유는 자신의 사유를 코제브가 설명한 헤겔 철학 해석에 명시적으로 결부시킨다. 이때 하이데거의 『존재와 시간』을 읽는다.

바타유는 '민주주의 공산당 서클'과 '독립 공산당 동부 연합' 구성원들이 작성한 「노동자 민중이여, 일어나라!」라는 선언문에 찬동하고, 뱅센 대로에서 열린 2월 12일의 반파시즘 집회에 참여한다. 이 집회는 사회주의자들과 공산주의자들의 연합을 공고하게 굳히는 계기가 된다. 그러나 이해 초 병에 걸렸던 바타유는 "류머티즘성 마비 증세 때문에 침대에 나와서도 절뚝거리는 수밖에" 없었다. 로르가 당시 이시레물리노에 위치한 바타유의 집에 한두 차례 방문한 듯하다.

3월, 「파시즘의 심리 구조」 2부를 게재한다(『라 크리티크 소시알』 11호, 이 잡지의 마지막 발행본). '민주주의 공산당 서클'이 서서히 와해된다.

6월 20일, 이 날짜부터(혹은 로르의 죽음 이후부터) 일기 『원화(圓華, La Rosace)』를 쓰기 시작한다. 29일은 로르와의 연인 관계가 시작된 첫날로 기록된다.

7월 4일, 로르는 수바린과 함께 오스트리아와 이탈리아로 여행을 떠난다. 바타유는 로르를 찾아 떠나 "한 곳에서 다른 곳으로 쫓겨 다녔던" 자신의 끊임없는 여행에 대해 『원화』에 상세히 쓴다. 24일, 그는 메조코로나에서 로르를 만나 함께 이탈리아 트렌토에 가게 되는데, 여기에서 『하늘의 푸른빛』에서 묘사되는 음울한 난교 장면이 이루어진다. 인스브루크와 취리히에서 바타유와 로르는 강렬하고 비극적인 이 여행의 마지막 여정을 보낸다.

8월 5일, 로르는 우울증 발작을 일으킨 뒤 파리에 돌아와 입원한다. 바타유는 이 시기부터 '전조들(Les Présages)'이라는 제목의 책을 쓰려 한 듯하다. 이 제목은 바타유가 1935년 스페인 체류 일기에 붙였던 것이기도 하고, 전후 몇 편의 논문들을 묶은 글에 붙인 것이기도 하다.

9월, 로르는 보렐의 치료를 받게 된다. 바타유는 음란 주점 타바랭(Tabarin)과 스핑크스(Sphynx)를 출입하며 수많은 내연 관계를 맺는다.

이해부터 피에르 클로소프스키(Pierre Klossowski)와의 만남이 시작된다. 실비아와 별거하기 시작하는데, 이들은 1946년에 이르러서야 이혼한다.

1935년―1월, 문학적 표현이 "일종의 학문적 탐사와의 결합"을 통해서만 자리를 갖게 하는 잡지를 창립할 계획을 세운다. 이러한 문학 잡지를 창간할 계획은 '검은 짐승(La Bête noire)'이라는 제목하에 마르셀 모레(Marcel Moré)를 주축으로 구체화되는데, 이 계획으로 인해 그가 함께 작업하고자 했던 레리스와의 관계에 위기가 발생하고 크노와는 절교하게 된다.

4월 15일, '반격'의 임시 구성회의 회합을 갖는다. 이 회합의 목적은 바타유, 도트리, 칸이 서명한 「무엇을 할 것인가? 공산주의의 무능에서 비롯된 파시즘 앞에서」라는 초청문에 요약되어 있다. 이달 말, 그는 딸 로랑스와 함께 스페인으로 떠나 5월 30일에 돌아온다. 일기 「전조들」에서 말하는 바와 같이, 그는 5월 8일부터 12일까지 마송과 함께 바르셀로나에 머물고, 매음굴을 꾸준히 드나든다. 10일, 마송과 함께 몬세라트에 다녀온다. 여기에서 그는 "황홀경의" 체험을 하며, 이에 대해 『미노타우로스』 8호(1936년 6월)에 게재된 「몬세라트」라는 글에서 언급하는데, 이 글에는 마송의 시 「몬세라트 높은 곳에서」와 그의 두 그림 「몬세라트의 여명(Aube à Montserrat)」과 「경이로운 광경(Paysage

aux prodiges)」, 그리고 바타유의 짧은 글 「하늘의 푸른빛」(수정 후
『내적 체험』에 수록됨)이 엮여 있다. 29일, 소설『하늘의 푸른빛』을
탈고하지만, 이 책은 1957년에야 출간된다.

7월, 가유아와 함께 혁녕주의적 시식인들의 연합을 구축할
것을 계획하는데, 이것이 '반격'의 윤곽이 된다.

9월, 브르통과 화해한다. '반격'의 구성 준비회가 진행된다.

10월 7일, '반격. 혁명적 지식인들의 투쟁 연합' 선언이
발표된다. 이는 민주주의 체제의 무력함을 단죄하는 반파시즘적
운동이었다. 두 그룹이 이 단체를 구성하고 있었는데, 하나는
브르통과 바타유가 속해 있는 사드 그룹이고, 다른 하나는
마라(Marat) 그룹이었다.

11월, 브르통의『초현실주의의 정치적 입장』이 발행되어
'반격' 선언문에 부록으로 실린다. 24일, 바타유와 브르통은 인민
전선 문제에 대해 대화를 나눈다. 바타유 그룹과 초현실주의자 사이
대립의 첫 징후가 보인다.

12월, '반격'의 회합이 여러 차례 있었다.

블레이크와 카프카를 발견한다.

1936년—2월 16일, 젊은 왕정주의자들이 레옹 블룸(Léon Blum)에
가한 공격에 대항하는 시위가 있었다. 이 시위가 진행될 때 '반격'은
「동지들이여, 파시스트들이 레옹 블룸을 린치하였소」라는 전단지를
뿌린다. 바타유는 「행동에의 요청」이라는 전단지를 작성한다. 그는
또한『철학 연구(Recherches philosophiques)』 5권에 실릴 글
「미로(Le Labyrinthe)」를 쓰는데, 이 텍스트는 미세하게 수정되어
『내적 체험』에 수록된다.

3월 14일, 히틀러가 라인란트를 막 점령하였을 즈음,
바타유는 카페 오제(Augé)에서 전쟁에 대한 토론회를 개최한다.

이날 바타유가 장 베르니에(Jean Bernier), 뤼시 콜리아르(Lucie Colliard)와 쓴 것으로 보이는 전단지 「노동자들이여, 그대들은 배반당하였다!」가 새로운 그룹인 '반(反)신성연합 위원회'의 서명자 명단과 함께 배포되었는데, 이 사건은 브르통과의 결별을 야기한다.

4월 2일, '반격'의 편집국장직을 사임한다. 바타유는 정치와는 거리를 둔 비밀 단체를 구상하는데, 이 단체의 목적은 종교적이나 반기독교적이며, 특히 니체적일 것이었다. 이 기획에 상응하는 문서가 G. B.라 서명된 「계획서(Programme)」인데, '무두인(無頭人, Acéphale)'이라는 그룹과 함께 동명의 잡지 창간에 대해 계획되어 있다. 7일, 바타유는 토사데마르에서 『무두인』의 표지 그림으로 머리가 없는 남자를 그리고 있던 마송을 만난다. 바타유는 이곳에서 두 편의 짧은 글 「내가 보기에 실존은…」과 「신성한 주문」을 쓴다(이 글은 후에 잡지 발간사가 된다). 9일, '반격'은 마지막으로 전쟁 문제에 대해 입장을 정하기 위해 회의를 개최한다. 피에르 뒤강(Pierre Dugan, 앙들러로 알려져 있음)의 17일 자 글 「파시즘 노트」에 신조어인 '초(超)파시즘(surfascisme)'이라는 단어가 등장함으로써 '반격' 내 균열이 가속화된다. 이 단어는 '반격'의 혁명주의적 전략을 함축하는 말로, '초현실주의'의 '초월'적 의도를 암시하는 동시에 극복된 파시즘이라는 의미를 포함하고 있다. 초현실주의자들은 이 단어를 오히려 바타유와 그의 그룹에 악의적 의도를 가지고 적용한다. 이달 말, '반격'이 해체된다.

6월 초, 바타유는 예이젠시테인의 영화 「멕시코에 치는 천둥(Tonnere sur le Mexique)」(아마도 바타유의 사후 출간 텍스트인 『칼라베라[Calaveras]』를 원작으로 만들었을 것이다)을 관람한다. 4일, 바타유는 '연구 모임' 혹은 '사회학 모임'을 만드는데, 이것이 비밀 단체 '무두인'의 핵심 조직이었다. 6일,

블룸이 선출되어 인민 전선의 첫 번째 내각을 주재한다. 24일, 기 레비마노(Guy Lévis-Mano) 출판사에서 바타유와 앙브로지노, 클로소프스키가 편집장을 맡은 『무두인』의 첫 5개 호가 나온다.

7월부터 8월 사이 바타유는 부인 실비아가 연기한 장 르누아르(Jean Renoir)의 영화 「시골에서의 하루(Une partie de campagne)」(이 영화는 1946년 처음 상영된다)에 신학생 역할로 출연한다. 8월 8일, 2급 사서로 임명된다.

11월 11일, "저급한 정치적 관심사들"에 대항하는 성격의 집단 '무두인'의 첫 정기 모임에서 발표한 것으로 보인다.

12월 3일, 기 레비마노 출판사에서 마송의 에칭 삽화 5점이 포함된 『희생제의(Sacrifices)』 150부를 출판한다.

1936년부터 『프랑스 백과사전(Encyclopédie française)』 제17권에 수록되어 있는, 바타유가 익명으로 작성한 항목 '예술 및 문학 관련 최근 주요 저작 분류 목록'이 집필되었다. 이해부터 '무두인' 활동의 일환으로 콩코르드 광장의 오벨리스크 아래에 피 웅덩이 쏟아놓기, 발신 주소지는 루이16세의 두개골이 묻힌 곳으로 기재하고 '사드'라고 서명한 공식 성명서를 출판사들에 보내기 등의 활동이 시작되었다.

1937년—1월 21일, 『무두인』 2호에 서명하지 않은 글 「니체와 파시스트들」과 「제안」을 기고한다.

2월 6일, '무두인' 회합에서, 비밀 단체 내부에서는 일체의 정치적 활동을 포기할 것을 표방하는 회보를 발간할 것을 결의한다. 한편 바타유는 '무두인'의 이론적 토대를 마련하기 위해 '사회학 학회'를 설립할 것을 계획한다. '사회학 학회'는 비밀 단체의 외부 조직이며, "신성 사회학(sociologie sacrée)"의 영역을 다루게 된다.

3월, 그랑 베푸르(Grand Véfour)에서 「마법사의 제자(L'Apprenti sorcier)」를 발표한다. 이날 모임 중 '사회학 학회'가 발족된다. 이어 '무두인'의 기본 강령이 될 「무두인」 숲에서의 금기들」이 작성되는데, 이에 따르면 비밀 의식은 생제르맹앙레 부근 마를리 숲의 "벼락 맞은" 떡갈나무를 에워싸고 거행된다고 한다.

4월, '집단심리학 협회'를 창설한다(바타유는 부회장을 맡는다).

7–8월, 논문 「어머니-비극」을 발표한다(『그리스 여행[Le Voyage en Grèce]』 여름, 7호). 7월 중순경, 로르와 함께 이탈리아로 떠난다. 그는 나폴리와 시에나에 머물면서 8월 7일 장 폴랑(Jean Paulhan)에게 소고 「오벨리스크(L'Obélisque)」의 최종본을 보내는데, 이 소고는 1938년 4월 15일 자 『므쥐르(Mesures)』[척도]에 게재된다. 그는 에트나로 향한다. 이곳에서 그가 『죄인』 집필 노트들에서 언급하게 될 "극단적" 체험을 하게 되는데, 이는 마송이 바타유의 부탁에 따라 그린 뒤 바타유가 소장하게 된, "재와 불꽃의 그림"이라 묘사된 「엠페도클레스(Empédocle)」를 가리킨다.

9월, 「명상(Méditation)」을 쓴 것으로 보인다. 이 글은 바타유가 1938년 5월부터 불교의 고행주의와 기독교 신비주의에 관한 독서를 함에 따라 황홀경에 도달하는 수련에 전념하게 될 것을 예고한다.

11월 20일, '사회학 학회' 개회식에서 카유아와 강연을 한다. '사회학 학회'는 이후 2년 동안 회합을 갖게 된다.

12월, 테리아드가 창간한 잡지 『베르브(Verve)』[열변] 1호에 「프로메테우스 반 고흐」와 만 레이(Man Ray)의 사진들과 함께 실린 글 「머리카락」을 발표한다.

1938년—1월 17일(혹은 18일), '집단심리학 협회' 개회식에서 그해의 주제인 '죽음에 대한 태도들'에 대해 발언한다.

3월, 잡지 『누벨 르뷔 프랑세즈(NRF, Nouvelle Revue Française)』[프랑스 신비평]에 게재할 목적으로 「인민 전선의 실패」를 쓴 것으로 보인다. 사후 출판된 이 글은 3월 9일부터 폴랑이 여러 지식인들에게 부쳤던 설문 형식 서한 「이토록 완벽한 실패는 무엇 때문인가?」에 대한 회신으로 쓰여진 것이었다.

바타유는 에망세에 가서 사드가 자신을 묻어달라 요청했던 장소를 방문한다(1937년 12월 5일에도 방문했었다).

6월, 『베르브』 2호(3–6월)에 「천상의 몸」이 마송의 펜화 몇 점을 삽화로 하여 발표된다. 3호에 「광경」이 발표된다.

7월 1일, 『누벨 르뷔 프랑세즈』에 「마법사의 제자」를 발표한다. 로르와 바타유는 생제르맹앙레 마레유 가 59번지에 정착한다. 25일, 바타유는 '무두인' 정기 모임에서 '일곱 가지 공격(Les Sept agressions)'이라는 제목의 비방문을 출판할 것을 제안하는데, 이 글은 미완으로 남게 될 그의 책 『반(反)기독교 입문(Manuel de l'anti-chrétien)』의 초고가 된다. 또한 그는 니체 관련 글 모음집 『메모랜덤(Mémorandum)』의 출판을 계획한다(1945년 출간).

11월 1일, 『누벨 르뷔 프랑세즈』에 「국제 위기에 관한 사회학 학회의 선언」을 기고해 뮌헨 협정에 대한 서구 민주주의 국가들의 회피적 태도를 규탄한다. 3일, 1급 사서로 승진한다. 7일, 로르가 세상을 떠난다. 바타유는 가슴이 찢어지는 고통을 겪는다. 로르가 7월 혹은 8월에 쓴 글을 읽으며, 그 내용과 자신이 「신성(Le Sacré)」이라는 글에 쓴 내용에서 일치하는 것들을 발견하며 감정이 더욱 격렬해진다. 그는 「운(La Chance)」이라는 글을 발표한다(『베르브』 4호).

실비아 바타유는 라캉과 관계를 맺는다. 라캉은 그때까지 아직 부인과 살고 있었다.

1938년경 『미노타우로스』에 실을 목적으로 쓴 글 「가면(Le Masque)」이 집필되기 시작한 것으로 보인다(사후 출간).

1939년—봄, '신성'이라는 제목으로 로르의 글을 한 권으로 묶어 비판매용으로 출판한다(200부 인쇄). 『카이에 다르(Cahiers d'art)』[예술 연구]에 1938년 8월부터 11월 사이에 쓴 글 「신성」을 발표한다. 이 글은 같은 주제의 다른 책, 『아마도 로드 오슈라는 가명으로 출판되었을 『눈 이야기』 해설서』에 로르의 『신성』에서 인용한 대목들과 함께 다시 수록된다. 이 시기부터 ('무두인'에 단기간 참여했던) 발트베르크(Waldberg)가 부인 이자벨(Isabelle)과 함께 생제르맹앙레의 바타유 집에 1939년 가을까지 머문다. 이때부터 이자벨과 바타유의 내연 관계가 시작된 것으로 보인다.

6월 6일 '사회학 학회'에서 「죽음 앞에서의 기쁨」을 발표한다. 이 강연문에 나타난 신비주의적 방법론은 '사회학 학회'의 해체를 가속화시킨다. 그가 신비주의적 수련에 몰두해 있었다는 사실은, 바타유 혼자 모든 글들을 작성하고 소책자 형태로 편집한 『무두인』 5호(마지막 호)에 실린 글 중 하나인 「죽음 앞에서의 기쁨의 실천」에서 명백하게 드러난다.

9월 5일, 『죄인』을 쓰기 시작한다. 프랑스는 3일부터 전시 상황에 돌입한다.

10월 2일, 드니즈 롤랭 르 장티(Denise Rollin Le Gentil)를 알게 된다. 20일, '무두인'을 해체시킨다. 27일, 크노와 화해한다.

11월 7일, '사회학 학회'의 노선에 따라 첫 번째 '전쟁에 대한 토론'이 개최된다. 바타유는 21일 이 토론회에서 고전주의적 혁명은 결론적으로 실패할 수밖에 없음을 확인하는 발언을 한다.

『저주의 몫(La Part maudite)』(1949)의 초고이며 수차례 수정되었으나 끝내 집필을 포기한, 연구자들 사이에서 '유용함의 한계(La Limite de l'utile)'라 불리는 책을 구상한 것도 이해다.

1940년—4월 15일, 『므쥐르』지에 '디아누스(Dianus)'라는 가명으로, 『죄인』의 처음 몇 쪽을 발췌한 글 「우정(L'Amitié)」을 발표한다. 바로, 브르통, 데스노스, 엘뤼아르, 레리스, 랭부르 등과 공동으로 출판한 『앙드레 마송(André Masson)』이 인쇄 완료된다.

5월 26일, 오베르뉴에 가는 길에 드니즈와 동행한다.

6월 10일, 생제르맹앙레에서 로르의 유품인 검은 벨벳 가면을 챙겨 다시 오베르뉴로 떠난다. 두 달 동안 마송의 집에 머문다.

8월 8일 이후, 드니즈와 함께 파리로 돌아온다.

1940년 말(혹은 1941년 초) 바타유는 피에르 프레보(Pierre Prévost)의 중개로 모리스 블랑쇼(Maurice Blanchot)를 만나게 된다. 이때부터 이들은 지적으로 깊은 유대 관계를 맺게 된다.

1941년—7월 3일, 실비아는 쥐디트(Judith)를 출산한다. 라캉의 딸이지만 바타유의 딸로 출생 신고된다.

9–10월, 『마담 에두아르다(Madame Edwarda)』 집필.

11월, (『내적 체험』의 머리말에 따르면) 「저주의 몫 혹은 유용함의 한계」의 저술을 포기하고 「형벌(Le Supplice)」을 쓰기로 한다(1942년 3월 7일 탈고). 이 텍스트는 『마담 에두아르다』와 긴밀한 연결 관계를 갖지만 이 소설과는 분리되어 1943년 『내적 체험』의 2부로 편입된다. 1941년 겨울부터는 『내적 체험』의 구성을 시작한다(몇 편은 1920–30년대에 썼던 글들이다).

382

1941년 말(혹은 1942년) 바타유는 철학적 성격을 띤 비공식 그룹을 창설하여 그 이름을 반어적으로 '소크라테스 학회'라고 짓는다. 그룹은 1944년까지 모임을 가졌다.

12월, 솔리테르(Solitaire) 출판사에서 피에르 앙젤리크(Pierre Angélique)라는 가명으로 『마담 에두아르드』를 출판한다(출판 연도를 1937년으로 기재함).

1942년—'소크라테스 학회'의 두 번째 그룹이 생성되기 시작한다. 이들 중 블랑쇼를 제외하고는 모두 프랑스 점령지의 시문학 잡지인 『메사주(Messages)』에 연계되어 있었다.

4월 26일, 폐에 결핵이 발생하여 국립도서관직을 휴직한다.

5월, 기흉을 앓는다.

7월 하반기, 『내적 체험』을 집필하고 그해 여름 탈고한다. 연구지 『메시지, 순결의 수련(Messages, Exercice de la pureté)』을 집필한다.

9월부터 11월 말까지 노르망디에서 요양한다. 『시체(Le Mort)』는 이즈음 집필되기 시작한 듯하다. 『오레스테이아(L'Orestie)』를 구상하는데, 이 책은 1945년에 출판된다.

12월, 파리에 돌아와 연구지 『침묵의 수련(Exercice du silence)』(제목에서 '메시지'가 삭제됨)에 「니체의 웃음」을 발표한다. 14일, 6개월 휴직을 신청한다. 그의 휴직은 이후 6개월씩 1946년 9월 30일까지 연장된다.

1943년—1월, 『내적 체험』 초판 인쇄 완료(갈리마르 출판사).

3월, 『시체』의 서문으로 「맹인 아리스티드」를 쓴다.

5월부터 7월까지 바타유는 장 레스퀴르(Jean Lescure)의 권유에 따라 책 집필에 착수하게 되는데 이 책의 제목은 먼저

'오레스테스로 존재하기, 혹은 명상의 수련(L'Être Oreste ou l'Exercice de la méditation)'으로 붙여졌다가 후에 '오레스테스 되기, 혹은 명상의 수련(Le Devenir Oreste ou l'Exercice de la méditation)'으로 비 뀐다. '시의 에메함에 대힌 극렬한 저항'으로 쓰여진 아포리즘들의 묶음인 이 책은 갈리마르 출판사로 보내졌으며, 스위스에서도 출판될 계획이었다.

6월, 여름 내 『죄인』을 탈고하여 갈리마르에서 출판하기로 크노와 합의한다. 바타유는 크노에게 이 책의 제목을 '우정'으로 하고 '디아누스의 노트'를 부제로 붙이자고 제안한다. 7월에 제목은 '죄인'으로 결정된다. 그는 루이 트랑트(Louis Trente)*라는 가명으로, 편집자도 출판사도 기재하지 않은 채 발행일자만 1934년 6월 29일로 하여 『아이』를 출판한다. 6월, 그는 러시아 왕자와 영국 여인의 딸인 다이아나(디안[Diane]으로 불림) 조세핀 외제니 코추베 드 보아르누아(혹은 보아르네[Beauharnais])(Diana Joséphine Eugénie Kotchoubey de Beauharnois)와 알게 된다.

8월부터 12월까지 시를 쓰는데, 이 시들은 1944년 『아르캉젤리크(L'Archangélique)』라는 시집에 묶여 출판된다.

10월 16일, 「다이아나 여신(Deae Dianae)」, 「태양의 항문」, 「디르티」를 포함한 몇 편의 시들을 엮은 책을 기획한다. 10월 상반기에 바타유는 드니즈와 함께 파리로 돌아오나 이들은 곧 헤어진다. 클로소프스키의 도움으로 그 형인 화가 발튀스(Balthus)의 작업실에 머무르게 되면서, 디안과는 거의 만나지 못한다. 바타유가 디안에게 보냈던 편지들은 당시 그가 품었던 맹렬한 열정을 그대로 보여준다.

사르트르가 『카이에 뒤 쉬드(Cahiers du Sud)』[남방 노트]지

---

* 바타유는 루이30세라는 의미를 나타내기 위해 'Louis XXX'로 쓴다.

10–12월 호에 논문 「새로운 신비주의자(Un Nouveau mystique)」를 기고하는데, 이 글은 『내적 체험』을 신랄하게 비판한다.

12월 말 바타유는 『메사주』지의 연구지 『도멘 프랑세(Domaine français)』[프랑스령]에 두 편의 시를 보내는데, 한 편은 「운을 기원함(Invocation à la chance)」으로 후에 『오레스테이아』에 재수록되며, 다른 한 편은 「고통(La Douleur)」으로, 『아르캉젤리크』에 '무덤(Le Tombeau)'이라는 제목으로 수록된다.

1944년—1월부터 시나리오 『불타버린 집(La Maison brûlée)』이 집필되기 시작한다.

2월 15일 『죄인』 인쇄 완료(갈리마르 출판사).

3월 5일, 나치 점령하에 마르셀 모레가 종교적 쟁점들을 논의하고자 조직한 회합들에서 바타유는 선과 악의 문제에 대한 발표를 하고, 이 발표문이 수정되어 『니체에 대하여(Sur Nietzsche)』에 수록된다.

4월, 결핵에 시달림. 30일, 『아르캉젤리크』 인쇄가 완료되어 비판매용으로 메사주(Messages) 출판사에서 출판되는데(113부), 이 책이 『메사주의 친구들(Les Amis de Messages)』 전집의 첫 권을 이루게 된다.

바타유는 "자전적 이야기"인 『쥘리(Julie)』에 착수한다. 이 책에 『시체』와 동일한 인물들을 등장시켰으며, 서문으로 기획했던 글에서는 책을 디아누스에게 바친다고 되어 있다. 그는 『죽은 신부의 사제복(Costume d'un curé mort)』이라는 소설에도 착수하는데, 결국 소설의 1부인 「분열 번식(La Scissiparité)」만을 탈고하여 1949년 출판한다. 바타유는 『니체에 대하여』를 탈고하고 1945년 출판한다. 또한 『할렐루야: 디아누스의 교리(L'Alleluiah: Catéchisme de Dianus)』를 탈고한다.

9월, 『오레스테이아』 완성. 회복되었다는 진단을 받는다.

10월, 파리로 돌아온다. 20일, 니체 탄생 100주년(10월 15일)을 맞아 『콩바(Combat)』[전투]지에 「니체는 파시스트인가?」를 게재하는데, 이 글의 초고는 다른 글인 「니체 100주년」의 초안을 이루고 있다. 이해 늦여름에 탈고하는 「니체 100주년」은 출판되지는 않고, 『니체에 대하여』에 '니체와 국가사회주의'라는 제목으로 수록된다. 10−11월부터 『루이30세의 무덤(La Tombe de Louis XXX)』에 실릴 시들의 초고가 쓰여진 듯하다.

11월 12일, 『콩바』지에 「문학이란 유용한가?」를 게재한다.

1945년—2월 7일, 칼만레비(Calmann-Lévy)와 합의하에 초반에 '위니베르(Univers)'[세계]였다가 후에 '악튀알리테(Actualité)'[시사평론]로 제목을 바꾸게 될 연구지 한 시리즈를 총괄하기로 한다. 그는 첫 세 개 호의 편집을 구상하는데, 전후의 스페인에 대해 다룬 첫 호만 출간된다. 『니체에 대하여, 운에의 의지(Sur Nietzsche, volonté de chance)』(갈리마르 출판사)가 인쇄 완료된다.

4월 14일과 15일, 『콩바』지에 「초현실주의 혁명」을 게재한다. 25일, 니체에 관한 노트 모음 『메모랜덤』이 초판 인쇄 완료된다(갈리마르 출판사).

6월, 디안과 함께 베즐레에 정착한다.

7월, 『쥐 이야기(Histoire de rats)』를 한정 부수로 출판하기로 미셸 갈리마르와 합의한다. 편집자 갈리마르는 11월 20일 이 기획을 연기한다(발행자가 이 책의 발행을 "윤리상의 구실로" 거부했기 때문). 이 책은 1947년 10월 미뉘(Minuit) 출판사에서 호화 장정본으로 출판된다.

8월, 바타유는 발터 베냐민 저작들의 사후 출판 작업을 위해,

전쟁 동안 베냐민이 프랑스 국립도서관에 숨겨놓았던 원고들을
복원하는 일을 맡게 된다.

　　10-12월, 프레보의 중개로 셴(Chêne) 출판사 창립자이자
사장인 모리스 지로디아스(Maurice Girodias)를 알게 된다.
바타유는 지로디아스와 함께 17세기의『주르날 데 사방(Journal
des savants)』[교양인의 잡지]에서 영감을 얻은 국제 잡지를 창간할
기획에 착수하며, 이 잡지를 초기에는 '크리티카(Critica)'라고
부른다. 제목은 후에 '크리티크(Critique: Revue générale des
publications françaises et étrangères)'[비평: 프랑스 국내외
출판물 일반 평론지]로 결정된다. 집필 위원회에는 블랑쇼,
국립도서관 운영 위원 피에르 조스랑(Pierre Josserand), 『콩바』지
편집장 알베르 올리비에(Albert Ollivier), 모네로(Monnerot),
에리크 베유가 참여한다.

　　12월 15일, 『오레스테이아』초판 인쇄 완료(카트르 방[Quatre
vents] 출판사). 22일, 잡지『퐁텐(Fontaine)』[샘]에「디르티」가
발표된다. 『악튀알리테』지의 첫 호인『자유 스페인(L'Espagne
libre)』이 출간된다. 카뮈가 서문을 쓴 이 잡지에서 바타유는
「피카소의 정치적 회화들」과「어니스트 헤밍웨이의『누구를 위하여
종은 울리나?』에 관하여」를 실었고, 디안 역시 헤밍웨이의 글 중
「죽음의 냄새」를 발췌 번역해 싣는다.

　　1945년 솔리테르 출판사에서 피에르 앙젤리크라는
가명으로, 발행 연도는 1942으로 허위 기재해, 장 페르뒤(Jean
Perdu, 포트리에[Fautrier]라고 알려짐)가 그린 30점의 판화가
포함된『마담 에두아르다』의 새로운 편집본을 출판하기로 한다.
1945년에서 1947년 사이에 두 편의 단편소설「결혼의 여신(La
Déesse de la noce)」과「7월의 어느 오후…」(작은 흰 가재[La Petite
Érevisse blanche])의 초안이 구상된 것으로 보인다.

1946년—3-4월, 『크리티크』 편집장 프레보와 갈등을 겪는다. 정치적 문제가 잡지 책임자들을 분열시키고 있었다. 블랑쇼와 바타유는 "반공산주의적 입장은 견딜 수 없다"는 생각이었고, 프레보와 올리비에는 자신늘의 반공산주의적 입장을 숨기지 않고 있었으며, 베유는 공산주의에 매우 우호적인 입장이었다. 바타유는 이때부터, 6월에 발행될 첫 호부터 자신의 사망 직전까지 『크리티크』를 이끌게 된다. 바타유는 전후 프랑스를 지배하던 두 계열의 지식인들의 움직임(초현실주의와 실존주의)이 대결하고 있는 여건 속에서, 그리고 그가 속한 시대의 가장 첨예한 정치적 문제들, 즉 공산주의의 발전, 냉전, 마셜 플랜, 식민주의, 인종주의, 원자폭탄의 결과, 제3차 세계대전의 위협들이 산재하는 상황 속에서, 『크리티크』를 통해 성찰의 정수를 표현하게 된다. 바타유는 이 잡지에 다수의 논문과 서평을 발표하는데, 자기 자신의 이름으로 발표하기도 하고, 가명으로 S.M.L.(생믈롱레옹[Saint-Melon-Léon]의 이니셜을 딴 것으로, 1946년 프레보에게 이 가명을 같이 사용할 것을 제안한다), N.L.(노엘 로랑[Noël Laurent]), 혹은 N.L.(노엘 레옹[Noël Léon]의 이니셜, 1948년 장 피엘[Jean Piel]에게 공유 제안), H.F.T.(앙리프랑수아 테코즈[Henri-François Tecoz]), R.L.(라울 레비[Raoul Lévy]), 엘리 샹슬레(Élie Chancelé), 에두아르 마네(Édouard Manet, 이니셜로 E.M.) 등을 사용하기도 했다.

5월 20일, 미뉘 출판사에서 『시의 증오(La Haine de la poésie)』를 출판하기로 레스퀴르와 합의한다. 또한 갈리마르에서 두 권의 책을 출판하기로 하는데, "그중 한 권은 몬시뇰 알파가 주인공으로 등장"하며, 크노가 진행하는 "희극적 소설 선집에 속할 목적으로 쓰인" 책이다.

6월 1일 부로 국립도서관 부운영 위원으로 임명된다.

7월 9일, 실비아 마클레스와 이혼한다. 바타유의 서문이 실린 미슐레(Michelet)의 『마녀(La Sorcière)』가 출판된다(카트르 방 출판사). 이 서문은 1957년 출판된 『문학과 악(La Littérature et le mal)』에 엮이게 된다(1950년 3월 참조).

9-10월, 『크리티크』지 8-9월 호에 헨리 밀러(Henry Miller)의 혐의가 부당하다고 고발한다. 그는 밀러의 에세이 「외설, 그리고 반영의 법칙」을 번역하고 디안의 이름으로 서명하여 『퐁텐』 10월 호에 게재한다. 또한 '헨리 밀러 변호 위원회'에 가입한다.

12월 9일, 크노에게 구상 중인 책 『범죄의 관점으로 바라본 예술(De l'art envisagé comme un délit)』에 대해 말한다. 이 책은 "일부는 논문들로, 일부는 『저주의 몫』 편집을 위해 수집한 역사적 단편들로" 이루어질 것이었으며, '공모 관계 설립에 관한 연구'라는 부제를 달고 있었다. 이는 (『문학과 악』의 핵심부가 되었을) 『악의 성스러움(La Sainteté du Mal)』을 가리키는 것이다(1950년 3월 참조).

르네 샤르(René Char)와 만남.

1947년—1월 3일, 『할렐루야: 디아누스의 교리』가 포트리에의 삽화들과 함께 초판 인쇄 완료되어 오귀스트 블레조(Auguste Blaizot)에서 출판된다(92부). 이 책은 3개월 뒤 삽화 없이 K 편집사에서 재판이 인쇄된다. 바타유는 『크리티크』 1-2월 호에 「히로시마 주민들을 다룬 단편소설들에 관하여」와 「벌거벗겨진' 보들레르: 사르트르의 분석과 시의 정수」를 신는다. 「벌거벗겨진' 보들레르」는 사르트르의 『보들레르(Baudelaire)』에 대한 비평문으로, 바타유는 이 서평을 "일종의 매우 광범위한 의미에서의 초현실주의적 입장, 그러나 실존주의의 근거 없음에 비하면 확실히 근거 있는" 자신만의 입장을 취할 계기로 삼는다.

5월 12일, 『명상의 방법(Méthode de méditation)』 초판 인쇄 완료(퐁텐[Fontaine] 출판사). 이 책은 1954년 『내적 체험』의 개정판에 함께 묶인다. 12일, 바타유는 장 발(Jean Wahl)이 창설한 '철학회'에서 "플라톤주의에서의 '악'과 사디즘"이라는 주제로 강연한다. 이 강연문은 『깊이와 리듬(La Profondeur et le Rythme)』(1948년 11월 25일)에 '사드와 윤리'라는 제목으로 수록된다.

7월, 『크리티크』는 5월 셴 출판사를 떠나 칼만레비의 출판사로 발행처를 옮긴다. 바타유는 『크리티크』 6–7월 호에 '불행의 윤리: 『페스트』'라는 제목으로 카뮈 소설 서평을 발표한다. 그는 6월에 사르트르가 초현실주의와 바타유 자신에 대해 「문학이란 무엇인가?」(『레 탕 모데른[Les Temps modernes]』[현대], 5–7월 호)라는 글에서 공격했던 부분들에 대해, 「메를로퐁티 씨에게 보내는 편지」(『콩바』, 7월 4일 호) 형태의 글과 「1947년의 초현실주의」라는 노트(『크리티크』, 8–9월 호)를 발표함으로써 응수한다. 7월 19일 부로, 바타유는 1946년 10월 1일부터 소급하여 5년의 휴직 처분을 받는다. 25일, 바타유는 미뉘 출판사에서 '취한 인간'이라는 가제를 단 총서를 기획하는데, 계약 조건은 1년에 최소한 여섯 편의 작품을 출판하는 것이었다. '부(富)의 사용법(L'Usage des richesses)'(총서의 제목은 이렇게 결정된다)은 그러나 두 권밖에 내놓지 못했는데, 그중 하나는 바타유의 『저주의 몫』 1권(1949)이다. 이달에, 로드 오슈라는 가명으로, 벨메르의 판화 6점이 담긴 『눈 이야기』 재판을 발행한다(세비야[Séville] 출판사라고 알려진 K 편집사, 1940).

8월, 바타유는 카뮈, 보부아르, 사르트르, 메를로퐁티, 다비드 루세(David Rousset)와 함께 잡지 『정치(Politics)』 4호(7–8월 호)와 『프랑스의 정치 저작(French Political

Writing)』에「히로시마에 대하여」를 공동 기고한다.

9월 15일, 『쥐 이야기(디아누스의 일기)』가 미뉘 출판사에서 초판 인쇄 완료된다(본래 갈리마르에서 출판되기로 예정되어 있었다). 이 책에 실린 자코메티의 에칭화 세 점은 코제브, 디안, 그리고 바타유 자신의 내밀한 관계를 드러낸다. 그림에 나타난 세 개의 알파벳 A, B, D는 각각 알렉상드르 코제브(Alexandre Kojève), 디안 보아르네(Diane Beauharnais) 그리고 디아누스(Dianus, 조르주 바타유)를 가리킨다. 그는 또한 미뉘 출판사에서 『시의 증오』를 출판하는데(9월 30일 초판 인쇄 완료), 이 책에는「쥐 이야기(디아누스의 일기)」,「디아누스(몬시뇰 알파의 비망록에서 발췌한 메모들)」,「오레스테이아」가 엮여 있다.

12월, 『크리티크』에「경제 우위의 실존주의」1부를 발표한다(2부는 1948년 2월에 발표된다).

이해에 『시체』와 『루이30세의 무덤』(두 저작 모두 사후에 출간됨)을 출판하려 했던 것으로 보인다.

1948년—1월, 『크리티크』에「소련의 산업화가 가지는 의미」를 발표한다. 또한 가명 노엘 레옹으로 서명하여「총론: 세르반테스」와「총론: 미슐레」를 싣는다. 아마도 미뉘 출판사의 총서 '제안들(Propositions)'을 위한 것으로 보이는 '검은 시리즈'(사드, 블랑쇼, 폴랑, 스탕달)와 '초록 시리즈'(블레이크, 샤르, 레리스 등)를 기획하지만, 이 기획은 유예된다.

2월, 파리로 가서 세 번의 강연을 한다. 24일 클럽 맹트낭(Maintenant)[지금]에서 '초현실주의라는 종교'를, 26-7일에는 철학회에서 '종교의 역사 체계'를 강연한다.

3월부터 5월까지, 그는 이 마지막 강연에서부터 구상을 시작하게 된 『종교의 이론(Théorie de la religion)』을 쓴다. 이 책은 1964년 2월이 되어서야 갈리마르 출판사에서 출판된다.

5월 말(혹은 6월 초) 영국 체류.

7월과 8월 사이 『크리티크』에 여러 글을 발표한다. 이 중 「성혁명과 '킨제이 보고서'」는 수정 후 『에로티슴』(1957)에 수록된다.

11월 초 아발롱에 머문다. 제네바에 들르는데, 그곳에서 12월 1일, 그의 딸 쥘리(Julie)가 출생한다. 디안, 쥘리와 함께 아발롱에 다시 체류한다.

다비드 루세를 주축으로 한 지식인들의 운동(사르트르는 이 모임과 대립함)인 '혁명적 민주주의 연합'에 가입하고자 한다.

1949년—1월, 『메르퀴르 드 프랑스(Mercure de France)』지에 「경제에서 증여의 역할: '포틀래치'」를 싣는다.

2월, 런던의 프랑스 문화원에서 8일 '초현실주의와 신성' 그리고 10일 '자본주의 경제, 종교적 희생제의와 전쟁'이라는 주제로 두 번 강연하고, 케임브리지에서 두 번 더 강연한다. 총서 '부의 사용법'에 『저주의 몫 제1권: 소모(La Part maudite I: La Consumation)』를 출판(2월 16일 초판 인쇄 완료)하는데, 이 작품의 기획은 1930년대에 시작된 것이다. 이 책의 마지막 겉표지에는 제2권의 제목으로 '성적 불안에서부터 히로시마의 불행까지(De l'angoisse sexuelle au malheur d'Hiroshima)'가 예고되어 있는데, 이는 후에 차례로 『에로티슴의 역사(L'Histoire de l'érotisme)』와 『에로티슴(L'Érotisme)』이 될 것이다(1954년 1월 참조). 1950년 초 제3권 『정치적 논의(Propos politiques)』가 기획되는데, 이것이 『주권성(La Souveraineté)』이 된다(1950년 4월과 1954년 1월 참조). 그러나 오직 한 권만이 『저주의 몫』의 기획 연작으로 출판되었을 뿐이다.

3월, 카뮈가 인터뷰(『파뤼[Paru]』[출판된]

1948년 10월 호)에서 언급한 바타유의 니체 해석에 대해, 「총론: 니체」(『크리티크』)로 응답한다.

5월, 앵갱베르틴 드 카르팡트라스(Inguimbertine de Carpantras) 도서관 사서로 임명된다. 『분열 변식』이 『카이에 드 라 플레이아드(Cahiers de la Pléiade)』[플레이아드 총서 연구지] 봄 호에 실린다.

6월, 『크리티크』에 「총론: 라신」을 발표한다.

7월, 「중세 프랑스 문학, 기사도적 윤리와 정념」(『크리티크』)을 발표하는데, 이 글은 기획 단계에 있던 책 『까마득히(A perte de vue)』의 1953년 11월 작성 노트에 등장한다. 병이 난 디안은 제네바에 머물며 치료를 받는다.

9월, 재정적 이유로 『크리티크』 출간이 중단된다. 바타유는 이 잡지를 재개하기 위한 조치를 취한다. 아비뇽에서 매음굴을 발견하여 이곳을 "교회(L'Église)"라고 부른다.

11월 10일, 1948년 탈고한 『에포닌(Éponine)』 초판 인쇄 완료. 이 책은 후에 이본들과 함께 『C 신부(L'Abbé C)』에 포함된다.

이해부터 사후 출간될 텍스트 『초현실주의의 문제들(Les Problèmes du surréalisme)』의 1부인 「각성」(『84』지 7호)의 집필이 시작된다. 또한 「중립성의 원칙들」 노트 역시 작성 시작되는데, 이 노트들은 자본주의와 전쟁에 대한 일종의 정치적 프로그램이 될 책을 위한 것으로, 강연들, 출판된 책들과 논문들을 '연감' 형태로 정리하려는 시도의 일환이었다.

1950년—2월, 사드의 『쥐스틴 혹은 미덕의 불행(Justine ou les Malheurs de la vertu)』 서문을 쓴다. 벨메르가 표지를 그린 이 책은 프레스 뒤 리브르 프랑세(Presses du Livre Français) 출판사의 '검은 태양(Soleil noir)' 총서 첫 권으로 출간된다.

3월 28일, 스위스인 편집자에게 '벗들이 추천한 위대한 화가들' 총서에 발뤼스를 다룬 한 권을 포함시킬 것과, 영국 시인 블레이크에 대한 소책자를 출판할 것을 제안한다. 블레이크의 책과 관련해서는 바타유 사후 출간된 블레이크 관련 텍스트들과 작품 번역 등의 자료 모음집인 『윌리엄 블레이크 혹은 무한 자유』에 나타나 있다. 이 시기에, 1951년 결국 집필을 포기하게 될 『에로티슴의 역사』를 쓴다. 이 책은 『저주의 몫』 제2권을 위한 두 기획과 깊이 연관된다. '사드와 에로티슴의 정수(Sade et l'essence de l'érotisme)'에서 나중에 '사드와 성 혁명(Sade et la révolution sexuelle)'으로 제목을 바꾸어 기획했던 책과, 1949년의 노트 『성적 불안(L'Angoisse sexuelle)』이 그것이다. 29일, 바타유는 크노와 함께 『누벨 르뷔 프랑세즈』에 자신이 썼던 글들을 네 권으로 엮어 편집하여 '무신학대전(Somme athéologique)'이라는 제목을 붙여 출간하기로 합의한다. 제1권은 서론 격의 글 「무신학」, 『내적 체험』(2쇄본), 『명상의 방법』(2쇄본), 『무신학 연구(Études d'athéologie)』를 묶기로 하고, 제2권은 『히로시마, 니체적 세계(Monde nietzschéen d'Hiroshima)』, 『니체에 대하여』(2쇄본), 『메모랜덤』(2쇄본)을 묶고, 제3권은 '우정'이라는 제목하에 『죄인』(2쇄본), 『할렐루야』(2쇄본), 그리고 『어느 비밀 조직의 역사(Histoire d'une société secrète)』를 묶기로 하고, 제4권은 '악의 성스러움'이라는 제목으로 『크리티크』에 썼던 몇 편의 논문들과 미슐레의 『마녀』 서문을 묶기로 했다. 이 중 제4권으로 기획됐던 책은 『문학과 악』(1957)의 원형이 된다. 이후 수차례 수정을 거쳤던 이 책은 상당 부분 미완으로 남는다.

4월, 8월 25일 니체 사망 50주년을 기념해 『니체에 대하여』 재판본의 서문으로 「니체와 공산주의」라는 글의 초안을 작성하는데, 이 서문은 "책 한 권만큼의 중요성을 띤" 글이 된다.

이것이 바로 『주권성』의 초안을 가리킨다.

5월 10일, 『C 신부』 초판 인쇄 완료(미뉘 출판사). 『레 레트르
프랑세즈(Les Lettres françaises)』[프랑스 문예]는 『C 신부』의
주인공에 대해 격렬하게 공격한다. 미뉘 출판사는 소송을 제기하며,
결국 『레 레트르 프랑세즈』는 전언을 철회할 것을 판결받는다.
28일, 바타유는 디안, 피카소와 함께 님에서 열린 투우사
아루자(Arruza)의 경기를 관람한다.

『크리티크』는 집행 위원회의 확대에 힘입어 미뉘 출판사에서
재간행되기 시작한다. 바타유는 여기에, 후에 『문학과 악』에 수록될
「공산주의적 비판 앞의 프란츠 카프카」를 기고한다. 이외에도
「총론: 실존주의」를 싣고, 11월에는 「지드와 야스퍼스에 따른
니체와 예수」를 싣는다.

1951년—1월 12일, 철학회에서 '비지(非知, non-savoir)의
결론들'을 주제로 강연한다. 16일, 디안 코추베 드 보아르네와
혼인한다. 『84』지 1–2월호에 「마르크시즘의 관점에서 바라본
니체」를 발표한다.

4월, 미뉘 출판사에 『에로티슴의 역사』 원고를 보낸다.
발행인 제롬 랭동(Jérôme Lindon)은 출판을 9월로 연기하기로
결정한다.

7월 19일 부로 오를레앙 시립 도서관으로 발령받는다.
이때부터 그는 정기적으로 파리를 방문하게 된다. 또한 오를레앙의
한 매음굴에 자주 출입한다.

12월, 『크리티크』에 「반항할 시간」 1부를 발표한다(2부는
1952년 1월에 발표된다). 이 글은 카뮈의 『반항하는 인간』에 대해
브르통이 『아르(Arts)』[예술]지에서 공격했던 내용에서 비롯한
것으로, 바타유는 카뮈의 입장을 옹호하면서도 자신이 초현실주의

입장에 동의하고 있다는 사실을 재확인시킨다. 그는 『레 탕
모데른』지에서 시작되어 결국 사르트르와 카뮈의 결별을 초래한
논쟁과 관련하여, 『크리티크』에 「총론: 『반항하는 인간』 사건」을
실음으로써 다시 한 번 카뮈에 동조하는 입장을 밝힌다.

　1951년은 또한 『눈 이야기』 재판(부르고스[Burgos]
출판사)이 발행된 해이다.

1952년—2월 6일, 레지옹 도뇌르 훈장을 받는다.

　4월, 본래 『내적 체험』의 재판 서문으로 쓰여진 글
「주권자(Le Souverain)」가 발표된다(『보테게 오스쿠레[Botteghe
oscure]』[어두운 작업실], 9집).

　5월 8–9일, 철학회에서 '죽음의 가르침'을 강연한다.
『크리티크』에 「신비주의 체험과 관능의 관계」 1부를 기고한다
(2부는 『크리티크』 8–9월 호에 기고한다).

　6월 23일, 6등급 사서, 1등급 운영 위원으로 승진한다.

　11월 24일, 철학회에서 '비지(非知)와 반항'을 강연한다.

　12월 5일, 2등급 운영 위원으로 승진한다. '오를레앙 농업,
과학, 문학 예술 협회'(오늘날의 오를레앙 학술원)가 주최한
강연에서 「라스코동굴에 관하여」를 발표한다.

　1952년부터 사후 출판 노트인 「문학에 대하여」와 「다양한
것들」, 그리고 '무신학대전' 제5권에 들어갈 목적으로 쓰여진
아포리즘들의 집필이 시작된다. 이해 말부터 라스코에 대한 영화
초안이 구상된 것으로 보이는데, 이에 대해서는 하나의 구상안과
세 개의 스케치, 그리고 한 편의 시나리오가 적힌 노트들에
기록되어 있다.

1953년—1–2월, 오를레앙에서 『1953 추신(1953 Post-

scriptum)』을 쓰는데, 이는 1954년『내적 체험』재판본의 후기로
출판된다. 2월 9일, 철학회에서 '비지(非知), 웃음과 눈물'을
강연한다.

　　3–7월,『크리티크』에「헤겔의 관점에서 본 헤밍웨이」,
「동물에서 인간으로의 이행과 예술의 탄생」,「공산주의와
스탈린주의」,「죽음의 역설과 피라미드」등 여러 편의 글을
발표하고, 사르트르의『성 주네(Saint Genet)』에 대한 서평으로
「악의 바깥」(『더 타임스 리터러리 서플먼트』, 3월 20일)과
「비지(非知)」(『보테게 오스쿠레』11집, 4월)를 발표한다.

　　7월, 올랭피아(Olympia) 출판사에서, 피에르
앙젤리크(Pierre Angélique)라는 가명으로,『눈 이야기』를
오디어트(Audiart, 오스트린 웨인하우스[Austryn Wainhouse]의
가명)가 영어로 번역한『충족된 욕망의 이야기(A Tale of Satisfied
Desire)』를 출판한다. 25일, 3등급 운영 위원으로 승진한다.

　　8월,『아르』에「라스코에서의 약속, 문명 인간은
욕망의 인간으로서 자신의 모습을 되찾다」(8월 7–13일 호)와
「아포리즘」(8월 14–20일 호)을 기고한다.

　　9월, '현 시대의 불안과 정신의 의무들'을 주제로 한 제8회
제네바 국제 학회에서 수차례 발언한다.

　　12월 초 심각한 뇌동맥경화증이 최초 발병하는데, 후에 결국
이 질환이 그의 사망 원인이 된다.

　　이해부터『미국 민중 백과사전(The American Peoples
Encyclopedia)』(시카고, 1953)에 실을「1952년의 프랑스 문학」의
집필이 시작된다. 또한 에로틱 단편소설「분첩(La Houppette)」의
초안이 구상된다.

1954년—1월,『내적 체험』재판본 인쇄 완료. 이 책은『명상의

방법』과 『1953 추신』이 덧붙여져 '무신학대전'의 제1권으로
출판된다(갈리마르 출판사). 9일, 병중에도 불구하고 바타유는
제롬 랭동에게 쓴 편지에서 3월 1일까지 『저주의 몫』 제2권과
제3권 원고를 보내겠다고 통지한다. 제2권은 『에로티즘의 역사』를
개작한 『에로티즘』(이 새로운 버전은 1957년 출판될 『에로티즘』과
거의 유사하나 사실상 집필 포기)을, 제3권은 『주권성』(역시 집필
포기)을 가리킨다.

3월, 그는 알베르 스키라와 함께 선사시대 예술을 다룰
저작의 기획을 중단한다. 이 책은 당시 '최초의 인간들의 예술(L'Art
des premiers hommes)'이라는 제목이었으며, 후에 『선사시대의
회화: 라스코 혹은 예술의 탄생(La Peinture préhistorique:
Lascaux ou la Naissance de l'art)』('회화의 위대한 세기들[Les
Grands siècles de la peinture]' 총서, 1955)으로 바뀐다.

4월, 시 「미분화된 존재는 아무것도 아닌 것」을
발표한다(『보테게 오스쿠레』, 13집).

5월, 알베르 스키라와 함께 라스코동굴 방문.

7월, 사드의 『소돔 120일 혹은 방탕주의 학교』(올랭피아
출판사)에 에세이 「사드 읽기에 관하여」를 싣는다.

3막 희곡 작품의 일부인 「할미꽃 결혼식(Les Noces de
Pulsatilla)」과 「카바티나(La Cavatine)」, 그리고 단편소설 「10일(Le
10)」의 초안이 이해에 집필되기 시작한 것으로 보인다.

1955년—1월 18일, '오를레앙 도서관의 후원자 협회'에서 '라스코와
선사시대 예술'을 주제로 강연한다. 그는 조르주 바타유로
서명한 『마담 에두아르다』의 서문을 작성하고, 재판 발행을
발트베르크에게 알린다. 이 재판본은 방대한 양의 텍스트들을
엮을 것으로 예정되어 있었는데, '디비누스 데우스(Divinus

Deus)'를 제목으로 하여 피에르 앙젤리크라는 인물의 일종의
자서전 형태로『마담 에두아르다』외에『내 어머니(Ma Mère)』,
『샤를로트 댕제르빌(Charlotte d'Ingerville)』을 엮은 뒤, 바타유가
「에로티슴의 역설(Paradoxe sur l'érotisme)」이라는 해설을 붙이는
구성이다.『내 어머니』와『샤를로트 댕제르빌』은 바타유 사후 각각
1966년과 1971년에 출판된다.

　　3월, 장자크 포베르(Jean-Jacques Pauvert) 출판사에서
사드의『쥐스틴 혹은 미덕의 불행』서문이 출판된다.

　　5월,「에로티슴의 역설」(『NNRF』)과「사상과 문학: 작가와
비평가로서 모리스 블랑쇼」(『더 타임스 리터러리 서플먼트』,
5월 27일)를 발표한다. 봄부터 철학회를 위한 강연문「성스러움,
에로티슴과 고독」이 집필되어 후에『에로티슴』에 수록된다.

　　9월 30일,『마네(Manet)』초판 인쇄 완료(스키라 출판사의
'우리 시대의 취향[Le Goût de notre temps]' 총서).

　　10월,『듀칼리온(Deucalion)』에「헤겔, 죽음과 희생제의」와,
크노와 공동 작업하고 이전에『사회 비평』지에 발표했던 바 있던
「헤겔 변증법 토대 비판」을 발표한다.

　　11월 5일, '북아프리카 전쟁 속행에 반대하는 지식인들의
행동 위원회'가 창립되어, 바타유 역시 여기에 가입한다.

1956년―1월 15일, 피에르 앙젤리크라는 가명으로, 조르주
바타유의 서명이 된 서문이 포함된『마담 에두아르다』재판 인쇄가
완료된다(포베르 출판사). 31일, 4급 공무원으로 승진한다. 1-2월,
『몽드 누보파뤼(Monde nouveau-paru)』[새로 나타난 세계]
96호와 97호에「헤겔, 인간과 역사」를 게재한다.

　　3-4월,『레 레트르 누벨(Les Lettres nouvelles)』[신문예]
36호와 37호에「에로티슴 혹은 존재를 문제 삼기」를 게재한다.

6월, 올랭피아 출판사에서 여전히 피에르 앙젤리크라는 가명으로, 『마담 에두아르다』의 1941/5년 판과 바타유의 서문을 오디어트가 번역한 『천국의 문 앞에서 벌거벗은 야수(The Naked Beast at Heaven's Gate)』를 출판한다.

6월에서 9월 사이 『몽드 누보파뤼』의 세 호에 걸쳐 『주권성』의 세 부분을 게재한다.

12월 15일, 『소돔 120일』 출판으로 인해 기소된 포베르 출판사 소송 사건으로 열린 제17회 파리 경범죄 법정이 열린다. 여기에 제출된 바타유의 공술서는 콕토, 폴랑의 공술서, 그리고 브르통의 편지와 함께 『사드 사건(L'Affaire Sade)』에 묶여 출판된다(1957년 1월 28일 인쇄 완료).

이해에 질 드 레(Gilles de Rais)에 대한 책을 쓰기 시작한 것으로 보인다(1959년 편집됨).

1957년—1월 17일, 로베르 갈리마르에게 『문학과 악』 출판을 제안한다. 이 책은 1946년부터 1952년까지 잡지에 발표했던 연구들에 2월 『크리티크』지에 기고하는 「에밀리 브론테와 악」이 더해져, 같은 해에 갈리마르에서 출간된다(7월 30일).

2월 12일, 「에로티슴과 죽음의 매혹」을 발표한다. 이 강연문은 『에로티슴』의 서문으로 사용된다.

6-7월, 전염성 류머티즘으로 입원한다. 모리스 지로디아스와 함께 '사회학 학회'의 일종의 후속 단체로서 '기원(Genèse)'이라는 제목의 에로티슴을 다루는 잡지를 창간할 기획을 한다. 이 기획의 일환으로 바타유는 7월과 11월 사이에 사후 출간될 텍스트 「에로티슴의 의미」를 집필하고, 역시 생전에 미발행될 논문 「레스퓌그의 비너스」(원제는 '에로틱한 이미지')를 집필한다.

8-9월, 『크리티크』에 「우리가 죽어가는 이 세계」 기고.

9월 30일, 『하늘의 푸른빛』 초판 인쇄 완료(포베르 출판사).

10월 3일, 『에로티슴』 초판 인쇄 완료(미뉘 출판사). 4일, 갈리마르, 미뉘, 포베르 세 출판사가 바타유의 60번째 생일을 기념하는 파티를 개최한다. 이날, 세 출판사가 공동 제작한 작가 약력이 담긴 광고 책자가 발행된다.

1958년—1월, 바타유에 대해 다룬 『라 시귀(La Ciguë)』[독(毒) 당근] 특별호에 「포화 상태의 지구」를 기고한다.

4월, 「순수한 행복」(『보테게 오스쿠레』 21집)을 발표한다. 이 글은 본래 코제브가 1950년에 작성한 「조르주 바타유의 작품을 위한 서문」과 함께 '무신학대전' 제4권에 실릴 목적으로 쓰여진 일련의 글들을 모아 엮은 것이다.

10월 21일, 라캉의 초대로 생트안 가에서 '쾌락과 놀이의 양가성에 대하여'를 강연한다.

1959년—1월, 발트베르크와 함께 성(性) 잡지 발행 가능성을 타진하는 동시에, 자신의 전기를 구상한다.

5월 20일, 조제프마리 로 뒤카(Joseph-Marie Lo Duca)가 지휘하고 있는 '세계 성과학 총서(Bibliothèque internationale d'érotologie)'에 속할 책들을 포베르 출판사에 알린다.

7월, 로 뒤카와 함께 도판 작업에 착수한다. 24일, 이 저작의 제목을 '에로스의 눈물'로 결정한다. 27일, 4부로 구성된 책의 차례를 작성한다. 이는 『라스코 자료(Dossier de Lascaux)』의 텍스트 중 몇 편을 엮은 것이다.

8–9월, 『크리티크』에 「선사시대의 종교」 기고. 『크리티크』에 싣는 마지막 글이 된다.

10월 14일, 「질 드 레의 회한과 노출증」(『레 레트르 누벨』)을 발표한다.

11월 4일, 클럽 프랑세 뒤 리브르[프랑스 도서 클럽]
출판사에서 『질 드 레 소송 사건(Le Procès de Gilles de Rais)』
초판 인쇄 완료. 비다유는 사건 관련 원본 텍스드들을 정리한 뒤
이에 주석을 달았다(라틴어로 된 교회 소송 공판 기록 번역은
클로소프스키가 맡았다).

1960년—"기억력의 문제들로 인해 더욱 악화된 불안정한 건강
상태." 전력을 다해 『에로스의 눈물』을 작업하지만 더디게 진행된다.

9월 15일경 실어증을 겪은 뒤 천천히 회복한다.

11월, 『누벨 르뷔 프랑세즈』지에 「공포(La Peur)」를
발표하는데, 이 글은 『죄인』의 재판본 출간시 서론으로 수록된다.

1961년—1월 20일, '무신학대전' 제2권으로 『죄인』이 인쇄
완료된다. 이 책에는 「서론」과 「할렐루야: 디아누스의 교리」가
덧붙여진다(갈리마르 출판사).

3월 2일, 그는 장자크 마티뇽(Jean-Jacques Matignon)
박사의 저작 『용의 나라에서의 10년(Dix ans au pays du
dragon)』(1910)에서 발췌된 '능지처참당하고 있는 중국인
처형자'의 사진을 발견하는데, 이 사진은 『에로스의 눈물』에 실릴
같은 내용의 사진들과 달랐다. 이에 따라 이 사진을 책에 수록하는
것에 대해 로 뒤카와 대립하게 된다. 이 사진들의 삽입은 '부두교
희생제의-중국인 처형자-마지막 삽화들'로 되어 있던 배열 순서를
고려하지 않은 것이기 때문이다. 17일, 발트베르크가 주최한 바타유
후원 연대 경매가 열린다.

6월 2일, 기력이 쇠했음을 의식하며 코제브에게 "그럼에도
불구하고 나는 최소한 당신의 『헤겔 독해 입문』에 필적할 만한

작품을 쓰고자 합니다"라고 쓴다. 『에로스의 눈물』을 출판하고, 발췌본이 『텔 켈(Tel Quel)』(5호, 봄)에 실린다. 이 책은 프랑스 내무부 블랙리스트에 오르게 된다.

1962년—1월, 『시의 증오』 재판본 발간 작업에 착수한다. 그는 새로운 제목 '불가능(L'Impossible)'에 부제로 「쥐 이야기」, 「디아누스」와 「오레스테이아」를 붙이고자 했다. 그는 서문에 이렇게 덧붙인다. "내 책에서 주어진 불가능은, 사실 성(性)을 말함이며 (…) 사드는 그의 삶뿐만 아니라 죽음까지 성의 본질적인 형태 그 자체다."

　　3월 1일, 파리 생쉴피스 가 25번지에 위치한, 미술 작품 경매를 통해 마련된 자금으로 구입한 아파트에 정착한다. 12일, 그는 파리 국립도서관의 4등급 운영 위원으로 이동된다. 그러나 건강상의 이유로 휴직한다.

　　4월 21일, 『불가능』 초판 인쇄 완료(미뉘 출판사).

　　7월 초, 디안은 쥘리와 함께 영국으로 간다. 7일, 바타유는 집에서 「눈 이야기」를 영화화한 작품을 감상한다. 이 자리에는 미국 성 의학자 부부이자 이 영상물을 작업한 쿤하우젠(Kunhausen) 부부가 참석한다. 7일에서 8일로 넘어가는 새벽 혼수상태에 빠진 바타유는 8일 오후 병원으로 옮겨지고, 9일 아침 사망한다. 베즐레에 묻힌다.

차지연 옮김

이 연보는 갈리마르 플레이아드 총서 『소설과 단편』에 실린, 마리나 갈레티 (Marina Galletti)가 정리한 조르주 바타유 연보를 참조해 작성되었다.

찾아보기

404

406

407

408

411

워크룸 문학 총서 '제안들'

일군의 작가들이 주머니 속에서 빚은 상상의 책들은 하양
책일 수도, 검정 책일 수도 있습니다. 이 덫들이 우리 시대의
취향인지는 확신하기 어렵습니다.

제안들 14

조르주 바타유
라스코 혹은 예술의 탄생 / 마네

차지연 옮김

초판 1쇄 발행. 2017년 5월 31일
3쇄 발행. 2024년 11월 1일

발행. 워크룸 프레스
편집. 김뉘연
제작. 세걸음

ISBN 978-89-94207-78-0 04800
978-89-94207-33-9 (세트)
17,000원

워크룸 프레스
03035 서울시 종로구 자하문로19길 25, 3층
전화. 02-6013-3246
팩스. 02-725-3248
메일. wpress@wkrm.kr
workroompress.kr

옮긴이. 차지연 — 서울대학교 인문대학 불어불문학과 및 동 대학원에서 수학하고
프랑스 파리7대학에서 조르주 바타유에 대한 논문으로 박사 학위를 받았다. 현재
충남대학교 불어불문학과 교수로 재직하며 연구와 교육 활동을 이어가고 있다.